IM PRESS

Другие книги автора

Художественная проза

На кудыкину гору: Одесский роман

Пещера неожиданностей (сборник рассказов)

Потерялся мальчик: Рассказы совсем не детские

Farewell, Mama Odessa: A Novel

The Supervisor of the Sea and Other Stories

Wesele w Brighton Beach i Inne Opowiadania (на польском)

Документальная и научная проза

Кто ты такой: Одесса 1945–53 гг.: Роман-воспоминание

Shush! Growing up Jewish under Stalin: A Memoir

Techniques of Satire: The Case of Saltykov-Shchedrin

Taking Penguins to the Movies: Ethnic Humor in Russia

Making War, Not Love: Gender and Sexuality in Russian Humor

Stalin's Romeo Spy: The Remarkable Rise and Fall
   of the KGB's Most Daring Operative

In the Jaws of the Crocodile: A Soviet Memoir

Laughing All the Way to Freedom: Americanization
   of a Russian Émigré

Антологии

Недозволенный смех. *Forbidden Laughter:*
   Soviet Underground Jokes (на русском и английском)

Русские поэты XIX века: Антология для студентов

Русские поэты XX века: Антология для студентов

Ричард Пайпс, известный американский историк и советолог, в середине 1950-х писал, что Советский Союз представлял собой «закрытый для иностранцев мир. Нам было куда легче представить себе жизнь в средневековой Европе, чем в современной России». В какой-то степени об этом можно говорить и сегодня. Книга Эмиля Дрейцера помогает заглянуть в тот мир, «закрытый» не только для иностранцев. Читатель с советским прошлым тоже узнает много об авторе, о его героях и о его времени.

— **Геннадий Эстрайх,** *профессор,*
Нью-йоркский университет

Книга Эмиля Дрейцера — литературный плод полувековых наблюдений автора за процессом адаптации в новых условиях существования людей, волею судьбы сменивших среду обитания в СССР на неизведанную в США. Книга имеет ярко выраженный познавательный характер и содержит точное и тонкое художественное описание формирования нового мировоззрения, бытия и быта, постижения психологии нового мира, приобретения нового жизненного опыта, внутренних метаний и духовных противоречий.

В книге находят своё отражение не только индивидуальные судьбы иммигрантов из СССР, но также и представления об общности социальных и психологических проблем, присущих иммиграции в целом, независимо от страны исхода.

Несмотря на всю серьёзность темы эмиграции, проза Эмиля Дрейцера отличается ярким языком, юмором и иронией, философским взглядом на проблемы иммиграции. Читала с большим интересом, удовольствием и благодарностью автору.

— **Др. Наталия Тимофеева,**
МГУ им. Ломоносова

Эмиль Дрейцер

ЧЕХОВ НА БРАЙТОН-БИЧ

История одного поколения в рассказах и очерках

Предисловие Семёна Резника

Бостон · 2025 · Boston

Эмиль Дрейцер   Чехов на Брайтон-Бич
История одного поколения в рассказах и очерках

Emil Draitser   Chekhov in Brighton Beach
History of One Generation in Short Stories and Essays

ISBN 978-1-960533579

Published by M·Graphics | Boston, MA
　　🖥 www.mgraphics-books.com
　　✉ mgraphics.books@gmail.com

Подготовка к печати и макет: M·Graphics © 2024
Дизайн обложки: Лариса Студинская © 2024

Фотографии в книге: Э. Дрейцер

Printed in the U.S.A.

*Автор выражает благодарность Оскару Дегтярю
за помощь в подготовке книги к публикации*

Содержание

ПРЕДИСЛОВИЕ

Москва. Лектор с трибуны:

— Дорогие товарищи, разрешите вас заверить, что не сегодня-завтра наступит день, когда будет завершено построение коммунизма в нашей стране. Вопросы есть?

Поднимается одна рука:

— Скажите, пожалуйста, а когда в магазинах снова появится вологодское масло?

Лектор:

— О, это всё временные перебои в снабжении...

Тот же голос:

— А когда можно ожидать докторскую колбасу?

— О, это проблема тоже решится в рабочем порядке...Ещё есть вопросы?

— А туалетная бумага?

— Товарищ, встаньте. Как ваша фамилия?

— Шапиро.

— Что-то вы, товарищ Шапиро, задаёте провокационные вопросы. Не родственник ли Вы печально известного на Западе Леонарда Шапиро, который написал насквозь лживую «Историю КПСС»?

— О, что вы, что вы, товарищ лектор!.. Знать я не знаю того Шапиро!...Между нами нет ничегошеньки общего... Два мира — два Шапиро!

Советский анекдот

ДВА МИРА — ОДИН ШАПИРО

Леонид Эпштейн (теперь уже, к сожалению, его нет) был первым из круга моих близких друзей, кто решил эмигрировать. Это был 1976 год.

На мой вопрос «Почему?» последовал ответ:

— Понимаешь, старик, я дорос до потолка. Я заместитель ответственного секретаря (он работал в редакции журнала «Энергетическое строительство») и ответственным секретарём никогда не стану.

Меня поразило такое объяснение, тем более что я никогда не замечал в нём карьеристских наклонностей:

— И *поэтому* ты уезжаешь?..

— А что! Хороший способ помолодеть. Всё сначала!

Лёня по характеру был лёгким человеком, ему относительно просто давались судьбоносные решения.

Затруднения с повышением по службе из-за пятого пункта мне казались пустяшной мелочью. Я полагал положение евреев в СССР куда более серьёзным: был если не уверен, то считал вполне вероятным, что нас будут вешать на столбах. Для этого у меня были веские основания.

Проработав более десяти лет в редакции серии «Жизнь замечательных людей» (ЖЗЛ), я должен был уйти после того, как её главой назначили Сергея Семанова, который стал переводить книжную продукцию на рельсы национал-патриотизма. В основе его воззрений была смесь сталинизма и монархизма, а, проще говоря, русский нацизм. Суть доктрины сводилась к тому, что власть и народ в России всегда едины, а во всех её бедах виноваты евреи. У Семанова было много влиятельных единомышленников. Их поддерживали в ЦК партии и в ЦК комсомола, они захватывали всё более высокие посты и уверенно шли к верховной власти — на смену дряхлевшим и один за другим умиравшим Кремлёвским старцам.

Тем не менее, выезд из страны для меня тогда был немыслим. Когда мы с женой дозрели до понимания, что «выхода нет, а есть исход», эмигрировать было уже почти невозможно. После вторжения «ограниченного контингента» советских войск в Афганистан резко обострились отношения Кремля с Западом; власти ещё сильнее стали закручивать гайки, выезд евреев из страны пошёл круто вниз, даже подать заявление в ОВИР стало почти невозможно, так как почтовая служба получила негласное указание — перекрыть доставку вызовов из Израиля.

Здесь не место писать о чудесах, благодаря которым нам всё-таки удалось получить вызов, а затем разрешение на выезд вместо ожидавшегося отказа. В 1982-м, из Рима, где мы дожидались въездных виз в США, я написал Лене Эпштейну: «Лёня, ты на шесть лет умнее меня».

До эмиграции мы с Эмилем не знали друг друга, но судьбы наши оказались поразительно схожими, хотя я родился в Москве, а он коренной одессит. Мы с ним почти ровесники, оба были малыми детьми, когда разразилась война; оба уцелели, потому что родители вывезли нас в эвакуацию (его в Среднюю Азию, меня сперва в Астрахань, потом на Урал); оба в неласковые послевоенные годы были школьниками; оба с молодых лет мечтали о литературе; оба не отважились поступать на филфак, так как знали, что евреев туда не берут; оба окончили технические вузы и затем работали инженерами; оба распрощались с «работой по специальности» и стали-таки профессиональными литераторами.

У Эмиля с молодости проявился талант юмориста и сатирика. Этому, вероятно, способствовало то, что он вырос в весёлой и жизнерадостной Одессе, которая во всякие, даже самые мрачные времена питала своим особым смехачеством всю необъятную Россию. Эмиль Дрейцер, скажу забегая вперёд, сумел и Америку порадовать неповторимым одесским юмором.

Когда Эмиль приехал в Америку, ему было 37 лет. Я приехал в 44 года. Это главное, что нас различает. Ему было на семь лет легче вживаться в Америку. Он поступил в аспирантуру Калифорнийского университета, получил степень мастера, а затем и гроссмейстера (магистра и доктора наук). Стал профессором, воспитал два-три поколения учеников, написал и издал на английском ряд книг — как строго исследовательских, так и художественных, насыщенных одесским юмором, ставших открытием для англоязычных читателей, которые даже не подозревали, что русские тоже умеют смеяться.

Говоря о том, что основное различие между Эмилем и мною в том, что он приехал в Америку более молодым, я слегка лукавлю. 37 лет — это тоже возраст не мальчика. Не 27 и не 17. Чтобы начать всё сначала, требовалось немало мужества, настойчивости, упорства. У Эмиля всего этого оказалось в избытке. Это позволило ему стать американским учёным и англоязычным писателем, но не помешало оставаться и русскоязычным.

Эмиль Дрейцер прекрасно знает американскую русско-еврейскую community. Об этом свидетельствуют его книги. Две из них лежат сейчас передо мною: «Пещера неожиданностей» 1984 года издания и «На кудыкину гору» 2012-го.

В книге «Чехов на Брайтон-Бич» собраны под одну обложку рассказы и очерки моего и Эмиля поколения, которое детьми пережили войну с Германией, время послевоенного свирепого сталинизма — кампании против «безродных космополитов», печально известного «Дела врачей» и после-сталинской дискриминации так называемых «лиц еврейской национальности» при получении образования и приёме на работу.

В книге также отражены душевные перипетии этого поколения, связанные с принятием судьбоносного решения покинуть страну, бывшую ему не матерью, а мачехой из известной сказки о Золушке. Вторая половина книги посвящена жизни в эмиграции, нелёгкому делу адаптации в стране, основанной на других культурных принципах. Книга о том, как непросто еврею вывезти себя из России, и о том, насколько сложнее или вообще невозможно ему вытеснить Россию из себя. На Брайтон-Бич Чехов остаётся Чеховым, а читатель, который был его почитателем в Одессе, Москве или, допустим, в Воронеже, остаётся его почитателем и на Брайтон Бич.

Два мира — один Шапиро.

Семён Резник, Вашингтон
Май 2024 г.

От автора

Как мне представляется, название книги в капсульной форме даёт знать, что предлагаемый сборник рассказов и очерков — это история поколения бывших советских граждан, выросших в русской культуре, в которой имя Чехова знаково, и в поздне-советский период эмигрировавших в Америку. Рассказы и очерки, вошедшие в книгу, впервые появились на русском языке в журналах «Литературное обозрение» (Москва), в нью-йоркских журналах «Слово», «Новый журнал», «Времена» и газете «Новое русское слово», а также в журналах «Вестник» и «Чайка» (Балтимор), в лос-анджелесских альманахе *Сталкер* и газете «Панорама», а также в сетевом сайте «Семь искусств» и «Заметки по еврейской истории», газете «Шалом» (Чикаго) и журнале *Мишпоха* (Витебск).

В переводе на английский рассказы и очерки, вошедшие в книгу, были опубликованы в печатных и интернетных журналах *Bewildering Stories, World Literature Today, Nimrud International Journal, East-West Literary Forum, The Kenyon Review, International Quarterly*, в сборнике *Transaction: Fiction and Poetry from The Banff Centre for the Arts* и в качестве глав в моих автобиографических книгах *Shush! Growing up Jewish under Stalin: A Memoir; In the Jaws of the Crocodile: A Soviet Memoir* и *Farewell, Mama Odessa: A Novel*.

Часть рассказов и очерков в переводе на польский опубликована в журналах *Midrasz* (Варшава), *Kultura Enter* (Lublin) и вошла в сборник рассказов автора под названием *Wesele v Braiton Beach*.

Несколько слов о приложении. Хотя тематически «Дама с собачкой: Апокриф» не является частью истории этого поколения, иронический характер вещи, написанной в эмиграции, сигнализирует новое, изменившееся отношение к классике русской литературы. Впервые рассказ появился в после-перестроечное время в московском журнале «Столица» и в английском переводе в американском журнале *The Satirist*.

СОЛЁНАЯ ВОДА

Когда разразилась война с Германией, Сталин проявил особую заботу о евреях. Предпринял все меры, чтобы спасти от нацистов, организовав планомерную эвакуацию советских евреев в глубину страны, на Урал и Среднюю Азию.

Американский миф

1

Крик женщин, пронзительный, будто при родах, пронёсся по всему Шурабу, кишлаку, приткнувшемуся к склону Туркестанского хребта:

— Дети!.. Где дети!.. Боже мой, куда девались дети!

Вернувшись со смены — кто с шахты, где орудовали кайлами, выскабливая бурый уголь, кто с завода, где отливали «чуни», калоши для солдатских валенок, едва отряхнув у дверей барака грязь с резиновых сапог: был сезон весенних ливней, женщины собрались, было обнять своих детей, но те исчезли.

Это было уже слишком. Пережить огромную радость и вслед затем такое несчастье, как пропажа детей, не в силах ни одно человеческое сердце, тем более материнское. Ещё бы! Всю войну берегли, спасали сначала от бомб, потом уже здесь, в Северном Таджикистане, от голода и болезней, и враз потерять?..

Только вчера, рано утром, по радио объявили, наконец-то, чего ждали долго, страстно, с великим терпением и великой надеждой.

— Внимание!.. Говорит Москва!.. Работают все радиостанции Советского Союза, — раздался голос Левитана, величаво-торжественный, с жуткими, мороз по коже, паузами. «Чего за душу тянешь! — так и хотелось крикнуть диктору в чёрную тарелку репродуктора, висевшего у входа в барак, — говори быстрее!»

— Сегодня в Берлине... представителями немецкого командования... подписан акт... о безоговорочной капитуляции Германии!

Все в посёлке сошли с ума от счастья. Принялись обнимать друг друга. Целовать. Новость-то какая! Наконец-то! Ждали её целых три года десять месяцев и тринадцать дней. Победа! Конец проклятой войне! Конец! Вынесли из барачных отсеков столы в коридор, сдвинули вместе, достали, что у кого было припасено на чёрный день, устроили беженский пир горой. Пили все, что ни попадало под руку — виноградную настойку, «тройной» одеколон... Пели песни, одну за другой, перескакивая с куплета на куплет:

> Города, конечно, есть везде.
> Каждый город чем-нибудь известен.
> Но, поверьте, не найти нигде,
> Как моя красавица Одесса.
> Ах, Одесса, жемчужина у моря!
> Ах, Одесса, ты знала много горя!

Выбор песен не был случаен. Большинство беженцев в Шурабе были беженцами из славного черноморского города. Первая же мысль, которая всеми овладела при вести о победе, была — домой! В Одессу! Кто-то вспомнил, что в горах попадался камень-ракушечник. Значит, когда-то, в мезозойские, быть может, времена, здесь тоже было море. Вон и самое место — Шураб — по-таджикски «солёная вода»...

Но как можно произносить «Шураб» и «Одесса» на одном дыхании! Далеко, за горными хребтами, за морями, пустынями и реками, остался родной, тёплый, открытый морю город. «Домой! — раздался среди беженцев клич». Помнили: Одессу начали бомбить в первые же дни вторжения. Знали, что их ждут развалины. Ну и что! То ведь родные развалины... Зато они будут дома! Дома, где и воздух — не чужой, к которому так и не смогли привыкнуть за три с половиной года: летом — отдающий дымом костров, глиной и соломой, зимой — сырой и промозглый, когда с горных вершин сыплется снежная пороша, а свой, родной — влажный, морской, пропитанный йодом водорослей и смешанный с горчинкой полыни, которой обросли прибрежные обрывы. Вспоминали свои дома, будто это были сказочные замки, а не обыкновенные одесские дома, с длинными деревянными балконами, выходящими во двор, с лозами дикого винограда, расползшегося по стенам...

С мыслями об оставленных домах, об улицах родного города, которые снова скоро увидят, и возвращались со смены в бараки. Возвращались, всё ещё опьянённые величайшей новостью — победа! Даже у пленных немцев, что работали рядом с женщинами и в шахте, и на заводе, и у тех растянулись в подобие улыбки бледные лица. Небось, тоже замечтались о своих домах.

Тут и обнаружилось, что пропали дети. Как всегда бывает в первые минуты несчастья, имело место преувеличение. Из бараков исчезли не все дети, а только пятеро, и все мальчики, в возрасте от шести до восьми лет. Ещё вчера они бегали в возбуждении по бараку, орали, вторя взрослым, во весь голос от радости. Вскакивали на нары и прыгали на них, что раньше строго запрещалось. Да и как было не скакать!.. Ещё утром, как обычно, наскоро накормив чаем с бутербродами, оставили играть у бараков.

Ринулись в посёлок. Пробежали по все улочкам. Заглянули во все укромные места. Кинулись к холму на окраине. Не бродят ли там, как бывало, вдоль железнодорожной ветки, подбирают сколки угля, ссыпанного с платформ?

Но ни одного из пятерых не нашли. Куда они могли запропаститься? Посёлок небольшой... Может, не дай Бог, змея укусила? Или скорпион? Но не всех же пятерых сразу...

Потом мелькнула жуткая мысль — украли! Около года назад какие-то дикие люди с гор пытались было похитить одного мальчишку. Насилу отбили...

Уже вечер наваливался на кишлак, уже со стороны горной гряды стал доноситься ароматный запах быстро всходящих по весне диких трав, а мальчиков всё не было. Над вершиной горы сгустилось огромное облако. Была пора весенних циклонов. Если мальчики под открытым небом, им грозит беда. Промокнут до костей, продует ветер, простудятся.

Матери кинулись к начальнику шахты. Стали трясти его деревянную контору в ярости, грозя разнести в щепья. Начальник уже крутил ручку телефона, связываясь с генералом, директором «чунного» завода.

2

Тем временем мальчики плыли между небом и землёй, замерев сердцем в ожидании — они скоро увидят отцов. Теперь, когда войне конец, те вернутся из проклятой Германии, заберут их домой.

Но Германия — где-то там, далеко, за кромкой гор. Когда они спрашивал мам, где воюет их папы, они всегда указывали в сторону солнца, когда оно заваливалось за горизонт. Там!

Там — это очень далеко. Отцам придётся много километров протопать. Хорошо бы их встретить на полпути. Быстро сговорились — при первой возможности рвануть из посёлка отцам навстречу.

Но как? Тут и смекнул старший из них, восьмилетний Фима Ингерман, как помочь делу. Накануне в посёлок пришёл караван из девяти верблюдов и остановился на ночь у чайханы. Один за другим, подогнув ноги, верблюды тяжело осели на землю, замотали головами, зашевелили губами. Рано утром, как только мамы ушли на работу, мальчики побежали к чайхане. Пока, расстегнув на груди ватные халаты, погонщики верблюдов завтракали, пили чай из пиал и кромсали крепкими зубами колбасу, беглецы забрались в объёмистые и крепкие перемётные сумы — «курджумы». Выбрали те, где были фляги с водой и лепёшки, чтоб было чем подкрепиться в дороге.

Весна. Погода в горах часто меняется. То солнце начнёт вдруг палить по-летнему, то задуют южные ветры, то хлынет ливень. Караван идёт по ущелью. В сумах затаились, стараясь не шевельнуться, чтоб не выдать себя, мальчишки. Они запаслись терпением. Теперь уж недолго. Вот только караван перевалит через горную гряду на горизонте, они и встретятся с отцами...

Через час, когда, судя по тому, что верблюды замедлили шаг, караван стал подниматься к перевалу, жахнуло холодным ветром. Видимо, уже начали сползать снеговые шапки с вершин. Зачинщик Фима прижался к тёплому верблюжьему боку. Он думает только об одном: как встретит отца. О чём станет рассказывать сразу, а что прибережёт на потом?

Его клонит ко сну. Всю ночь перед побегом он плохо спал, возбуждённый ожиданием предстоящей встречи. Мыслей накопилось так много, что они стали путаться в голове. Главное, что он скажет отцу — что его наказ выполнил. На прощание, когда уходил на войну, тот поднял Фиму на вытянутых руках, сказал: «Ну, держись, сынок! Не подкачай! Будь мужчиной!».

Опустил на землю и ушёл. Ни разу не оглянулся. Соседи кругом шептали: «Вот до чего, значит, плохи дела. Дураков на фронт берут». Вспоминая это, Фима удивился: чего они такое говорили? Да, незадолго до этого случилось несчастье — отец работал на стройке столяром и случайно упал со стропил второго этажа. Лежал долго в больнице. Когда началась война, мама всё говорила, что его не возьмут в армию из-за сотрясения мозга. С того дня, когда он вернулся с лечения, отец нисколько не изменился. Только говорил очень мало. «Да», «нет». Не больше того. С работы приходил всегда хоть с усталым, но улыбающимся лицом. Молча протягивал маме букетики ромашек, которые срывал по дороге. Её глаза светлели, она краснела от радости, суетилась, бегала в коридор, где стоял их старый коптящий грец, керосиновый нагревательный прибор, накрывала на стол. Они были счастливая семья.

Фима ясно представлял себе, как встретит отца. Он будет стоять на одном их холмов, и грудь его будет сверкать на солнце орденами и медалями. Заслонившись от солнца рукой, он будет высматривать его. Увидев отца, Фима побежит ему навстречу. Тот подхватит его на бегу, подбросит в воздух, да так, что, как на высоких качелях, перехватит дыхание и сердце замрёт от страха и счастья...

Потом они с отцом сядут в сторонку, и Фима станет без всякой утайки рассказывать обо всём по порядку, о всем-всем, что было, пока он воевал. А было всего так много! Понадобится много дней, чтобы все-все рассказать. Ну, ничего. Времени у них теперь будет сколько угодно. Война кончилась нашей победой. А то как же! По-другому и быть не могло!

Верблюд шагает мерным шагом. Как Фима ни старается держать глаза открытыми, они сами собой закрываются. Ему снятся сны, обыкновенные мальчишеские сны, когда не ходишь по земле, а, легко оттолкнувшись, прыгаешь-летишь так далеко и долго, как хочется. Сны входят в воспоминания, а те, извернувшись, вдруг оказываются снами. Кто тут разберёт!

Сначала он расскажет отцу о том, как добирался с мамой из Одессы в Шураб. Было много чего по дороге, о чём стоит рассказать. Иногда, правда, было страшно. Этого он отцу, пожалуй, говорить не станет. Ещё пристыдит. Что за мужчина, которому страшно? Фима вспомнил, как в кино пели знаменитую песню:

> Ты одессит, Мишка, а это значит
> Что не страшны тебе ни горе, ни беда.
> Ведь ты моряк, Мишка! Моряк не плачет
> И не теряет бодрость духа никогда.

Вот он вырастет и тоже станет моряком. Таким, как одессит Мишка. Он уже давно решил для себя, что начнёт вырабатывать в себе мужество. Да, было много раз страшно, признается он себе, зато интересно!

Всё, что он намеревается рассказать отцу, он сначала заново прокручивает в своей голове, видит перед собой так же ясно, как будто это кино на простыне, растянутой на стене барака. Раз в месяц, летним вечером, в Шураб приезжала передвижка, и тогда был праздник... Картины были всё больше про войну: «Жди меня». «Сердца четырёх». «Небесный тихоход». А «Двух бойцов» показывали даже много раз: в Шурабе было много одесситов. Фима, кажется, никогда так не тосковал по отцу, когда слышал песню, которую в этой фильме пел Марк Бернес. «Тёмная ночь, только пули свистят по степи, только ветер гудит в проводах, тускло звёзды мерцают».

Эта песня особенно волновала его, быть может, потому, что он запомнил одну ночь в степи в своей собственной жизни. Когда отец ушёл на фронт, через несколько дней они с мамой в толпе других людей несколько дней и ночей бежали по степной дороге. Куда точно — он не знал. «На Люстдорф», — сказал кто-то в толпе. «Да что, Люстдорф! Слишком близко. Добраться хотя бы до Херсона», — отозвался другой голос. «Немец до Херсона в миг доскачет», — сказал уверенно старик с длиной полуседой бородой и котомкой за плечами, шедший рядом с ним и мамой. «В Крым надо двигать. Там он нас ещё нескоро достанет».

Что такое Люстдорф, Фима знал. Так назывался пляж, куда он до войны с мамой и папой ехал долго-долго на трамвае. Там было много песка. Играть с ним было намного интереснее, чем на городском пляже, в Аркадии. Если рыть и рыть, то можно такую яму вырыть, что в неё можно было лечь и засыпать себя так, что снаружи останется только голова да руки. И все останавливаются и дивятся, как это он так умудрился себя закопать...

Они шли и шли по степи. Под мышкой у мамы была подушка и сковородка. Они не вместились в чемодан, который она тащила в другой руке. Фима трусил рядом в сандалиях на босу ногу. К концу дня пряжка на одной из них оторвалась, и сандалия стала то и дело соскакивать с ноги. Со словами «Горе ты моё!» мама оторвала ленту с подола своего платья и подвязала сандалию.

В первый день время от времени над головой проносились с жужжанием самолёты с черно-белыми крестами на крыльях.

Тогда раздавался чей-нибудь крик: «Ложись!». И все бросались на землю.

Потом самолёты больше не прилетали. Пыль стояла высоко над землёй, набивалась в горло. Солнце пекло затылок так, будто к нему поднесли электрическую лампочку. Он едва терпел боль, ёжился оттого, что пот стекал за воротник рубашки, щипал кожу на спине. Воротник вскоре стал заскорузлым и стал натирать шею. Мама снова остановилась, отпорола рукав своего платья, смастерила косынку и обвязала его голову. Он хныкал, рвал косынку с головы: что он, девчонка?

Больше всего донимала жажда. Вода, вся, что мама взяла с собой, давно кончилась. Другой взять было неоткуда. Потерпи, сынок, потерпи, говорила мама пересохшими губами. Фима терпел и терпел, пока старик, тот самый, который сказал про Крым, не достал из котомки флягу и дал ему немного воды. Потом им повезло: прошёл короткий, сильный дождь. На дороге то и дело стали попадаться лужи. Мама наполнила свою бутылку. Когда Фима в очередной раз просил попить, приходилось останавливаться. Мама ставила бутылку на землю, давала мути отстояться. Потом доставала одну из трёх серебряных чайных ложечек, которые она впопыхах бросила в чемодан, когда они уходили из дома, и осторожно, каплю за каплей, чтобы не замутить воду, поила Фиму, как будто то была не обыкновенная вода, а микстура от кашля. Фима морщился. «Пей, пей, сынок», — говорила она, — «Это ничего, ничего... Серебро очищает воду».

В другой раз мама отбегала от дороги в заросли кукурузы и приносила несколько неспелых початков. Они их жевали на ходу. Из зёрнышек можно было высосать влагу.

Жара не переставала, и поэтому старались больше идти ночью. Все боялись сбиться с курса, но старик с котомкой знал ход по звёздам. Если небо затягивало облаками, прислушивались к шуму волн. Пока море где-то справа от них, значит, двигаются правильно — в Крым.

Шли, пока не сваливались в высокой траве или в кукурузнике. Однажды утром Фима проснулся оттого, что что-то холодное капнуло на щеку. Он открыл глаза. Небо было чистым. Мама тоже проснулась. Сказала радостно: Роса! И стала облизывать длинные жёсткие кукурузные листья... Протянула один Фиме: «Осторожно, не порежь губы». Фима был разочарован: влаги было мало, так, язык смочить.

Но следующим утром так хотелось пить, что, едва проснувшись, он стал искать бусинки воды на листьях. Он тут же отпрянул: прямо над ним стояло какое-то чудище, покрытое белыми перьями, с маленькой головой и длинным острым клювом. Оно глядело на него то левым глазом, то правым, как бы спрашивая, откуда взялось странное существо с тряпкой на голове. Фима хотел было закричать, но стиснул зубы и дёрнул маму за рукав. Чудище тут же поднялось в небо. Мама проснулась и сказала: «О, цапля!» То была обыкновенная цапля, которую он никогда до этого не видел живьём, разве что на картинке в книжке.

Он не успел совсем прийти в себя, как вокруг закричали: «Десант! Впереди десант! Парашютисты!» Он не понял, ни что такое «десант», ни кто такие «парашютисты», но все повернули обратно и с удвоенной силой, многие рыдая в голос, побежали назад, в сторону Одессы.

Что-то быстро прошуршало внизу, под ногами верблюда. Фима прислушивается. Неужели змея? Затем успокаивается. Это ветер стелется по земле, тянет песок…

Они с мамой возвращались домой, прижимаясь к домам. Что если немцы уже в городе? Готеню, Готеню, шептала мама. Фима уже знал, что она обращается таким образом к Богу. Они подошли к своему дому. Тяжёлые чугунные ворота, ведущие во двор, исчезли. Пробрались во двор, перешагивая через камни снесённого бомбой фасада. Но внутренний флигель тоже не уцелел. Их комната на втором этаже оказалась внизу и была до подоконника завалена раскрошенным ракушечником. Но жёлтый абажур на настенной лампочке был цел, часы-ходики на стене по-прежнему тикали, как будто никаких бомб и не бывало. Фима хотел было пролезть и достать их, но мама тянула его за руку: «Пойдём, сына, пойдём!».

Они заспешили в центр города. Там, на Ланжероновской, недалеко от порта, в полуподвальной квартире, в двух маленьких комнатках жила мамина сестра, тётя Поля с мужем, дядей Пиней, и сыном Изей, который в первый же день, когда объявили войну, ушёл на фронт добровольцем. Дядя был уже старый. Ему было целых пятьдесят два года. Но он был большим и сильным, разве что хромал немного. Мама сказала, что у него одна нога короче другой с детства, таким родился. Фима сразу почувствовал себя рядом с ним спокойней, под защитой.

Они переночевали у тёти Поли и на следующее утро все вместе заторопились туда, куда шли другие люди с сумками, узлами, а некоторые и с портфелями — в порт. Там у причала стоял огромный белый пароход с чёрной трубой. Они ещё были далеко от него, как вдруг пароход загудел, и все побежали к нему. Многие спотыкались, иные падали. Фима тоже чуть не упал, но дядя Пиня подхватил его, посадил на плечо, закричал: «Держись покрепче!». В одной руке у дяди был чемодан с вещами, в другой — ящик с инструментами. Дядя Пиня, как и папа, был столяром-краснодеревщиком. Без гвоздей, одним топориком, мог смастерить какую хочешь мебель.

Пароход Фима видел не раз, но только издали, с Приморского бульвара, где иногда гулял с папой и мамой. Сейчас, взобравшись на него, вдруг подумал, что пароход — живой. От трюма до палубы он весь дрожал в нетерпении поскорей уйти в море, подальше от рычащих в небе немецких бомбардировщиков.

Каюты парохода были забиты до отказа. Не успели они устроиться на палубе и пароход отчалить, как со стороны обрыва, словно дикая птица, размахнув во всю ширь огромные крылья, к ним ринулся самолёт. Фима закинул голову, глядя, как тот планирует, будто собирается сесть прямо на палубу. Дядя Пиня сгрёб Фиму в охапку и бросился к люку, ведущему в трюм.

Скрыться они не успели. Из самолёта выпала какая-то круглая банка, со свистом ринулась вниз и, не долетев до палубы, пшикнула. Что-то больно ущипнуло Фимину ногу. Он не успел вскрикнуть, как дядя уже втащил его в коридор.

— Вот гады! — сказал дядя сквозь зубы. — Шрапнель пускают! Что же, они не видят, что дети...

Мама принялась ощупывать Фиму. По ноге вниз струилось что-то тёплое. Она закричала так, что дядя тут же бросился к ним. В два счёта они стянули с Фимы штанишки. Дядя выдернул из ноги повыше колени маленький железный кусочек. Подбежал кто-то из пассажиров. В руках у дяди оказалась бутылка с какой-то резко пахнущей жидкостью. Он плеснул её на ранку. Фиму обожгла боль. Он сжал зубы, чтобы ни за что не заплакать, как полагается настоящему мужчине. Но в уголках губ откуда-то взялась солёная влага. Мама обняла его. В коридоре было тепло, и вскоре он уснул.

Верблюд вдруг остановился, словно в раздумье. Фима замер, прислушиваясь. Только чтоб его и других мальчишек не обнаружили раньше времени! Но раздался крик погонщика, и верблюд снова двинулся в путь.

Тогда, на пароходе, он проснулся оттого, что не хватало воздуха. Весь коридор, от одного края до другого, был заполнен пассажирами. Дядя высунулся из люка: «Можно выходить».

Они перебрались на палубу. Пароход то опускался, то вздымался на огромных волнах. Они уже были в открытом море. Задуло сразу со всех сторон. Солёные брызги стали оседать на лицах. Дядя поднатужился и приподнял край лодки, лежащей вверх дном. Велел Фиме забраться под неё. Под лодкой было не так холодно. Ни ветер, ни брызги туда не долетали. Фима лежал, завёрнутый в мамино пальто, и слушал вой ветра. Время от времени доносились голоса мамы и тёти: «Куда мы едем, Пиня? Немцы уже под Севастополем. Говорят, Новороссийск бомбят. В самое пекло!».

Нестерпимо-терпкий запах верблюжьего пота пробивается через мешочную ткань, обжигает ноздри. Фима долго морщится и чихает, зажав рот ладонью, чтобы не услышал погонщик.

Дождь. Грязь. Слякоть. Они сходят с парохода в Новороссийске. Все торопятся, трап раскачивается под ногами, и у Фимы замирает сердце. Сойдя на пристань, они долго блуждают по порту, обходя штабеля шпал, разбитые в щепы доски, огромные воронки, вздыбленные рельсы. В воздухе стоит густой запах резиновой гари и мазута. У Фимы начинает драть в горле.

Наконец, они добираются до зала ожидания железнодорожной станции. Там жарко и душно. На полу, чуть ли не впритык друг к другу, лежат люди, положив под головы мешки, сумки, рюкзаки. Одни поднимают глаза на новоприбывших. Другие спят, накрыв лица газетами.

Проходя вслед за мамой между лежащими на полу, Фима задел край одной газеты. Она сползла, и Фима увидел старика с закрытыми глазами. На его веках лежали медные пятаки. Наверное, старик никак не мог заснуть, вот и положил на глаза монетки, чтобы лучше спалось. Почему мама не догадалась этого сделать, когда в детстве пыталась его баюкать? Было бы интересно. Вместо этого, она пела смешную песенку:

У Ваньки, у Встаньки
Несчастные няньки.
Хотят они Ваньку укладывать спать,
А Ванька не хочет,

Уляжется — вскочит,
Уляжется снова и вскочит опять.

Они обошли весь зал ожидания, но места, где можно было бы хотя бы присесть, не нашли. Под ногами всё время что-то потрескивало. Фима наклонился и увидел множество крохотных сероватовато-белесых жучков, от одного вида которых страшно зачесалось всё его тело. Это были его недавние знакомцы. На пароходе они то и дело появлялись на рубашке и в волосах. Мама заставляла его раздеваться, выворачивала швы, где эти жучки прятались. Фиме приходилось переносить мучительную процедуру. Мама достала где-то бутылку с керосином, мочила этой вонючей жидкостью его волосы и частым гребешком вычёсывала их. Помогало это ненадолго. На следующий день жучки появлялись снова.

Верблюд вдруг зафыркал, издал резкий горловой звук, и остановился. Приблизились голоса погонщиков. Фима сжался. Только б не нашли!.. Но погонщики прошли мимо, в хвост каравана, видимо, подгоняя отстающих.

Они просидели на вокзальном полу несколько дней и ночей. Время от времени приходили поезда, но никуда не уходили. Те, кто не спал, сидели на чемоданах и узлах и громко решали, на какой из них следует сесть в надежде, что он скоро двинется. Иногда кто-то кричал: «Трогается!», и тогда все толпой, отталкивая друг друга, люди бросались на перрон.

Но каждый раз тревога оказывалась ложной. Паровозы то соединяли вагоны, то разъединяли их, гоняя с одних путей на другие, составляли поезда, которые тем не менее никуда не двигались.

Однажды на перрон прямо перед залом ожидания медленно подполз эшелон. Из него стали выносить раненых солдат. Все долго и молча смотрели на забинтованные головы, руки и ноги. Сквозь бинты нередко проступала кровь. Мама ещё тесней прижала Фиму к себе, зашептала, как делала не раз уже много дней подряд: *«Готеню, готеню!»*

На четвёртый день дядя Пиня велел маме и тёте сидеть с вещами на месте. Он вскинул Фиму на плечо и понёс через пути к сбитому из фанеры домику, похожий на избушку на курьих ножках из сказки о Бабе Яге.

В домике за столом сидел какой-то дядя в фуражке с красным околышем.

— Петя, — сказал дядя Пиня, протягивая руку. — Мы из Одессы. Не мучайте народ. Скажите, на какой эшелон нам садиться, чтоб выскочить отсюда поскорей?

«Петя? — удивился Фима. — Почему дядя Пиня называет себя Петей?»

Но долго удивляться не пришлось. За стеной рядом что-то жахнуло с такой силой, что стенки домика закачались, того гляди, упадут на них. С опозданием завыла сирена. Дядя в красной фуражке полез под стол. У Фимы глаза от удивления чуть не вылезли: взрослый — а сидит под столом, как Фима иногда делал дома, когда хотел, чтобы ему не мешали смотреть книжку с картинками. Дядя Пиня, недолго думая, схватил его и нырнул под другой стол.

Ещё три раза громыхнуло за окном. Домик зашатался так сильно, что Фима зажмурился. Кажется, ещё раз трахнет, и фанерные стенки разлетятся во все стороны.

Но раздался звон, который Фима уже слышал не раз дома, в Одессе. Стучали молотком по подвешенному рельсу. Отбой воздушной тревоги. Дядя в красной фуражке вылез из-под стола.

— Поскорей, Петя, не получится, — сказал он, отряхиваясь, и махнул рукой в сторону окна. — Вон тот состав, на первом пути, через час пойдёт на Нальчик. Но вам туда не надо. Оттуда опять в скорости бежать будете. Вам надо любыми путями попасть к Каспию, к морю. Минуйте Волгу, минуйте пустыню, а там найдёте, куда дальше двигаться. У вас одежды, как вижу, никакой. Так что жмите на юг. В тёплые края, в Среднюю Азию.

Потом сказал, понизив голос и оглядываясь, хотя никого, кроме них с дядей Пиней, в комнате не было:

— Идите на четвёртый путь. Там стоит эшелон. Двинется ровно в двенадцать ночи. Ни раньше, ни позже. Идите аккуратно, спокойно... Не шумите, не кричите, не зовите с собой никого... Кто знает, тот уже пошёл и сел. Кто не знает, сообразит позже. Но чтоб не было паники...

И ещё сказал:

— Садитесь подальше от паровоза. Уголь некрепкий. При забросе будет пылить. Глаза берегите.

Как только они вышли из домика, опять завыла сирена. Они с дядей Пиней залезли под платформу с какими-то чугунными чушками и там переждали налёт.

Верблюда вдруг резко качнуло в сторону. Фима всполошился. Может, зайца увидел или что ещё померещилось. Верблюды, он их давно в Шурабе изучил, существа жутко нервные и пугливые. Надо же, большие и сильные, а даже зайца боятся! Когда он увидел их в первый раз, вскоре после приезда, он испугался. Страшные чудовища. Когда верблюд из-за чего-нибудь рассердится, то начинает шипеть, и язык у него надувается, как шар. Кричит неприятным — резким горловым — голосом. И зубами скрежещет.

Но нет, верблюд, видимо, успокоился и снова зашагал мерным шагом. Фима свернулся калачиком поудобнее и стал опять вспоминать.

Когда стемнело, они перетащили вещи на четвёртый путь. На нём, однако, не было ни одного вагона, только несколько платформ, наполовину заваленных углём. Дядя Пиня стал подбирать куски досок на путях, достал из своего ящичка ручную пилу и молоток, начал наращивать борта. Потом он с мамой и тётей устроились поближе к бортам так, чтобы можно было упереться в них ногами. Разровняли уголь, выложили на него всё, что было в чемоданах: пиджаки, простыни, зимние шапки. Фиме велели лечь между мамой и тётей и привязали к обеим его рукам по верёвке. Сначала он стал вырываться, но ему объяснили: так надо, чтобы не сполз за борт, если поезд рванёт с места.

Стояли ещё долго. Ему хотелось пить. Но воды не было ни у кого. «Потерпи, сынок, — шептала мама, кусая губы, — потерпи».

На платформу начали забираться другие женщины с детьми и старики со старухами. Вскоре вся она оказалось забитой до отказа. Паровоз где-то впереди коротко свистнул, побуксовал на месте некоторое время и, наконец, дёрнулся, покатил. Колёса начали стучать — так-так, так-так, поезд шёл всё быстрей и быстрей, — и Фима провалился в сон.

Сидеть в сумке долго, не двигаясь, Фиме надоело. Он попытался найти слабое место в мешочной ткани, чтобы можно было проделать дырку и посмотреть наружу. Сначала он стал растягивать мешковину пальцами, но ничего не получилось. Потом вспомнил, что в кармане должен быть самодельный ножик. Однажды он нашёл его у магазина в посёлке, где по карточкам выдавали хлеб и другие продукты. Он никогда с ним не расставался. Только прятал ото всех, чтоб не отобрали.

Дырка разочаровала. Всего только и виден был склон горы, подёрнутый зеленоватым пухом молодой травы, и больше ничего.

Той ночью, которую он провёл лёжа на платформе, на куче угля, вскоре он проснулся от страшного крика. Визжали дети, выли женщины, охали старики. Он до сих пор помнит те жуткие звуки. Народу на платформе набилось много. Когда поезд набрал скорость и стал резко спускаться в долину, один за другим те, кто лежал на угольных хребтах, скатывались вниз, переваливались за борт, летели под откос.

Через какое-то время вокруг снова стало тихо; только громко стучали на стыках колёса, и рядом какая-то женщина испуганно кричала хрипящим голосом в темноту: «Фира! Фирочка! Где ты! Фир-р-а!», а потом долго рыдала.

Вдруг вверху, в залитом луной небе, заревели моторы, и застучало резко и гулко, словно стальными палками по пустому ведру. Это был немецкий самолёт. Ночь, как назло, выпала ясная, звёздная, а спрятаться негде. Все на платформе прижались к бортам, и Фима тоже зажмурился от страха.

Но рёв моторов вскоре пропал. Фима открыл глаза. И луна, и звёзды куда-то тоже девались. Только сильней прежнего застучали колёса. Эшелон втянулся в горный туннель, и самолёт потерял их из виду.

Фима попытался осторожно раздвинуть узел, стягивающий сумку, в который сидел. Высоко в небе парил орёл. Время от времени, без всяких усилий, едва шевельнув крылом, он менял направление, словно раздумывал, куда бы ему податься. Фима знал: орёл высматривает внизу добычу—сурка или змею.

Поезд стоит. В глазах рябит от солнца. С платформы видно море. Он пытается встать, но не может: затекли ноги. Впрочем, и взрослые тоже не могут какое-то время двигаться. Только дядя Пиня, изловчившись, спрыгивает с платформы на здоровую ногу, помогает сойти маме и тёте, у которых ноги тоже подкашиваются. У поезда стоят люди, кто с вёслами в руках, кто с сетями на плечах, показывают на них пальцами и смеются. У мамы, тёти, дяди, у всех, кто ехал на платформе, — лица чёрные, как у негритёнка в фильме «Цирк». Все бегут к воде, начинают мыться.

Большой пароход без трубы называется «баржа». Пароход идёт через Каспийское море, на другую сторону, в Красноводск. Люди с вёслами говорят, что плыть нужно туда. Билетов на «баржу» нет. Но когда спрашивают, откуда они бегут, и выясняется, что из Одессы, их тут же пропускают к трапу. «Ах, — говорят, — конечно, конечно».

Сколько он не силился, не мог припомнить ничего о том, как они плыли на барже, кроме того, что всё время тошнило. Мама то и дело подводила его то к одному борту, то к другому. Крепко-крепко сжимала пальцами виски. Это на время помогало: голова болела меньше.

Добирались до Шураба они ещё долго. С баржи пересаживались на грузовик, потом снова на поезд. Целый день он тащился вдоль пустыни, пока незаметно не оказался снова высоко в горах. Рядом поплыли запорошённые снегом хребты. Словно огромные динозавры, замерли перед прыжком. Фима лежал на полу товарного вагона рядом с мамой. Пол под ним двигался вместе с ним то в одном направлении, то, казалось, в противоположном. У него начался жар. В висках свербело, да так сильно, будто кто-то ввинчивал крючок в самый мозг. Потом вдруг стало прохладно. Жар неожиданно высвободил от боли. Она отпустила виски, но разлилась немочью по всему телу. В такие минуты у Фимы в голове светлело, и он как-то по-особому радовался, что сквозь решётку вагонного окна пробиваются лучи дымного солнца. Из щели в стене бил вкусный морозный воздух, который его ноздри жадно втягивали. Поезд замедлял ход, потом резко, лязгая буферами, останавливался. За стенкой скрипели валенки путевого обходчика, торопящегося по свежевыпавшему снегу. Где-то под вагонным брюхом постукивали молотком. Фима уже знал — проверяют колёса. Криз прошёл, сказала однажды мама. И он почувствовал разочарование. Хотя его по-прежнему жалеют, по-настоящему за него уже не волнуются. А жаль.

Так прошло ещё несколько дней и ночей. Сквозь бред, сквозь тошноту, сквозь хрип сдавленного дифтерийным удавом горла он добрался до Ташкента. Дотянув до вокзала, паровоз запыхтел что было сил и, словно вздохнув в облегчении, спустил все пары, исчез в облаке собственного производства.

Была ночь. Их выгрузили на перрон. Как и в Новороссийске, шёл дождь. Только на этот раз тёплый. От этого как-то стало спокойней.

Их пересадили на арбу — телегу с высокими решётчатыми бортами, запряжённую маленькими лошадками с длинными ушами, и долго везли через горные перевалы в Шураб. Лошадки, вскоре он узнал, назывались «ишаками». Спустя какое-то время он решил, что знает, отчего их так называют. Стоило одной из лошадок закричать, как другие тут же подхватывают и кивают головами. Фиму это смешило. Казалось, они соглашаются друг с другом, только вместо «Ия!», получается «И а!». Наверно, охрипли. У него тоже, когда от ангины першило в горле, вместо «я» получалось «а».

Залаяла собака. Фима всполошился. Неужели пришли в какой-то кишлак? Что если кто из погонщиков полезет за чем-нибудь в сумку? Тогда что?

Но лай не повторился, и Фима успокоился. Чем дальше дойдут верблюды, тем папа будет ближе. Тем скорее они встретятся, наконец.

Наконец, на арбе они дотащились до Шураба. Фима вертел головой по сторонам, разглядывая глинобитные мазанки с плоскими крышами, на которых, присев на низкие табуреточки и подперев подбородки ладошками, на них глядели дети в узорчатых шапочках-тюбетейках. Иногда с этих крыш на приезжих, сощурившись, смотрели какие-то узкомордые существа со ссохшимися головами старичков, в которых Фима не сразу распознал обыкновенных коз. Они шевелили губами и трясли в недоумении седыми бородками. «И чего они делают на крыше?» — думал Фима. Верхушки глиняных заборов сверкали на солнце осколками бутылок. Слепили снежные шапки окружающих гор. Соскучившись по солнцу, Фима подставлял ему всё лицо, жмурился, закрывал от удовольствия глаза. Солнце ещё какое-то время плыло перед ними, но уже в виде расплывающихся оранжевых и голубых пятен.

Женщины несли на головах большие плетёные корзины и даже кувшины с водой. Фима сколько потом ни пытался и сам понести что-нибудь на голове, но никак не получалось. Даже лёгкий, без воды, чайник соскальзывал на землю после нескольких шагов.

Их привезли к большому дому. Ссадили с арбы, повели в просторный двор. Впереди шёл какой-то дядя в пиджаке, похоже что, начальник. Во всяком случае, когда вошли во двор, он сказал незнакомым мужчинам в длинных халатах, махнув рукой в сторону прибывших:

— Вот, принимайте выковырянных! То есть… — он глянул в бумажку и прочитал по складам, — Эва-ку-и-ро-ван-ных…

В глубине двора стояли два котла, в которых варился плов. Фиму обволокло сладковато-пряным запахом, таким вкусным, что у него даже стало больно сводить челюсть. Он был измотан дорогой и болезнями. Голова плохо держалась на шее, то и дело валилась на плечо. Он был большеголовый, а тут совсем отощал.

Внутри дома, в полумраке, невысокие люди с широкими загорелыми лицами усадили приезжих на ковёр, стали кормить обедом. Сами хозяева, мужчины в длинных стёганых халатах, подпоясанных кушаком, по одну сторону, женщины в длинных цветастых платьях и коротких фуфайках по другую, расположились рядом. Сидели они как-то странно, выпрямив спины и поджав под себя согнутые в коленях ноги. И ещё удивило: мама всегда запрещала ему трогать еду руками, а тут все, как один, только руками и ели. Даже облизывали пальцы. Мама заметила его растерянность и прошептала на ухо: «Это таджики».

Это ровным счётом ничего не проясняло. Кто такие таджики, он не знал и ещё долго полагал, что у них тёмные лица оттого, что они часто бывают на солнце. Загар даже зимой не сходит.

В тот первый вечер они и разглядывали приезжих с таким любопытством, будто никогда людей не видели. Одна старая женщина в яркой фуфайке подсела к маме и, не дотрагиваясь до её волос, стала показывать, что хочет пощупать её голову. Мама удивилась, но разрешила. Когда подошёл старик, очевидно, муж той женщины, и отвёл её в сторону, Фима спросил маму про старушку, чего она искала.

— Рога, — ответила мама и засмеялась в первый раз за долгое, очень долгое время.

— Рога?

— Ну, да, — сказала она. — Ей кто-то сказал, что у евреев на голове растут рога.

Тогда Фима в первый раз узнал, что он еврей. Долго ещё после этого случая он просыпался ночью, чтобы пощупать собственную голову. Не начались ли появляться на ней бугорки? Вскоре таджикские дети стали бегать за ним и другими приезжими, неважно, мальчик то был или девочка, и кричать «Абрам! Абрам!». Сначала Фима только недоумевал. Обознались, что ли? Но вскоре по интонации понял — дразнят. Абрам значит, еврей. Тот самый, у которого рога растут. А мама смеётся, неправда.

Впервые за это время, что они уехали из Одессы, он с мамой и тётя Поля с дядей Пиней стали жить порознь. Его и маму взяла к себе та самая старушка, которая искала у мамы рога. Звали её Ансурат, а её мужа-старика Фарух. Они поместили их в пристройку своего глиняного домика на окраине, совсем рядом с тропинкой, забирающей вверх, в горы. Старик-хозяин вывел из пристройки корову, перетащил её в сбитую из фанеры халупу в глубине двора.

Шумно дыша, перед тем, как ступить за порог, корова обхлестала себя кисточкой хвоста и посмотрела на Фиму тяжёлым взглядом. Кажется, она была не прочь охлестнуть заодно и его. Переселяться среди зимы ей явно было неохота.

Кровати не было. Они с мамой спали на глиняном полу, на охапке старого сена. Нестерпимо несло коровьим помётом. Но со временем они привыкли. Всё-таки это был успокаивающий, добрый дух. Постепенно дорога уходила из Фиминой памяти. Впервые за долгое время над головой была настоящая крыша. Пол тоже вёл себя прилично — не дёргался ни с того ни с сего, пытаясь убежать из-под него. Стояла странная беспокоящая тишина. Не рвались бомбы. Не вскрикивали нервным фальцетом маневровые паровозы. Но ещё долго по ночам то и дело чудились беспокойные запахи бегства — холодной дорожной пыли, копоти паровозного перегара, едкого дыма горящих, пропитанных мазутом, шпал.

Вскоре всех «выковырянных» направили на работу. Кого в шахту, где добывали бурый уголь. Кого на калошный завод. Всех поселили в большом бараке, наскоро переделанном из конюшни. Стойла разделили фанерными перегородками, так что у каждой семьи получился свой отсек. Маму пристроили в шахту откатчицей — толкать по путям тележки, гружёные углём. Уходила она рано утром, кормила Фиму завтраком и возвращалась, когда уже было темно. Часто едва добиралась до нар и засыпала.

В бараке — стены тонкие. Зимой — да и летом по ночам, без солнца — холодно. Печку взрослые называли «буржуйкой». Что это слово значит, Фима точно не знал. Знал только, что оно было ругательное. И его озадачивало: почему к тому, что даёт столько хорошего тепла, могут относиться плохо? Вот только угля всегда не хватало.

— Мама, — спросил он как-то, — а в твоей шахте много угля?

— Много, очень много, сынок.

— А почему ты не принесёшь?

— Нельзя.

— Почему нельзя?

— Ты хочешь, чтоб папа поскорей вернулся?

— Ну, конечно.

— Ну вот. Уголь идёт туда, где варят сталь. Из неё делают танки, которые бьют фашистов.

Однажды из разговоров между дядей Пиней и мамой Фима узнал, что одна откатчица, мамина партнёрша, вынесла кошёлку угля из шахты, и её тут же арестовали. «За подрыв обороноспособности страны» — сказал дядя Пиня и покачал головой.

Как-то, бегая у сопки, куда выкатывали с шахты платформы с углём, Фима заметил, что в одном месте они идут особенно медленно, едва ползут. Старшие ребята наладились бегать к поезду, вскакивали на платформу, скатывали на землю уголины. Потом подбирали, делили, тащили в торбах домой, к «буржуйкам». Фима набивал старую наволочку углём под завязку, взваливал на спину и бегом отправлялся домой. Гордился, что помогает маме поддерживать тепло в их отсеке.

Спустя несколько дней охранники прознали про похитителей и, увидев их у платформ, начали стрелять из винтовок. Стреляли поверх голов, для острастки, но мамы перепугались, ринулись к директору шахты. Их к нему не пустили. Они стучали в дверь конторы, в окна. Кричали: «Ну, сколько дети могут угля откатать? Ну, двадцать кило за раз. Ну, тридцать! Так что, уже надо стрелять?».

Стрелять перестали, но с того дня у железнодорожной насыпи появился часовой с винтовкой.

Фима заёрзал в мешке. Задумался, стоит ли рассказывать отцу, как голодно было первые два года.

Тем, кто работал на шахте, давали семьсот пятьдесят граммов хлеба в день и литр масла на месяц. По карточкам ещё полагалось немного ржаной муки. Из неё тётя Поля варила «затируху» — заливала муку водой, добавляла немножко постного масла. «Затируха» и на вид и на вкус было противная. Всякий раз Фима орал благим матом, когда его заставляли её есть. Наконец, взрослые уступили и заменили кашу бутербродом. Ломоть ржаного хлеба смазывали подсолнечным маслом, посыпали солью, а корочку натирали чесноком. Соль была крупная, как песок на пляже в Аркадии, хрустела на зубах, и иногда оттого, что её попадало на язык слишком много, Фима морщился. Слишком солёно. Но всё равно вкусно.

Хотя хлеба выдавали и так немного, тётя Поля отрезала треть буханки и несла сэкономленное на базар, меняла на картошку. Чаще всего она, однако, меняла хлеб на гораздо более дешёвые картофельные очистки, из которых мама пекла замечательно вкусные оладьи.

Фима пытался было, подражая ребятам постарше, охотиться на голубей, которые кружили над площадью перед чайханой. Мастерил рогатки и стрелял камешками или комочками ссохшейся глины. Но в последнюю минуту становилось жалко ни в чём неповинных птиц.

Смертельно хотелось сладкого. Но сахара не было. Чай пили, жуя щиплющие язык сушёные дынные кишочки, которые время от времени приносила старушка Ансурат. Старик Фарух заготавливал их впрок, с лета. Он вспарывал длинным ножом шершавую и узорчатую, будто причудливо обмотанную шпагатом, кожуру дынного темени и, взобравшись по стремянке, выкладывал дынные внутренности на крыше своего дома. К исходу пламенного среднеазиатского дня сласть была готова. Иногда, желая Фиму побаловать, тётя приносила с базара кулёчек из коричневой обёрточной бумаги, в котором было несколько ирисок. Есть их надо было осторожно: зубы склеивались так, что он долго не мог открыть рот. А уж если очень повезёт, в кулёчке оказывались клейкие розовые, с красноватыми полосками, подушечки под названием «раковая шейка».

Но есть хотелось всегда. Голод не уходил, постоянно висел в воздухе. Всё время тянуло под ложечкой. Когда он с мамой бежал по степи, тогда, в первый раз есть хотелось ужасно. Жевали все, что можно было найти на полях — кукурузные початки, сырые семечки подсолнуха. Когда стали попадаться на пути первые деревни, просились на ночлег. В одних домах их кормили обедом, в других захлопывали двери и ставни и спускали с цепи собак. Иногда удавалось подобрать с земли яблоки, груши или абрикосы. Они хоть были порченые, но только с одного боку. Если аккуратно обкусывать, то горечь на язык не попадёт...

Тут Фима вспомнил особенно неприятное. Когда они ехали на поезде, по дороге к морю, на какой-то станции мама обменяла своё лучшее платье на три куриных яйца. Поезд стоял долго. Мама нарубила щепок из разбитых ящиков, что лежали вокруг. Нашла неветряный уголок у какой-то стенки, развела из щепок огонь и приготовила яичницу. Фима так отощал за дорогу, и яичница была такая вкусная, что не успела мама повернуться, как он всю яичницу проглотил в два счёта. «Ты что, всю её съел? — спросила мама, на минуту погрустнев. — Не оставил ни кусочка мне?» Потом погладила его по голове. Ему было так стыдно!

Но это было давно, почти что четыре года, полжизни, назад. Тогда он ещё был маленький. Но тут, в Шурабе — пусть папа спросит у кого хочет! — он, Фима, не хныкал, что голоден, не жаловался. Подбирался к ишакам и коровам, которым давали в корм жмых —

спрессованную в комья скорлупу подсолнечных семечек, ту, что остаётся после выжимки масла. Прогорклый запах заставлял морщиться, но голод не тётка. Если как следует пососать жмых, можно извлечь несколько капель масла. Это не очень вкусно, но, по крайней мере, на время в желудке перестаёт тянуть. Ещё можно жевать темно-янтарную смолку, которую он сощипывал с коры вишнёвых деревьев, растущих вдоль улиц посёлка.

Иногда он с другими мальчишками уходил в горы искать особые цветки — кто-то из взрослых научил. По виду цветок походил на маленький тюльпанчик. Из камней торчит пучок травки, а на тонком стебельке — один-единственный цветок, красный-красный. Под ним в земле могло быть четыре или пять корешков в виде луковичек. Съешь одну-две луковички — и не чувствуешь голод целый день. Чтоб достать корешок из земли, надо было выкопать его кайлом из-под камней. Кайло тяжёлое. Он со своим другом Мишей Штейном вдвоём тащили его, одно на двоих, за собой в горы. И ещё у каждого в руке было по палке. На случай, если наткнутся на змею или скорпиона. Как-то Фима наступил ненароком на зеленоватого скорпиона, которого не заметил в траве. Хорошо, тот был молодой, с ещё слабым ядом. Нога поболела с полдня, и отошло.

С Мишей он подружился как-то сразу, хотя тот был на год младше его. Однажды Миша показал ему какую-то тряпочку, которую хранил в кармане. Развернул — оказалось, звезда. Только не красная и пятиконечная, как у наших бойцов на пилотках, а шестиконечная и жёлтого цвета. Миша сказал почему-то с гордостью, что носил эту звезду раньше, у себя дома, на рубашке каждый день. Миша приехал в Шураб из какого-то маленького городка в восточной Польше. Как только немцы пришли в городок, то велели всем нашить такие звёзды и носить их каждый день. И взрослым, и детям. Через месяц Красная армия вступила к ним в городок и отдавала салют немцам, пока они усаживались в свои мотоциклетки и грузовики, чтобы уехать к себе назад, в Германию. Тогда ещё не было между ними войны. Потом всех, кто носил жёлтые звёзды, посадили на поезд с тем, что они могли унести в руках. Миша ехал на поезде очень долго, несколько месяцев, пока не приехал в Шураб.

Он и Миша рыли землю кайлом, как могли, осторожно, чтоб сохранить цветок, оставить хоть один корешок в земле. Потом — через месяц, через два — можно было прийти опять в это место. Они старались не показывать другим, где нашли цветок. А то ещё кто придёт пораньше и съест корешок.

А в последний год они с мамой разбогатели: у них появился примус. Потом даже два. Да посылки пошли из Америки с большими жёлтыми банками со свиной тушёнкой. Взрослые долго спорили, как быть. Летом хранить их было негде. Откроешь банку — если всю сразу не съесть, быстро испортится. Потому решили — наделать бутербродов на всех детей разом. Одна банка пришлась на двадцать ребят. Каждому досталось по два бутерброда — ломтик хлеба мазали тушёнкой. Ох, как вкусно было!

Тут Фима почувствовал, что голоден. Он помнил, когда забирался в мешок, что где-то внизу, на самом дне, была лепёшка. Он изогнулся, нащупал её шершавую мякоть, потянул к себе. Придавленная его телом, лепёшка порвалась, но в руке остался изрядный кусок, почти половина, и он стал его уплетать.

Спустя полгода после приезда в Шурабе появился детский сад. Из бывшего школьного спортзала вынесли турники и брусья. Осталась только одиноко свисавшая с потолка пара гимнастических колец. До них ни одному из пятидесяти детей-беглецов все равно было ни дотянуться, ни допрыгнуть. Ни роста, ни силёнок на это не хватало. Они ели и спали после полдника, в «тихий час», тут же, на полу, на узких полосатых, набитых соломой, матрасиках. То и дело тонкую ткань протыкали соломинки, но Фима ещё долго был так слаб, что стоило ему коснуться головой подушки, как он немедленно уплывал в сон. Вдали от мамы, от их нового дома в бараке, к нему возвращалась память о долгой дороге. Почти всегда снилось одно и тот же, с небольшими вариациями. Он едет куда-то под стук колёс. Вдруг поезд сходит с рельс и летит под откос. Он просыпался в холодном поту с криком «мама». Открывал в страхе глаза. То там, то сям так же озирались по сторонам сонные товарищи. Видимо, к ним тоже возвращались беженские сны.

В первый год между барачными и поселковыми подростками шла война. Бросали друг в друга куски ссохшейся глины, стреляли из рогаток. Но потом как-то незаметно драк стало меньше. Понемногу сдружились...

Когда смотрел кино, каждый раз он надеялся увидеть отца. Однажды, в каком-то фильме показывали госпиталь и перебинтованных солдат в постелях, и Фиме показалось, что один из них, невысокого роста с широкими плечами, — его отец. «Если ранили друга, перевяжет подруга горячие раны его», — пела тетенька-медсестра. Она любовно обвязывала голову солдата бинтами, слегка прижимая к своей груди, и это Фиме не нравилось. У него забилось сердце, он стал теребить мамину юбку, но она только похлопала его по руке: успокойся, это понарошку, это кино.

Неожиданно полил дождь, да такой сильный, что Фима быстро промок. Он съёжился, стал тереться спиной о мешковину, пока не почувствовал, что стал согреваться. Всё-таки дождь был тёплый, весна. Простыть можно, только если вдруг задует сильный ветер. Он постарался отогнать от себя эту тревогу, чтобы успеть додумать, что ещё он расскажет отцу при встрече...

Очень, конечно, не хочется признаваться, но он будет мужчиной и расскажет, какого однажды страху нагнал на маму, тётю и дядю Пиню. Уже стемнело, когда за какую-то проказу его выставили в коридор в наказание. Как только за ним закрылась дверь, кто-то сгрёб его сзади в охапку, зажал рот ладонью и потащил наружу. Фима извернулся всем телом и укусил страшную руку. Рука отдёрнулась на мгновение, и ему удалось прокричать: «Дядя Пиня! Дядя Пиня!».

Дядя схватил свой топорик и выбежал в коридор. Крикнул в темноту: «Фима, что с тобой?». Тот, кто схватил Фиму, стал бить его по голове, чтоб молчал, но Фима орал изо всех сил и извивался в его руках.

— Стой! — закричал во тьму дядя Пиня страшным голосом. — Стой, кому говорю!.

И швырнул топорик изо всех сил, наугад, стараясь метить повыше. Пальцы, упёршиеся в Фимины бока, ослабли. Он упал на землю. Подбежал дядя Пиня, сгрёб его. Ощупал голову. Охнул облегчённо — не задел. Потом опустился на колени и стал искать свой топорик в траве, бормоча: «Что ж я наделал!.. Чем завтра работать буду!»...

Наутро он нашёл топорик в траве. На лезвии была кровь.

Прошло два, а может быть, и три месяца, и Фиму опять кто-то попытался украсть. На этот раз набросили на голову мешок и понесли из барака. Но тоже, к счастью, всё опять обошлось. В последний момент похитителей заметили, подняли тревогу. Бандиты бросил Фиму на землю. Он больно ударился головой, но из мешка выполз сам. В посёлке пошёл слух про каких-то людей с гор. У них промысел был такой: похищать мальчиков и через перевалы переправлять в Афганистан и там продавать. Там почему-то на мальчиков был большой спрос.

Как только Ансурат и Фарух узнали о происшедшем, они подняли на ноги весь кишлак. Они как-то незаметно прикипели сердцем к Фиме и его маме. Качали головами, кричали и размахивали кулаками, грозясь в сторону гор. Старики какое-то время дежурили по очереди у барака, чтобы их любимца больше не пытались украсть. Фарух однажды даже притащил охотничье ружьё. Оно было тяжёлое, то и дело норовило вывалиться из рук.

Этот случай, пожалуй, Фима отцу расскажет, а вот про то, как болел, решил не говорить. Все ведь мальчишки и девчонки болели, не он один. Сначала, ещё по дороге из Одессы, паратифом и дизентерией. Потом уже добравшись до Шураба — малярией. Многие так болели, что совсем перестали выходить из своих отсеков играть. Так однажды случилось с Мишей Штейном. Когда он спросил маму и тётю, куда тот девался, те старались занять Фиму каким-нибудь делом. Нет, сказали, твоего Мишеньки, он уехал. Куда уехал? Они отворачивали глаза, сморкались, отвечали: «Далеко… Далеко уехал. Очень далеко. Не жди его. Найди себе кого-нибудь другого, с кем играть».

Да и что интересного, когда болеешь малярией! Сначала трясёт от холода, потом от жара. А ещё хуже, когда тебя заставляют высовывать язык, на который взрослые насыпают какой-то жёлтый, противный на вкус, порошок, от которого тошнит. Зачем, спрашивается, дают?

Однажды по бараку прошёлся стригущий лишай. Всех детей собрали и отправили в районный центр, в Исфару лечить. Там поместили в изолятор на карантин. Мазали тела и головы йодом. Все сразу потеряли волосы. И голова всё время болела.

Он был в Исфаре долго, чуть ли не четыре месяца. А когда вернулся, первым делом спросил: «Где дядя Пиня?»

И опять от него стали прятать глаза. Фима ходил по отсекам, заглядывал в каждый. Все в посёлке знали дядю Пиню. Он был на все руки мастер. Часто помогал кому столик сбить из досок, кому построгать нары, чтоб сквозь одеяло не кусались.

Но не только дяди Пини нигде не было. Не было и других старых людей из приезжих. Пока он, Фима, был в Исфаре, все эти старики и старушки, что вместе с ними бежали из Одессы, умерли.

Через день всех детей повели на местное кладбище по другую сторону холма. Дядя Пиня, сказала мама, стоя над его могилой, одной рукой обнимая тётю Полю, другой жуя платок, поздно вечером вышел из барака, посмотрел на звёзды и вздохнул: «Ну, что мне просить у Бога? Чтоб Изю моего поддержал в бою». Пошёл к себе, в свой загончик, улёгся спать. А утром ни тётя, ни все, кто прибежал на её крик, не смогли его добудиться.

Потом была страшная трагедия на шахте. Завалило один отсек. Тётя Поля схватила Фиму за руку и побежала с ним к шахте.

Но всё обошлось. Маму только слегка засыпало угольной крошкой; её быстро откопали.

Об этом рассказывать не стоит. Чего даром волновать папу! Но о том, как ему, Фиме, недавно повезло, пожалуй, рассказать можно. Потому что смешно. В последнее время детский сад часто бывал закрыт. То карантин, то ремонт, то ещё почему. Уходя на смену, мама за какую-нибудь провинность закрывала его в их отсеке на щеколду. От скуки он либо спал, либо пел. У него прорезался небольшой, но чистый голосок. Пел всё, что придёт в голову. Чаще всего какую-нибудь песенку из недавнего кино:

> На позиции девушка провожала бойца.
> Тёмной ночью простилися на ступеньках крыльца.
> И пока за туманами видеть мог паренёк,
> На окошке на девичьем всё горел огонёк.

Старушка Ансурат, то и дело наведываясь к ним, услышала его пение. Мелодия песенки была грустная, по-русски она понимала плохо. Толком разобрать, о чём он пел, не могла. Решила: приезжий тощий мальчик, который глянулся ей с первого же дня, когда в кишлак привезли беженцев, должно быть, молит Бога о еде. Стала она со своим Фарухом по очереди приносить Фиме каймак, густые, уваренные сливки с топлёного, запечённого в кувшинчике, молока. Привязывали кувшинчик к палке, подавали в окошко. Приносили такую порцию, чтобы он смог съесть в один присест: в жару даже запечённое молоко быстро испортится.

Однажды в воскресное утро, мама вывела его на улицу и увидела, что он поправился, щёчки порозовели. Сказала: «С чего это ты стал, как кабанчик?». Она недоумевала, с каких таких харчей случилась такая перемена. Соседи объяснили ей, что её сын поёт...

Всё это Фима перебирает в своё голове, всё думая, что он скажет отцу сначала, а что припрячет на после. Они ведь ещё долго будут разговаривать. Целую жизнь. Нельзя же всё сразу так и рассказать. Верблюд останавливается, поворачивает длинную шею, обнюхивает хурджум на своей спине. Всхрапывает, но, услышав крик погонщика, снова двигается в путь.

Вечереет. Дует сильный ветер. С гор тянет холодом, и Фима ещё тесней прижимается к верблюжьему боку.

Убаюканный мерной качкой, утомившись сердцем от ожидания встречи с отцом, он снова засыпает. Спят в курджумах и остальные беглецы. Снятся им обычные мальчишеские сны-мечтания, в которых, однако, нет того, что будет в их жизни потом. Что будет на самом деле...

А БУДЕТ ВОТ ЧТО...

3

Через несколько часов караван достигнет соседнего кишлака, в пятидесяти километрах от Шураба. Там, во время остановки, погонщики пройдутся по перемётным сумам на верблюжьих боках и беглецов найдут. Мамы-шахтёрки добрались до самого большого начальника, до шахтного генерала. Тот дал приказ всем радиопередатчикам в округе объявить о потере детей.

Потом будет прощальный вечер. Снова, как в день приезда в Шураб, появятся котлы с пловом. Потом отъезжающие и таджики будут пить чай с курагой и разговаривать. Фима как-то даже не заметил, как стал понимать таджикский язык. «Хлеб» — *нон*, «дом» — *нявли*, «конфеты» — *ха, ха*, так и будет — *конфет*. На вечере он будет переводчиком между мамой и Ансурат с Фарухом. Старики станут упрашивать остаться с ними, породниться, стать членами их семьи. У них никогда не было своих детей, *бачагон*, и они будут для мамы *модар* и *падар*, матерью и отцом, а для Фимы — *биби* и *бобо*, бабушкой и дедушкой. Пообещают обеспечить всем необходимым. Фима даже начнёт беспокоиться. А как же папа? Вернётся с войны, а их нет?

Но беспокойство окажется напрасным. Мама, как и все приезжие, только об одном будут по-прежнему мечтать — домой, на родные развалины.

— Извините меня, — скажет мама старикам-таджикам. — И спасибо вам за всё.

«Ах, это ужасно!», — закачает головой Ансурат. Вздохнёт. «Очень жаль».

И надаёт на дорогу еды: лепёшек, мешочек риса, пакет с урюком.

Они устремятся в родную Одессу через забитые до отказа станции и полустанки. Сначала они доберутся до Ташкента. Там долго не смогут попасть на поезд, идущий на запад. Эшелоны будут брать приступом. В ярости, настоянной на долгих лишениях и тоске по родным краям, люди будут отталкивать таких же, как они, обездоленных, чтоб поскорее вернуться назад в свою довоенную, некогда, быть может, и скудную, но, на поверку, оказывается, очень счастливую жизнь.

Камни по-прежнему будут лежать горкой внутри их квартиры. Ни маме, ни Фиме никакими силами эти камни будет не отвалить. Во дворе, вместо флигеля, куда попала бомба, будет свалка для мусора. По ней будут шнырять из угла в угол крысы.

Одни соседи будут встречать их как боевых героев, приглашать к себе в дом, кормить прекрасным обедом из картошки в мундирах и солёной рыбки с пёстрой сизой спинкой под чудным названием «скумбрия». А другие будут почему-то злиться. Коситься на них, захлопывать перед ними двери и кричать с непонятной злобой: «Чего припёрлись? Вертайтесь скудова прибыли! Шоб вас дьявол в пекло позабирав!»

И мама будет молчать, только сжимать его руку покрепче.

Фима ещё не знает, что школа, в которую его приведёт мама, будет страшная. Война была долгая, почти половину его жизни, и он, как и другие мальчишки, ещё долго не сможет принять, что на земле, наконец, наступил мир. Сидеть часами за партами не будет никаких сил. Жить будет по-прежнему, на бегу, на ходу, ожесточившись для всё ещё полной опасности жизни. По всему городу, по развалкам, по тихим углам парков с развороченными от взрывов и обуглившимися от пожаров стволами будет рыскать его сверстники, а многие и постарше, из тех, чьи родители не убегали от немцев и румын, остались в городе, приняли оккупацию. Злоба взрослых заразит и детей. Его будут нещадно бить на местах недавних пожарищ, в подвалах разбомблённых домов. Однажды он придёт домой с рассечённой губой, с разбитым в кровь лицом. Он уже умел постоять за себя и даже носил на всякий случай в ботинке тот самый ножик, что нашёл в Шурабе, но одолеть всю набросившуюся на него одного ораву ему будет не под силу.

— Жиденок, — будут ему кричать, — чего вернулся? Убирайся откуда взялся! Валяй назад, в свой Ташкент!

Он поймёт, что Ташкент для тех, кто его атаковал, будет городом, куда все евреи дезертировали с поля боя, отсиживались всю войну.

— Я был в Шурабе, а не в Ташкенте, — скажет он. — Шураб... Солёная вода...

Но скоро поймёт, что не в названии дело...

Пройдёт несколько месяцев, и вернётся Изя, сын дяди Пини. Он воевал в Сталинграде, прошёл всю войну пехотинцем до Вены.

Но отца Фиме не суждено будет встретить. Ещё долго Фима не будет знать, что через полгода после того, как они приехали в Шураб, женщинам в шахту стали приходить похоронные, а его маме извещение, что её муж Эли Юдович Ингерман пропал без вести. Она ни разу не обмолвилась об этом сыну. Побоялась без необходимости омрачить его молодую жизнь преждевременно. Откуда ребёнку понять сложности взрослого мира! Сердце всегда надеется, когда есть тому хоть малый повод. Война, неразбериха, чего-то в бумагах перепутали, не поняли правильно. Глядишь, война кончится — и Эли возьмёт и объявится в один прекрасный день...

Ещё долго после возвращения в Одессу ни она, ни Фима не будут знать, что их мужа и отца давным-давно нет на белом свете. Когда его, наконец, нашли, он лежал в нелепой позе, с закинутой над головой рукой. Пуля пробила сердце в тот самый момент, когда он метнул гранату в немецкий окоп. Его похоронили на подступах к Мариуполю, где в конце сентября сорок первого шла смертная битва. Годы и годы после войны Фимина мама будет бледнеть от внезапного стука в дверь. Что если это Эли вернулся? Был в плену, а после победы, как многих других вернувшихся оттуда, его арестовали и послали в Воркуту или Чукотку, в лагерь. Некоторые ведь выживали, возвращались домой. В жизни бывают всякие невероятности. Надо только уметь ждать. Набраться терпения, и ждать, ждать, ждать...

Всего этого Фима ещё не знает. Караван всё ещё тянется в горы. И сквозь сон Фима думает о том, что скоро-скоро на одном из холмов он увидит папу Эли. Его грудь будет сверкать на солнце орденами и медалями. Фима побежит к нему навстречу, и отец подхватит его, подбросит в воздух высоко-высоко, так что сердце замрёт от страха и счастья.

Нью-Йорк, 2001–2007 г.

ОТЦЫ НА ВОЙНЕ

— Все евреи трусы. Во время войны в Ташкенте прятались, — звенят в моих ушах слова одноклассников.

Их атака произвела на меня такое сильное впечатление, видимо, потому, что была неожиданная. Не было предупреждающего беду сигнала. Начало моей памяти связано с таким сигналом — сверлящим душу воем сирены. По предутренним пустынным, пахнущим стылой пылью улицам разносится монотонный мужской голос из репродукторов на столбах:

— Граждане! Воздушная тревога! Воздушная тревога!

Похоже, что диктору самому тошно повторять одно и то же несколько раз на дню.

Моя голова — на влажноватой от утренней росы подушке на подоконнике распахнутого в лето окна. Мама в фате распущенных на ночь волос тормошит меня. Она берёт меня на руки, прижимает к себе. Её разомлевшее от сна тело пышет жаром. Я с трудом разлепляю веки: по рассказам мамы, я в детстве был ужасным соней. Она заворачивает меня в одеяло, то и дело оглядываясь на едва подсвеченное небо. Оттуда доносятся громкие хлопки. Уже на мамином плече я замечаю высоко в небе аэроплан. К нему снизу, с земли, с треском несутся, догоняя друг друга, оранжевые пунктиры.

Рядом папа в майке. У него бледное лицо. Кажется, впервые я вижу его без очков. Он щурится, пытаясь найти их на ночной тумбочке. Наконец, находит их и тянется рукой к блюду из чёрной жёсткой бумаги на стене. Внутри блюда — плашка с двумя винтами. Блюдо говорит то мужским, то женским голосом, а иногда из него раздаётся музыка. Я уже знаю: это — радио. Сейчас из него доносится голос мужчины. Он говорит медленно, растягивая слова. От его сурового голоса моя кожа покрывается мурашками. Кажется, это волшебник из сказки произносит грозное заклинание. Что-то вроде — шурум-бурум: «От со-вет-ского... Ин-форм-бюро!»

Почему на обвинения одноклассников, что евреи отсиживались в тылу, в Ташкенте, наиболее известном местом эвакуации, я не сказал сразу, что мой папа тоже воевал? Может быть потому, что, когда началась война, отец надел не солдатскую гимнастёрку, а комбинезон? И в руках у него был не обычный пистолет, а особенный, стреляющий не пулями, а... краской?

Вскоре после начала войны его призвали в армию. Как первоклассного маляра по гражданской профессии прикомандировали к ремонтным мастерским Второй Воздушной Армии, расположенным на окраине города, в районе Седьмой станции Фонтана, пригорода Одессы. После того, как наши истребители, потрёпанные в первых боях, наскоро чинили, он спешно красил их перед тем, как, готовые заново ринуться навстречу новой волне немецких бомбардировщиков, они взмывали в небо.

Он перестал ночевать дома, но первое время мы виделись каждый день. Одессу защищали долго — больше двух месяцев. Рано утром мы с мамой шли на Греческую площадь, в квартале от нашего дома. Садились в семнадцатый трамвай. Ехали на окраину города и сходили у железных ворот с пятиконечной звездой. У входа стоял часовой. Мама шла по тропинке в стеклянный домик-контору, где работала учётчицей, а я — к двум сбитым из фанеры сараям, огороженным заборчиком из ржавой проволоки. Это был детский сад при ремонтных мастерских. Кроме мамы, в них работало много других вольнонаёмных, у которых были маленькие дети.

Когда немцы приблизились к городу, папа достал маме и мне билеты на пароход «Ленин». На нём отправлялись в тыл оборудование заводов военного значения и технический персонал. Папины мастерские получили приказ отступать по железной дороге.

Я помнил, как прощался с папой. В ту ночь небо громыхало и вспыхивало, как от далёких ливней. Я долго не мог уснуть, а когда задремал, меня разбудила мама. Спросонок я куксился и ёжился. Папа взял меня на руки. Он был колючий. Колючей была щека, к которой он прижал меня, колючей была его шинель. Папа сурово и серьёзно смотрел на меня сквозь круглые очки в стальной оправе. Наконец, опустил на пол, потоптался в дверях, что-то пробормотал и не оборачиваясь вышел за порог.

Увидел его я снова после окончания войны, в июне сорок пятого. С мастерскими Второй Воздушной он дошёл до Бухареста и Вены.

В семьях моих родственников было немало бойцов. Война только что отгромыхала, и вернулся — руки-ноги целы — дядя Абрам, папа моей двоюродной сестры Евы. Он служил в артиллерии наводчиком. Высокий, с крупными чертами лица, с постоянным пытливым выражением на нём, он плохо видел без очков с толстой линзой, но с ними немецкие танки находил неплохо, добив последний на подступах к Берлину. У него была грудь в медалях. Они звякнули, когда, пригнувшись, он ступил в подвальную комнату, в которой, вернувшись из эвакуации, жили его жена и дочь. Вошёл с другим рослым мужчиной, артиллеристом-украинцем, с которым прошёл всю войну. Тот в шутку сказал девочке с огромным бантом в волосах, прижавшейся к матери и глядящей исподлобья на незнакомых мужчин, ввалившихся в её дом:

— Ну, кто из нас твой папа?

Ева постояла в недоумении, перекатывая свои глазищи с одного великана на другого. Отца она не помнила. Ей было только два года, когда он ушёл на войну. По маминым рассказам, он был в очках. Вот к очкастому она осторожно и подошла, раздувая от волнения ноздри:

— Ты мой папа?

Мой двоюродный брат Яня Тенцер своего папу, Исаака, тоже не помнил. Знал только из семейных рассказов, что юношей тот дрался за революцию в буденновских полках. Потом, работая грузчиком в одесском порту, учился в медине. Стал хирургом. Очень хорошим хирургом. До войны о его операциях писали в газетах. Когда Яня родился, папа был на финской войне. После нападения немцев тут же вызвался пойти на фронт. Ему, видному хирургу, предложили относительно спокойный, хорошо оборудованный госпиталь для высших чинов — полковников и генералов. Он настоял, чтоб отправили на передовую, в полевой госпиталь. Мама получила от него всего несколько писем. Он попал в окружение под Севастополем; там и погиб.

Дядю Яни, Илью Бронфмана, тоже ушедшего на фронт добровольцем, убили на Курской Дуге. Когда бабушка Яни получила похоронку, стоя на пороге их мазанки в Самарканде, она упала лицом в пыльный двор и закричала тем страшным криком, каким кричат люди, у которых разом вырывают внутренности. Пришла с работы её дочь. Увидев мать, распростёртую на земле, вмиг поняла, что случилось с братом. Побелела лицом так, что белыми стали даже зрачки.

Всю войну прошагал рядовым мой дядя Наум. До войны работавший электриком, небольшого роста, рано облысевший, он житейски был не очень удачлив. Но тут повезло — вернулся, выжил.

Племянник дяди Абрама, Фройчик Гринберг, в шестнадцать лет стал секретарём комсомольской организации. Учился в школе Осоавиахима (Общества содействия обороне, авиационному и химическому строительству). В 1939 году, во времена большого террора, его посадили в тюрьму, пытали, обвинили, как водилось, в шпионаже в пользу нескольких иностранных разведок. Потом произошло чудо — освободили. В войну он стал лётчиком, сбрасывал оружие и продовольствие белорусским партизанам. На каждый вылет ему приходилось давать новый самолёт: предыдущий был изрешечён немецкими пулями. Пять раз летал Фройчик в немецкий тыл. Пять раз меняли самолёт. Его представили к награде, возили на приём в Кремль.

— Большое спасибо, товарищ Фройчик Гринберг, — должно быть, говорил, пожимая его руку, товарищ Сталин.

Два других моих родственника отличились на полях битвы. В битве у Великих Лук Абрам Маляр в одиночку вывел из-под шквального огня наш бронепоезд. Пинхус Рабинович руководил одним из участков обороны осаждённого Ленинграда. После войны учился в Военной Академии имени Фрунзе, служил в Дальневосточном военном округе и написал книгу о своём военном опыте.

Был ещё «Ваня» Табенкин, муж моей тёти Эси. Вообще-то его имя было Исраэль. «Ваней» он стал благодаря немцам. В первые месяцы войны у Гомеля попал в окружение. Дело было к ночи, когда брали в плен. Светя фонариками в лица, немцы спешно, до утра, поделили пленных на «иванов» и «юде». Последних тут же отводили к оврагу и расстреливали.

— Иван! — глянув на тяжёлый подбородок и светло-серые глаза Исраэля, крикнул молоденький обер-лейтенант.

Исраэль знал, что утром разберутся окончательно: заставят спустить брюки. Ночью ремённой бляхой, которую не догадались отобрать, прорыл канаву под проволокой, сполз к Днепру. У Гомеля река не очень широкая, переплыл к своим. Водитель танка, он лопатил землю войны до последнего дня. Трижды горел. Выжил, чтоб на четвёртом своём танке первым выскочить на брусчатку берлинской мостовой. Его не раз награждали за отвагу.

Теперь, с дистанции полвека, вспоминая то время — злые упрёки евреям в трусости и бегстве от войны, я думаю о том, как много значило бы для меня и таких же, как я, еврейских детей, широкое освещение того, как на самом деле сражались евреи. Что больше полумиллиона ушло на фронт, и около двухсот тысяч из них погибло в борьбе с фашистами. Что те, кто выжил, сражались геройски — около 170 тысяч евреев были награждены орденами и медалями. Среди них около ста пятидесяти удостоились высшей воинской почести — звания Героя Советского Союза, а Давид Драгунский стал даже дважды героем.

Евреи были не только рядовыми пехотинцами, артиллеристами, танкистами и матросами, но и водили в бой пехотные полки, танковые дивизии и морские флотилии. Многих из них наградили орденами, носящими имя великих русских полководцев и флотоводцев Суворова, Кутузова, Ушакова и Нахимова.

Играя со сверстниками в воздушный бой, я бросал в атаку склеенные из щепок «Миги» и «Лаги». Как много для меня, как и других еврейских мальчиков моего поколения, значило бы, если бы мы знали, что буква «Г» знаменитого «Мига» была дана в честь одного из его конструкторов Михаила Гуревича? Ах, если бы во всеуслышание объявили, что один из конструкторов «Лага» Лавочкин был евреем! Семён Алексеевич — поди догадайся! Как было знать, что Лавочкин был сыном меламеда, учителя в хедере, который, чтоб не портить себе в советское время карьеру, взял себе русское имя «Алексей»?

Их было немало — героев войны, чьё еврейское происхождение замалчивалось. Уже в августе сорок первого года, чтоб доказать, что наша авиация не уничтожена, как хвастали немцы на весь мир, вместе с другими лётчиками, Берлин бомбил Герой Советского Союза капитан Михаил Плоткин. Другой еврей — пилот Марк Галлай впервые в истории авиации провёл ночной бой над Москвой, сбив Юнкерс.

Кто из нас, детей войны, не знал тогда о подвиге Николая Гастелло, направившего свой горящий самолёт на колонну немецких танков! Мы, мальчишки, играя в войну, в раже воображаемой воздушной атаки кричали: «Иду на таран!» и бросались всем телом на пустые бочки на задворках магазинов.

Ах, если бы радио и газеты сообщили на всю страну, что на следующий же день, ещё ничего не зная о Гастелло, точно также распорядился своей жизнью другой лётчик — старший лейтенант Исаак Пресайзен. Ему посмертно дали орден Ленина.

А Зоя Космодемьянская! Одно из самых знаменитых имён времён войны. Именем этой партизанки назвали школы, библиотеки и пароходы. Схваченная фашистами, она под пытками никого не выдала, гордо приняла смерть.

За месяц до неё в Минске, при огромном стечении народа повесили еврейскую девушку Машу Брускину, совершившую такой же подвиг! Медсестра по гражданской профессии, она участвовала в партизанской операции — помогала бежать из плена большой группе наших бойцов. Её схватили по доносу, допрашивали и пытали. Потом, как и Зою, вместе с другими арестованными провели по городу в назидание другим, привесив на шею щит: «Партизанка, стрелявшая по германским войскам».

Машу первую из группы подвели к виселице, накинули петлю на шею. Как и Зоя месяц спустя, она ни разу не дрогнула, вела себя с достоинством. В последний момент крикнула в лицо палачам: «Наша кровь не пропадёт!»

Были ещё, по крайней мере, две другие девушки-еврейки, совершившие такой же подвиг. Одна из них, Мирра Вульфовна Синельникова, была на год младше 18-летней Космодемьянской, когда пошла добровольцем в армию, стала парашютисткой и разведчицей. Она проникала в тыл врага и сообщала по радио дислокацию немецких войск. Её тоже выдали, схватили и пытали. Обливаясь еврейской своей кровью, она крикнула эсэсовцам: «Ничего вы от меня не добьётесь, трусы проклятые!»

Была ещё Евгения Яковлевна Полтавская, которая, попав в засаду, была ранена, взята в плен и после пыток расстреляна. Её труп, как Маши и Зои, был затем в назидание другим повешен на городской площади Волоколамска.

А один из самых ярких героев войны — рядовой Александр Матросов, о котором газеты писали, что он ринулся грудью на амбразуру вражеского дзота! За год до него, в бою за деревню Жигарево Московской области, точно также пожертвовал своей жизнью рядовой Абрам Исаакович Левин. Матросову присвоили звание Героя Советского Союза. Левину поставили памятник в той же деревне, посмертно наградили орденом Ленина. И на том спасибо. Не в звании дело. Не в наградах. Но если бы о подвиге Левина узнала вся страна, как узнала она через год о Матросове, тогда, возможно, мальчишки в моём классе не пели бы гнусную песенку об Абраме, отсиживающемся в тылу...

Впрочем, быть может, я слишком наивен. Всё равно бы пели...

С популяризацией участия евреев в войне дело обстояло непросто. Как ни удивительно, в то время, как замалчивались реальные еврейские герои, в кино военного времени всё-таки нашлось место положительным еврейским персонажам. Спустя много лет, уже живя в Америке, пересматривая на кассетах запомнившиеся с детства фильмы о войне, я обнаружил в них диспропорциональное присутствие евреев. В знаменитой картине «Два бойца» есть такой эпизод. Один из героев картины, роль которого исполняет Марк Бернес, посещая госпиталь, где лежит его раненый друг Саша, замечает ещё одного раненого бойца.

— Миша! Шапиро! — восклицает Бернес с состраданием, бросаясь к нему.

Вот перед посадкой в грузовик выкрикивают списки девушек, которые вызвались рыть противотанковые рвы, и одна из первых фамилий в этом списке — Меерович.

При тщательной цензуре в советском кино евреи не могли появиться на экране случайно. Таковы были требования контрпропаганды. Чтоб подорвать боевой дух Красной Армии, немцы сбрасывали с самолётов листовки, в которых призывали повернуть оружие против евреев, которые-де отсиживаются в тылу, пока русские за них воюют.

То, что такой призыв падал на благодатную почву, что подобные настроения в Красной Армии существовали, в завуалированном виде отражено в тех же «Двух бойцах». Некий артиллерист, узнав, что герой картины — родом из Одессы, говорит с презрительной усмешкой:

— Знаем мы ваших, одесских!

Интонация недвусмысленно позволяет понять, что в устах артиллериста «одессит» означает «еврей», эвфемизм, широко распространённый и до сих пор. Реплика, таким образом, приобретает скрытый антисемитский смысл. Мол, евреи — те ещё вояки!

Герой картины даёт ему отпор:

— Каких одесских? Моряков в бою? Женщин и детей под германскими бомбами? Этих ты видал?

Артиллерист продолжает ухмыляться:

— Да знаем мы вашу Одессу!

Но последнее слово остаётся за Бернесом:

— Слушай, ты Одессу не трогай! Там горе и кровь.

Вот и пришлось волей-неволей вводить в фильмы еврейские персонажи, так или иначе участвующие в войне...

Однако фактам еврейской отваги и геройства, продемонстрированных на фронтах, на экране всё-таки места не нашлось. В другой картине военного времени «Жди меня» Миша Вайнштейн (его роль исполняет обаятельный актер-еврей Лев Свердлин) играет роль второй скрипки. На какую ещё может претендовать в советском кино представитель нацменьшинства! Вайнштейн — военный корреспондент. То есть, хоть он сам и не воюет с оружием в руках, но как-то в борьбе всё же участвует. Запечатлевает героическую битву с врагом. Поддерживает боевой дух Красной Армии. Возможно, полагая, что этого недостаточно для нужного эффекта, в фильме его ранят.

Миша — свой в доску, не хуже всякого русского. Рука на перевязи — но пьёт водку наравне со всеми. Верен мужской дружбе. Ободряет жену русского друга: «У настоящих мужчин есть очень хорошая привычка. Когда их по-настоящему ждут, они всегда возвращаются».

Настоящий мужчина, конечно, — Николай. Но и еврейский персонаж тоже в некотором роде молодец. Не подкачал. В конце фильма его тепло обнимает вернувшийся в свой дом русский герой — высшая награда для еврея. Его приняли, одобрили. Не обсмеяли, не унизили — и на том спасибо.

Совсем как в анекдоте: хороший человек, хотя и еврей...

Элеонора Рузвельт тут ни при чём

Как ни красочны бывают сны, чаще всего они тают в памяти со скоростью снега на ещё тёплой от осеннего солнца земле. А бывают и такие, что запоминаются надолго. Один из таких снов был в юности и у меня. Полвека назад, а кажется, что не далее, как на прошлой неделе.

Я учился в первом послевоенном классе одесской школы, когда бабушка Сарра, папина мама, жившая тогда с нами (её дом в Минске на улице Ленина превратился после немецкой бомбёжки в груду камней), показала мне маленькую паспортную фотографию худощавого юноши:

— Лазарь... — сказала она, закусив губу.

Но это не помогло. Она замигала часто, потом закрыла глаза. На ресницах проступила влага.

Лазарь был папин родной брат, мой, стало быть, дядя, погибший во время войны. Карточка посерела, покрылась желтоватыми старческими пятнышками и трещинками. Других фотографий не сохранилось. Немцы в Минск вошли стремительно — чуть ли не на шестой день вторжения. Времени на сборы не было, надо было бежать, прихватив необходимое — подушку, скажем, или сковородку. Не семейные же альбомы...

Внешностью Лазарь пошёл в отца, моего деда Урия, в бытность свою служившего драгуном в царском полку. По рассказам бабушки, Лазарь был высоким белокурым, с вьющимися локонами.

Он родился через несколько часов после того, как умер Ленин. Вождь революции скончался 21 января 1924 года, в пять тридцать вечера. А через полчаса после полуночи появился на свет Лазарь. Страна была в трауре, а в доме Дрейцеров радовались: родился мальчик, работник. Семья была трудовая (отец новорождённого был потомственным маляром-обойщиком), и такой представлялась власть. Назвали ребёнка в честь Ленина, по еврейской традиции, той же начальной буквой. К религии, однако, в семье не было особого рвения. Не читали ни Ветхого Завета, ни тем более Нового.

И потому не подозревали, что имя новорождённого было самым подходящим для тех, кому хотелось бы видеть усопшего вождя восставшим из праха...

Дед Урий, хоть и доволен был рождением сына, но, когда тот подрос, в нём разочаровался. Выучившись грамоте, Лазарь начал писать стихи. А от поэта в рабочей семье, как можно понять, польза небольшая. Помощи в деле ожидать не приходится.

На пустом месте поэты, однако, возникают редко. Был в рабочем роду Дрейцеров и художественный росток. Сестра отца, тётя Лазаря, Ципа Дрейцер, в начале века блистала на сцене Минского театра. Карьера её была хоть и прервана на десять лет, но повод был романтический, вовсе не от недостатка театральной страсти. Раз в «Бесприданнице» увидел её серьёзный человек, русский инженер из Вязьмы, — и был сражён её красотой и талантом. На третьем спектакле не выдержал, бросился за кулисами ей в ноги. Тут же увёз под венец и покатил с молодой женой к себе в Вязьму. Там, став женой уважаемого в городе человека, Ципа занялась устройством детских приютов. Но вскоре муж неожиданно умер. Ципа уехала в Днепропетровск, в театр, где снова загремела её слава...

Со временем, впрочем, проблема с рабочим наследником разрешилась. Через два года появился ещё один сын Муля (мой дядя Миша), который, подросши, летом, когда школы не было, под надзором отца с удовольствием раскатывал на столах обойные рулоны. Мазал клейстером. Опустившись на корточки, высматривал, нет ли пропуска: за промашку мог схлопотать и подзатыльник. Дед халтурщиков не любил...

Но для своей матери, моей бабушки Сарры, Лазарь был самым любимым из трёх её сыновей. Быть может, потому что был таким, каким нередко бывают поэты — хрупким и нежным. Никогда ей не перечил. Всегда жадно читал. Только и видели его, что с книжкой в руках или тетрадкой, куда записывал свои стихи. Бегал в кружок юных поэтов, в Минский Дворец пионеров. Мать, случалось, отбирала тетрадку: отдохни, иди погуляй, ты бледный. Он обнимал её, ловил листки за её спиной: «Отдай, пожалуйста, отдай. Я погуляю, погуляю...».

— Он был какой-то беззащитный, — вспоминает теперь его старшая сестра, моя тётя Ася. — Высокий, худой, нежный и беззащитный.

Полгода после бегства из Минска она по-матерински опекала его там, куда смогли добежать, — в глухой саратовской деревне. Зима

42-го выдалась лютая, с буранами. Как беженцам им дали работу — растапливать в школе, разбросанной по нескольким избам, низкие, обложенные камнями, обмазанные глиной, печки с вмурованными в них казанками. Печки служили и для варки, и для согрева. Ася и юный Лазарь вставали затемно и складывали овечий помёт, кизяк, домиком, разжигали лучиной. Когда кизяк занимался, лучину тушили в снегу. Даже щепки нужно было беречь — за дровами приходилось ехать, нередко в буран, километров десять. В одну из таких дровяных поездок Лазарь и отморозил пальцы ног.

Но, когда подошёл срок, к армии его признали годным. Немцы уже были у Сталинграда, не время беспокоиться о пальцах. Приехали за ним на подводе, которую едва тянула пегая, с рыжим хвостом, кляча. Ася бежала за подводой долго, чуть ли все два километра до развилки, откуда дорога вела на станцию. Бежала, рыдала, была уверена — видит брата в последний раз. Даже не удивилась, когда пришла похоронка. Просто с того часа в сердце навсегда поселилась боль за родную кровь, за нежного беззащитного поэта.

Так как ко времени призыва Лазарь успел закончить десятилетку, его послали в Куйбышевское пехотное училище. Через полтора года, в июле 1943-го, присвоили чин младшего лейтенанта и тут же, ещё не обстрелянного, бросили в бой. В самое пекло. На Курскую дугу.

Он мог погибнуть при обычных на войне обстоятельствах, но получилось — по иронии судьбы, в результате доброго дела, предпринятого Элеонорой Рузвельт, женой американского президента. Хотела как лучше, а вышло...

Обносившихся за первые годы войны бойцов Красной армии надо было приодеть. Как повествует фронтовая молва, Элеонора собрала в Америке средства и настояла, чтобы в отчаянно дерущуюся Россию послали не какое-нибудь сукнецо, а самое лучшее — йоркширское, с зеленоватым отливом. Незадачливые армейские снабженцы решили ублажить молодых, впервые вступавших в бой офицеров, понашив для них шинели из заграничной мануфактуры.

Подарок оказался смертельным. По необычному цвету шинелей немецкие снайперы быстро выбрали советских офицеров. И дядя Лазарь, единственный поэт во всей династии Дрейцеров, получил пулю в сердце, то самое, в котором уже, быть может, закипала строка нового стихотворения. О первом бое, о курском соловье, которому хотелось бы пощёлкать да мешает лязг танковых гусениц и уханье дальнобойных пушек. «Погиб смертью храбрых», — пришло сообщение бабушке. С тех пор стоило ей подумать о Лазаре, как глаза мгновенно наполнялись слезами.

Я вспомнил о дяде Лазаре позже, лет через десять с того дня, когда впервые увидел его фотографию в бабушкиных руках. Мне уже было семнадцать, и, как это происходит со многими юношами, мной овладела жажда поэтического творчества. Стихи бродили во мне броуновским движением. Они бились изнутри грудной клетки, постанывали там, как некормленые голуби за окном нашей квартиры на третьем этаже большого одесского дома. Стихи трепыхались крылышками, но не могли взлететь. Во мне рождались невнятные слова. Я бубнил их. Выходило что-то вроде «та-та, та-та, та-та, та-та». Я чувствовал мелодию и ритм нарождающегося стиха, но, как ни старался написать что-нибудь вразумительное, ничего не получалось.

Пытка немоты, когда тебя терзает жажда самовыражения, но ты вынужден ограничиваться только мычанием, только мелодией, гудящей в твоей голове, груди, во всём теле, становилась невыносимой. Я бросался через весь город к моей двоюродной сестре Майе Ханис. Она была старше меня на целых семь лет, уже успела окончить университет, преподавала литературу в полтавской школе, а на лето, как и я в моей будущей взрослой жизни, возвращалась в Одессу — к родным, к морю.

Не дождавшись трамвая, идущего от Дерибасовской, где я жил, к вокзалу, рядом с которым, на улице Карла Маркса 99, жили Ханисы, я стремительно двигался вдоль рельс. В нетерпении то и дело оглядывался, не догонит ли вагон, хотя и знал, что он вечно перегружен, облеплен пассажирами, словно улей пчёлами. Я шёл и шёл, бормоча под нос, строчку за строчкой, ненаписанное стихотворение, упорно не желавшее приобретать членораздельную форму.

Достигнув Майиного двора, я бросался вверх по деревянной шаткой лестнице на второй этаж. Я вызывал Майю. Допрашивал: как, как получаются стихи?

Она выходила, щурясь от солнца, на балкон, смотрела на меня подслеповатыми без очков глазами и, навалившись грудью на выеденную термитами балюстраду, говорила:

— Ну, что тебе посоветовать... Это дело такое... Попробуй для начала просто записать, что ты хочешь сказать. Прозой. Ну, а уж потом...

В том-то и состояла моя мука. Я и сам не знал, что хочу сказать. Во мне рождалась музыка стиха, и красота этой музыки, которую слышал только я, пьянила, мутила разум. Любые попытки словесного её воплощения казались жалким вяканьем. Я тут же уничтожал записи — выходила одна бессмыслица. Мне представлялось непостижимым, как у настоящих поэтов обычные, казалось бы, слова вдруг отрываются от бумаги, выпархивают вверх и, словно дикие утки в одесском небе, что прилетают каждой весной из Египта, сбиваются в стайки. Как они знают своё место, как держат дистанцию и не сбиваются с курса? Как я ни мучился, всё это оставалось для меня тайной. Поэт не должен слишком доверять разуму: это простая истина откроется мне годами позже. Пока же разум — это всё, что у меня имелось...

В не меньшем исступлении я спешил назад, домой, продолжая бормотать неподдающиеся слова, отбивать такт стиховой музыки кулаком по бедру. Прохожие, должно быть, принимали меня за пациента, до срока выпущенного из дома для умалишённых.

В те хмельные дни, когда я бился над тайной поэзии, мне и приснился дядя Лазарь, единственный поэт в нашем роду. Однажды майской ночью в смятении сна я открыл глаза. Дядя стоял передо мной в зеленовато-серой шинели из британского сукна, подтянутый, в новенькой кожаной портупее младшего лейтенанта сухопутных войск. Он улыбался мне той нежной улыбкой, какая была у него на карточке в руках у бабушки.

И хотя он был мой дядя, во сне я увидел, понял и вспомнил, что он — мой ровесник. Ну, конечно, карточка была с его первого — и единственного! — паспорта. Возобновить его ему было не суждено...

— Дядя Лазарь! — сказал я в темноту, от возбуждения присев на постели. — Как вы здесь? Вы же... Ты же... умер! Там, на Курской дуге!

— Кто тебе сказал такую чушь? — ответил он, улыбнувшись.

— Миша... Мой дядя Миша... Твой... Ваш младший брат...

— Ну вот, нашёл, кого слушать... Болтун он, Мишка.

Движением фокусника — вуа-ля! — дядя Лазарь протащил что-то сквозь верхнюю петлицу шинели. Развернув кулак, он показал мне сизую немецкую пулю. Я её сразу признал: винтовочная, снайперская, с двумя нарезками. Мы, дети войны, собирали пули и патронные гильзы, как в мирные годы собирают прибрежные камешки и ракушки.

— Вот, — сказал он, улыбнувшись, — так — вошла, а так — вышла. Меня не задела. Совсем я даже не умер... Всё это враки... Вот только стихи писать разучился...

И он закрыл глаза.

— Но дядя Лазарь!.. Как же так? На вас последняя надежда... Мне некого больше спросить! Неужели я так никогда и не сочиню прекрасный стих? Как это у вас... у тебя получалось? Ведь должен быть тут какой-то секрет!

— Я забыл, — сказал мой юный дядя, не размыкая глаз. — В этом только и есть моя беда. Я жив, но стихи писать уже не могу. Всё пытаюсь вспомнить, как это у меня раньше выходило. Но не могу, как ни стараюсь. Всё время спать хочется.

Он вздохнул сокрушённо, и зеленоватая шинель тут же стала сереть на моих глазах.

— Дядя Лазарь! Не уходите!..

— Я не ухожу, я здесь, я здесь... Только уж очень спать хочется.

Я напряжённо вглядываюсь в его лицо и вижу, как оно бледнеет на моих глазах, бледнеет, пока не сливается с потолком.

Только тогда я понимаю, что проснулся, что уже утро — ещё одно утро очередного дня моих невыразимых, невыносимых, безъязыких страданий.

Стрела, пронзившая горло

– Я не понимаю, почему они покорно шли на смерть?

Эти слова всплыли в моей памяти впервые сравнительно недавно, пять лет назад. В 2018 году польское правительство решило преследовать по закону тех, кто упоминает об участии поляков в уничтожении евреев во время Холокоста. Заодно в официальных речах прозвучал упрёк, что евреи сами виноваты в таком огромном количестве жертв, поскольку не оказали должного сопротивления...

Мне было лет тринадцать-четырнадцать, когда тётя Дуня, мамина двоюродная сестра, задала мне этот вопрос. На самом деле её имя было Двойра; но мама называла её Дуней на публике по той же причине, что и моего отца Абрама — Аркадием.) Было это в начале пятидесятых. Сталин ещё был жив. Кампания против «безродных космополитов» была в самом разгаре. Назревало дело «кремлёвских врачей-убийц в белых халатах». «Капиталист», «эксплуататор», «кровопийца», «грабитель» и «сионист» были словами-синонимами.

Думается, именно в то время у меня выработался условный рефлекс: я стал внутренне вздрагивать при одном виде «звезды Давида». Шестиконечная эта звезда казалась тогда насмешкой над пятиконечной, армейской звездой, ещё не стёртой с детской памяти войны. Пятиконечная связана была в детском сознании с победой, со спасением от немецких бомб. Шестиконечная же появлялась на карикатурах Кукрыниксов. На шляпах курящих длинные сигары мужчин с жирными носами и обширными животами. Нередко «звёзды Давида» советские газеты не стеснялись помещать рядом с вызывающей дрожь свастикой.

Как известно, детские рефлексы внедряются в сознание надолго, нередко на всю жизнь. Я приехал в Америку уже взрослым, но поймал себя на том, что «звезда Давида» осталась для меня эмоционально окрашенной страхом, что меня, еврея по рождению, опознают и выдадут... Само слово «синагога» ещё долго ощущалось опасным. В лучшем случае носило снисходительный характер.

Да, признаюсь, что до сих пор чувствую не по себе, что где-то глубоко в подсознании сидит страх перед антисемитами. Да, я всё ещё чувствую себя, когда вижу «звезду Давида» на вполне невинном фоне — на фронтоне здания библиотеки, синагоги и т.д. Само слово «синагога» по-прежнему окрашено русским презрительным снисходительным оттенком.

Так что самый вопрос, заданный тётей тогда, в моём отрочестве, меня не удивил. В то время в Одессе, где я родился и вырос, все евреи, которых я знал, ходили, втянув голову в плечи.

Откуда тётя взяла эту картину безропотно идущих на бойню евреев, не помню. Ни во времена Сталина, ни до конца советской власти даже слова «Холокост» в обороте не было. Может быть, промелькнула фотография в газете узников за колючей проволокой? Но, как правило, было указано, что это советские граждане, борцы с фашизмом. Тем не менее помню, как тётя, гневаясь и немного грассируя от волнения, сказала со страстью, уперев гневный взгляд в меня, подростка, навещавшего её сына Яню, моего сверстника:

— Я не понимаю, почему надо было идти насмерть покорно? Как скот!.. Ведь всё равно погибать! Почему не броситься на своих палачей, не пытаться их растерзать?

Её глаза сузились, губы растянулись в смеси гнева и обиды. Кисти её рук напряглись в попытке изобразить звериные лапы с выпущенными когтями, готовыми вонзиться во врага.

Подросток, я недоумевал. Почему её гнев обращён ко мне? Я-то тут причём?

Вопрос тёти был, конечно же, риторический. И обращён он был не ко мне, а к своим, уже сметённым с лица земли, соплеменникам. Гневалась она, конечно, и на саму себя, на тот страх, загнанный в подсознание, который, хотя война уже кончилась, ещё висел в воздухе. В одесских очередях ещё можно было услышать пьяный возглас: «Гитлер не доделал своего дела!».

Моя личная связь с Холокостом тогда, в отрочестве, для меня было смутной. Погибли те, кого я по молодости лет никогда не видел. Бабушка Сарра, переехавшая из Минска жить с нами в Одессу, к своему сыну, моему отцу, часто вспоминала свою дочь Юдифь и внуков — шестнадцатилетнего Мишу и двухлетних близнецов — Яшу и Фиму, заметённых в «Яму», как называли гетто в городе.

В детском саду прямым попаданием бомбы унесло из жизни детей Эсси и Тани — трехлетней Дины и двухлетней Раи.

Бабушка вспоминала о них часто. Качала головой, дрожали от горечи потери её руки. Кривились в сдерживаемом плаче темно-синие с прожилками губы. Слезились глаза, которые она, стыдясь, украдкой вытирала зажатым в кулак носовым платком.

Мой дед со стороны матери Вольф не уехал в эвакуацию со своими детьми, моей матерью и моей тётей, сколько его не упрашивали. Он был женат вторым браком, и, глубоко религиозный, считал, что дело не в том, что он слишком стар, чтоб перенести дорогу в товарняке, а в том, что её не перенесёт его вторая больная жена, с которой он соединил свою жизнь после смерти моей бабушки.

А, как стало мне известно уже после войны, дед Урий со стороны отца и не пытался бежать, когда германские парашютисты высадились в окрестностях Минска, где он жил со своей семьёй. Он был уже пожилым человеком и считал, что его оставят в покое. Кому он, старик, угроза! Побывав в плену во время первой мировой войны, он нашёл немцев такими же здравомыслящими, как и все другие, кого он знал. Когда, вместе с другими мужчинами на пригородной дороге его пытались арестовать, он стал вырываться, крича «Вы что, сума сошли?!». Выжившие свидетели рассказали: его закололи штыками...

Тогда, в моей юности, я и в самом деле не знал, да и не мог знать ответа на вопрос тёти, почему евреи не дали отпор фашистам. Быть евреем в послевоенном Советском Союзе означало безропотно принимать свою судьбу. Да и позже, всю мою советскую жизнь — уехал я в конце 1974-го — история народа, к которому я по рождению принадлежал, тщательно скрывалась. Не знаю насчёт тёти, выросшей до войны в религиозной семье — её отец был казначеем одесской синагоги, — но я, подросток, не ведал ничего, что могло бы подпитать мой дух. Ни о самоотверженности защитников древней Моссады, ни о других еврейских героях — Маккавее, Бар-Кохбе, боевиках Варшавского гетто, еврейских соединениях партизан во время Великой отечественной войны, евреях в рядах французского Сопротивления и многих других. Узнал я обо всём этом лишь четверть века спустя, навсегда покинув Советский Союз: на пути в Америку, в Риме, в библиотеке Еврейского Фонда.

Ответ на давний риторический вопрос тёти пришёл ко мне едва ли не шесть десятков лет спустя, весной 2008 года. Воспользовавшись случаем — польское издательство «Мидраш» выпускало сборник моих рассказов и пригласило принять участие в «Неделе еврейской культуры» в Варшаве — я решил посетить Освенцим.

Признаться, когда пришло приглашение, я был удивлён. О какой еврейской культуре в Польше может идти речь, если евреев в стране после Холокоста и высылки выживших из страны в 1968-м году при правлении Владислава Гомулки, обвинивших «сионистов» в антипольском заговоре — раз-два и обчёлся? Когда я поделился своими мыслями по этому поводу с моей коллегой, профессором моего колледжа, полькой по национальности, она ответила с удивившим меня упрёком.

— О чём вы говорите! — сказала она. — Евреи — часть нашей истории! Он жили в Польше больше десяти веков.

Я вспомнил её слова, когда добрался из Варшавы на поезде до Кракова, древней польской столицы, в сорока минутах езды на автобусе, от которого находится Освенцим.

Признаться, прибыв в Краков, я не торопился посетить лагерь смерти. Дал себе некоторое время набраться духу перед тем, что предстоит увидеть. Взял автобусный тур по городу. В районе Казимежа, где, согласно путеводителю, был «Еврейский Квартал», вспомнив слова коллеги, решил с ним ознакомиться.

Центральная часть квартала напоминала киношные декорации. Бутафорные окна и двери были выкрашены так, будто выцвели на солнце, посерели от дождей и времени. Театральными буквами — вывески на лавках: «Хаим Коган. Склад розничных товаров»… «Биньямин Хольцер. Столяр»… «Станислав Новак. Продуктовый магазин»… «Арон Вайнберг. Галантерейные товары»… «Абрам Раттнер. Купец»…

Вход в лавки — закрыт, будто дело не в том, что их владельцев вывезли за город и сожгли в печах, а просто суббота у них — работать грех…

Судя по всему, бутафория имеет коммерческую цель. Казимеж превратили в потемкинский посёлок, где на каждом шагу вам напоминают, что вы — в еврейском районе. Отель-ресторан «Клезмер»… Недалеко — ещё один — «Ариэль». Если вы так и не врубились, что это не имя диснеевского персонажа, а библейского, по правую руку — надпись на иврите. А если сами не додумались, какую еду подают в ресторане «Ноев Ковчег» (*Arka Noego*), рядом на вывеске — вольный перевод — *Restaurant «Jewish Style»*. Туристы здесь чаще всего из Америки, из тех, у кого во втором, а то и третьем колене — польские убиенные прародители… Из окон то одного ресторана, то

CHAJIM KOHAN
SKŁAD TOWARÓW RÓŻNYCH
BENJAMIN
HOLCER
STOLARZ
ABRAHAM
RATTNER
KUPIEC
STANISŁAW NOWAK
SKLEP SPOŻYWCZY
ARON WEINBERG
TOWARY GALANTERYJNE

другого раздавались аккорды «Тум-Балалайки». Поневоле вспомнилась популярность цыганской музыки в ресторанах старой России в описаниях русских классиков...

Всё это было грустно. Неужели вся память о согражданах-евреях запечатлена в виде кича? Тысячу лет жили рядом, бок о бок — и всё, что осталось как память о них — ресторанный шлягер «Тум-Балалайки»?

Проведя несколько часов на улицах Кракова, как в художественном произведении существует предзнаменование о том, что должно, в конце концов, случиться, так и это брожение по городу подготовило меня к посещению Освенцима, расположенного неподалёку.

Было ещё одно, куда более печальное предзнаменование, кроме бутафорских лавок и ресторанов. Недалеко от центра Казимежа я набрёл на небольшую пустынную площадь-памятник. На ней расставлены на большом расстоянии друг от друга десятка-полтора железных массивных, с высокой спинкой, стульев. Они покоились на чугунных плитах, в свою очередь, на стержне, вделанном в мощенку. Стулья — фигуры умолчания. В архитектуре, как и в литературе — усилительный приём. Пустые стулья говорят о многом. Они — память о тех, кто сидел на них, кого давно нет. Вот, мол, всё, что осталось от наших многовековых соседей — польских евреев.

Отправляясь в Освенцим, ловлю себя на унизительной мысли, утешая себя фактом, что нацисты устраивали лагеря смерти вдали от населённых пунктов так, чтоб местное население не знало, что происходит в лагерях. Значит, даже они понимали, что то, что они собираются делать — не естественный

ход вещей, а преступление против человеческой природы. Что даже недоброжелатели из местных посчитают уничтожение ни в чём не повинных людей актом бесчеловечным. Значит, не все одобряли их преступления. Значит я — как еврей — не совсем уж один против сего мира...

Осмотрев экспонаты музея, прослушав комментарии экскурсовода, я, наконец, понял, откуда возникло впечатление, что евреи, доставленные в лагерь, безропотно шли на смерть.

Всё устроителями было продумано до мельчайших деталей. Как известно, сюда свозили евреев со всей Европы. Так, мол, и так, Третий Рейх считает, что для вашей же, евреев, пользы, лучше всего, если вы будете жить вместе, в районе, где мы, «гои», иноверцы, не будем мозолить вам глаза. Вот мы тут в Рейхе думали-думали, как вам помочь и нашли место не где-нибудь у чёрта на куличках, а здесь же, в Европе, где будет всё обеспечено для вашего дальнейшего существования. То есть, речь шла даже о не депортации куда Макар телят не гонял, а о простом переселении туда, где евреев больше всего — в Польшу. Тех, кто был состоятельней, убеждали купить землю и дом на новом месте. Давали на подпись составленную по всем статьям купчую. По всем правилам выдавали документы на владение домом.

Люди брали с собой всё самое ценное — у кого что было. Продавали всё, что можно было продать, превращали в драгоценности, которые можно было вывезти, скажем, поместив алмазный камешек в дамский каблук. Брали в дорогу всё, что нужно было, чтобы жить нормальной жизнью на первых порах — кастрюли, сковородки, грец (папашу примуса), детские игрушки, в том числе и куклы с распашонками к ним, захватив с собой чайники.

По приезде на место можно будет и чаю попить и, прежде чем пройтись по местному проспекту — должно же быть приличное место для прогулки! — почистить туфли до блеска. Ну, как же, не ходить же в пыльных ботинках! Вот и собралась в освенцимском музее коллекция баночек с сапожной мастью со всей Европы...

Ехали, как правило, семьями, старались держаться вместе. Травма возникла, когда на перроне в Освенциме стали разлучать мужей от их жён с детьми. Мужчины — рабочая сила... Надо, мол, помочь со строительством домов для переселенцев. Поначалу даже пытались использовать и женщин как рабочую силу, но при первой же попытке одумались. Матери и дети начали кричать и рваться друг к другу. Хлопот не оберёшься!..

Чемоданы предложено было оставлять на перроне — проявляем, мол, заботу о пассажирах. Не беспокойтесь, их потом привезут вам. Не забудьте пометить чемоданчики вашими именами! Потому в музейных витринных — где мелом, где краской — на них написано имя владельца. Чтоб не перепутать в случае совпадения — мало ли на свете Рабиновичей или Абрамовичей! — пометьте также год Вашего рождения и город, откуда приехали. Частная собственность есть частная собственность, и её неприкосновенность для нас, немцев, как всем известно, — закон. А закон для нас — превыше всего!

Конечно же, мало кто в переселенческие сказки нацистов верил. Были слухи, что везут на смерть. Но такова природа человеческая, что надежда умирает за секунду до самого человека. Вот и надеялись, считали, что говорят так паникёры, что немцы — культурная нация, что, конечно, Гитлер — сумасшедший, но всё-таки не до такой уж степени.

Хотя в самом слове Освенцим слышится свинец, пуля тут шла в ход сравнительно редко. (Это в Советском Союзе в первый период войны Холокост был с помощью пуль. как и назвал свою книгу изысканий францисканский монах, Отец Патрик Дебуа.

Вместо них была — душевая. Приезжие провели в вагонах для скота несколько дней. Хотелось поскорее отмыться от дорожной грязи. Вот и стояли в очереди в душевую, переминаясь с ноги на ногу. Сохранилась фотография женщины с мальчиком, который, очевидно, терзал мать, что хочет есть, и она, чтоб успокоить, дала ему сэндвич у самой двери в душевую.

Душевая была гениальным изобретением. Позволяла ограбить до нитки — в буквальном смысле слова. Даже до последнего волоса. Особенно женщин. Из их волос получались крепкие канаты.

В предбаннике каждому вежливо предлагали запомнить, где оставляют одежду и обувь, чтобы после принятия душа было легче найти. Главная задача изуверов была во что бы то ни стало избежать паники.

Так шли евреи в душевую тихо, не вырываясь. А если в очереди у кого-то и возникали нехорошие предчувствия, и они начинали беспокоить толпу, их тут же из очереди выхватывали, отводили недалеко, за ближайшую стенку, и выстрелом из мелкокалиберного ружья в затылок, способом, которому эсэсовцы выучились в школах НКВД, утихомиривали навсегда. Мелкокалиберного — чтоб не было большого шума. Так, раздавался хлопок, будто бутылку с шампанским открывают. Не более того...

Увы, некому рассказать, какая была первая мысль у тех, кто вошёл в душевую. Она — чересчур большая для обычной душевой. Но тех, кто конструировал её, знали, для тех, кто уже вошёл, и за ними задраили дверь, сомневаться в назначении помещения поздно. Просчитали максимальную пропускную способность. Зал — почти в сто метров длиной. Подтвердить — наверное — отчего так много народу сразу нужно затолкать в душевую. А в потолке не было душевых головок. Были странные квадратные оконца, смотревшие в небо. И оттуда не брызнула вода, а посыпались какие-то белые кристаллики...

Вернувшись из Освенцима в Краков, ещё какое-то время я не мог прийти в себя от увиденного. Возвращаться в варшавский мой отель после всего виденного, остаться один на один со своими мыслями и чувствами не хотелось. Я побродил по центру города, его Рыночной площади и, подобно многим туристам, остановился у одной из главной достопримечательности Кракова — Мариацкого костёла, как называют здесь Церковь Успения Пресвятой Девы Марии. Фасад собора — две разновеликие башни. Та, что выше, в средние века была обзорной. С неё в случае пожара или нападения врага раздавался трубный сигнал. В толпе туристов поглядывали на часы. Каждый час так называемый «хейнал», традиционный (с 14-го века!) сигнал, раздавался с башни, и радио разносило его по всей Польше.

«Мариацкий хейнал» — простая мелодия из пяти основных нот в тональности фа-мажор, величественная и при этом легко запоминающаяся. «Хейнал» неразрывно связан с историей Польши: вот почему звуки трубы, разносящиеся над знаменитой краковской площадью, задевают сентиментальную струну в сердцах многих поляков.

Собираются здесь не столько ради незатейливой музыкальной рулады, сколько чтобы посмотреть на трубача, которой появляется в одной из окошек

башни. Сам трубач, как и всё в обыденной жизни, особого интереса не представляет, но то, что питает наше воображение и связано с историей, к которой мы неравнодушны, куда более притягательней. Согласно средневековой легенде, в тринадцатом веке, во время татаро-монгольского нашествия, заметив приближение вражеской конницы, сторожевой начал трубить тревогу, когда стрела пронзила его горло. Краковчане успели услышать сигнал, и, как говорится в туристкой брошюре, смогли вовремя собраться и отбить атаку нападавших.

Простая логика подсказывает, что эта легенда, мягко говоря, как говорят американцы, «не держит воду». Стрела, сумевшая пронзить горло, вряд ли была пущена с большого расстояния, то есть, нападавшие уже были в центре города. Тем не менее в память героической смерти караульного трубная рулада оканчивается на печальной ноте.

Мне же, только что вернувшемуся из Освенцима, хотелось думать, что стрела, пронзившая горло — это стрела Холокоста. Что печальную руладу издаёт не труба, а **шофар**, еврейский ритуальный бараний рог. Что он взывает к памяти не одного, а трёх миллионов сограждан, живших с поляками бок о бок в течение тысячелетия.

Тогда, стоя у развалин освенцимской <душевой>, я впервые понял, что те, кто выжил этот ад на земле, приютить которых не выказало желание ни одно правительство Европы, устремились на древнюю землю Израиля, полные решимости во что бы то ни стало, раз и навсегда жить не на чужбине, а в своём доме. Хватит из год в год — вот уже столько веков! — только что и делать, что завершать молитвы причитаниями: «В будущем году — в Иерусалиме!»

Сегодня тревожный звук *шофара* снова, как и в средневековье, оповещает — «Враг у ворот Европы!»

Облака

Светлой памяти моего отца

Может ли бензин благоухать?

Может. Если очищенный, авиационный. Если поднимает в небо небольшие и юркие аэропланы. И если лет вам не больше семи...

С той июньской душной ночи самолёты запросто залетали в Котины сны. Он спал, положив голову на пухлую, пахнущую летом, подушку с наволочкой в горошек, на подоконнике распахнутого настежь окна. Котя проснулся оттого, что гудело небо. «У-у, у-у, у-у...» — зловеще ныли облака. Заслышав грозный гул, всполошился весь трехэтажный огромный дом. Сонного Котю понесли в холодный, вырубленный в песчанике, подвал, где пахло сыростью и по стенам ползали мокрицы. Через месяц он научился распознавать рокот «Фокке-вульфов», вой пикирующих «мессершмитов», дребезжание ввертывающихся в небо «Юнкерсов».

Вот и в эту ночь сначала перед глазами поплыли поблёскивающие на солнце, налитые ртутью, облака. Из одного из них выпал маленький с оскаленной собачьей пастью «Хейнкель». Тявкая пулемётами, он ринулся к земле, прямо к Коте. Тот, запрокинув голову, глядел в небо, из окна той самой, довоенной, квартиры. Увидев, что метят в него, Котя поспешил захлопнуть ставни. (Летом, в жаркие дни, мама часто закрывала их, чтобы не перегревалась их небольшая комната. «У нас солнечная квартира», — с гордостью говорила она знакомым). Промахнув мимо, «Хейнкель» взмыл, за дальней тучкой лениво опрокинулся на правое крыло и снова ринулся вниз. В следующий миг он оказался над крышей соседнего дома и ударил из пушки по ставням, да так, что в разные стороны полетели слоистые щепки.

Котя проснулся в страхе.

«Хейнкель» исчез, но грохот продолжался ещё с минуту. Гремела, сворачиваясь в рулон, рифлёная штора. В огромное стекло хлынул утренний свет. Котя лежал на шаткой деревянной раскладушке за бамбуковой трехстворчатой ширмой с огромным китайским веером, в обширной комнате с высоким потолком.

Из-за ширмы раздался голос тёти Тани:

— Что случилось, Ева? На тебе лица нет! И ночью ворочалась, чуть не сбросила на пол...

Мама ответила чуть погодя:

— После сна я всегда бледная... Да и не спалось что-то... Никак не могу привыкнуть к мысли, что сплю в магазине.

— Не привередничай! Скажи спасибо, что не под лестницей. И вообще, к чему магазины? Два фунта муки и кусок мыла можно и со склада отпустить...

Спросонья Котя не сразу понял, о чём идёт речь. «На тебе лица нет». Как такое может быть? У всех ведь есть лицо...

— Так, милая, — продолжала тётя, — нечего играть в военные тайны. Слава Богу, войны уже нет. Выкладывай, в чём дело?..

Тётя с мамой спали в другом конце зала на продавленном, выцветшем, некогда пегом в мелкий цветочек, диване. Они подобрали его в подъезде разнесённого бомбой дома и долго радовались, как повезло. Двое проходивших мимо солдат помогли донести диван до их пристанища. Один был пожилой, с пышными жёлтыми усами и такими же жёлтыми бровями кисточкой. Другой — почти мальчик, с красными погонами «суворовца». Мама и тётя долго колотили по дивану палками. Дали Коте тоже постучать что есть силы. Он даже удивился: взрослые редко понимают, что может доставить удовольствие детям. Мама и тётя долго, корча физиономии, примеривались, как уместиться на диване, слишком узком для двоих. Гримасы забавляли Котю, и они нарочно затянули устройство, чтобы он ещё немного похохотал. Решили спать поперёк дивана, подставив под ноги ящики, чудом уцелевшие в кладовой с довоенного времени. На одном, побольше, чернели печатные буквы — «МАКАРОНЫ — ОСТ № 768543–40», на другом — «ЧАСТИК В ТОМАТЕ — СОРТ I».

Наконец, мама глухо пробормотала:

— Уже несколько дней... Видели в городе...

— Несколько дней?!.. То есть... Почему??..

— Откуда мне знать почему! Наверно, нашлись доброхоты. Наговорили Бог знает что...

— Наплевать, что наговорили, — громко сказала тётя.

— Ш-ш-ш... Разбудишь ребёнка.

Тётя перешла на шёпот. Но Котя всё равно услышал:

— Зависть и сплетни. Что же ты виновата, что у тебя лицо, как у Веры Холодной? Вот и берут завидки! Думают, раз красивая женщина...

Котя силился уловить смысл того, о чём шептались за ширмой. Кого тётя укоряла? Кого-то, кто нападает на маму, или саму маму за то, что похожа на какую-то Веру. Кто такая эта Вера и почему она холодная, он не знал и знать не желал. Может быть, какая-нибудь из тётиных знакомых по очереди, куда она приводила и Котю, когда по карточкам, бледно-розовым лепесткам бумаги, выдавали по сто граммов «подушечек», — розоватых в полоску, глянцевых клейких карамелек.

Одно было ясно: эта женщина Вера — видимо, очень красивая. Ну и что! До мамы ей всё равно далеко! Мама у него — настоящая красавица. Чёрные вьющиеся на лбу волосы. Синие-синие глаза. Вот если папа будет слишком долго не возвращаться, он, Котя, назло ему, возьмёт и сам женится на маме. Уже почти два месяца, как кончилась война. Почти что каждый день с фронта приходят эшелоны. Их встречают духовыми оркестрами. Усталых и помятых солдат выстраивают в колоны и проводят по пыльным, усыпанным облетевшими цветами акации, улицам. Так много отцов вернулось домой — на улице Карла Маркса их просто пруд пруди. Сплошные гимнастёрки с медалями на груди — а папы все нет. Мама часто грустит. Только когда Котя затягивает фальцетом свою любимую песню из кинофильма «Небесный тихоход», мамино лицо проясняется:

> Потому, потому, что мы пилоты,
> Небо — наш, небо — наш родимый дом,
> Первым делом, первым делом — самолёты,
> Ну, а девушки, а девушки — потом...

Она смеётся, прижимает Котю к себе, ты — моя единственная радость. Вот и будут они вместе радоваться. И никто им больше не будет нужен. Ему будут все завидовать. И они будут очень даже хорошо и весело жить вместе.

— Так уж — Вера Холодная. Скажешь тоже!..

— Вот тебе и «так уж»! А то я не вижу, как мужики на тебя на улице оборачиваются... Думаешь, не заметила, как те, что диван тащили, на тебя зыркали?

— Не выдумывай!..

— Ева, не делай глупости! Найди его. Объяснитесь.

— Я не стану унижаться. Если поверил болтунам — так ему и надо.

— Перестань! — сказала тётя. — Ты не о своей гордости, ты о сыне лучше подумай... Мужчины — дураки по преимуществу. Судят по себе. И твой тоже... Вон сколько не виделись! Ведь с тех пор, как мастерские увезли? Так, что ли?

— Ну да... Мастерские повезли на фронт. Нас — на Урал.

Котя помнил мастерские, о которых говорила тётя. Вскоре, после того, как с неба по ночам стали падать бомбы, папа перестал ночевать дома. Но они виделись каждый день. Рано утром он и мама шли на Греческую площадь, через дорогу от их дома, и садились на семнадцатый трамвай. Ехали долго, как на пляж до войны. Сходили у железных ворот с часовым. Мама шла налево по тропинке, к стеклянному домику, конторе, где работала учётчицей. А Котя — направо, в детский сад при мастерских, в наскоро сбитую из фанеры халупу, огороженную заборчиком из ржавой проволоки. Мама уговорила начальника мастерских, чтобы тот разрешил Коте обедать с папой в сборочном цеху. Незадолго до полудня Котя бежал к ангару. Упираясь ногами в унавоженную машинным маслом землю, отодвигал обитую железом дверь, проскальзывал внутрь и прижимался к стене. Задрав голову так, что болела шея, разглядывал самолёты. Одни ещё, видимо, болели — из нутра выпрастывались кишки кабелей, над которыми колдовали ремонтники. Другие, уставившись вверх, словно клиенты в парикмахерской, нетерпеливо ждали, когда приведут в достойный вид — затянут бирюзовой краской гнойные пятна шпаклёвки на местах бывших ран, чтоб тут же, как только не стыдно будет показаться на людях, броситься в небо навстречу фашистским бомбовозам.

Котя смотрел во все глаза, как работает папа. Щурясь (зрение ухудшалось, а сменить очки не было ни времени, ни возможности) тот медленно двигался вдоль фюзеляжа, то и дело нажимая на курок зобастого пистолета. Вместо пуль, из него с шипением вылетал раздуваясь конус изумрудной жидкости. Нитратная краска остро пахла дынными внутренностями (этот запах Котя запомнил на всю жизнь — то был запах отца). В трудных местах, под поджарым брюшком самолёта, отец опускался на колени и, морща нос в попытке разглядеть пробелы, короткими очередями, словно метя в разбегающихся тараканов, заполнял пропуски. Брызги голубой краски оседали на стёклах очков. Коте было смешно: глаза у папы были в крапинках, как у котёнка.

Две весёлые тётеньки в белых халатах и колпаках, из-под которых выглядывали рыжеватые кудряшки, приносили котелки с борщом и перловой кашей. Вместе со всеми Котя усаживался рядом с папой за длинный низкий стол. На время обеда ключи, дрели и молотки клали на пол. Густые запахи тавота, плавленого свинца и калёного железа не портили Котин аппетит. Оловянной взрослой ложкой, которую папа вместе со своей вытаскивал из голенища сапога, по-солдатски, прямо из котелка, Котя поглощал и борщ, и перловую кашу с мясом. Хотя он всего только и делал, что ел, папиных товарищей вид его почему-то забавлял. Как и папа, они то и дело норовили подкинуть ему кусочки мяса из своих котелков.

Часто во время обеда выла сирена, раздавался крик «Рама!», папа сгребал Котю под мышку, хватал котелки и вместе со всеми бежал к траншеям в ста шагах от ангара. «Рамой» окрестили разведчик-«Юнкерс» с перекладинами на крыльях и хвосте. От его появления в небе до налёта «фокке-вульфов» с бомбами и пулемётами проходило не больше десяти минут. Там, в траншеях, часто обед и заканчивался...

— Почти четыре года! — сказала тётя. — Что ж ты хочешь! За такое время в голову что угодно взбредёт. Тем более война!.. Встретьтесь! Объяснитесь!..

— Мне нечего объяснять. Не стану я оправдываться Бог знает в чём.

— Ну, знаешь! — сказала тётя. — Так, нечего разлёживаться. Вставай, приведи себя в порядок. Пойди к нему. У кого остановился? Наверно, у Мишки, одноглазого.

Так звали усталого стриженого мужчину в шинели с чёрной заплаткой на глазу, который весной, вскоре после их возвращения с Урала, появился у них в магазине. Посидел с час и ушёл, только раз улыбнувшись, на прощание, когда провёл шершавой ладонью по Котиной голове. От него пахло гуталином и луком.

Диван резко скрипнул.

Котя окончательно проснулся оттого, что, наконец, понял, о ком шептались тётя и мама. Неужели? Быть не может!.. Это ошибка. Тот, кто видел папу, просто-напросто обознался. Как мог он вернуться с войны и не прийти к своим жене и сыну?

Пока мама смотрелась в зеркальце пудреницы, тётя Таня повела Котю в кладовку, где стояло ведро с водой, полила ему из кувшинчика, чтоб умылся. Потом усадила завтракать. Котя попытался было взобраться на табуретку, которая шаталась: сидеть на ней было интересно. Но тётя тут же подхватила его под мышки и пересадила на другую:

— Каждое утро одна и та же история! Сколько раз можно говорить одно и тоже. Вырастешь, купишь коня — будешь на нём разъезжать в полное своё удовольствие!

На завтрак Коте дали чай с любимой горбушкой чёрного хлеба, натёртой чесноком. Мякоть тётя смазала подсолнечным маслом и посыпала крупной, как пляжный песок, солью.

Котя жевал хлеб, прихлёбывал чай... Чепуха какая-то! Неужели папа вернулся? Или ему показалось? Но как спросить? Котя хмурил брови, краем глаза следил за мамой и тётей. Против обыкновения обе молчали. Тётя глубже обычного затягивалась папиросой. Время от времени мама махала рукой перед Котиным носом: «Таня, не дыми, Бога ради, как паровоз. Отравишь ребёнка!» Тётя отворачивалась от стола, приподнимала подбородок, с шумом выпускала клубящийся столбик дыма в потолок.

Каждый раз при слове «ребёнок», Котя ёжился. Ему уже целых семь скоро с половиной лет! Он не младенец в коляске. Он терпеть не мог, когда его называли «Котя». Как котёнка. Когда мама его представляла взрослым, в ответ на вопрос «Как тебя зовут?», он отчеканивал: «Константин!» Он хотел, чтобы называли полным именем, ни буквой меньше. Поскорей бы вырасти! Хотя бы ради того, чтоб перестали обзывать младенцем.

Заговорить об отце Котя так и не решился.

Он помнил, как прощался с ним. В ту ночь громыхало и вспыхивало, как от далёких ливней, небо. Котя долго не мог уснуть, а когда задремал, мама разбудила. Спросонок он куксился и ёжился. Папа взял его на руки. Он был колючий. Колючей была щека, к которой он прижал Котю, колючей была шинель. Отец сурово и серьёзно смотрел на Котю сквозь круглые роговые очки. Наконец, опустил на пол, потоптался в дверях, что-то пробормотал и, не оборачиваясь, вышел за порог.

Через две недели уехали Котя с мамой. Эшелон со станками на платформах под брезентовыми чехлами и беженцами в теплушках двигался медленно, в основном по ночам. Впереди, как ни вглядывайся, не было ни огонька. С полей через вагонные щели шёл горький запах полыни и стылой пыли. Время от времени паровоз кричал, казалось, просто так, от страха, чтоб себя подбодрить. Когда светало, он затягивал эшелон в какую-нибудь рощицу, отдувался от ночного бега, спуская пары. С наступлением темноты осторожно, несколько раз дёрнувшись всем телом, поезд отправлялся дальше. Только когда переправились на другую сторону большой реки, паровоз рванул что было сил и без остановок, к вечеру следующего же дня, домчал их до маленького уральского городка с мощёными колотым камнем улочками и небольшими, обмазанными глиной, домиками...

Котя вышел через кладовку во дворик за магазином и занялся игрой, которую смастерил, подсмотрев у сверстников. На швейную катушку намотал метра полтора суровой нитки. Вогнал в торец две патефонные иглы и на пробитые гвоздём отверстия насадил небольшой, с бабочку-капустницу, пропеллер. С превеликим трудом, мамиными портняжными ножницами, он вырезал его из жёлтой консервной банки из-под американской свиной тушёнки. Оставалось продеть внутрь катушки прутик покрепче и, подняв всё устройство как можно выше над головой, что есть силы дёрнуть за нить. Пропеллер взвивался волчком и, соскочив с иголок, вспархивал. С приятным шуршащим звуком воробьиных крыльев устремлялся вверх. Поднявшись над крышами домов, вспыхивал в лучах солнца и, теряя высоту, дугой опускался на землю. Ничего красивей этого полёта на свете не было.

Жмурясь Котя следил за сверкающим в небе пропеллером. Как же так! Неужели папа не может их найти? Они ведь дали о себе знать!

На следующее утро после приезда с Урала, переночевав в первый раз на полу пустого магазина, они с мамой пошли по улицам города. Высоко в небе, словно солдаты в дымчатых шинелях со скатками за плечами, шли в срочном марш-броске облака. Только что прошёл дождь. Пахло сырым, только что выстиранным бельём. Хотя немцы уже год, как ушли из города, улицы пропахли гарью.

Друзья, купите папиросы!
Подходи, пехота и матросы!
Подходите, пожалейте,
Сироту меня пригрейте,
Посмотрите, ноги мои босы...

На центральной площади, у развороченного бомбой мраморного фонтана, пел слепой, чуть старше Коти, мальчик с неподвижным изможденным лицом. У его ног в солдатских обмотках лежала засаленная бескозырка.

По городу бродили калеки. У многих лоб, щёки и шея пылали малиновым цветом. Это были танкисты, которым посчастливилось выбраться из горящих машин. Безногие, без протезов и колясок, они раскатывали по тротуарам на сбитых наскоро, грозно рокочущих шарикоподшипниками, дощатых тележках. От них несло махоркой, винным перегаром, давно немытым человеческим телом. Отталкиваясь от асфальта деревянными чурками, словно гребцы на вёслах, инвалиды проносились мимо Коти в непонятном раже. Они не столько пели, сколько выкрикивали, слова жестоких песен. У многих на груди и руках синели наколки. Котя уже умел читать по слогам: «Не за-бу-ду мать род-ну-ю!» Почему только мать? А папу что, можно забывать?..

В оконных проёмах одного из домов на улице Ленина стояло синее в тех же круто взбитых облаках небо. Котя подтянулся на руках и заглянул в один из проёмов первого этажа. Огромная яма была полна мусора.

— Ты здесь родился, — сказала мама, жуя губы.

Котя сморщил нос. В этой яме?

Они зашли в подъезд. Там на покосившейся, на одном чёрном костыле, обожжённой дощечке с поблёкшими — некогда красными, теперь бурыми — Котя увидел буквы.

— Мама, что такое «злост-ны-е не-пла-те-ль-щи-ки»?

— Это до войны, — сказала мама, покачав головой. — Кто во время не платил за квартиру, того вывешивали... Сейчас рады были б заплатить — не за что...

К ним приблизилась высокая худая женщина с тёмным не выспавшимся лицом, в синей косынке. Из склянки с соской выдавила несколько полупрозрачных капель на листок арифметической бумаги. Прилепила его к доске. «Давид! — прочитал Котя. — Мы у дяди Гоши. Водопроводная 4, кв. 12. Ждём! Рита, дети».

Из разговоров взрослых Котя знал, что Красная армия уже вступила в Германию. Скоро война должна была кончиться.

Мама собралась уходить. Котя заглянул ей в лицо:

— А мы?

— Что, мы?

— Как — что? А как папа нас найдёт? Надо оставить записку!

Мама помедлила, присела на корточки, подтянула Котю к себе, обняла:

— Потом, Котя, потом. У меня с собой ни карандаша, ни бумаги.

— У меня есть!

Он всегда таскал в карманах своих штанцов куски бумаги, любой, какую удавалось найти, чаще всего коричневой, обёрточной, оставшейся от пайков, и огрызки карандашей. Он любил рисовать. Сюжет его рисунков всегда был один и тот же: наши истребители прошивали трассирующими пулями «мессеры» с мерзкими пауками на бортах.

Мама прижала лоскут Котиной бумаги к своей сумочке и вывела крупными буквами послание мужу. Клея не было. Тётя с бутылочкой давно скрылась из виду. На доске нашёлся только один гвоздь. Котя колебался только минуту. Одним движением выхватил из кармана катушку с пропеллером, зажал во рту патефонные иглы, расшатал из стороны в сторону, выдернул и протянул маме. Мама не успела даже охнуть «Испортишь зубы!» Она подобрала с тротуара сколок гранитного бордюра и вбила иглы по краям записки.

Об игрушке Котя не горевал. Дома патефонных иголок было хоть отбавляй. Он любил, усевшись вместе с мамой и тётей на диван, слушать пластинки, и весёлые и грустные. Впрочем, грустных было больше:

Тёмная ночь. Только пули свистят по степи.
Только ветер гудит в проводах,
Тускло звёзды мерцают...

На позиции девушка провожала бойца.
Тёмной ночью прощались у калитки-крыльца...

Уже прошло два месяца, как они вернулись в родной город. Теперь, когда он знал, что отец был уже где-то рядом, быть может, всего в нескольких кварталах от него, на квартире у своего боевого друга, Котя то и дело выходил во двор и смотрел в ярко-синее по утрам и бледнеющее к полудню небо. Он почему-то ждал, что папа вернётся не как все, на поезде, а спустится на самолёте. В чёрном пилотском шлеме, с медалями на гимнастёрке в два ряда. Он даже знал, какие у него будут — «За боевые заслуги» и «За победу над фашистской Германией». Такие были у многих вернувшихся с фронта. А может быть, будет даже и орден. Первым делом папа подхватит Котю на руки и, на зависть всем, посадит в свой МИГ, чтобы прокатиться под облака.

Он представлял, что всё будет именно так, хотя знал, что папа у него — не лётчик, не штурман и даже не радист, а маляр.

Прошёл ещё день. Затем другой. Отца всё не было. Котя украдкой от мамы и тёти наведывался к развалинам посмотреть, на месте ли записка. Если нет, значит, папа снял. Значит, вернулся, и ждать уже недолго. Имитируя звук рокочущего мотора, Котя бежал по улице. Раскинув, ладонями вниз, руки, согнув голову, он то подгибал коленки, то вытягивался на носках. Достигнув угла, разворачивался, выполняя на ходу какую-нибудь из фигур высшего пилотажа: то «мёртвую петлю», то «иммельман», то «восьмёрку», то «бочку».

Котя разглядывал на бегу прохожих солдат: вдруг встретит папиного одноглазого друга, и всё у него выяснит. А то и самого папу! При одной этой мысли замирало сердце. Несколько раз попадались военные с чёрными накладками на глазу. Приметив одного из них, не зная, как остановить, Котя схватил его за полу стянутой за спиной гимнастёрки. Солдат обернулся, нахмурился: что за шутки! Котя припустил вдоль улицы.

Вся надежда была на записку. Но что, если до того, как папа смог увидеть, кто-нибудь сорвал её злой шутки ради?..

Следующей ночью Котя пробудился от грохота небесной канонады. Молния обнаружила в шторах дырки. Они то и дело сверкали звёздами. Налетел ветер, хлынул ливень, задрожали шторы. Казалось, кто-то снаружи пытается их сорвать. Когда Котя прислушивался к ударам дождя, ему слышалось барабанное соло военных оркестров. Лёжа на раскладушке, он шептал в темноту:

Стар-р-р-р-рый бар-р-р-ра-бан-щик,
Стар-р-р-р-рый бар-р-р-ра-бан-щик,
Стар-р-р-р-рый бар-р-р-ра-бан-щик
Кр-р-р-еп-коспал.
Вдр-р-уг пр-р-р-ос-нул-ся,
Пер-р-ре-вер-р-р-нул-ся,
Тр-р-р-и копейки по-тер-р-р-ял…

Когда ливень начинал утихать, под его шелест Котя снова засыпал.

Вдруг он вспомнил, что карандаш маме он дал чернильный. Хотя доска висит в подъезде, но улица рядом. Ветер легко может занести брызги туда. Буквы могут расползтись, и тогда папа не сможет разобрать ни слова. Котя едва дождался утра и, улучив момент, когда мама и тётя были заняты своими делами, ринулся к бывшему дому.

Он подбежал к самой доске. Сердце его упало. Записки не было. Одна иголка торчала косо, другой и вовсе не было.

Может быть, сорвало ветром? Что же делать? Срочно бежать к маме, чтоб написала другое послание? А может быть, все-таки папа пришёл накануне и взял записку, пока она ещё было сухой?

Прошёл четвёртый день ожидания. На следующий день по нервному шарканью тапочек тёти Тани, по тому, как часто она уводила маму в кладовку, для взрослых разговоров, Котя понял — вот-вот случится главное. Мама принялась стирать, сушить на солнце и потом долго гладила огромным, пышущим углями, утюгом голубую в белых разводах скатерть, которую достала из чемодана. Когда утюг остывал, она выходила на порог и, согнувшись, размахивала им из стороны в сторону, пока угольки не начинали заново розоветь.

Котя узнал скатерть. Эта была та самая, со стола их «солнечной», на третьем этаже, довоенной квартиры, от которой осталась теперь только свалочная яма. Тётя некоторое время ходила вокруг Коти. Потом, ткнув только что зажжённую папиросу в стеклянную банку, прижала к себе. Обычно её объятия сопровождали какие-нибудь выражения типа «племянничек мой золотой!» — телячьи нежности, которые он терпеть не мог. На этот раз тётя для чего-то потёрла ладонями там, где ему обычно прикладывали горчичники, когда у него появлялся кашель — под подбородком, на груди.

Котя выбрался их тётиных объятий и поспешил в дальний угол магазина, где стал возиться со спичечном коробком и катушками из-под ниток, пытаясь смастерить бензовоз для заправки самолётов. Он поглядывал то сквозь витрину на улицу, то на часы с кукушкой, которые тётя подобрала на свалке. Вместо оборванной железной шишки на цепочке, она прицепила навесной замок от кладовки — и они затикали.

Часовая стрелка приблизилась к восьми. Котино сердце стало часто и громко колотиться. Он попытался было незаметно выскользнуть наружу, чтобы первым увидеть отца. Тётя заметила его, когда он уже ухватился за дверную ручку. Сгребла его и отнесла в глубину комнаты. После захода солнца выходить на улицу ему не разрешалось.

Уже была половина девятого, а папа всё не шёл. Котя продолжал катать по полу бензовоз. В висках стучало.

Совсем стемнело. Тётя вышла на улицу с длинной палкой. Прогрохотали шторы. Котя устал ждать. Мама забралась в угол дивана, скрестив руки на груди. Тётя ходила из угла в угол и курила папиросу за папиросой. Стеклянная банка была полна окурков. От долгого молчания взрослых Котино сердце сжалось. Страшно хотелось спать. Песок в глазах становился нестерпимым. Чем больше он растирал веки кулаком, тем больше щипало. Он старался изо всех сил не заснуть, но вскоре растянулся на полу, уткнув лицо в сгиб локтя, со сжатым в ожидании сердцем.

Подошла мама. Отнесла Котю за ширму. Уложила на раскладушку.

Он спал чутко. Стоило шторе пророкотать, как он проснулся. С трудом разлепил веки и заглянул в расщелину между створками ширмы. Тётя пропустила внутрь небольшого роста мужчину в длинном, почти до пола, кожаном пальто с отворотами. У него было бледное лицо и рассеянный взгляд. Под мышкой — какой-то газетный свёрток.

Гость замялся у входа. Затем проговорил еле слышно:

— Доб-рый вечер…

Тётя предложила одну из двух табуреток в доме, ту самую, на которой обычно усаживала Котю.

— Спасибо… — тихо сказал мужчина и сел.

Свёрток он положил рядом с собой на стол. Газета развернулась. В ней оказалась модель самолёта с четырьмя моторами. Бомбардировщик! Но какой марки?

Мама сидела, не шелохнувшись, по другую сторону стола, в самом углу дивана. Обычно Котя определял, какое у неё настроение, по губам. Они сжимались, когда она сердилась. Расплывались, когда радовалась. А когда начинали дрожать, значит, слёзы вот-вот начнут заполнять её большие красивые глаза. Но сейчас губы окаменели. Оказывается, тётя права: лицо и вправду может исчезать…

Гость кивнул головой. Потом пробормотал что-то.

— Спасибо, — сказала мама еле слышно.

Сощурившись, мужчина поискал глазами вокруг.

— Уже поздно… Заснул, — сказала тётя, приложив палец к губам.

Суетясь больше обычного, она стала накрывать на стол. Голубая скатерть при свете желтоватой лампочки под потолком казалась белой. Таким же было мамино лицо. Казалось, на нём было больше обычного пудры, которую она по утрам накладывала ваткой на нос и щёки.

Котя вслушивался изо всех сил в приглушённые голоса взрослых. Они пили без конца чай, стакан за стаканом. Говорила в основном тётя. Гость иногда односложно отвечал. Котя пытался понять, кто такой этот ночной гость. На папу он не походил. Тогда, больше трёх с половиной лет (больше половины Котиной жизни!) назад, папа был гораздо выше ростом. И голос у незнакомца глуховатый. У папы был звонче...

Вскоре тётя встала и вышла через чёрный ход, через кладовку. У неё оказалось срочное дело к Марии Петровне, старушке, жившей со внуком Юрой, Котиным приятелем, недалеко от них, в бывшей булочной.

Котя боялся пошевельнуться на шатком своём ложе, чтобы из-за скрипа не пропустить ни слова. Но за ширмой молчали.

Котя заскучал. Он начал было играть в привычную игру: не мигая смотреть, пока веер на ширме не превратится в распустившего хвост павлина. Но сегодня игра не получалась. Веер оставался веером, как он ни старался. Кот сполз с раскладушки на пол, присел на корточки и заглянул в расщелину между створками ширмы.

Мама сидела в той же позе, что и раньше. Откинувшись на спинку дивана, обхватила скрещёнными руками собственные плечи, будто ей было зябко, и она пыталась сама себя согреть. Пришедший сгорбился над стаканом с чаем. То вынимал ложку из него, то снова принимался вертеть ей. Наконец, он сказал что-то, едва шевеля губами. Котя услышал только:

— ...нечего сказать?

Мама всё также смотрела неподвижно перед собой.

— А что я должна говорить? — произнесла, помедлив.

— Ну... почему уехала... на Урал?

Мама опять помолчала. Затем ответила глухо:

— За сына боялась...

— Другие женщины с детьми, — сказал мужчина едва слышно, заглатывая воздух, — остались при мастерских... Почти до конца войны... Вернулись с фронтом... Вместе...

— То другие, — сказала мама. — А то я... Не хотела Котю под бомбы подставлять...

— И это всё?

— Всё у нас с самого начала было слишком поспешно... Мне было только восемнадцать. Я ещё не знала жизни. Не знала, чего хочу...

— Или кого?

Мама упрямо кивнула головой:

— И кого.

— Ну... а теперь... знаешь?

Молчание.

— Между прочим, — сказал мужчина, понизив голос ещё больше. — что у тебя было с этим... как его? Оскаром, что ли? Там, на Урале?

В его голосе Котя почувствовал страх. Похоже, что гость боялся ответа.

Мама подняла глаза к потолку. Её губы сжались.

— Что это, допрос, что ли?.. Я там не в бирюльки играла. Я работала... Надо было растить сына. Думаешь, это просто было? Он ведь уже большой. Всё понимает.

Мужчина замер. Несколько раз он открывал рот, но ничего не говорил. Наконец буркнул:

— А что... он должен был понимать?..

— Мне было трудно одной.

Мужчина делал ртом какие-то неразборчивые звуки — что-то вроде «кс, кс». Не «кис-кис», он не подзывал никакой кошки, а «кс...» — пауза — «кс»... Точно так делал, когда надо было сосредоточиться, водя пульверизатором вдоль самолётного фюзеляжа, папа.

Котя напрягся. Значит, человек за столом был всё-таки им?.. Что же в таком случае происходит? Отчего он и мама так холодны друг с другом?

От напряжения у Коти начала болеть голова. Оскар... Какой Оскар?

Он вспомнил, что там, на Урале, к ним в дом приходил мамин знакомый. У него были золотые зубы, и он носил буклевую кепку. Кажется, тётя в глаза называла его Оскаром, а за глаза, в разговорах с мамой, «твоим гешефтмахером».

«Он такой же мой, как и твой», — отвечала мама.

«Ну, да, как же! Из-за меня он сюда ходит», — говорила тётя, совсем Котю запутывая.

Котя долго не понимал, что «гешефтмахер» означает. Парикмахер — это понятно. А ге-шефт-ма...? Позже он услышал это слово в очереди за хлебом. Какой-то старик с тёмным, словно из спёкшейся глины, лицом сказал, что вот только «ге-шефт-ма-херы» живут, только им война в радость — на людском горе наживаться.

Коте вспомнился вдруг один ужасный вечер. Он с мамой и Оскар рядом шли по узким улочкам городка. Солнце уже почти зашло.

В это время суток Коте всегда становилось грустно, но в те сумерки самый воздух, казалось, был наполнен печалью и тоской. Оскар в своей буклевой кепке, идя рядом с мамой, время о времени пытался взять её под руку. Она отстранялась. Он что-то тихо ей говорил. Котя ничего разобрать не мог, сколько не напрягал слух. Он не понимал, чего тот хочет от мамы. Какая-то взрослая тайна была между ней и этим человеком с наглыми глазами. Оскар добивался ответа, но мама, сжав губы, молчала, только без причины дёргала Котю за руку, как бы проверяя, на месте ли он. Зачем она тормошила его без всякой причины? Куда ему было деваться!.. Этот проклятый Оскар! Как смел он прикасаться к маме! Она была папина, человека, который дрался с фашистами. Почему этот дрянной Оскар не там, где должны быть все мужчины? Недаром это слово — «гешефтмахер» — похоже на немецкое. В тот вечер он наконец понял, что оно означает. «Пр-р-р-ре-датель!» Худшего ругательства у него и его сверстников не было. Стоило так обозвать кого-нибудь, как в воздухе тут же начинали мелькать мальчишечьи кулаки.

Человек за столом пытался что-то сказать, но только сипел. Когда у Коти случалась такое, мама обычно говорила: «Надо выпить воды». Но мужчине она ничего не сказала.

— Ну? — только и выдавил тот.

— Что, «ну»?..

— Что... дальше?

— Что дальше! Если ты не веришь мне, то нам нет смысла... Ничего хорошего не получится. Тогда нам надо разойтись.

Она водила ладонью по скатерти, будто взялась выпрямить ей одной видимую складку. Как будто это была её главная забота. Мужчина, как заворожённый, смотрел на её пальцы, на то, как они то скользили по ткани, то принималась расщеплять склеенную крахмалом бахрому. Странные игры у взрослых! Никакой фантазии...

Глаза снова начало щипать. Коте стало скучно смотреть. Всё та же картина: мама гладит и гладит рукой скатерть, а мужчина уставился на неё, время от времени раскрывает рот, но ничего не говорит, только горбится над столом. В маминой руке появился носовой платочек с кружевами. Время от времени она промокала уголки глаз.

Теперь мужчина отодвинулся от стола. Котя, как ни старался, не мог разглядеть его лица: оно совсем ушло в тень абажура — жестяного конуса, выкроенного из той же американской консервной банки. Всё, что попало в свет лампы, была его сжимающая стакан рука. Котя пригляделся к ней. Ноготь большого пальца охватывала въевшаяся скобка. Такая, помнится, была у папы от нитратной самолётной краски. Ну, конечно!.. Чьей ж ещё может быть эта рука! Вот она оставила, наконец, стакан и стала кружить по скатерти. Точь-в-точь, как это делал Котя, изображая самолёт над аэродромом, который хочет приземлиться, а ему не дают посадочную полосу.

Котино сердце застучало. В следующее мгновение как был — в одних чулках — он выскочил из-за ширмы и, опустив голову на грудь, будто целясь макушкой в живот человека за столом, бросился к нему. Тот вскочил. Пойманный под мышки в воздухе, с крепко сжатыми глазами, Котя принялся колотить по груди мужчины кулаками, теперь уже не в силах сдержать глухих рыданий.

...Он уснул час спустя, стоя между колен отца, с самолётом в обхватку. Уже сквозь сон почувствовал, что поднимается в воздух и что с него, расцепив застёжки, стягивают чулки. Его ноздри уловили замечательный запах маминой пудры, смешанный со сладковато-острым ароматом свежеразрезанной дыни.

— Осторожно, — тихо сказала над ухом мама.

У Котиного уха между тем коротко и прерывисто дышали — «кс-кс… кс-кс… кс-кс…».

Котя попытался было улыбнуться, раскрыть веки, но сделать этого не смог. Сон окончательно одолел его. Перед глазами, гремя самолётными моторами, спешили облака.

ЧЁРНЫМ ПО БЕЛОМУ

— **М**иля, — раздаётся мамин голос. — Вставай! Опоздаешь в школу.

Утро тринадцатого января. Холодно. За окном хлещут по рамам шквальные ветры, будто кто-то трясёт гигантские простыни. Ветер жалобно свистит в проводах над нашей крышей. Снега нет. На прошлой неделе прошёл дождь, и лужи затянуты ледяной коркой. Вставать неохота, но надо в школу. День обычный, вторник.

Наконец, заставляю себя сесть на постели с закрытыми глазами. Хочу досмотреть сон. Мне снова снится Лиза, та самая писательская дочка, что живёт в фасадном флигеле нашего двора.

— Миля, вставай! — говорит мама. — Сколько раз я должна повторять! Вставай!

Она сидит на табуретке у окна и расчёсывает свои роскошные русые волосы. В её губах — несколько шпилек, больших и маленьких. С их помощью она укладывает на голове свои косы.

— М-м-м-м-м...

С полузакрытыми глазами бреду к умывальнику в коридоре. Чтоб окончательно проснуться, плещу в лицо холодной водой. Затем я сажусь за стол, ем бутерброд с колбасой и запиваю сладким чаем. Папа ещё в постели. Он лежит на боку, приподнявшись на локте, подперев голову рукой, смотрит в окно невидящими глазами. Как всегда, когда его что-то заботит, он слегка цокает языком: «тс... тс... тс».

О чём думает папа, я не ведаю. Мне уже стукнуло пятнадцать, и проблемы родителей волнуют меня меньше всего. У меня своих проблем хоть отбавляй. На прошлой неделе я «схватил четвёрку» по алгебре. Выражение это — из маминого словаря, в том же смысле, что «схватить простуду». Вообще-то говоря, отметки у меня неплохие, то есть сплошные пятёрки, но у нас в доме это не считается Бог весть каким достижением.

— Ты что себе думаешь? — узнав о четвёрке, сказала она, как будто и впрямь жаждала ответа на свой риторический вопрос. — Кто тебе сказал, что у тебя есть моральное право получать четвёрки?

Наступила долгая ораторская пауза. На мгновение мне показалось, что мама и в самом деле ожидает услышать имя человека, снабдившего меня заведомо ложной информацией:

— Если тебе кто-то такое сказал, знай, что тебя обманули. Был бы ты гой — тогда другое дело. Гуляй не хочу! Мог бы принести домой даже тройку!

Для мамы получение тройки — последняя ступень морального падения. О двойке же вообще она никогда не упоминает. Не берут же в расчёт обычного хода жизни извержение вулканов и землетрясения.

— Не забывай, что ты еврей, — часто говорит она. — Получать четвёрки в этой стране ты не имеешь права. Должна тебе напомнить, что ты живёшь не в Америке.

Таким образом, Америка рано вошла в моё сознание как легендарная страна, в которой еврейский школьник может, роскоши ради, получить четвёрку.

Кончаю завтракать. Время от времени папа глубоко вздыхает. Безработицу он переносит плохо. В ту зиму заказов у него даже меньше обычного. С начала сентября, вскоре после того, как по «Голосу Америки» папа услышал о суде над еврейскими писателями и поэтами, по городу стали ползти слухи, одни других мрачней. Слухи отрицательно повлияли на папины дела. У всех на уме другие заботы. Какой там ремонт квартиры, когда неизвестно, что будет завтра!

Запахивая поплотней пальто с чёрным кроликовым воротником, напяливая шапку-ушанку, толкаю входную дверь и едва не сшибаю с ног дядю Мишу. Сегодня у него на лице странное выражение. Нет обычной утренней бодрости. Бывший старшина танкового полка, он поддерживает форму по утрам. Бегает трусцой сорок минут и, расставив колени, толкает кверху пудовую гирю. Потом пятьдесят раз отжимается от пола и столько же раз приседает. К нам он обычно приходит после холодного душа и обтирания полотенцем — возбуждённый, азартный, будто ему предстоит не обычный рабочий день с побелкой потолков и оклейкой обоев, а матч по джиу-джитсу, которому его обучили в армии. На его лице — жгучее желание немедленно перебросить воображаемого противника через себя и для куражу поддать ему под зад коленом.

На этот раз дяде, по всему видно, не до игр. Он сосредоточен и бледен. Столкнувшись со мной в дверях, дядя вдруг спрашивает:

— Ты куда?

— Как, куда? В школу.

— А, да, да, — рассеянно говорит он и хлопает меня по плечу. — Давай, давай! Дуй! Только осторожней, понял? Смотри по сторонам, понял?

Закрывая за собой дверь, слышу голос дядя уже с порога нашей комнаты:

— Вы уже слышали? С'из гит паскидне! Таки плохие дела! Абраша, ты можешь включить свой грагер? Интересно, что там говорят...

На языке дяди Миши «грагер», шумовик — это наш трофейный, купленный в комиссионке, радиоприёмник «Грюндиг». По голосу дяди чувствую: случилось что-то из ряда вон выходящее. Но что?

Выхожу из ворот нашего дома на улицу. Поворачиваю направо, по направлению к школе. Рядом с магазином канцтоваров у стенда «Правды» — небольшая толпа. Я протискиваюсь сквозь неё и через чьё-то плечо пытаюсь прочитать то, что читают все, — статью на первой странице. Не передовую, которую обычно помещают слева, а другую, такого же объёма, но справа. В глаза сразу бросается жирный заголовок:

ПОДЛЫЕ ШПИОНЫ И УБИЙЦЫ ПОД МАСКОЙ ПРОФЕССОРОВ-ВРАЧЕЙ

Статья — без подписи. Это особенно настораживает. Я уже давно заметил, что подпись делает самую грозную статью менее зловещей. Безымянность делает её страшной. Это означает, что это не мнение одного человека, а некоей верховной силы, наивысшей власти. Такая статья печатается не для обсуждения, а для инструкции, что следует неукоснительно исполнять.

Перескакиваю со строки на строку. Арестована группа врачей-вредителей. Они сгубили жизни руководителей Советского государства Жданова и Щербакова. Готовили покушение на жизнь маршалов Василевского, Говорова, Конева, генерала армии Штеменко, адмирала Левченко. «Изверги человеческого рода» в белых халатах в прошлом «умертвили путём умышленного неправильного лечения великого русского писателя Горького, выдающихся деятелей советского государства Куйбышева и Менжинского».

Из-за голов взрослых, как ни подпрыгиваю, не могу дочитать, выяснить, кто же эти вредители. Скоро восемь. Мне досадно, что надо идти. Но тут я вспоминаю, что рядом со школой есть ещё один газетный стенд. Улица Гоголя — не центральная, боковая; народу должно быть поменьше. Но стенд находится рядом с Главным почтамтом… Удастся ли мне узнать имена супер-диверсантов до звонка? Я тороплюсь, таща тяжеленный портфель. Бледное лицо дяди вдруг мелькает передо мной, и нехорошее предчувствие отдаётся в подвздошье сосущим ощущением.

Бегу. Голова под ушанкой взмокла. Сердце глухо колотится в груди.

Приближаюсь к стенду. Слава Богу, у него только низкорослый старичок в залатанной фуфайке. Он дымит самокруткой, и на лице у него сплошное благодушие.

— Господи, чего только не происходит на белом свете! — вздыхает он.

Меня его слова немного успокаивают. Старик читает умопомрачительную новость так невозмутимо, словно речь не более чем о том, что в Антарктиде обнаружили останки ихтиозавра. Любопытно, да и только.

На часах у входа в почтамт — без пяти восемь. Скоро — звонок.

Впиваюсь глазами в статью. Ага, вот имена убийц-врачей. За мгновение до того, как мои глаза добрались до списка, я уже чувствую, что мои худшие опасения оправдаются. Так и есть! Большинство фамилий еврейские. Коган М. Б, Коган, Б. Б., Фельдман, Эттингер, Гринштейн… Я лишь слегка удивлён, что в списке несколько русских — Егоров, Виноградов, Майоров. И ещё есть какой-то Вовси…

Я перечитываю еврейские фамилии, одну за другой, с трудом, словно проглатываю лезвия бритвы. Во рту, как во время ангины, которой я часто болею в те годы, — горьковатый привкус. Теперь уже взмокла и моя спина. Сердце бьётся громко, как будто оно переместилось в уши. Ду-дум, ду-дум, ду-дум…

Резко ударяет школьный звонок. Я отрываюсь от стенда. Пора.

Я хочу было ринуться на мостовую, уже ступаю на брусчатку, как слышу скрежет тормозов у самого уха. Мою щеку обдаёт жаром радиатора. Из кабинки невесть откуда взявшегося грузовика высовывается бледное лицо водителя:

— Ё…

Конца шофёрской фразы я не дожидаюсь. Лечу к школьной двери, благо, она ещё не заперта. Одним махом взлетаю на третий этаж, в наш восьмой «А». Я опоздал не более чем на минуту. Ещё не было переклички. Вера Васильевна только открыла журнал и смотрит на меня с удивлением. Я никогда не опаздываю. Мне кажется, что весь класс тоже разглядывает меня, а некоторые даже ухмыляются. Что ни говори, а приятно, что отличник, которого всем ставят в пример, туда же, опаздывает.

— Можно сесть, Вера Васильевна? — говорю, пыхтя.

— Ну, садись...

Стащив с себя пальто у вешалки, усаживаюсь и раскрываю «Хрестоматию по русской литературе». На случай, если вызовут к доске, пытаюсь ещё раз бегло просмотреть поэму Некрасова «Кому на Руси жить хорошо». В голове почему-то застряла странная фамилия из статьи о врачах-вредителях — Вовси. Никогда раньше такой фамилии не встречал. Вовси... В голову лезут дурацкие каламбуры. Вовси. Вовсе... «Может, Вовси вовсе не еврей?»

Стараюсь сосредоточиться. Не хватает ещё сегодня ко всем делам схватить четвёрку...

Мои щёки пылают. Чувствую, начинается жар. Что большинство фамилий докторов-злодеев — еврейские, меня уже не удивляет. Евреи-лихоимцы уже с полгода, как замелькали в фельетонах одесских и киевских газет. Но в «Правде», на первой полосе — это тебе не шуточки. Похлеще любого фельетона. У меня сжимается желудок. В который раз моё еврейство оказывается паршивой долей.

То, что врачи травили маршалов, слишком необычно даже для меня, перечитавшего все до одной книжечки «Библиотеки военных приключений». Я не припомню ни одного диверсанта под маской врача.

Но ведь «Правда» — наша главная газета! Там не будут печатать ничего без тщательной проверки...

Стараюсь не поднимать головы. Кошусь на Веру Васильевну. Не сердится ли на меня? Не за опоздание, конечно. Если до тебя ещё не дошла очередь при перекличке, опоздание не считается. Наверное, думает, что... Пакостное чувство неизвестно откуда взявшейся вины лезет в мою душу. Я борюсь с ним некоторое время. Мне уже начинает казаться, что начинаю его одолевать, когда с ужасом слышу внутри себя чей-то писклявый, пионерский, даже октябрятский голос: *«Вера Васильевна! Честное слово, я ни при чём. Когда троцкисты-бухаринцы убили Куйбышева и Менжинского, меня ещё на свете не было... А Конев! Василевский! Говоров! Как можно, Вера Васильевна! Они же кумиры моего военного детства! В первом классе я даже сделал красивый транспарант с их портретами: „ОНИ СРАЖАЛИСЬ ЗА РОДИНУ"... Галина Ивановна, наша классная руководительница, тогда даже прослезилась... Даже поцеловала при всех...».*

Я морщусь от неприязни к самому себе. Пытаясь заткнуть подлый писк в моей голове, вперившись глазами в хрестоматию, начинаю бормотать строчки из некрасовской поэмы. Но как ни стараюсь, не могу сосредоточиться и выяснить, кому в некрасовской поэме, на Руси жить хорошо. Сейчас уж точно не мне...

А в ушах опять начинает пищать: «*А Горький!.. Он же мой любимый писатель! Я прочитал его всего — и „Детство“, и „В людях“, и „Мои университеты“. И даже роман „Мать“. Горький мне очень близок. Он тоже из рабочей семьи, у него тоже было тяжёлое детство. Он же всегда защищал всех слабых и сирых мира сего. У меня даже пятёрка за чтение наизусть его „Буревестника“, хотя трудно было запомнить: „Над седой равниной моря ветер тучи собирает. Между тучами и морем гордо реет буревестник, чёрной молнии подобный... Буря, скоро грянет буря!..“*».

(Придёт время, и Горький вырастет в моих глазах диспропорционально его художественным заслугам. В конце концов, он окажется одним из немногих русских писателей, презиравших антисемитизм, боровшихся с ним. «В некотором царстве, в некотором государстве жили-были евреи, — говорится в одной его сказке, — обыкновенные евреи для погромов, для оклеветания и прочих государственных надобностей...»)

Наступает большая переменка. Оглядываясь, не следят ли за мной, я снова пересекаю мостовую. Решаю ещё раз статью перечитать. Сомнения насчёт национальности Вовси окончательно разрешаются. Оказывается, он вместе с террористами Коганом, Фельдманом, Гринштейном и Эттингером был связан с «международной еврейской буржуазно-националистической организацией „Джойнт“, созданной американской разведкой „якобы для того, чтобы материально помочь евреям в других странах“. Ещё упоминалось, что какой-то врач по фамилии Шимелиович и „известный еврейский буржуазный националист“ Михоэлс получали директивы из того же „Джойнта“ „для шпионской, диверсионной и другой подрывной деятельности“».

Я возвращаюсь в класс. В голове — ещё больший ералаш. Кто такой Шимелиович? Никогда о нём не слыхал. Но Михоэлс! Я тотчас вспоминаю воскресный недавний день, странное папино поведение после просмотра фильма «Цирк». Михоэлс — известный буржуазный националист? В картине он пел колыбельную на идише. Но ведь ему, наверное, так полагалось по сценарию. Не мог же он заниматься отсебятиной!

Фёдор Терентьевич, горбатый наш физик, выкинув как можно выше над головой бледную руку, как всегда, старательно выписывает в колонку формулы. Физик жмёт изо всех сил на мел. Тот не пишет, а царапает доску. Кто-то из классных проказников опять навощил доску. Я жмурюсь от неприятного звука. Но, как ни стараюсь, не могу думать ни о чём, кроме как о статье в «Правде».

«Джойнт», «Джойнт»... Перед моими глазами мелькает вскрытая консервным ножом большая жёлтая жестяная банка, из которой идёт чудный мясной запах. В эвакуации, в Ташкенте мама иногда приносила домой то банку со свиной тушёнкой или сгущённым молоком, то пакет с яичным порошком. Когда это случалось, у нас был настоящий пир. Мама говорила тогда: «Это нам прислал Джойнт».

— Что это, Джойнт? — спрашивал я, впиваясь зубами в намазанный тушёнкой кусок чёрного хлеба или облизывая чайную ложку после того, как с неё стекала последняя капля молока в стакан с чаем.

— Это из Америки, — говорила мама и вздыхала. — Это нам помогают американские евреи.

Вздыхала оттого, что, хотя была рада, что достались такие вкусные продукты, её гордость страдала. Она не любила подачек.

Когда мы вернулись в Одессу сразу после войны, в доме появились посылочные коробки из Америки. В них были пуловеры, свитера, макинтоши, мужские пиджаки и женские платья. Вещи поражали не только добротностью ткани, но и тщательностью отделки. Мама уважительно проводила ладонью по обшлагам, выворачивала изнанку, щупала шёлковую подкладку. Она брала меня с собой, когда везла вещи на толкучку — продавать, менять на продукты. Отправляясь с мамой туда, я каждый раз думал, что мы пробудем на базаре недолго. Такую красоту у нас выкупят сразу, и мы скоро поедем домой. Но толкучка кишела такими же, как мы, людьми, нагруженными американскими вещами. С того времени саму толкучку стали называть «Американкой».

Америка! В моём тогдашнем представлении по другую сторону планеты была залитая солнцем огромная щедрая страна, которую населяли беззаботные и богатые люди, способные легко снять с плеча и отдать совершенно незнакомым людям свои замечательные вещи. И читая сегодня о «Джойнте» в «Правде», мне трудно поверить, что те послевоенные посылки были не бескорыстной помощью, а диверсионным актом...

Школьный день идёт к концу. Я поглядываю краем глаза на других еврейских ребят — на толстяка Вовку Браславского, на худого, вечно подвижного, Юрку Лернера, на самого высокого в классе Эдика Бармаша. Вижу их согнутые спины. Чувствую, они сидят —

так же, как и я, не поднимая от парты голову, — неслучайно. Делают вид, что очень заняты. Впервые я думаю о том, что они, должно быть, чувствуют то же, что и я...

Вот и звонок. Хлопают, как пистолетные пистоны, крышки парт. Все начинают запихивать книги и тетрадки в портфели. Обычно я иду домой с Вовкой Браславским: он живёт наискосок от нашего дома, на углу Красного переулка и Дерибасовской. Вовка хороший и добрый парень. Мы иногда бываем в гостях друг к друга. По дороге домой обычно треплемся, но сегодня молчим. Вот и сегодня мы выходим из дверей школы вместе.

Пройдя полквартала, Вовка, не по обычаю сумрачный, для чего-то посмотрев по сторонам, вдруг останавливается.

— Ты иди, — бормочет он, не глядя на меня. — Я догоню...

Вместо того, чтобы, как это случалось раньше, когда у него развязывались шнурки, дать подержать портфель мне, он кладёт его на землю. Опускается на колено, начинает завязывать шнурки.

Некоторое время я иду один. Вовка меня почему-то не нагоняет. Что это с ним? Сколько нужно времени, чтобы завязать шнурок? Я чувствую, что он не случайно так долго возится с ним. Хочет отстать, чтоб идти домой без меня. Друг, называется! На секунду меня колет обида. Но я вдруг чувствую облечение. Наверное, он прав: сегодня лучше идти порознь. В газетных статьях еврейские имена — всегда вместе. В очередях тоже говорят, что евреи один другого повсюду тянут. Может быть, поэтому мы в классе стараемся держаться поодаль друг от друга. Чтоб не давать повод нашим ненавистникам. Так диктует инстинкт самосохранения.

Шагов через двадцать я не выдерживаю и оглядываюсь. Вовка всё так же стоит на одном колене и, подняв голову, смотрит в мою сторону. Увидев, что я обернулся, снова с усердием берётся за шнурки. Я спешу домой — один...

Дома я первым делом почему-то спрашиваю папу то, что мне уже давно ясно самому:

— А Вовси — еврей?

Папа сидит за столом с «Правдой» в руках. Время от времени глубоко вздыхает. Услышав мой вопрос, ёрзает на стуле.

— Да, — наконец, говорит он, как может, спокойно и качает головой. — В Минске я знал еврея с такой фамилией.

Революционный этюд

— Нина, вы следующая, — шепчут ей откуда-то сбоку, из-за кулис.

Она забирает воздух полной грудью и уже на полпути к фортепиано жалеет об этом. Душно. В луче солнца, чудом пробившегося сквозь плохо промытые окна актового зала, прыгают пылинки. Зал пустой, только где-то посредине, в ряду десятом, расселась комиссия. Две тётки да директор, дядька с лысой бледно-оранжевой, как среднеазиатская дыня, головой. Все при очках, бумажки в руках, хотя слушать надо, а не читать. Экзамен ведь — по музыке, а не сочинение на вольную тему «Как я провела лето»...

Папа с мамой — в холле. Сидят там, небось, бледные, затаив дыхание. Носовые платки от волнения жуют... Да что они в самом деле! Операция у меня, что ли? Гнойный аппендицит? Ну, не возьмут в музучилище — подумаешь, большое дело!.. Ну, для них, может быть, и большое, даже великое, а мне-то что!

Быстрым нервным шагом подходит к раскрытому Стейнвею, допотопному, довоенному. На крышке — паутинка трещин, чёрный лак по краям облупился. Да и клавиши уже тронуты желтизной... На минуту мелькает страх: так много накопилось эмоций — старик Стейнвей может не выдержать её напора. Рухнет под руками, как слон в цирке — сразу на все подпорки...

Вот сейчас так отбабахаю, — решает, опускаясь на стул, — не то, что в музучилище, в посудомойки не возьмут...

Благо, вещь, которую выбрала — для такого случая самая что ни есть подходящая. «Революционный этюд» Шопена. *Уж я устрою вам революцию!*

К кому относится «вам», она точно не знает. Полагает — ко всем на белом свете.

Наткнулась на эту вещь случайно, но, как только взглянула на ноты, на первые аккорды — резкие, диссонирующие — сразу потянуло сыграть. После первого бурного пробега по волнам — *allegro con fuoco*, то есть, быстро, с огнём, так и легло под «Чёрт побери!».

«*Чёрт-по-бе-ри!*». И сразу после паузы — ещё более гневное: «*Чёрт побе-ри-и-и!*»

Ну, как ещё, скажите на милость, выразиться по поводу того, как сложилась жизнь, вторая её половина, лет, то есть, с семи! Недаром этюд — в тональности «до минор». Вам удивление: молодая девчонка, какой тут может быть минор?

Что ж, *да capo*, любезная комиссия... *Da capo al fine*, вернёмся к началу и пройдём до конца, то самого последнего аккорда...

...Левая рука наполняет зал бурным рокотом пассажей, а правая выдаёт трагические аккорды основной мелодии. И так — с первого такта по десятый. Та-та-там!.. Та-та-там!

Ну, как так случилось в жизни, что повергла себя на вечную муку?! Росла ведь нормальным ребёнком, но стукнуло семь, и родители насели:

— Пойдёшь учиться музыке.

Повезли на трамвае на другой конец города, записали в музыкальную школу, в класс фортепиано. Проверили слух и ритм. Барабанили карандашом по столу — повтори! Пропой «В лесу родилась ёлочка»... Начались занятия, училка стала объяснять, где какая нота, как называется. Ну, галки сидят на заборе, дальше что?..

Скучно было. Каждый раз в школу тащили силком.

— Не хочу я эту музыку, — ныла.

— Мало что не хочешь! — наседала мама. — Не забывай — ты еврейка. То есть, тебе не дадут выучиться ни на врача, ни на юриста. А с музыкой — — шанс выбиться в люди. Вот смотри — Буся Гольдштейн... Эмиль Гилельс... Давид Ойстрах... Станешь звездой — закроют глаза, что не той национальности... Ну, если и не звездой, то закончишь консерваторию, училище хотя бы — будешь музыку преподавать. Всё-таки без куска хлеба не останешься...

Она на них глазища свои темно-карие выкатила. Чего, чего вы мне такое говорите?.. Мы же в школе проходили! У нас же Советский Союз, не какая-нибудь ужасная Америка, где негров на деревьях вешают... У нас все национальности равны. Я в «Родной речи» читала, знаю...

Матово-белые блики рук в откинутой крышке рояля то сходятся, то, словно повздорившие влюблённые, разбегаются в разные стороны, чтобы тут же, зависнув на мгновение в воздухе, обрушиться на клавиши в оглушительных аккордах.

Чёрт побер-и-и! Чёрт побери-и-и!...

...Папа — высокий и красивый. В углу родительской спальной — пианино. Папа садился за него каждое утро. Откашливался. Аккомпанировал себе и разогревал горло бесконечными ми-ми-ми, ма-ма-ма *и* мо-мо-мо. Она росла и узнала, что папа поёт в большом сизовато-сером здании со скульптурами по бокам главного входа, в театре оперы и балета. Все девчонки в школе смотрели на неё с завистью. Надо же, как повезло! Иметь такого замечательного папу! И поёт он не где-нибудь, а — в оперном!

Водили их туда всем классом. Ей там не понравилось. Облезлый, когда-то бордовый плюш на креслах. Нафаталином отдаёт... И поют тоскливо. За стенами театра — солнце, голубое небо и море недалеко. А тут — тёмный зал, горестные лица на сцене. Да и в зале — ничуть не веселей... Сплошное *doloroso*. Тоска, то есть, зелёная...

Вот и у папы лицо редко бывало счастливым. Он грустил, всегда грустил.

— Успокойся же ты, наконец! — время от времени говорила мама.

Но он не успокаивался. За обедом, хотя уже подано жаркое, слюнки текут, а он, вместо того, чтобы есть, долго складывает салфетку. Сначала вдвое. Потом, подумав — в четверо. Потом — в восьмушку. И, выждав паузу, так же медленно, шаг за шагом разворачивает её...

Так, сейчас — appassionato con forzo, страстно и с силой. *Чёрт по-бе-ри!...Чёрт по-бе-ри!..*

Мистика, отчего папа всегда грустен, длилась долго. Пока однажды не прояснилось: папа, хоть и поёт в опере, и голос у него замечательный, тёплый и грустный в одно и то же время, но поёт он — в хоре. В солисты ему хода нет, поскольку зовут его прямо-таки зверски — Исаак Рафаилович Мейстель. Хуже не придумаешь, качает он головой. Ни за что не спрячешься. Ни за имя, ни за отечество, ни тем более за фамилию.

Конечно, говорил он иногда за столом, если б случилось, чтоб не тенор у него был, а бас, да с диапазоном от высокого, певучего кантанте, каким поют Мефистофеля или Бориса Годунова, до низкого, каким полагается быть у Ивана Сусанина и Хана Кончака, тогда бы его тоже взяли в солисты. В тот же одесский оперный. Как Марка Рейзена, несмотря на фамилию, — в Большой...

Чёрт по-бе-ри!...Чёрт по-бе-ри!..

Время от времени папа смотрел на неё своими большими красивыми и печальными глазами — и до неё однажды вдруг дошло, о чём он думает. Пусть хоть ей, его дочери, единственному его дитяти, удастся то, что не привелось достичь ему...

И пошли годы пыток, учёбы в двух школах — обычной и музыкальной. Ехала в трамвае из одной в другую, смотрела на своё отражение в стекле, думала: «Какая я несчастная! Мои подружки сделают уроки и бегают по двору, играют. В скакалки прыгают или в классы, мелом на тротуаре начерченные... А я тут тащусь из одной школы в другую. Каждый день — каторга. Какая тут тональность?...Проиграй эти гаммы двенадцать раз... Назови аккорды... Запиши ноты с голоса... Теперь спой по ним...

Дома — закрывают в комнате на ключ. Учи сольфеджио. Пропой упражнение... Построй аккорды... Выучи тональности... Ля-до-ля... Ре-ми-до... Ещё раз! Ещё, и ещё!.. Просто издеваются над ребёнком...

Не поднимая головы, она следит за левой рукой, которой полагается быть неутомимой во время всей вещи, нагнетать громы...

...Подошло время поступать в музучилище. Готовила частная преподавательница. И где они такую мучительницу для неё откопали? Такую старую каргу только в какой-то древней книжке и видела. Пенсне на длинном шнурке...Сидит, выпрямив спину, и только и знает, что говорить занудным голосом:

— Здесь не фортиссимо, детка, не фортиссимо... Аллегро здесь модерато. Сбавь ходу...

Однажды в нормальной школе, классная руководительница Надежда Ивановна, когда были в классе одни, вздохнула, покачала головой, сказала вполголоса:

— Ах, Нина, Нина... В классном журнале, по метрике, — оказывается, ты Нехама. Бедная девочка!.. Трудно тебе будет в жизни... Надо же, такое невезение!

Нехама пожала плечами. Вон в две школы тащусь каждый день — куда уж больше!..

Но прошедшей весной поняла — бывает и больше. Витька, вихрастый сосед, конопатый, скуластый, серые глазёнки так и зыркали на неё каждый раз, когда, возвращаясь домой, проходила по двору, размахивая нотной папкой. Переминался с ноги на ногу, но ни заговорить, ни подойти не решался. А на восьмое марта вдруг взял да позвонил в их дверь. Едва открыла, ткнул ей чуть ли не под нос букетик фиалок — и убежал.

Не прошло и двух часов, как снова звонок.

— Чего тебе?

А он в пол глядит, насупился, бубнит злым голосом:

— Отдай цветы!.. Не знал, что ты — еврейка!..

Его счастье, что цветы принёс в кулаке, а не в горшке. Так и разбила бы о дурацкую его голову! Вот губошлёп!.. Надо же! Не знал, что еврейка... Вот кретин!..

Чёрт побери!.. Чёрт по-бе-ри!..

Постепенно, день за днём, музыка этюда стала проникать в Нехаму. Она уже читала, что Шопен написал эту вещь, когда до него дошла весть о том, что восстание, вспыхнувшее в Варшаве, подавлено. В звуках, исторгаемых её пальцами, она всё больше узнавала свой собственный гнев, свой протест, свою душевную боль. За день до экзамена она сыграла этюд с такой отдачей, что старая карга, дёрнув шнурок своего пенсне и поймав его сморщенной рукой, выкатила на неё свои близорукие глаза, будто увидела свою ученицу в первый раз:

— Похоже, детка, у тебя от долгих страданий прорезалась душа художника...

Ночь перед экзаменом Нехама спала плохо. Обрывками снился Шопен, измученный дорогой в Штутгарт, где его застала трагическая весть с родины. Горели во тьме его глубоко посаженные глаза...

Вот и добралась, наконец, до коды. Скорбь, оплакивание гибели героев. Порыв мятежных чувств... Шквал грозных вихревых пассажей... Пусть, пусть грозит смерть — не сдаваться, ни за что! Ни за что!...

Звучит последний аккорд. Вздохнув полной грудью, не поднимая головы, она проводит языком по солоноватым с ссохшейся корочкой губам. Похоже, старик Стейнвей не подвёл, выдержал натиск. Не крякнул ни разу...

Наступает странная тишина. Похоже, что в зале, в комиссии все замерли, перестали шуршать бумажками и шептать что-то, будто испугались чего, прониклись тем, что происходит на сцене...

Она чувствует, как внутри неё светлеет. Словно тучи, освободившись от тяжкой влаги, разогнанные поднявшимся ветром, стремительно расползаются по небу, так же быстро тает в ней привычная, годами накопленная злость на родителей, на судьбу.

По тому, как застучало победным камертоном сердце, она уже знает, что отныне, начиная вот с этой минуты, жизнь её уже пошла в другую, неведомую ранее сторону. Гений шопеновской музыки, гений светлой печали уже завладел ею, отравил кровь. Со странной смесью радости и тревоги она ощущает, что, кроме вот этих будоражащих душу звуков, возникающих под её пальцами и проникающих в грудь, ей ничего не нужно. Что по-другому невозможно — да и не к чему! — жить...

В Москву, в Центральную прачечную...

В конце жизни Сталина, на фоне волн антисемитских кампаний, в которых газеты шельмовали «лиц некоренной национальности», обвиняя во всех смертных грехах, обрести высшее образование этим «лицам» было трудней, чем библейским богачам попасть в рай. Даже не верблюд, а существо покрупней, — слон, скажем, — имел больше шансов пролезть сквозь игольное ушко, чем еврейский абитуриент попасть в институт по его выбору и желанию...

Как ни бесконечен список пороков советской власти, в одном её нельзя упрекнуть — в отсутствии декорума. Все приличия были соблюдены. На решение приёмной комиссии можно было жаловаться. Не «в центральную прачечную» (одесский вариант «на деревню дедушке» чеховского Ваньки), а в специально созданную при университетах Комиссию. «Комиссия» эта была по сути ничем иным, как одной из многих голов гидры советской власти, руководствующейся секретной инструкцией «Евреев не пущать!».

Немногие отваживались на то, чтобы схватиться с этой гидрой в смертном бою. Одним из таких упорных был мой земляк Борис Верховский.

Весной 1952-го, последнего школьного года, худой по послевоенному голодному времени, он с товарищем, таким же тонкошеим еврейским юнцом, отнёс документы в Высшее мореходное училище. Какой одесский мальчишка не мечтает о море! Вот оно, в нескольких кварталах от дома, упорно, волна за волной, бьётся о берег, как бы дразня: «Эй вы, которые считаете себя мужчинами! Слабо́ оседлать мои волны, помчаться по ним в дальние дали, куда глаза глядят!» И мальчишечьи сердца, заполонённые романтикой путешествий, отзывались на этот зов. Юные одесситы заставляли матерей расставлять их штанцы, чтоб походили на матросские брюки-клёш, Доставали, где и как могли, «мичманки» — фуражки лейтенантов морского флота, непременно с «крабом», то есть, с кокардой, украшенной якорем. Старались даже ходить несколько вперевалку, как после многих дней в бушующем море передвигались по одесским тротуарам матросы.

Подав документы, первым делом следовало пройти так называемую «мандатную комиссию». Это было собеседование, все назначение которого было выяснить, что из себя представляет абитуриент, кто такой, из какой семьи, чем он дышит. Так как выпускников высшей мореходки часто отправляли в загранку, комиссия опасалась принимать тех, кто при случае может сбежать в капстрану, тем самым осрамив честь социалистического государства.

Поэтому с Борисом и его другом собеседование было кратким. Заглянув в их паспорта, в пресловутую графу «национальность», у мандатной комиссии отпало всякое сомнение, нужно ли вычеркнуть этих юнцов из списка допущенных к экзаменам. Сказать об этом вслух не позволял всё тот же декорум. Самая демократическая в мире советская конституция гарантировала равноправие всех национальностей, объявляла его одним из высших достижений революции. Поэтому ни Борису, ни его другу ничего о своём решении не сказали. Только похлопали по плечу и отправили на медицинскую комиссию.

Там у обоих быстро обнаружили «конъюнктивит» и не допустили к экзаменам «по состоянию здоровья». Как потом выяснилось, не только Борис и его друг, но и другие еврейские мальчики, дерзавшие стать моряками, все до одного, оказались поражёнными всё тем же конъюнктивитом. Еврейская оказалась болезнь...

Как известно, романтически настроенных юношей влечёт к себе не только загадочная даль, но и не менее загадочная высь. Вперемежку с морем Борис мечтал и о небе. Не только мечтал, но делал шаги небу навстречу. Три последних школьных года занимался в клубе ДОСААФ, того самого добровольного общества, которое, по задумке Сталина, должно было технически подготовить будущих солдат для намеченных войн. Борис тренировался на парашютиста, на воздушного стрелка, на радиста, на планериста. Чтоб укрепить тело, занимался классической борьбой. Когда отказали в мореходном, решил поступить в Харьковское высшее авиационно-техническое училище.

Мечтающих о небе оказалось ещё больше, чем о море. Конкурс был огромный — сорок человек на место. И сдавать надо было девять экзаменов, вдвое больше, чем в обычный институт.

Как известно, «неустойчивые элементы» могут сбежать не только с советского корабля, бросившего якорь в иностранном порту, но и, оказавшись за штурвалом самолёта, могут запросто махнуть в какую-нибудь Финляндию или ещё подальше. Борис уже знал, что при таком огромном конкурсе у него, как и у других еврейских юношей, найдут, если не конъюнктивит, то какую-нибудь другую болезнь. Можно было пойти на компромисс с советской властью. В авиации нужны были специалисты всех уровней. Хотя лётчиком стать не дадут, всё-таки могут предложить получить среднее авиационное образование — стать авиатехником. Многие еврейские парни, утомившись в борьбе за мечту о небе, соглашались на мечту приземлённую.

Борис от компромисса отказался. Да и была в его жизни к тому времени девушка, его первая любовь. Она забрасывала его письмами, умоляла вернуться в Одессу.

К счастью, кроме моря и неба, с детства Бориса манила своей бездонной тайной математика — призрачная наука символов и цифр. С раннего детства интерес к этой тайне зажгла в нём родная душа — тётя Поля. Когда началась война, тётя вместе с ним и его мамой бежали из Одессы за Урал, в Барнаул. Жили скученно, спали в одной комнате. Тётя по многу часов работала воспитательницей в детском саду, но не теряла душевной бодрости. Вместо сказки на ночь, рассказывала маленькому племяннику о планетах и звёздах, о других галактиках. Засыпая, он думал о них. От скудной жизни эвакуированных мысленно уносился туда, где был простор воображению. Там, в высоком ночном небе, был мир, загадочный и бесконечный. В маленьком Борисе зажглось тогда впервые желание узнать, как устроен тот далёкий звёздный мир.

Математика была одним из способов докопаться до тайн того мира. В школе ещё учили, сколько будет пятью пять, а он уже размышлял о том, что за цифра такая — нуль. Почему она вообще существует? Зачем нужна, если ничего не означает? (Годами позже он узнал, что как цифра «нуль» был одним из величайших изобретений индусской математической науки.). Неудивительно, что старшеклассником он стал победителем городской олимпиады школьников по математике.

Теперь, вернувшись из Харькова в Одессу, Борис подал документы в местный университет, на математическое отделение физико-математического факультета. Благо, было ещё не поздно.

Сдал экзамены. Хотя общий бал был у него проходной, когда вывесили списки принятых, его фамилии там не оказалось. А тут встретилась в коридоре университета знакомая девушка Милочка с «приличной» фамилией Архипова. Поделилась: подавала на филологический, но по конкурсу не прошла, и ей предложили пойти на физмат, поскольку там недобор.

Как ни хотелось Борису быть самостоятельным в его семнадцать лет, пришлось обратиться за советом к взрослым. Отца, увы, уже давно не было. Электросварщик на одесском сахарном заводе, в первый же день войны он ушёл добровольцем на фронт. Дослужился до офицерского звания, был награждён орденом «Отечественной войны» первой степени. Погиб в феврале 45-го в битве за польский город Щецин. Мама работала переплётчицей. Да и вряд ли могла помочь советом, поскольку сама окончила всего пять классов. Дальше учиться не получилось. Она была дочерью портного, который шил на дому и потому принадлежал к деклассированным советской властью элементам — «лишенцам». Называли так потому, что их лишали всех социальных привилегий, сбережённых для пролетариата. За обучение их детей после пятого класса школы требовали полную плату, а таких денег в семье не было.

Тётя Поля стала тормошить всех, кого знала, допытываться, как помочь племяннику в беде. Во дворе, где они жили, обитал пожилой татарин, профессор математики в Одесском пединституте. Он благоволил юному Борису, чувствовал его зарождающийся талант. Выслушав тётю Полю, сказал вполне в духе времени, что её племянник должен верить в конечное торжество правды. Хотя её, советскую правду, плохие люди пытаются всячески исказить, есть всё-таки одно заветное место, где её блюдут, как зеницу ока. И место это — Москва...

Тётя тут же отправила письмо в Москву, в ЦК партии. Так, мол, и так, племянник получил проходной балл, а его всё равно не зачисляют в университет. О своих догадках, почему не берут, писать не стала. Знала: напиши она такое, ей очень просто могут приписать клевету на советскую, самую справедливую в мире власть. А за это по тому времени можно было легко угодить в те края, куда Макар телят не гонял...

Недели через две пришёл ответ за подписью одного из замов министра высшего образования. Мол, разберёмся, дадим со временем знать...

Бегала тётя Поля и в университет, наткнулась в одном из кабинетов на представителя из Москвы. Тот выслушал её одним ухом, буркнул под нос что-то маловразумительное. Отшил, одним словом.

Но сосед-профессор в своей вере в конечное торжество правды оставался непоколебимым. Сказал Борису, мотнув головой:

— Поезжай, малец, ты сам в Москву, в ЦК партии. Там настоящие коммунисты. Там во всём разберутся.

В отличие от Америки, где во всех недостатках принято винить засевших в Вашингтоне бюрократов, в России, а потом и в Советском Союзе, все надежды связывались, наоборот, со столицей. Как в старину со всей необъятной страны в столицу устремлялись ходоки, чтобы кинуться в ноги царю-батюшке, который рассудит вся и всех по справедливости, не даст в обиду его любящих детей, так и в советское время на Москву, на одну только Москву и была вся надежда. Как только советская власть встала кое-как на собственные ножки, ходоки из далёких деревень устремились на поклон к Ленину. После его смерти, так как к перегруженному госделами товарищу Сталину было не попасть, шли косяком к формальной главе государства, председателю Президиума Верховного Совета Калинину. Его приёмную так и прозвали «кремлёвской рыдальней».

И юный Борис отправился в путь. Деньги на билет тётя с мамой кое-как наскребли. На скорый не хватило. Несмотря на спешное дело, ехать пришлось в общем вагоне почтового, который останавливался, как говорится, у каждого столба.

Когда поезд дотащился, наконец, до Киевского вокзала в Москве и Борис ступил на перрон, то первым делом спросил у милиционера то, ради чего затеял свой долгий путь:

— Скажите, пожалуйста, где находится ЦК?

Милиционер оглядел его с ног до головы и, вместо ответа, потребовал документы.

Дело было в начале сентября 1952 года. Вот-вот должен был начаться девятнадцатый съезд партии, тот самый, на котором собирались принять историческое решение: вместо привычного имени единственной партии в стране — партии большевиков, впредь называть её «коммунистической». И в преддверии съезда милиция больше обычного суетилась, чтоб убрать из Москвы всякий подозрительный элемент. А тут какой-то юнец, к тому же, как из паспорта ясно, «лицо еврейской национальности», притащился в столицу из далёкой провинции искать справедливости. С этой братией нужно держать ухо востро… Вдруг взбредёт в голову метнуть бомбу в советское правительство?

Осмотрев документы, милиционер не утруждал себя подбором мягких выражений, но, чтоб не вызвать нездоровый интерес публики, процедил сквозь стиснутые зубы тихо, но внятно:

— Значит так, бля. Чтоб я тебя, бля, в течение двадцати четырёх часов в Москве не видел! Не знаю, где ЦК. Тебе здесь делать не хрена.

Борис сделал вид, что послушался стража порядка, но, завернув за угол, пустился наутёк. Где-то надо было приютиться, пока он будет добиваться правды. В Москве жили дальние родственники матери, настолько дальние, что о них дома, в Одессе, мало что знали. Разве что их имена и адрес. Когда Борис появился на пороге их крохотной комнатки в коммунальной квартире, выяснилось, что у них не было не то, что лишней кровати, даже места на полу, где Борис мог бы уместиться на ночь.

Такое место нашлось в коридоре, на коврике. Наутро его тело покрылось волдырями. Благо, в Москве уже было по-осеннему прохладно. Волдыри хоть и чесались, беспокоили не очень.

Поёживаясь от холода, Борис добрался, наконец, до сосредоточия правды в стране — до приёмной ЦК, что на площади Серова. Приёмная оказалась комнатой со многими окошками в стене, — по одному на каждое союзное министерство. Окошки были небольшими, чуть больше амбразуры противотанкового дзота. Оно и понятно: как ещё прикажите держать круговую оборону против настырных граждан?

Когда Борису удалось, наконец, пробиться к амбразуре министерства высшего образования, ему сказали пройти в другой конец коридора, по внутреннему телефону набрать номер «25» и поговорить с неким товарищем Зайцевым.

Борис ходил прикладываться к той телефонной трубке четыре дня подряд, с утра до вечера. Секретарше товарища Зайцева пришлось много раз пускать в ход полный набор реплик, заготовленных для жалобщиков: «Ещё не приехал»... «Только что вышел»... «У него перерыв на обед»... «Ушёл до конца дня, позвоните завтра...».

Так Борис пресловутого Зайцева никогда и не увидел. Хоть было не до шуток, но в голове поневоле вертелась фраза: «Ищи зайца в поле...».

Борис отправился в министерство высшего образования, что на улице Жданова, того самого Жданова, который ещё недавно атаковал в печати Ахматову, Зощенко, лучшие ленинградские журналы. (Такое было славное время — улицы страны украшали именами не талантов, а их душителей). Поскольку министерство имело дело с высшим образованием, там и порядок был на самом высоком уровне. Звонить по телефону неведомому референту было не нужно. Нужно было просто записаться к нему на приём.

Сделать, однако, это было непросто. Все коридоры министерства были забиты юношами и девушками, пришедшими, как и он, добиваться справедливости. Всем им было отказано в высшем образовании по той же самой — вслух непроизносимой — причине. Все они были, как мрачно шутили тогда в стране, «инвалидами пятой группы», то есть, пятой паспортной графы «национальность».

Борису, единственному приезжему — остальные обделённые советской властью были москвичами, — достался номер «1864». Узнав, откуда он приехал, с присущим столичным жителям налётом снобизма стали подтрунивать над ним. Они, мол, живут на соседних улицах со всеми институтами центральной власти, и то бьются, как рыбы об лёд, а он, из какой-то там Одессы, туда же... Провинциал, Борис, конечно же, страдал от комплекса неполноценности. Но, мучимый собственной нескладностью, всё-таки не отступил. Упорно, каждый день, как на работу, приходил в министерство, занимал своё место в очереди. Отстояв в ней целый день, плёлся через весь город (денег на метро не хватало) на ночлег к родственникам и весь вечер, присев к краю обеденного стола, писал письма во все высшие инстанции советской власти. Добивался справедливости. Авторучек в то время ещё не было. Писать надо было, макая перо в чернильницу и, если случалась клякса, приходилось переписывать всё заново.

Письма шли Сталину лично, всем членам политбюро поимённо, равно как и в редакции всех центральных газет — «Правды», «Известий», «Труда». Кроме того, учитывая, что он был сыном погибшего воина, ещё и маршалам Ворошилову и Василевскому. И заодно в Военное министерство, недавно вычлененное из общего с военно-морским флотом Министерства вооружённых сил.

Писал он, подглядывая в текст, который сочинила ещё в Одессе, в первом своём письме в ЦК, тётя Поля. Сдал, мол, все экзамены, получил проходной балл, не понимаю, почему не принимают в университет. И так же, как тётя Поля, ни слова о том, что ему совершенно ясно, отчего ему не дают хода в высшее образование... Приходилось соблюдать правила техники безопасности, так сказать...

На шестой день стояния в коридорах министерства высшего образования ему улыбнулась фортуна: кого-то из очереди вызвали, а того на месте не оказалось. Вот Борис и нырнул в приёмную. Из неё теперь нужно было попасть в комнату, где сидели референты. Нужно было почему-то ждать, когда освободятся четыре чиновника кряду. К ним запускали только группами, как солдат в баню. (Видимо, поэтому ветераны очереди окрестили помещение приёмной «предбанником».)

Наконец, дошла очередь и до Бориса. За столом сидел молодой референт, а на столе под его локтем лежали пачки его, Бориса, писем. Всех тех, что по вечерам писал на краю стола у родственников. Словно вороны на свежевспаханную полосу в поисках червей, все его письма слетелись туда, под референтский локоть. Письма Сталину, Ворошилову, Кагановичу... В центральные газеты... В министерства... В ЦК...

Референт морщился, перекидывая письма, словно это был не крик юной души, а коровьи, высохшие на солнце, лепёшки, с которыми он, увы, по долгу службы должен был возиться.

Ожидая решение чиновника, Борис напрягся всем телом. Рядом у стола референта сидела, гордо выпрямившись, красивая еврейская девушка. Услышав отказ, сказала своему референту с горящим от гнева взглядом:

— Я всё равно стану юристом. И таких, как вы, буду судить в первую очередь.

Борису, как и ей, в конце концов, отказали, и он, наконец, понял, что писать письма одному советскому чиновнику с жалобой на другого бесполезно.

Не зная, что ещё предпринять, в надежде, что попадёт к другому, быть может сердобольному, референту, он по инерции продолжал делать всё то же: днём ходить в министерство, а по вечерам писать письма — ещё одному члену ЦК, ещё одному маршалу...

Прошла ещё неделя. Коридоры министерства опустели. Всех жалобщиков постепенно отбрили. Борис остался один и, как призрак слоняясь по коридорам до позднего вечера, поневоле возвращался мыслями к давно мучавшей его тайне. Что такое нуль, если не результат простого математического действия? Нуль — это то, что остаётся, если из мечты вычесть действительность...

Время от времени в коридор выскакивали по всяким делам секретарши референтов, машинистки. Его уже знали. По-женски сочувствовали парнишке, притащившемуся из далёкой Одессы в столицу искать справедливости. Глядя на тощую, прилипшую к стене коридора фигурку, стали подкармливать его, делясь принесёнными из дома бутербродами.

В конце концов, секретарши его и надоумили, что идти надо не к референтам, чьи головы набиты предписаниями, которые они боятся нарушить, а прямиком к большому начальству. Если не к самому министру высшего образования, то, по крайней мере, к первому его заместителю — Елютину.

Но на его двери значилось, что замминистра не принимает до середины октября. Что делать? Тыкаясь по всем углам министерства, Борис разузнал, где стоит машина замминистра. Притаившись в углу гаража, чтоб не заметил шофёр Елютина, он часами ждал, когда замминистра отправится, наконец, домой.

В те времена все министерства в Москве работали до десяти вечера, а то и позже; таков был уклад чиновничьей жизни. Известно было, что Сталин работает по ночам. А вдруг вождю всего прогрессивного человечества понадобится какая-нибудь справка, а «винтики», как он любовно называл советских людей, «винтики» — ишь ты! — вместо того, чтобы, как полагается, помогать вертеться государственной машине, сидят себе за семейным столом, чаи гоняют. Вот до позднего вечера и торчали работники министерств в своих кабинетах, нередко дремля, подложив руки под голову, на крышках своих столов, время от времени вздрагивая от телефонных звонков. Вдруг от «самого»?

Когда поздно вечером Елютин вышел, наконец, из здания министерства и направился к машине, Борис окликнул его: «Вячеслав Петрович!»

Замминистра от неожиданности вздрогнул. Борис извинился, что напугал большого человека и, стараясь держаться подальше от шофёра, уже вооружившегося на всякий случай монтировкой, объяснил, что не может дождаться приёмных дней в офисе, поскольку время истекает. В Одессе, в университете, уже начались занятия... И опять-таки, наученный тётей, ни слова не сказал о том, что знает, почему ему не дают возможности изучать его любимую науку — математику. Вышло, мол, недоразумение, Случайная, так сказать, ошибка...

Замминистра выслушал и сказал, чтоб он обратился к заведующему отделом, который имеет дело с университетами.

— Пойдите к нему и скажите, что я с вами разговаривал.

Это для Бориса стало открытием. Оказывается, достаточно сказать, что ты с кем-то из больших шишек разговаривал, и тебя будут слушать. Из страха сделать что-то не так, как хочет босс, и постараются помочь.

На следующий день, хотя заведующий отделом его не принял, его референт выслушал Бориса на этот раз внимательно и написал письмо ректору Одесского университета. Что-то вроде «сын погибшего офицера-коммуниста… Просим пересмотреть решение и зачислить». Похлопал по плечу, сказал:

— Поезжайте, молодой человек, домой. Всё будет в порядке.

Поезд из Москвы пришёл поздно вечером. Утром Борис уже стоял в кабинете ректора Одесского университета Иванченко с копией письма из Москвы.

Тот прочитал его. Почесал затылок. Сказал медленно, мешая русские слова с украинскими, с той ленивой досадой, с какой говорят: «Вот только вчера вымыл машину, а тут, на тебе — дождь»:

— Да, произошла *помылка*. Ничего не *можемо зробыты*. Местов уже нема. Вот вы *ехайте* в Москву, в Министерство финансов. Нехай они *дадуть* нам дополнительные средства на вас.

Борис никак не мог понять, почему надо снова ехать в Москву. Какие такие нужны средства? Он жил дома, места в университетском общежитии ему не нужно было выделять. Всё, что нужно было — это ещё один стул в аудитории, чтоб он мог на нём сидеть и слушать лекции. Больше ничего.

Взамен ректор предлагал Борису следующий фантастический сюжет. Приедет безвестный юноша в Москву, явится в союзное министерство, и оно, по первому его слову, бросит свои государственной важности дела и кинется рыться в статьях бюджета огромной страны — наскрести где-нибудь деньжат, чтоб хватило на обучение дорогого просителя…

Иванченко полагал, что лихо, раз и навсегда, отшил настырного паренька… Но на самом деле он совершил ещё одну, говоря его собственным языком, «помылку». Не теряя времени — занятия в университете уже начались — Борис на следующее утро опять взобрался на третью полку всё того же почтового поезда, который снова потащил его в Москву.

Конечно, он не стал следовать идиотскому совету ректора. Вместо министерства финансов, начал заново обивать пороги министерства высшего образования.

На этот раз его приютили чужие люди, знакомые его девушки. Свободного места у них тоже было мало, но за шкафом у них стоял большой старинный сундук, на крышке которого, свернувшись калачиком, Борис и стал спать.

Беда была в том, что хозяева незадолго до его приезда обзавелись телевизором. В то время это была новинка и роскошь. Телевизор был первого образца, с огромной линзой перед экраном. По вечерам, до позднего часа, перед ним, притащив табуретки, собирались соседи со всей коммуналки. Придя из министерства, устав за день стояния в его коридорах, Борис никак не мог как следует отдохнуть. Иногда, чувствуя вину, что стесняет хозяев, уходил ночевать на скамейку зала ожидания Киевского вокзала, куда приходили поезда из Одессы. Прежде чем расположиться на скамейке, оглядывался по сторонам, чтобы не попасться снова на глаза тому первому постовому милиционеру, который гнал его из Москвы. Спать, растянувшись на скамейке, удавалось только урывками. По ночам зал ожидания подметали и гоняли пассажиров с места на место — не поспишь.

Однажды один сосед-парнишка, из тех, кто приходил смотреть телевизор, сжалился над ним. Пригласил спать у них в комнате, в кресле-качалке.

Так Борис провёл несколько ночей. А днём было всё тоже министерство высшего образования, в котором начинать надо было всё с самого начала.

Но он выстоял. Снова добился приёма у референта. Вскоре из Москвы в Одессу ушло ещё одно письмо за подписью замминистра. Наученный несладким опытом, после первого из них, Борис уже не кинулся сразу к поезду, уходящему в Одессу, а послал копию письма тёте Поле и попросил, чтобы она сходила к ректору.

Предосторожность оказалось ненапрасной. Письмо у тёти ректор взял и отработанным способом отвязаться от просителей, сказал: «Мы вам ответим, ждите».

Только тогда, когда в Москве, у референта замминистра, на глазах стали лопаться мозоли, натёртые от одного вида настырного одесского парнишки, он послал в Одессу ещё одно письмо — на этот раз резкое, не допускающее возражений. Оно-то, наконец, и возымело нужное действие. Восьмого октября Борис получил от тёти телеграмму.

ПОЗДРАВЛЯЮ ДНЁМ РОЖДЕНИЯ ЗПТ ЗАЧИСЛЕНИЕМ УНИВЕРСИТЕТ ТЧК

Надо признать, что при всех его долгих хождениях по мукам Борису Самуиловичу Верховскому высшее образование досталось всё-таки легче, чем за два с лишним века до него русскому пареньку Михаилу Васильевичу Ломоносову. Всё-таки в Москву Борис добирался не пешком не с рыбным обозом, а, хоть и медленным почтовым, но поездом. Да и не стал он, в конце концов, академиком Петербургской Академии и почётным членом Стокгольмской и Болонской академий наук, каким стал Ломоносов. Однако, эмигрировав двадцать лет спустя в Америку, со временем стал одним из крупнейших специалистов мира в области компьютерных наук. Преподавал в Принстонском университете. Работал в штате самых престижных научных центров Америки — IBM и лаборатории Белла. Был награждён многочисленными премиями и знаками отличия, включая «Премию Тысячелетия» и медалью за высшие достижения в области компьютерных наук. Европейская Академия наук наградила его медалью Блеза Паскаля и избрала в 2004 году своим вице-президентом. Несколько лет назад руководство Академии поручило Борису Верховскому разработать систему номинации лауреатов Нобелевской премии в одной из научных областей.

Согласитесь, не так уж плохо для представителя «некоренного населения»...

Теперь ты знаешь

— Вот, — говорит мама сквозь слёзы. — Теперь ты знаешь, в какой стране мы живём.

Задавая себе вопрос, когда впервые в моё сознание (в тайне, впрочем, от меня самого) было посеяно семя, которое со временем произросло настолько, что, вкупе со многим другим в моей прошлой жизни, в конце концов, привело к эмиграции из Советского Союза 8 октября 1974 года, я вспоминаю эту фразу, произнесённую мамой едва ли не за двадцать лет до того дня.

Когда я пытаюсь вспомнить обстоятельства, при которых фраза была произнесена, сначала перед моими глазами проступают узоры. Восточные узоры ковра, висящего, по одесской моде пятидесятых годов, на стене нашей квартиры на первом этаже, во дворе дома на Ланжероновской, 21, рядом с Городским садом.

Вместе с узорами возникает совсем не идущая их праздничной цветастости звуковая дорожка — рыдания.

Произнося эту сакраментальную фразу, мама плачет. Вспоминая это, я удивляюсь: рыдания — совершенно несвойственный ей способ выражать свои чувства. Она сильная личность. А тут её почему-то — чем-то — проняло.

Она вне себя от горя. Рыдает громко, откровенно, по-девчоночьи: обхватив руками лицо, в гневе и досаде на себя щипая его, будто пытаясь наказать себя за какую-то ей одной известную — крайне обидную — промашку.

— Вот, — повторяет мама, уняв кое-как слёзы. — Теперь ты знаешь, в какой стране мы живём.

Слова эти звучат в конце июня 55-го года. Я и мама сидим рядом на диване в нашей гостиной, она же, если раздвинуть диван, спальня моих родителей. Мама обхватила меня руками, пытаясь утешить. И я никак не пойму почему.

Но, как оказалось впоследствии, действительно было от чего огорчаться...

«Нам не дано предугадать, как слово наше отзовётся», — эта знаменитая тютчевская строка касается не только тех, кто принадлежит к избранному клану поэтов, как я думал вначале, когда впервые её прочитал. Как я потом не раз убеждался, она равно прилагаема и к обычным людям. И во все времена.

В самом деле, мог ли я подумать, что одна, вовсе даже не поэтическая, фраза, обращённая ко мне на заре моей жизни, сыграет такую роковую роль в моей судьбе!

Итак, представьте себе, что лет вам пятнадцать. Год на дворе стоит 1953-й. Середина сентября. Обычный осенний день в Одессе, когда листья платанов уже тронуты нежной охрой и каштаны с лёгким стуком падают на тротуары; из зелёной кожуры проблескивает глянцевая кожица коричневого ядра. Вы — ученик восьмого класса школы номер 43 Воднотранспортного района города Одессы. Возвращая домашние сочинения, учительница по русской литературе Виктория Наумовна смотрит на вас сквозь линзы больших роговой оправы очков — они едва держатся на кончике её хорошенького носика — и говорит вам:

— Знаешь, Дрейцер, — к нам, ученикам, обращаются только по фамилии, — у тебя определённо есть литературные способности.

Учительница серьёзная, не какая-нибудь молоденькая вертихвостка, а пожилая уже женщина, лет чуть ли не под сорок. Она маленького росточка — едва ли не на голову ниже вас, с большим родимым пятном на щеке, портящим её миловидное лицо. Время всё ещё послевоенное, трудное, не до косметических операций...

Произносит она эту фразу с той лишённой сентиментальности серьёзностью, с какой в Америке врач сообщает больному, что обнаружен рак и что, если немедленно не приняться за лечение, то жить ему остаётся недолго.

Теперь, вспоминая этот маленький эпизод моей юности, я понятия не имею, на основании чего учительница сделала такой судьбоносный вывод. Судя по времени действия — сентябрь, могу только догадываться, что сочинение, которое она возвращала, было на тему, которую нам, школьникам, давали в советских школах в начале учебного года — «Как я провёл лето».

Это было одно из немногих классных заданий на вольную тему, не обычную советскую — на тему прочитанных по программе книг. В таких сочинениях не больно разбежишься. Им полагается быть политически правильными. Прибавить в них что-нибудь от себя — значит, напрашиваться на неприятности, а приносить плохие отметки домой мне строго запрещено. Писать же о том, что было летом, было сплошным удовольствием. Есть где развернуться юной фантазии. Именно фантазии. Поскольку писать правду даже о такой невинной, казалось бы, вещи, как летние каникулы, было совсем непросто. Здесь тоже ответы должны были быть политически корректными. Летом нам, школьникам, полагалось «расти над собой», то есть, налечь на внеклассное чтение, и помогать старшим. Можно было, конечно, позагорать и покупаться, но выражать экстаз по этому поводу было не принято. Испытывать чисто физическое удовольствие считалось уделом томящихся от безделья буржуев, а не юных пионеров Советского Союза.

Поэтому я до сих пор сгораю от любопытства (которому из-за давности лет, увы, суждено остаться неудовлетворённым): что же такое я написал в том моём сочинении, что так впечатлило учительницу. В конце концов, выбор у меня был не велик. Я не мог написать о том, что мама плохо относилась к пионерским лагерям (кажется, я там побывал только одну смену) и предпочитала оздоровлять меня частным образом. Первые школьные годы летом, вместе с моими сверстниками — детьми её сестры Клары, брата Абраши и двоюродной сестры Доры, мама отдавала меня на попечение «фребелички», Клары Фрицовны. Её прогулочная группа, как все частные предпринимательства в то время, существовала подпольно, то есть, без ведома властей. Была Клара Фрицовна, как легко догадаться, немкой, и потому предполагалось, что она — ученица своего соотечественника Фридриха Фребеля, который ещё в девятнадцатом веке первым выдвинул идею детских садов. Раз дети — цветы жизни, то и ухаживать за ними лучше, когда они в одной клумбе…

Несколькими годами позже, когда мы несколько подросли, на лето мамы отвозили нас на поправку — попить парного молока, поесть свежих фруктов — в село Доманевку Крыжопольского района, что под Винницей.

Да и о самих моих родителях писать правду в классном сочинении я не мог. Папа со своим младшим братом, моим дядей Мишей, тоже без ведома властей, белил потолки и красил стены в квартирах частных граждан. А мама была домашней хозяйкой в стране, в которой идеалом женщины было работать плечом к плечу с мужчиной и орудовать, если не молотом, то, по крайней мере, серпом, как на знаменитой гигантской скульптуре Мухиной. Каждый раз под победные звуки фанфар эта скульптура высвечивалась во весь рост на экране перед началом картины киностудии «Мосфильм».

Так что вряд ли в моём школьном сочинении могло быть что-либо, чем я мог бы действительно гордиться. Скорее всего оно было из разряда тех писаний, которые позже критики советской литературы прозвали «лакировкой действительности». Но это дело не меняло. Как известно, сочинять небылицы, в которые бы поверили, гораздо труднее, чем списывать с натуры. Без воображения не обойтись. Поэтому я принял похвалу учительницы всерьёз.

А похвала, как известно, способна вскружить даже взрослую голову, не говоря уже о голове юнца. Дома я скромно, но с тайным приливом гордости, сообщаю о словах учительницы маме.

— *Вей из мир,* — говорит мама, взглянув на меня тем встревоженным взглядом, каким смотрит мать на своё дитя, которого укусила змея. Что если ядовитая? Тогда надо немедленно спасать. — Вот уж горе мне! Литературные, говоришь, способности? Ты уверен, что она так сказала?

На её лице слабая надежда, что я ослышался. Я пожимаю плечами:

— Сказала.

— Так, мой тебе совет — не бери себе это в голову. Не принимай всерьёз. Ни к чему хорошему это не приведёт, — произнесла она пророческие слова.

Видя, что особого впечатления на меня её предостережение не произвело, продолжила:

— Ну, хорошо. Допустим, сказала. И что же ты по поводу этих самых способностей, — мне показалось, что она избегала повторения треклятого слова «литература» в любой грамматической форме — собираешься делать?

— Буду поступать в Литературный, — говорю, не задумываясь. — Или в МГУ на факультет журналистики.

То, что такая мысль могла прийти в мою голову, виноват был не я, а, учитывая мой юный возраст, ещё не успевшая до конца развиться та часть коры больших полушарий (именуемая в медицинских книгах *the dorsal lateral prefrontal cortex*), которая соотносит принятие решений с их возможными последствиями. (Как известно, именно по этой причине компании взвинчивают цены, если за рулём — молодой человек, не достигший 25-ти лет.). Неизбывная утопичность моего намерения вступить на литературную стезю, равно как и правда маминых предостережений, открылись мне много позже. В то время в стране был один-единственный Литинститут, и он, так же, как и факультет журналистики, был элитарным заведением. Чтобы поступить в них одного таланта — не только разве что лёгкого намёка на него, как у юного меня, но даже вполне проявившегося — было далеко недостаточно. За крайним исключением, нужно было ещё иметь папу-генерала или маму-балерину Большого театра.

Но я живу в мире, в котором на каждом шагу мне напоминают, что мне выпало счастье родиться в самой равноправной стране на свете. Раз двадцать в день — чаще, чем государственный гимн — я слышу бравурную песню из сверхпопулярного фильма «Цирк»: «Молодым везде у нас дорога. Старикам везде у нас почёт». Эти слова звучат на улице из репродукторов на столбах, дома — из радиоточки, то есть, приёмника кабельного радио с одним каналом. (Это сталинское нововведение, как теперь известно, восхитило Гитлера: даже он не додумался до столь эффективного способа воздействовать на мозги своих подданных.)

В фильме эту песню распевает звезда советского экрана Любовь Орлова. В фильме она — американская циркачка. Бежала из своей страны, где её преследовали за то, что родила чёрного ребёнка. Она нашла своё счастье у нас, в СССР. В финале картины марширующие колонны юношей и девушек подпевают американке, ободряюще машут рукой: «Да, да, заокеанская красавица! Никаких чтоб у тебя не было сомнений! У нас не погрязшая в расизме Америка! Молодому человеку у нас везде — ну, просто везде! — дорога».

Уроки по литературе и истории — единственные, к которым я чувствую подлинный интерес, жду с нетерпением. Хотя у меня пятёрки и по другим предметам, но там это результат зубрёжки и напряжения сил. Я читаю всё подряд, всё больше поражаясь магической силе слова.

Чтение доставляет мне чуть ли не физиологическое наслаждение. Позволяет унестись в другую реальность, в которой иначе никак не побываешь. Особенно я люблю исторические романы. До сих пор помню, как в «Петре Первом» Алексея Толстого радостно хрустит под валенками свежевыпавший снег, по которому хохоча и бросая друг в друга снежки, бегут мальчик Петя, будущий император всея Руси, и его друг детства Меньшиков, потом его министр и ближайший советник. А ещё раньше я прочитал «Чингиз-хана» и «Батыя» Василия Яна. От этих романов захватывал дух. По бескрайней выжженной солнцем степи мчится монгольская конница. Храпят, роняя пену из раскрытых ртов, пытаясь высвободиться от удил, мускулистые кони. На их спинах подпрыгивают в такт бегу, улюлюкая и размахивая над головой кривыми дамасской стали саблями, всадники. Пыль из-под копыт сначала стелется по степи, потом вырастает стеной, пока не заслоняет солнце, плывущее в небе кровавым яичным желтком...

Словом, помимо моей воли, во мне начал проклёвываться чистой воды гуманитарий. Но обстоятельства и время совсем не подходили для юношеских фантазий о месте в жизни, соответствующем наклонностям. Тогда (как, впрочем, и в остальную часть моей советской жизни) речь для большинства людей шла не о том, чтобы жить в полную меру, а чтоб выживать. А это, как говорят у нас в Одессе, «две большие разницы».

Но то, что было неведомо мне, было очевидным для мамы. У неё на иллюзии не было времени. Каждый день был полон забот о том, как накормить и одеть семью. Мы жили в самом центре города. В гастрономе на углу Преображенской и Дерибасовской дают муку — по две пачки в руки, и хватит её ненадолго. В универмаге на Ришельевской «выбросили», как говорили в то время (вместо спокойного «поступили в продажу») вполне приличные мужские куртки, за которыми уже вытянулась очередь. В киоске на Ланжероновской вот-вот появятся дефицитные женские кофточки. Куда бежать раньше? Хоть разорвись!

А тут — на тебе! Сыном завладела напасть похуже чесотки. Одной мазью тут не справиться. Выслушав моё бормотание насчёт литературного института и факультета журналистики, мама машет рукой.

— Можешь не волноваться, — говорит она, хотя я спокоен. Я ещё понятия не имею, что волноваться по поводу того, возьмут меня или не возьмут туда, куда хочу поступить, ещё ох как стоит. — Тебя не примут ни в тот, ни в другой.

— Почему не примут? Если хорошо сдам...

— Всё равно не примут, — говорит мама, убеждённо кивнув головой. — Не забывай, что ты еврей.

— Ну, и что? — хмурюсь я, раздражаясь. Мне надоели постоянные разговоры дома, что быть евреем — проклятие. Что мне пора перестать верить всему, что читаю в газетах.

Видя, что со мной спорить бесполезно, мама машет рукой.

— Ну, ладно, упрямства у тебя хоть отбавляй, — говорит она. — Так и быть! Если получишь золотую медаль за школу, можешь попробовать. А если нет — то нет. И чтоб больше ты мне со своим литературным институтом голову не морочил. Договорились?

— А чего пробовать? — бурчу я в ответ. — С золотой медалью принимают без экзаменов.

Я мысленно удивляюсь маминой неосведомлённости.

— Ну, ну, — говорит мама. — Ты сначала получи медаль, потом будем разговаривать на эту тему.

Она смотрит на меня сочувственным взглядом крупье, заметившим у игорного стола бедняка, зажавшего в кулаке последний доллар. Ну, ну, поиграй, дорогой, потешься...

Расшифровать тот мамин взгляд, однако, мне удалось лишь много лет спустя. А пока что я только слышу её приговор. С мамой в дебаты не вступишь — её приговор окончательный и обжалованию не подлежит.

Экзамены на аттестат зрелости приходятся на самое неподходящее время. Начало лета в Одессе — мучительная для юного человека пора. Давно полопались почки на деревьях. Цветочная клейкая жизнь началась повсюду. Уже в яром цвету жасмин, сирень и акация. От смеси их запахов кружится голова.

Сосредоточиться трудно и по другой причине. То и дело с улицы через распахнутые окна классной комнаты доносится девичий смех. Нам, заканчивающим сугубо мужскую — с раздельным обучением — школу, уже по семнадцать, а некоторым и больше, и голос девушки волнует куда больше, чем любая из тем сочинений на выпускных экзаменах, будь то «Образ угнетённого народа в произведениях Пушкина» или «Олег Кошевой как типичный представитель советской молодёжи в романе Фадеева „Молодая гвардия“».

Экзаменаторы приносят темы сочинений в конверте, скреплённом сургучной печатью. Прежде чем сломать печать и написать их на доске, председатель комиссии проходит вдоль парт и, раздувая ноздри почище собаки-ищейки, всматривается в лица притихших от важности момента выпускников. Пытается угадать, кто из нас запасся шпаргалками.

Дело в том, что, несмотря на все усилия органов народного образования, из года в год повторялось одно и то же — засекреченные темы сочинений накануне экзаменов появлялись на чёрном рынке. Поймать преступников, подрывавших уровень подготовки выпускников средней школы, никак не удавалось, хотя всем в городе было доподлинно известно, где эти темы продают. Происходит это «у Дюка», то есть у памятника первому мэру Одессы, беглому французскому аристократу, которому удалось унести ноги от французской, весьма кровавой, революции — Дюку де Ришелье. Тем, кто не бывал в нашем городе — а таких одесситы справедливо почитают обделёнными судьбой, — памятник этот, венчающий широкую лестницу, ведущую от порта в город, знаком по фильму Эйзенштейна «Броненосец Потёмкин». «Дюк» стоит с протянутой рукой, в которой он держит, по замыслу скульптора, план будущего города, а по легенде — темы сочинений на школьных выпускных экзаменах.

«У Дюка» или не «у Дюка», мама пошла бы на то, чтобы добыть эти темы во что бы то ни стало. Но она знает, что я горд. В конце концов, у меня десять похвальных грамот, по одной за каждый год обучения. Пусть двоечники трясутся перед экзаменами...

Время для госэкзаменов неподходящее ещё и потому, что город всё ещё приходит в себя от недавних треволнений, вполне, впрочем, в Одессе традиционных. Каждый год в конце мая в порт возвращается после годового плавания в Антарктике китобойная флотилия «Слава». Встречают её всем городом с помпой под стать той, с какой в древней Греции встречали воинов с едва зарубцевавшимися ранами, спасшими страну от вражеских захватчиков. А тут — охотники на миролюбивых, если, конечно, не метать в них гарпунами, морских животных...

Перед тем, как войти в порт, корабли эскадры, вытянувшись на рейде, гудят во все гудки. Совсем как у Пушкина в «Сказке о царе Салтане»: «Пушки с пристани палят, кораблям пристать велят». Басят в ответном приветствии ошвартованные в огромном нашем порту пароходы. Им вторят гудки одесских заводов. (От гула, заполняющего одесское небо, у меня ёкает сердце: невольно вспоминается начало войны, налёты немецких бомбардировщиков, сирены воздушной тревоги...).

Вскоре на улицах города появляются китобойцы. Они не просто идут, слегка покачиваясь из стороны в сторону. В конце концов, такова походка всех моряков, ступающих на сушу после долгого пребывания в море. Амплитуда у китобойцев куда больше. Их то и дело уносит из одного края тротуара в другой, словно сорванные с места во время шторма пушки на палубе старинного фрегата. Изнурённые каторжной работой в трюмах и на бортах кораблей флотилии, проведшие много месяцев в море без алкоголя и женщин, китобойцы жадно набрасываются на то и другое. Изрядно поднабравшись, начинают приставать к прохожим. То и дело завязываются драки. Бьются серьёзно, ремнями, зажав в кулаке бляхи. В самом деле, что за русский народный праздник без мордобоя!

Вот и думай тут только об экзаменах! Волнуемся не только мы, выпускники, но и наши учителя. За неделю до начала сессии в школе устраивают дополнительные занятия. Приходят учителя и натаскивают нас.

Наконец, экзамены сданы. Проходят томительные три недели. Мама то и дело бегает в школу, где на доске перед учительской должны вывесить результаты экзаменов.

Наступает день, когда список сдавших на аттестат зрелости появляется в положенном месте. Я в нём, конечно, значусь; тут у мамы нет никаких сомнений. Но она ищет мою фамилию не в общем списке, а в отдельной колонке, где указаны медалисты.

У неё замирает дыхание. Она снова и снова пробегает списочек глазами. Она не может им поверить. Моей фамилии в списке нет! Как так, *никакой* медали? Ни золотой, ни серебряной?

В ужасе мама бросается к директору школы Василию Петровичу, крепкому мужчине в расшитой украинской косоворотке и скобкой седеющих усов а ля Тарас Шевченко. Выслушав её, он разводит руками. Точнее говоря, так как у него только одна рука — он инвалид войны, он отводит уцелевшую руку в сторону. Мол, что он может поделать? Отметки ставит комиссия из районо. Его не спрашивают.

Взглянув на побелевшее от горя лицо мамы, он роется в папках и сообщает, что, так как у её сына не одна, а целых две четвёрки — по сочинению и тригонометрии, то, согласно правилам, награждению медалью он не подлежит. Если б одна четвёрка, то, по крайней мере, была бы серебряная. А так — никакой.

— За что! — вскрикивает мама так, будто ей всадили нож в сердце, по самую рукоятку. — За что его зарезали!

Хотя по ситуации тут ожидается вопросительная интонация, у мамы она не выходит. Она не просит. Она требует предъявить доказательства, почему её сын не заслужил медали. Требует тем полным нехорошего дрожания голосом, каким Отелло, уверенный в том, что никакого доказательства верности у Дездемоны нет, требует предъявить её платок, подсунутый ему коварным Яго.

Хоть и ветеран войны, но фронтальной атаки мамы Василий Петрович всё же побаивается. Он её хорошо знает. Она в родительском совете школы все десять лет. Похоже, что всё это время она старалась быть поближе к школе ради того, чтобы быть уверенной, что с её сыном чего-нибудь не начудили. Выходит, интуиция её не подвела.

— Софья Владимировна, — говорит Василий Петрович, вытирая платком испарину на лысине, которая выступает у него всякий раз, когда его атакуют родительницы. — Поймите, от меня ничего не зависит. Государственная комиссия... Районо... Вот тут в деле приписка: по тригонометрии у вашего сына четвёрка, а не пятёрка, поскольку, вот читаю, «не самое лучшее решение»... А в сочинении две синтаксических ошибки.

(Сейчас, после более тридцати лет преподавания в американском колледже, вспоминая этот эпизод моей юности, я сам с трудом верю, что таковы были драконовские правила выставления оценок за школьные работы в Советском Союзе моего времени. За одну синтаксическую ошибку полагалось снижать полбалла, то есть, до «пяти с минусом», а за две — целый балл.)

— Синтактические! — восклицает мама с подозрением, — Какие такие синтактические!

— Не знаю, Софья Владимировна, — говорит директор. — Запятые, наверное... Тире... Я работы не видел... Районо, знаете, госкомиссия... Не положено...

— Что! Вы лишили моего сына медали из-за каких-то паршивых запятых? Какие такие запятые? Я хочу убедиться в этом собственными глазами.

— Откуда мне знать какие? Бог его знает! Поверьте, Софья Владимировна, я бы вам сказал, если бы знал. Все бумаги в районо... А мне пора закрывать кабинет. Вызывают в райком...

И он снова провёл рукой по лысине.

Мама возвращается домой в полном смятении. Она ходит по квартире, заламывая руки. Её беспокойная натура не терпит бездействия. Что предпринять? Как доказать то, в чём она уверена: оценки её сыну снизили несправедливо. Маме и в голову не приходит, что я мог сплоховать. В отчаянии она хватает себя за голову, судорожно запускает руки в свои пышные волосы. Дёргает их, пытаясь физической болью унять боль душевную. Что значит в математике «не самое лучшее решение»? По какому такому критерию? Кто может это доказать? Где найти независимого и авторитетного эксперта? Вызвать академика, доктора математических наук, из Москвы для экспертизы? Так он и помчался на вызов никому неведомой тёти Сони из Одессы!

В те годы было принято при трудных обстоятельствах в столкновении с властями призывать на помощь правительственные награды, особенно те, что получали за войну. Мама тоже намеревается пустить в ход заслуги перед страной. У неё две медали — одна «За оборону Кавказа», другая — «За победу над Германией». Когда началась война, она поступила вольнонаёмной в ремонтные мастерские Второй воздушной армии, где работал мой отец. Вместе с армией из Одессы мастерская со всеми работниками на товарняке сначала откатывалась к Кавказу, затем к Сталинграду. (Уже оттуда вместе с другими беженцами мама со мной эвакуировалась в Среднюю Азию.)

Потом мама решает, что её медалей, пожалуй, маловато, чтобы затребовать академика. Был бы какой-нибудь орден, может быть, и помогло. «Красной Звезды», скажем, или «Отечественной Войны»... Но такие давали боевым командирам, а после Сталинграда мама большую часть военного времени сражалась за то, чтобы уберечь единственного сына от холода и голода, отвоевать у болезней — коклюша, дифтерии, дизентерии, крупозного воспаления лёгких, брюшного тифа и тифа сыпного... Одних тяжёлых недугов набралась добрая дюжина. Но за это, как известно, ордена матерям не давали...

Оставалось уповать на то, что дадут хотя бы серебряную медаль. Если с математикой вопрос спорный и доказать правоту трудно, вся надежда у неё теперь была на сочинение. Только бы доказать, что ошибки определены неправильно. Две синтаксические! Мама как бы взвешивает, хватит ли у неё пороху в пороховницах бороться за пересмотр *обеих*. Нужно, чтобы непременно была пятёрка по сочинению, иначе никакой медали не будет. Она быстро взглядывает на меня. Мне кажется, что на мгновение у неё зарождается сомнение, и в её глазах мелькает укор. Как же так меня угораздило! Сплошной отличник, десять похвальных грамот, и на тебе... Неужели в самый ответственный момент опростоволосился?

Но она тут же берёт себя в руки и решает, что размышлять нечего. Надо действовать — и немедленно.

— Быть того не может! — встряхивает она головой, отбрасывая все сомнения.

Она устремляется в районо, полная решимости добиться, чтобы ей показали моё сочинение. Она хочет удостовериться в ужасном факте собственными глазами.

Вечереет. Световые параллелепипеды уже полыхают в дальнем углу потолка приёмной, прежде чем сгуститься, покраснеть, а потом и вовсе исчезнуть. Как водится в советских учреждениях, под конец рабочего дня под разными предлогами чиновники районо улизнули с работы. В конторе оставили отвечать на звонки молоденькую секретаршу. Мама требует у неё показать мою экзаменационную работу.

Секретарша пытается было отделаться канцелярской фразой «не положено», но тут, как говорится, не тот случай. Мама — не типичный советский проситель, который при первом же отпоре покорно отступает в коридор, прося извинения за беспокойство, причинённое государственному учреждению. Не на того напали! Маминому гневу нет предела.

Не выдержав напора, секретарша уступает. Разрешает под честное слово дать взглянуть одним глазом на моё сочинение. Она достаёт желтогрудую тетрадку с моим именем из железного ящика и протягивает маме.

Мама впивается глазами в обложку. На ней густыми красными чернилами, словно кровью дьявола, выведено «0/2», то есть, ноль грамматических ошибок, две синтаксические. И рядом — большая, как ей кажется, злорадная, вычерченная на манер кукиша, цифра «4». Накося, дескать, выкуси.

Но мама — не робкого десятка, чтобы испугаться таких пустяков, как лихие росчерки чернилами. Она раскрывает тетрадку. Да, две синтаксических ошибки! Обе — запятые. И обе — лишние.

Она всматривается в эти наглые знаки, прокравшиеся в сочинение сына. Она ни секунды не сомневается в их искусственном происхождении. Не мог, не мог её Миля сделать такую подлость и поставить запятые там, где их быть не должно. Не мог и всё! То есть, она была убеждена, что их вписала чужая, вражеская рука.

Она подносит тетрадку сначала к окну. Но уже начинает темнеть, и она подставляет её под свет настольной лампы, которую перепуганная секретарша сама для неё включает. Мама впивается глазами в треклятые запятые с не меньшей яростью, чем Луи Пастер — в зловредные микробы под микроскопом. У неё дело куда важнее, чем обезвредить молоко. Она должна спасти не абстрактное человечество, а родного сына...

Она разглядывает бумажные листы. Так и есть! Подтасовали! Чтоб провалить сына, пошли на подлог. Чернила обеих лишних запятых — не фиолетово-синего цвета, как всего сочинения, а иссиня-чёрные, цвета неба перед грозой. Такого же цвета становятся налитые гневом мамины глаза.

И гроза разражается! Мама решительно сворачивает тетрадку в трубку. Она полна решимости отнести её на экспертизу куда угодно, хоть на край света.

Но секретарша, почти девочка, сама разве что год как окончила школу, чувствуя, что не может её остановить, начинает комкать в руках платочек, сморкаться в него и упрашивать маму. Ну, пожалуйста, дамочка, отдайте тетрадку. Меня с работы уволят... Отдадут под суд за разглашение служебной тайны... Моя мама не вынесет этого. Отец погиб на фронте...

После долгой внутренней борьбы мама отступает. Даже в минуту грозной опасности для сына, для семьи она не может переступить через себя. Наказать ни в чём не повинного человека за грехи других людей оказывается выше её сил.

Итак, преступление совершено. В этом мама не сомневается. Но как доказать! Как заставить районо отдать сочинение на криминальный анализ? В Скотланд-Ярд, что ли, изволите обратиться?

Она возвращается домой, рассказывает о своём открытии и произносит эту сакраментальную фразу: «Теперь ты видишь, в какой стране мы живём!» Она решает, что меня срезали на экзаменах по единственной причине: я — еврей.

В тот день, на диване рядом с матерью, обнявшей меня и плачущей, я чувствую некоторую неловкость: в конце концов, маме ещё нет сорока, а мне уже семнадцать с половиной. Я пытаюсь отстраниться от неё немного, чтоб не обидеть — она так за меня переживает! За себя. За всех нас. Под влиянием её рыданий мои глаза тоже увлажняются.

Мне не столько жалко себя, сколько маму. Она так надеялась! Я пытаюсь понять, отчего она так переживает. Сначала полагаю, что дело в её гордости. Все десять моих школьных лет она прилагала все усилия, чтобы я был непременно сплошным отличником. Следила, чтобы учился, как следует. Четвёрку воспринимала как личное оскорбление. Как выпад против неё. И все десять лет её усилия вознаграждались: в конце каждого учебного года мне выдавали желтоватый лист с печатями за подписью директора школы — «за отличные успехи в учёбе и примерное поведение». А тут — на тебе!

Мама, однако, ошиблась, полагая, что эпизод с экзаменами открыл мне глаза. С поражающей меня самого теперь, с дистанции более полувека, покорностью, сам я почему-то даже не удивился, что медали — ни золотой, ни серебряной — мне не досталось. Да, в конце концов, на пятнадцатом году моей жизни, под влиянием радости, охвативших всех моих родственников оттого, что главный гонитель евреев Сталин умер, выпустили врачей, обвинённых в заговоре на жизнь вождей, я признал себя евреем. Куда тут отпираться!

Но, услышав весть, что медали мне не досталось, в отличие от мамы, решаю — сам виноват. К тому времени я уже привык во всём винить себя. Выслушав маму, я мысленно отметаю её подозрения и про себя решаю, что в том, что я не получил медаль, — исключительно моя вина. Недосмотрел. Взял и сел в лужу собственного изготовления!

Каждый день газеты, журналы, радио, учителя в школе уверяют меня, что в нашей стране человек — сам кузнец своего счастья. Теперь, на огромной дистанции времени и пространства, такая вера в слово советской пропаганды не только тем, кто не жил там и в то время, где жил я, но и мне самому кажется невероятной и достойной презрительной насмешки. То тем, кто, как я, был в то время подростком, не вооружённым ни скептицизмом, ни знанием жизни, было не до смеха.

Я твердил себе, что всё правильно, не заслужил. Но по ночам обе запятые являются ко мне, прихватив откуда-то и третью. Являются русскими былинными богатырями — Ильёй Муромцем, Добрыней Никитичем и Алёшей Поповичем. Они гарцуют на своих добрых конях и хвалят друг друга, что не сплоховали, отстояли честь русской земли, одержали верх над супостатом — еврейским юнцом, вознамерившимся пойти учиться, гляди чего, куда ему хочется. Ишь ты, какой выискался!..

Спустя полвека загадка моего провала на экзаменах раскрылась случайно. Мне было невдомёк, что в те времена существовали разнарядки на медали. Заранее решалось, какой школе сколько отпустить золотых, сколько серебряных. Медаль в моём классе досталась моему со-ученику Юре Фортученко. В памяти у меня остался долговязый паренёк с гибким телом и миловидным нежным лицом — по-женски красивыми большими темно-карими украинскими глазами и полными губами. Он был очень похож на свою мать, которую я однажды случайно встретил. Учился он легко. Выйдя к доске, закладывал руки за спину и читал, перекатывая от скуки глаза, заданные стихи наизусть или, обернувшись к доске, с ленцой решал задачу по геометрии или тригонометрии. Отрешав, он вылизывал запачканные мелом кончики пальцев. (Очевидно, в его организме был недостаток кальция.) С ним у меня были ровные уважительные отношения. Мы издалека поглядывали друг на друга, как поглядывают бегуны перед стартом на соседа по беговой дорожке: нам обоим предстояло бороться за медаль. Об этом в классе знали всё.

Но наши силы были неравны. Отец Юры принадлежал к номенклатуре. Был важным чиновником одесского порта, а до этого — начальником Мурманского порта, орденоносцем. Мать работала секретарём ректора строительного института, и у неё были большие связи в руководстве города. Когда решался вопрос, кому дать медали, то, что я оказался из семьи маляра, к тому же еврейским мальчиком, было большой удачей для тех, кто решал, кому дать её в нашей школе. У тех, кто решал этот вопрос, отпало последнее сомнение, кого из списка кандидатов надлежит вычеркнуть.

В начале двадцатого века знаменитый одесский журналист Влас Дорошевич в одном из своих фельетонов писал о том, как решался в его время вопрос, кого принять по конкурсу в университет, а кого нет. Когда уже всё, казалось бы, мыслимые и немыслимые способы свести число конкурентов до минимума были исчерпаны, вдруг оказалось, что один из претендентов — еврей. И председатель комиссии приходит в неописуемый восторг: «Какая удача! Когда надо кого-нибудь вычеркнуть из списка, лучше еврея не найти».

Так было ровно за полвека до описанных мной событий. С тех пор в России произошли одна за другой две революции, прогромыхали две мировые войны. Но ничего в этом смысле не изменилось...

В то жаркое лето пятьдесят пятого года мне предстоит принять участие в другой драме — драме поступления в институт.

Свои и чужие

Мой вынужденный уход в себя, судорожное деление мира на своих и чужих, совпадает со временем, когда мир вокруг меня поделён по принципу белого и чёрного, на друзей и врагов. Я расту в то время, когда психология противостояния — «Кто кого? мы их или они нас?» — тяжкой плитой на моей груди. «Если враг не сдаётся, то его уничтожают». Хотя этот лозунг старый, в первые послевоенные годы непримиримость — отголосок только что отгрохывавшей гигантской битвы. Страх и ненависть ещё живут в наших сердцах, как ещё дымят воняющие жжёным порохом, наполняющие подвалы гарью, развалины минувшей войны. Мы, её дети, нейтралитета не понимаем. Считаем его формой предательства. «Кто не с нами, тот против нас». Нейтралитет не укладывается в наших головах. Как можно не бороться с фашистами! Как это, Швеция и Швейцария объявили нейтралитет? Знаем мы их нейтралитет! Небось, тайком помогают фашистам. (*Наша мальчишеская интуиция оказалось близкой к истине теперь, более полвека спустя, когда выяснилось, что швейцарские банки секретным образом финансировали военную машину нацистов*).

Кончилась война, но меня ещё долгие годы учат ненавидеть. Похоже, что меня исподволь готовят к сдаче аттестата не на зрелость, а на ненависть. Список тех, кого полагается ненавидеть, длинный. Учат ненавидеть в прошлом, настоящем и будущем времени. Царское самодержавие в общем и каждого из царей в отдельности (за исключением прогрессивного Петра Первого и избавителя от татар Ивана Грозного). Эксплуататоров всех мастей — рабовладельцев, феодалов, помещиков, капиталистов, кулаков, богатых вообще. Богатый — значит, негодяй. Бедный — бедность — не порок — значит, хороший человек. «У советских собственная гордость, — читаем мы в стихотворении Маяковского, — на буржуев смотрим свысока».

Учат также смеяться над религией вообще и верующими в частности. Особую ненависть и презрение воспитывают к попам. Против них — и пословицы, и поговорки, и красочные плакаты, и тяжёлая артиллерия русской литературы. Сам Пушкин призван для этой цели с его «Сказкой о попе и его работнике Балде». Попы все, как один — жадные, распутные, толстые и глупые.

Список тех, кого требуется ненавидеть, кажется бесконечным. Он растёт с каждый днём. Ненависть — сильное чувство, требующее большого запаса душевных сил. На такую огромную ненависть у меня их явно не хватает. По большей части я остаюсь равнодушным. Сколько ни пытаюсь понять, кого честят и за что, все объекты, которые полагается ненавидеть, сливаются в один бесконечный поток отщепенцев, врагов народа, тунеядцев, пережитков капитализма в сознании людей, расхитителей социалистической собственности, ревизионистов коммунистической идеологии, носителей буржуазной морали, любителей лёгкой наживы, поклонников чистогана, охотников за длинным рублем, летунов, талмудистов-начётчиков от марксизма. При упоминании о последних, я внутренне сжимаюсь. Я уже знаю от папы, что Талмуд — это одна из священных книг иудаизма, и мне кажется, что под талмудистами подразумевают всех евреев.

Круг того, что полагается любить, гораздо у́же: русскую природу, русский язык, нашу социалистическую родину, коммунистическую партию и родное советское правительство и, конечно, товарища Сталина Иосифа Виссарионовича.

Как ни обширен список домашних объектов, которые полагается ненавидеть настоящему советскому гражданину, он ничтожен по сравнению со списком тех, кого полагается презирать за пределами страны. Тут и чанкайшистская клика, и южнокорейские марионетки, действующие по подсказке из Вашингтона, и японские прихвостни американского капитала, и реакционные английские тред-юнионы, и германские реваншисты, и даже глава югославской коммунистической партии Иосип Броз Тито. (В «Крокодиле» его изображают низкорослым, с высоким дамским задом и окровавленным топором в руках; я так и не смог разобраться, чьи головы он рубил и почему его изображают почти так же, как и генерала Франко, только тот в эспаньолке с помпоном, болтающимся у глаза, а Тито в генеральской фуражке с высокой, как у немецких офицеров, тульёй).

Главный объект ненависти в конце сороковых — начале пятидесятых годов — это поджигатели войны. Это империалисты и капиталисты всех стран, но, главным образом, Англии и Америки. На карикатурах они либо низкорослые с волосатыми руками, толстыми животами и сигарой во рту или, наоборот, длинноногие и худые, как макароны, с оскалом лошадиных зубов. Особенно достаётся Соединённым Штатам во главе с вдохновителем холодной войны Гарри Трумэном, прислужником американского капитала, государственным секретарём Джоном Фостером Даллесом и размахивающим жупелом коммунистической агрессии американским конгрессом. Газеты и журналы клеймят все американское (кроме простых людей, которых капиталисты США держат в страхе перед завтрашним днём). Тут и троянский конь американского капитала в Европе, известный под именем «план Маршалла», и американская военщина вообще, и военно-индустриальный комплекс в частности, и продажная пресса, и город жёлтого дьявола Нью-Йорк, и растленный Голливуд...

Половину задней обложки наших школьных тетрадок занимает рисунок насекомого с рожками. Над ним пропечатан призыв: «*Уничтожайте колорадского жука!*» Этот жук атакует картошку, едва ли не единственный продукт, доступный в магазинах первого послевоенного времени. На каждом шагу можно увидеть призыв: «*Все на борьбу с колорадским жуком!*» Газеты намекают, что жука этого к нам заслали заокеанские поджигатели войны. Они, дескать, не могут нас победить обычным способом, потому решили уморить голодом. (*Как ни странно, но спустя тридцать лет эту чушь повторит писатель Виктор Астафьев в своём печально известном очерке «Ловля пескарей в Грузии».*)

С того дня, как я увидел «Сирано де Бержерака», я отчаянно рвусь в театр. Я хочу верить, что, кроме той, что перед моими глазами, есть другая — лучшая, более осмысленная жизнь, в которой не требуется обязательно кого-то ненавидеть, чтобы чувствовать себя гражданином своей страны. Я стараюсь не пропустить ни одной стоящей пьесы. На русском смотрю и на украинском. Благо, Одесса — не захолустье. Кроме Театра юного зрителя, есть ещё четыре других, из них три — драматических. Театр Советской Армии. Украинский драматический имени Ивана Франко, русский — имени Иванова, совсем недалеко от моего дома, на Греческой улице. Он — лучший из трёх. Есть ещё, конечно, знаменитый своим зданием Театр оперы и балета, но мне там скучновато. И опера, и балет мало помогают разобраться в жизни вокруг меня. Всё, что происходит на сцене — слишком условно, как правило, отнесено в другую историческую эпоху.

То ли дело драматические театры! Там я смотрю всё подряд. Я часто хожу туда один. На некоторые спектакли в школе организуют «культпоходы». Однажды нас приводят на пьесу Константина Симонова «Русский вопрос». Она — о жизни в Америке.

Нахохлившись, приткнувшись боком к спинке кресла, смотрю на сцену. Всё действие спектакля, как, очевидно, и сама жизнь в далёкой Америке, — происходят в полутьме. По-другому и не должно быть, поскольку жизнь там беспросветна — гнусна и ужасна. Чего ещё можно ожидать от страны главных поджигателей войны!

Но пьеса о том, что в Америке есть хорошие честные люди, которые пытаются сопротивляться капиталистам. Герой пьесы — журналист. Он побывал у нас в стране, видел, как замечательно мы живём. Но ему не дают написать о нас правду. От него требуют лжи. Ему угрожают. Его бросают все — и друзья, и любимая женщина.

На затемнённой сцене — бар с крепкими напитками. В это злачное место герой пьесы приходит нехотя. Именно здесь его враги назначили ему по телефону свидание для важного разговора. Говорят они, как и полагается всем безнравственным людям, — гнусным, низким голосом с нахальным подвыванием. Герою неуютно в баре — в этом типично буржуазном месте порока и разврата. За сценой развязно гнусавит саксофон.

Бесстыдной походкой, покачивая огромными бёдрами, подходит ярко раскрашенная продажная женщина с сигаретой в углу рта. Что такое продажная женщина, я уже — примерно — знаю. Это не продавщица в универмаге, как я думал, когда впервые услышал это выражение, а женщина, которая продаёт то, что продаваться не может, — любовь. Мне едва десять лет, и детали её ремесла для меня ещё смутны. Кажется, она целует мужчин за доллары или что-то в этом роде.

А вот и враги журналиста. Они ходят по паре с поднятыми воротниками макинтоша, прячут свои лица. Прятать и вправду есть что. Когда на короткое время они попадают в свет софитов, я вижу кривые физиономии, тонкие подлые усики под крючковатыми носами. Говорят эти враги, как и продажная женщина, не выпуская сигареты из угла рта.

Я бреду с пол-литровой банкой для кислой капусты в овощной магазин на Карла Маркса. Как всегда, начинаю читать газеты на стендах, одну за другой. В «Правде» натыкаюсь на стихотворение того же Константина Симонова, написанное под впечатлением его поездки в Америку. Название как нельзя в духе времени — «Друзья и враги». Задрав голову, загораживая свободной рукой глаза от солнца, читаю:

> Я вышел на трибуну, в зал,
> Мне зал напоминал войну,
> А тишина — ту тишину,
> Что обрывает первый залп.
> Я вышел и увидел их,
> Их, в трёх рядах, их, в двух шагах,
> Их, злобных, сытых, молодых,
> В плащах, со жвачками в зубах,
> В карман — рука, зубов оскал,
> Подошва — на ногу нога.
> — Так вот оно, лицо врага!

Я уже политически подкован. Понимаю смысловые нюансы стиха. Сытый — это плохой человек. Несытый — морально выше. Голодный — значит, близкий по духу, наш человек. «Вставай, проклятьем заклеймённый, весь мир голодных и рабов», — поётся в Интернационале. А, как известно, сытый голодному не товарищ. Сытые — наши враги, они нас не понимают. Быть сытым — значит, быть самодовольным, высокомерным и злобным.

Молодой — тоже, видимо, плохой признак человека. Недаром говорится, из молодых да ранний. Сукин сын, то есть. В репортажах о Западе часто встречается слово «молодчик»: «Разгул фашиствующих молодчиков в США»; «Тщетная попытка хулиганствующих молодчиков Великобритании сорвать выступления советских артистов».

Хорошая одежда — конечно, тоже улика. Хорошо одеты — значит, хамы. Носить плащ в концертном зале — признак бескультурья. Впрочем, чего тут удивляться. Культура в СССР намного превосходит культуру буржуазных стран — это всем известно.

Да и плащи этих молодчиков мне хорошо знакомы. В Одессе время от времени появляются иностранные туристы. Плащи на них — не наши, простые, советские, темно-синие с прорезиненной подкладкой в мелкую клеточку, а ярких, непрактичных цветов: бежевого, светло-голубого, цвета кофе с молоком, цвета моли. От таких плащей дышит самодовольством тех, у кого нет другой заботы, как нарочно выбирать светлые, непрактичные тона, на которых даже маленькое пятно видно. Хочешь — не хочешь, а каждый раз неси в химчистку. Конечно, это ерунда для тех, у кого денег куры не клюют.

В карман — рука, зубов оскал,
Подошва — на ногу нога.

Да, те ещё жесты! Держит руку в кармане — известно зачем. Что-то прячет. Мне, подростку, возбуждённому каждодневными реляциями с фронта холодной войны, кажется — пистолет. А, может быть, даже гранату.

Скалит зубы — значит, не просто улыбается, а показывает, что при случае может и укусить. А уж то, что сидят, закинув ногу на ногу, так что подошвы видны, — это всем известное американское бескультурье, как говорит Галина Ивановна, когда кто-то из нас на переменке задирает ногу на парту. Как могут эти американские молодчики закидывать ноги выше головы? На улице пыль, а после дождя лужи. У нас во дворе, перед входом в парадную в землю врыта металлическая скобка. Я долго счищаю с подошвы ботинок грязь, а, входя в комнату, надеваю тапки.

В общем, я понимаю, почему самый вид пришедших в зал вызывает негодование нашего поэта. Только упоминание о жвачке заставляет меня почувствовать себя неловко.

Дело в том, что американские жвачки мне уже известны. Я жевал их не раз. Быть может, жил бы я в каком-нибудь другом советском городе — в Курске, например, или Калуге, — я бы и не знал, что это такое. Но Одесса имеет то главное преимущество перед многими другими городами, что в какой-то степени открыта внешнему миру. В нескольких кварталах от моего дома — море. Часто, идя после школы по Приморскому бульвару в библиотеку Дворца пионеров, я вижу, как медленно заваливается за горизонт, окунаясь в пучину, солнце. Там — Турция, гадаю я, а там Греция... Ещё дальше Египет, Марокко. В нашем порту всегда полно кораблей с диковинными флагами. Время от времени на центральной нашей улице — Дерибасовской — появляются стайки людей, одетых в белоснежные брюки-клёш и рубахи навыпуск. На макушках одних чудом держатся жёстко накрахмаленные круглые шапочки, похожие на детские панамки. У других — смешные береты с помпонами. Это матросы с ошвартованных в нашем порту иностранных кораблей. Как и все моряки, они двигаются по улице вразвалку, широко расставляя ноги, как бы пробуя тротуар на прочность. Некоторых пошатывает, как будто под ними не крепкие базальтовые плиты, а то и дело уходящий из-под ног деревянный настил палубы.

Наш дом номер 18 — в самом центре Дерибасовской. Матросы часто заходят к нам во двор. Они, как правило, добродушны и улыбчивы. После многих дней сплошной воды, наконец, — твердь, город, цивилизация. Даже в полутьме мы узнаём иностранцев по осанке: у них как-то по-особому, свободно сидит на плечах голова. Они курят душистые сигареты и, когда, пригнувшись, заговаривают с нами, их дыхание поражает свежим ментоловым запахом.

Войдя во двор, они просят нас, пацанов, гоняющих мяч по двору, показать, где дворовая уборная. Называют они её по-морскому — «гальюн». Слово это мы уже знаем. С той же целью наш двор навещают и наши, советские матросы. Впрочем, спрашивают они редко. Уборную нетрудно найти по резкому, щипающему глаза, запаху хлорки, которой дворничиха Василиса Петровна часто посыпает это место.

В ответ на пустячную услугу иностранцы предлагают сигареты и жвачки. Они достают их из похрустывающих целлофаном пачечек с курящим — жмурящимся от наслаждения — верблюдом на обложке. (Есть ещё «Лаки-Страки» и «Честерфилд».) Открывают они эти пачки способом, который граничит с магией. Не выщипывают угол пачки и вытряхивают сигарету, как делают наши моряки, которые тоже иногда предлагают нам сигареты «Прибой» или «Север». Иностранные моряки поддевают ногтем красную тоненькую ленточку, стягивающую пачку, — и целлофан, мгновенно и ровнёхонько, словно перочинным ножом, распарывается. Американские сигареты мы все берём, хотя мало кто из нас по-настоящему курит. От этих сигарет исходит истовый медовый дух. Пахнут они так сладко и пряно, что хочется их не курить, а жевать.

Жевать всё, что обещает вкусовые ощущения, — давняя привычка моего полуголодного детства. В ташкентском детском саду я сковыривал и отправлял в рот полупрозрачную смолку с коры вишнёвых деревьев. Смолка горчила, и я вскоре её выплёвывал. Смолу, уже настоящую, отдающую скипидаром, я, подражая сверстникам, тоже жевал, преодолевая отвращение. Ни для чего другого, как для проказы, она не годилась. Разжёванный комок иногда лепили на голову зазевавшегося. Отлепить смолу можно было, только изрядно смочив клок волос керосином.

А уж американские жвачки нам не нужно предлагать дважды. На страницах газет дядя Сэм часто появляется в высокой шляпе-цилиндре, нос крючком, с атомной бомбой в руке. Но в наших руках — артефакты, хоть и далёкой и непонятной, но неимоверно притягательной страны. Прежде чем отправить в рот жвачку, мы бережно разворачиваем белую, оранжевую, зелёную или красную пачечку. Разглядываем каждую деталь этого маленького сокровища. Дивимся тому, сколько внимания уделено деталям: мягкости фольги, шелковистой гладкости внутренней обёртки, края которой отделаны зубчиками, тиснёному узору на изящной, словно сделанной из фарфора, плиточке жвачки.

Налюбовавшись, мы сначала пробуем кончиком языка тончайшую, словно пыльца на крыльях бабочки-капустницы, сахарную пудру, которой присыпаны аккуратные плоские палочки жвачки. Мы вдыхаем неведомые нам, детям войны и разрухи, ни на что не похожие — странные, чудные, удивительные — ароматы далёкой заокеанской страны, такой далёкой, что даже запахи там другие.

Жвачки пахнут апельсиновыми и лимонными корками, яблоками и грушами и другими фруктами, тогда, в первые годы после войны, нам неведомыми: персиками, гранатами, бананами. Мы перелопачиваем языком упругий восхитительный комок во рту, стараемся растянуть удовольствие, исходим блаженством.

Иногда кому-нибудь достаётся вся пачечка из шести жвачек. Счастливчик сразу становится обладателем маленького богатства. Американские жвачки — наша конвертируемая валюта. За одну пачку можно заполучить рогатку из толстой, нарезанной из футбольной камеры, резины, несколько потёртый с одного боку, но всё ещё ворсистый и прыгучий теннисный мячик, марку с гербом Южно-Африканской республики, стреляющий пробками наган из литого алюминия... Да и вообще, нет такой вещи, которую сверстники не отдадут за американскую жвачку.

— Сколько раз вам было сказано, что жвачка не к лицу советского школьника, — говорит Галина Ивановна, размахивая одной из них в воздухе. Она только что выхватила её из рук Юры Лернера, и тот почти что плачет от обидной потери.

Видя наши безалаберные, не проникающиеся серьёзностью момента, лица, она говорит ещё громче. На шее вздуваются жилы:

— Жвачка — не такая безобидная вещь, как вам в наивности кажется. Да, да!.. Не смотрите на меня, как бараны на новые ворота. Не прикидывайтесь паиньками. Понимать надо! Американские жвачки — это орудие идеологической диверсии. С их помощью враги пытаются подорвать мораль нашего общества. Сегодня — жвачка. Завтра — сигарета. А потом, того глядишь, и алкоголь.

Галина запинается на мгновение, видимо, подыскивая слова, в которые она могла бы облечь следующую степень нашего морального падения. Но, видимо, не найдя, решила подытожить:

— Доставить нам сомнительного рода удовольствия — это попытка нас расслабить. Настроить нашу жизнь не на борьбу, а на утеху.

Мы молчим. Хотя, как и Юра Лернер, мы все знаем, что может попасть, если притащим жвачки в класс, расстаться с ними даже на полдня нет никаких сил.

Я не совсем понимаю, каким образом, жуя резинку, я предаю родину. Зачем так уж опасаться зловредной жвачки, если у простых людей в капиталистических странах — а к ним относятся гуляющие по нашему городу матросы, — в каждом кармане по несколько пачек, а они, судя по газетным статьям, всё-таки изнывают от зависти к нам, тем, кто живёт в нашей социалистической, самой передовой, самой свободной и сильной стране мира.

То, что по ту сторону океана людям живётся плохо, достаточно убедиться, посмотрев любой выпуск «Иностранной кинохроники».

Начинается он с малоинтересных сюжетов. Открытие новой домны в Силезии... Спуск на воду нового нефтеналивного танкера в Гданьске... Первый футбольный матч на восстановленном после войны стадионе в Бухаресте... Солидные дяди в двубортных костюмах в окружении детей с цветами в руках чикают ножницами ленту перед открытием нового завода.

— Растёт индустриальная мощь стран народной демократии — сообщает со сдержанной гордостью диктор.

Я вздыхаю. Терплю. Домны и нефтеналивные танкеры меня не интересуют. Они ничего не говорят моему воображению. Если бы диктор не сказал, что дело происходит в Гданьске или Бухаресте, я мог бы подумать, что эти сюжеты сняты у нас, в СССР. Дяди в костюмах, режущие ленточки, похожи на начальников в другом киножурнале — «По родной стране». Там они так же натужно улыбаются. И румынских шахтёров не различишь от наших — та же каска с лампочкой надо лбом, лицо в угольной пыли... Задымилась домна, шлёпнулся в воду, поднимая фонтаны брызг, танкер, побежали по гаревой дорожке атлеты — а мне хоть бы что.

Скука — пытка в любом возрасте, но особенно она невыносима в детстве, когда мозг жаждет всё новых и новых впечатлений. Я оживаю только тогда, когда дело доходит до раздела «В странах капитала». Ради него я, собственно, и бегаю каждый раз в кинотеатр «Хроника» в нескольких кварталах от моего дома. В затхлом, с плохой вентиляцией, зале кинотеатра, я в напряжении прижимаюсь спиной к креслу. Меня охватывают два борющихся друг с другом чувства — ужас и любопытство. Америка, оказывается, — опаснейшее место на земле. В Оклахоме смерчи расщепляют дома. У берегов Калифорнии землетрясение низвергает в океан вереницы автомобилей. Ураган заливает улицы Майями. В штате Монтана горят необъятные леса. Река Миссисипи затапливает дома на километры вокруг. Накрывшись одеялами с головой, бездомные люди сидят на крышах домов, прижимая к груди клетки с птицами и портреты бабушек.

Я едва успеваю перевести дух, как на экране — взрыв шахты в Пенсильвании. Дебри разбитого самолёта компании «Американ Айерлайн»...

Поневоле напрашивается вывод, что эти катастрофы — удел капиталистического мира. Никакого такого безобразия — ни землетрясений, ни ураганов, ни лесных пожаров — в нашей стране не было, нет и быть не может.

Последний сюжет «Иностранной хроники» — как правило, самый интересный.

— Бездуховное существование, пресыщение жизнью в странах капитала, — голос диктора дрожит от презрения, — толкает этих молодых людей на поиски острых ощущений, которые часто заканчиваются трагически.

В бушующих волнах у Гавайских островов несутся, сломя голову, сёрферы. Под вой саксофонов нью-йоркского ночного клуба извиваются в танце полураздетые девицы и молодые люди. Разбрасывая колёса, летят на трибуны, калеча зрителей налево и направо, гоночные автомобили. Прежде чем вспыхнуть разом, словно коробки со спичками, они дрожат в агонии, как гигантские, смертельно раненые жуки. Обожжённых и изувеченных гонщиков мчат почему-то в больницы, а не прямиком на кладбище.

— Так живут в мире капитала, где нет веры в будущее, нет уверенности в завтрашнем дне, — подытоживает диктор удовлетворённо.

Я выхожу из кинотеатра, щурюсь на свету. На душе у меня неспокойно. Меня учат презирать Америку, ненавидеть её. Но она занимает особое место в моём сердце. Дитя войны, я помню юркие джипы и мощные студебеккеры на наших дорогах. Полуголодный ребёнок, я обожал бутерброды с американской тушёнкой, которые приходили к нам в больших желтоватых банках. (*Я никогда уже, видимо, не свыкнусь с насмешливым отношением к тушёнке в сего-*

дняшней американской «поп-культуре», как никогда не смогу понять студенческие развлечения с забрасыванием друг друга гамбургерами и сосисками — так называемый «фуд-файт»).

И всё-таки я принимаю как должное, что враги стараются нам навредить. Со всех сторон — призывы к бдительности. По радио часто гремит спортивный марш:

> Эй, вратарь, готовься к бою,
> Часовым ты поставлен у ворот.
> Ты представь, что за тобою
> Полоса пограничная идёт.
> Физкульт-ура, ура, ура,
> Будь готов,
> Когда настанет час бить врагов,
> Правый край,
> Левый край, не зевай.

Марш этот — из довоенного фильма «Вратарь», но не потерял злободневности. Враги по-прежнему спят и видят, как бы перейти нашу границу. В кинотеатре имени Уточкина один за другим идут «Граница в огне», «На границе», «Джульбарс» (о собаке, которая помогает пограничникам поймать басмачей). Фильмы подтверждают то, о чём сообщают газеты. К нам хотят проникнуть, выведать все наши секреты. Когда пишут об очередном задержанном лазутчике, в ход идёт заголовок-предостережение: «Наша граница — на замке». Иначе как священной её не называют.

Однажды читаю в «Правде» эпиграмму Сергея Михалкова на американского археолога Аарона Смита. Этот самый Смит заявил западным газетам, что он, дескать, ищет останки Ноева Ковчега на горе Арарат. Во время его первой экспедиции он ничего там не нашёл и собирается слетать туда на вертолёте. Но наш поэт знает, для чего на самом деле отправляется на Арарат американец:

> Но пограничник наш не спит,
> Учтите, «археолог» Смит!

Итак, Смит, оказывается, — археолог в кавычках. Я чувствую жуткую силу этих знаков препинания. Поставь их вокруг слова «человек», и перед тобой уже лишь нечто человекоподобное. Орангутанг какой-нибудь...

В эти первые послевоенные годы выходят брошюрки с широкой полосой наискосок обложки — «Библиотека военных приключений». Я с жадностью читаю их. Оказывается, вокруг меня бурлит напряжённая, полная опасностей и приключений, жизнь, кишмя кишат шпионы и диверсанты, а я ничего особенного не замечаю. Всё вокруг — обычно, как всегда. Я хожу каждый день в школу, готовлю уроки, ем, сплю, читаю книжки. Папа рано утром отправляется на работу, приходит поздно вечером, моется, смывая краску, трёт кусочком пемзы кончики пальцев, садится обедать. Потом они с мамой идут прогуляться перед сном.

И на улицах всё то же. Тренькают и скрежещут на поворотах тормозами трамваи. На подножках, как всегда, грузными авоськами, цепляясь друг за друга, висят дяди и тёти. Жужжат моторами грузовики, все как один темно-зеленого, тинистого цвета. На заднем борту — всё те же надписи белыми печатными буквами: «В кузове не стоять, на бортах не сидеть» и «Не уверен — не обгоняй». Дворничиха Василиса Петровна в переднике с жестяной бляхой на груди чиркает по тротуарам метлой из жёстких темно-фиолетовых прутьев, поднимая облачка пыли. Прохожие кашляют и чихают. «Ты хотя б побрызгала водой, Петровна» — кричат. Скукота!

Между тем в нашем учебнике ясно говорится: «Пока СССР окружён странами, где господствуют капиталисты, шпионы и вредители не перестанут стараться проникнуть в нашу страну и наносить нам вред. Зорче должны охранять границы все жители Страны Советов — все от мала до велика. Шпионы пробираются на заводы и фабрики, в большие города и села. Надо тщательно следить за всеми подозрительными людьми, чтобы выловить фашистских агентов».

Конечно, обычным взглядом ничего интересного не увидишь. В газетах часто мелькает совет — «присмотреться вокруг». Значит, ключ к тому, чтобы увидеть что-нибудь необычное, — это сосредоточиться, изощрить своё зрение.

Однажды я возвращаюсь домой из библиотеки Дворца пионеров с книжками в охватку. Я уже приближаюсь к дому, прохожу по Ланжероновской мимо почты на углу Карла Маркса. Вдруг, нервно озираясь по сторонам, меня обгоняет какой-то мужчина. Вид у него подозрительный. Небритый, средних лет. На интуриста вроде не похож: те всегда гладко выбриты и аккуратно причёсаны. Но день осенний, ветреный, а он — как многие интуристы, без кепки и в светлом, не-нашем, плаще. Воротник приподнят. По книжкам и фильмам я уже знаю, кто ходит с поднятым воротником: те, кому есть отчего прятать своё лицо.

Человек между тем продолжает двигаться нервной походкой. Вдруг ни того ни с сего пересекает улицу.

Собравшись с духом, по примеру отважных пионеров, о которых часто пишут в брошюрах «Военных приключений», решаю следовать за ним. Как всегда в нервные минуты, по голове ползут мурашки. Подозрительный мужчина вдруг ныряет в подъезд дома номер 26. Перегруженный книгами, мгновенно вспотев всем телом, я едва поспеваю за ним. Затаив дыхание, бегу, но перед тем, как войти в подъезд, вспоминаю, что в фильмах именно так, за углом, обычно поджидают преследователя.

Я закрываю глаза. С колотящимся от страха сердцем делаю шаг, другой. Ничего со мной не случается. Мужчина в плаще уже стоит посреди двора, оглядываясь по сторонам. Я замираю, наблюдая за ним. Тут он замечает меня. Смотрит недоуменно. Затем направляется к входу в один из подвалов и исчезает в темноте. Я долго стою, не решаясь следовать за ним. Я знаю, что в этом дворе, как во многих других одесских дворах, есть вход в катакомбы. Там во время войны сражались с фрицами партизаны. Скорее всего, лихорадочно соображаю, у диверсанта там рация, по которой он сносится со шпионским центром. Сообщает расположение нефтеналивных судов в одесском порту. Или что-нибудь в этом роде...

Мне страшно, но пионерам полагается быть смелыми и самоотверженными. Спускаюсь неуверенными шажками в катакомбу. Долго, чтобы глаза привыкли к темноте, прислушиваюсь. В какую сторону двинулся незнакомец? Вдруг до меня доносится какой-то слабый звук. На азбуку Морзе непохоже. Звук уж больно монотонный, неясный. Похоже... похоже... Что-то он мне напоминает. Но что? Неужели?

От догадки мне становится не по себе. Я выскакиваю из подвала наружу и смотрю наискосок, в дальний угол двора. Ну, конечно, уборная в углу заколочена досками. Ремонт. Этому дядьке просто приспичило, вот он и нырнул в подвал.

У меня уши горят от стыда. Надо же втяпаться в такую дурацкую историю! Я перебегаю на другую сторону улицы, лечу домой, стараясь не глядеть в сторону мужчины, который, оправляя плащ, уже вышел из подъезда. Мне кажется, что он понял, почему я следовал за ним и вот-вот начнёт гоготать во всё горло...

Однажды на Пасху

Какой бы еврейский праздник ни приближался, мама неизменно говорит, закусив губу:

— Где же достать карпа?

Год 1950-й. Подросток, я недоумеваю: что специфически еврейского в этой рыбе? «Карп, — читаю в „Большом Энциклопедическом словаре“, — одомашненная форма сазана. Основной объект прудового рыбоводства в большинстве стран». Выходит, карп едят все — евреи и не-евреи. И не только в СССР, но по всему миру. Неужели, съев кусок фаршированного карпа, начинаешь чувствовать себя евреем? У нас в доме эту рыбу едят по всяким торжественным случаям, но это никак на моём мировоззрении не сказывается. Вкусно, но и только. Да и вообще, зачем себя чувствовать евреем? Чувствовать себя надо гражданином СССР. Интернационалистом...

Но маме — подавай карп, и всё тут! Жить без него не может. Все, что её беспокоит, это как бы на праздник не остаться без карпа. За несколько дней до праздника она начинает обходить все гастрономы в округе. Перешёптывается через прилавок со знакомыми продавцами, перехватывает на чёрном ходу грузчиков, сторожит у служебного входа завмагов. И всё с единственной целью — разузнать, когда и где именно «выбросят» карп. Я уже не маленький и знаю, что «выбросить» означает не выкинуть рыбу на помойку, потому что она испортилась, а пустить её в продажу.

В конце концов, маме удаётся выяснить тайну тайн: наибольший шанс купить карпа — в магазине «Рыба», в фасадном флигеле нашего дома, в самом центре Дерибасовской. В день завоза я просыпаюсь раньше времени из-за шума, напоминающего рокот прибрежной гальки в штормовую погоду. Выглянув из окна нашей квартиры на третьем этаже, обнаруживаю во дворе гигантский, в шесть заворотов, питон очереди. Покупателей запускают в магазин с чёрного входа. И не сразу, а порциями. В первой десятке — мама. У неё и других счастливчиков бледные, не выспавшиеся, но радостные лица людей, недавно перенёсших операцию, но сейчас стремительно выздоравливающих. Каждый крепко обнимает впереди стоящего за талию, будто всей десятке не терпится, как только откроют двери магазина, пуститься в групповой пляс. Так мне казалось раньше, когда был маленьким. Но теперь я уже знаю: пляс тут ни при чём. Объятия — мера предосторожности, чтобы в последнюю минуту в очередь не втесался чужак...

Через некоторое время мама появляется в дверях нашей квартиры, прижимая к груди шевелящийся свёрток, из которого, поблёскивая чешуёй, выглядывает огромный карп. Мама вне себя от счастья. Такой я её видел только раз — несколько лет назад, в тот день, когда она вернулась из больницы в охапку с моим новорождённым братцем Вовкой.

— А ну, помоги мне, — говорит мама, запыхавшись, и показывает сияющими глазами на другой пакет, который она едва удерживает под мышкой.

Там — другая рыба, поменьше, с зеленоватой спинкой и бурыми полосами поперёк продолговатого тела, с узкой подслеповато-покорной физиономией.

— Судак, — говорит мама в ответ на мой немой вопрос, зачем этот хилый товарищ, если есть гигант карп. — Полагается добавлять к фаршу, чтоб было вкусней.

Очевидно, смирившись со своей судьбой, особых признаков жизни судак не проявляет. То ли дело карп! Рыбу в нашем магазине продают не просто свежую, а живую. По выбору покупателя продавец садком вылавливает карпа из огромного аквариума и бросает на весы. От неожиданной перемены среды обитания карп на мгновение обалдевает и даёт себя взвесить. Но, придя в себя, немедленно устремляется назад, в родную стихию. Как только мама кладёт его на стол, первым делом мощными ударами хвоста он сбрасывает себя на пол. Рыбу полагается утихомирить колотушкой — деревянным молотком с шипами, каким мама обычно плющит свиные отбивные. (В нашем доме «кошерности» никто не придерживается. «Кошерных» евреев среди наших родственников и знакомых — раз-два и обчёлся; над ними за глаза посмеиваются, как над безнадёжно отсталыми.)

Колотушку мама вручает мне. Папа на работе, и поэтому днём в нашем доме я — единственный дееспособный мужчина. Выставленный из кухни пятилетний Вовка ревёт белугой и дубасит ногой по дверной филёнке. Он хочет смотреть на живую рыбу.

Я поднимаю карпа с пола, но приканчивать его отказываюсь. Убивать беззащитное существо выше моих сил.

— Ах, какая неженка! — говорит мама. — А как кушать — так пожалуйста!

Мне этот упрёк обиден до слёз.

— Не буду я его кушать!

— Ну, это мы ещё посмотрим, — говорит мама.

Пока мы препираемся, карп таращится на меня своим оловянным глазом и продолжает колошматить хвостом по столу. От этого взгляда мне становится не по себе.

— Ник-какой помощи! — шумно вздыхает мама. — Всё сама, сама!

Она долго набирается духу. Затем, зажмурившись и отвернув лицо, ударяет карпа по голове. Колотушка соскальзывает с крепкой рыбьей челюсти — и карп снова оказывается на полу, где он немедленно устраивает танец апашей.

— Держи покрепче! — кричит мама, занося над головой деревянный молоток:

В чешуе с головы до ног, я обеими руками хватаю рыбу за хвост.

В последний момент карп дёргается изо всех сил, и мама опять промахивается.

Наконец, в тот момент, когда в отчаянии мама замахивается по-настоящему, карп устаёт бороться за жизнь и затихает сам по себе.

Втайне друг от друга мы с мамой облегчённо вздыхаем.

— В этом году *их* пасха начинается двенадцатого апреля, — говорит мама. — Значит, *наша* — на неделю позже.

Мы живём по несколько другим правилам, чем окружающее большинство людей, хотя не только об иудаизме, но и о христианстве я ничего толком не знаю. В школе нам говорят, что оно — религия рабов. Что легенда о Иисусе Христе придумана помещиками и капиталистами, чтобы держать в повиновении простой народ. Я, хоть и силюсь, никак не могу понять, каким образом история про Христа помогает эксплуататорам. Его распяли за то, что он их не слушался? И так будет с каждым, кто последует его дурному примеру? Но тогда зачем в церквях молятся на него, а не бегут от распятия куда глаза глядят?

Однажды я заглядываю в собор на углу Преображенской и Успенской. В полутьме, в зеленоватом свете лампадок лики на иконах кажутся мертвенными. Идёт служба. Стоит густой запах ладана, стылой пыли, тлеющих фитилей. Голоса поющих женщин и детей звучат так горестно и тоскливо, что церковь у меня навсегда связывается с похоронами, со смертью...

Я уже знаю, что евреи ходят не в церкви, а в эти... в синагоги. Что же такое синагога и чем она отличаются от церкви? Побывал я в ней только раз или два с папой. Произошло это вскоре после того, как пришла телеграмма, что в Минске умерла бабушка, папина мама. Тот визит в синагогу я, однако, запомнил. Слишком необычны, странны были впечатления. Перед тем, как помолиться, молодой человек с большой чёрной бородой для чего-то обмотал руку чёрным ремешком. На лбу у него была чёрная коробочка, похожая на футляр, в который мы укладывали объектив микроскопа на уроках физики. Молящиеся накрывали головы полосатой шалью и, прижав толстую книгу к груди, бормотали что-то, прикрыв глаза и раскачиваясь всем телом.

Мне было немного смешно. Я попытался было расспросить папу об увиденном, но ему было не до меня. Стоя рядом со мной, он слушал, как старик с седой бородой, торопясь, проговаривал молитву на языке, в котором я не узнавал ни одного слова. Только неожиданные голосовые всплески казались знакомыми. Так говорили иногда и у нас в доме. Папа слушал молитву со странным — смущённым, несколько даже виноватым — выражением лица, время от времени говоря «Амен».

Неприятно поразило меня само здание синагоги. Его обшарпанный, с отбитыми углами фасад из красного кирпича казался иссечённой кнутом, со шрамами и кровоподтёками, физиономией. Главный вход, словно рот кляпом, был забит досками. Поперёк двора, через который нужно было пройти, чтоб попасть внутрь синагоги, шла траншея. Под ногами хлюпала грязь. Кругом валялись обрывки ржавого кровельного железа. Каким-то образом всё это представляло для меня саму веру — убогую, отвергнутую, никак не вяжущуюся с моим юным ощущением мира, с фанфарами каждодневных побед на пути к коммунизму, с энтузиазмом маршевых песен по радио...

Религиозный водораздел, существующий между нами и ними, ещё долго не складывается у меня в голове. На христианскую Пасху я увлекаюсь тем, что и большинство моих сверстников. Несмотря на школьные запреты, в классе появляются «крашенки» — сваренные вкрутую куриные яйца. Мой русский друг Женя рассказывает мне, что коричневыми или желтоватыми они получаются, когда их варят с луковой шелухой, а бордовыми — со свёклой. Ещё их окрашивают зелёнкой, которой в Одессе обычно мажут кожные язвочки.

«Крашенки» собирают, стараясь заполучить цветовую гамму поразнообразней. Играют в «кто кого»: сдвигают яйца кончиками, и чья скорлупа первой лопнет под напором, тот проигрывает, отдаёт подмятое яйцо противнику. Видя, что у меня нет «крашенок» и я не могу принять участия в общих забавах, Женя протягивает мне коричневое яйцо с крепкой скорлупой. Я включаюсь в игру и выигрываю два яичка.

Дома, потихоньку, проверяя мою атеистскую догадку, чищу свою добычу и ем. Яйца как яйца, заключаю я. Мама смотрит на «крашенки» в моих руках с неодобрением. Она считает, что я переметнулся во враждебный лагерь.

Поэтому я немало удивлён, когда однажды она приносит от нашей соседки, бабы Мани со второго этажа, кулич. Немного напоказ пробует ломтик этого рыхлого желтоватого кекса с изюмом.

— Таки вкусно, — говорит она, мотнув головой.

Она тем самым даёт нам, членам её семьи, понять, что прикоснулась к пасхальной *гойской* еде исключительно из стремления к справедливости. Дескать, кулич хоть и знак чужой веры, но вкусный. Как говорят у нас в Одессе, «что да — то да!».

В свою очередь мама сообщает, что баба Маня просит попробовать её фаршированную рыбу. Мама достаёт из праздничного сервиза тарелку, кладёт на неё два наиболее удавшихся куска рыбы, поливает светло-бордовым соусом из перетёртого хрена и свёклы и уносит к соседке. Через час она возвращается с сообщением: баба Маня в восторге. В голосе мамы гордость — не кто-нибудь, а *гойка* похвалила её, мамино, *еврейское* блюдо. И даже попросила научить её, как фаршировать...

Пейсах — это прежде всего появление на нашем столе хрупких плиток мацы. То, что у нас в Одессе её не продают в магазинах, меня не удивляет. Кому нужна такая безвкусная ерунда! Во время пасхального обеда, когда у нас собираются мои тёти и дяди со своими детьми, одну плитку прячут. Тому, кто из нас, детей, найдёт её, дают один, а то и два рубля. Но никаких других обрядов больше не отправляют. Время, оторванность от еврейских корней сделали своё дело. Кажется, только однажды на мой вопрос о маце, зачем её, собственно, бедную, едят, мама ответила — между прочим, на ходу: дескать, это в честь наших предков, которые в древности бежали из Египта и долго скитались по пустыне. Ну, подумал я, в пустыне действительно выбирать не приходится. За неимением лучшего, наверное, и мне пришлось бы есть мацу.

За неделю до Пейсах мама следит за тем, чтобы в доме не было обычного хлеба, чтобы в праздник есть только мацу. Она оставляет только полбуханки ситного: бутерброд в виде колбасы между двух кусочков мацы я в школу не понесу. Это будет уж слишком большим вызовом. Другое дело — дома. Дома — для мамы и папы я еврей. Вне его — пионер Советского Союза.

Мама представить себе не может Пейсах без мацы. Она полна решимости добыть её, чего бы это ни стоило. Однажды вечером она объявляет мне, что я должен лечь в постель пораньше.

— Зачем?

— Надо рано встать. Нужна твоя помощь.

— Какая помощь?.. Почему помощь?.. — начинаю канючить. Вставать рано я не люблю: я отчаянный соня.

— Поедешь со мной на Пересыпь за мацой.

— Пересыпь! — ною я. — Это же у чёрта на куличках! Зачем ездить так далеко?

— Это ты *им* скажи, — говорит мама, кивая головой в сторону окна. — Продавали бы мацу свободно в магазинах, как до войны, не надо было бы через весь город тащиться. В Москве хоть кое-где продают. А чем мы у *них* хуже московских евреев?..

Я уже знаю, кого мама имеет в виду. Местоимение «они» во всех грамматических формах в её речи имеет два смысла в зависимости от контекста. *Они* — это или «русские» или «советская власть». Впрочем, часто мне трудно уловить, кого именно она имеет в виду.

Я молчу. С мамой не поспоришь. У неё одна точка отсчёта — «до войны». Мне возражать трудно. Что было до войны, не помню. Тогда я только успел родиться и научился ходить. Всё остальное сколько-нибудь интересное в моей жизни было потом.

Я вздыхаю. Делать нечего, надо ложиться спать, когда ещё не очень хочется.

Поднимает меня мама в пять часов утра, когда начинают ходить первые трамваи. Клюя носом и поёживаясь от утреннего холода, я еду с мамой за мацой на чёртовы кулички — на Пересыпь. Едем мы не с пустыми руками, а с авоськами, набитыми пакетами с мукой. Оказывается, даже там, на куличках, мацу не продают, а обменивают на муку. Зачем такой дурацкий порядок, я не знаю. Мука, хоть и не всегда бывает в магазинах, но нет-нет да появляется. Почему бы тем, кто выпекает эту самую мацу, не покупать муку самим, а не заставлять нас тащиться с ней через весь город?

— Так нужно, — отвечает мама на мой вопрос. Что тут возразишь?

Я протираю рукавом своей курточки запотевшее стекло трамвайного окна. В разбавленной синеве предрассветного неба квартал за кварталом проплывают крыши домов. То и дело на подножку вскакивают рабочие утренней смены в кепках с засаленными козырьками и с кроличьими от недосыпа глазами. Уже идут одноэтажные домишки, попадаются даже крытые соломой белые хаты-мазанки, а мы всё едем и едем.

Наконец, сходим. Мама идёт впереди, в руках авоська с тремя пакетами муки. За ней тащусь я, волоча ещё один пакет.

Мама проверяет адрес по бумажке. Наконец мы толкаем тяжёлую калитку в воротах какого-то дома. Я думал, что, поднявшись ни свет ни заря, мы приедем в пекарню первыми, быстро отоваримся, поедем назад, и я ещё успею подремать с часок перед школой. К моей досаде, в глубине двора уже вытянулась очередь из таких же, как мы, людей с мучными пакетами.

— Кто последний? — привычно говорит мама.

«Чёрт побери мацу и всё, что с ней связано», — бормочу я про себя, ещё с час переминаясь с ноги на ногу во дворе, медленно придвигаясь к входу в невзрачный домишко, где помещается пекарня. Я всё ещё в пасмурном настроении. Я недоспал и продрог. Глядя на меня, всякий скажет, что тут не по своей доброй воле. Была бы она моей, я бы ещё за милую душу дрых часа три...

Наконец, наша очередь. Как только я ступаю внутрь маленькой полуосвещённой пекарни, меня обволакивают волны тёплого воздуха. Неожиданно я ощущаю то, что никак не ожидал ощутить здесь, на дальней городской окраине, овеваемой степными, пахнущими весенней влагой, ветрами, — покой и защищённость. Полутёмная пекаренка — без окна, с единственной, горящей вполнакала, лампочкой на голой, плохо оштукатуренной, стене — пахнет по-домашнему: тёплой мукой, сырым и печёным тестом. Добродушно бормочет пламя печи. Близость очага придаёт комнатёнке особенный, домашний уют.

У большой, как платяной шкаф, подовой печи в белом поношенном халате с развевающимися при каждом движении полами хозяйничает молодой пекарь. У него курчавая голова и живые карие глаза. В его руках — деревянная лопата, которую он перекидывает из одной руки в другую, поигрывает ею, словно биллиардным кием. Несмотря на ранний час, пекарь бодр, дружелюбен, даже весел. Он то и дело приоткрывает дверцу печи, заглядывает внутрь, радостно щурясь. Через его плечо я смотрю, как в глубине, у закопчённой стенки, пляшут оранжевые языки пламени.

Наконец, пекарь начинает подбирать лопатой листки готовой мацы. Сложив выпечку в ящик из-под макарон, он раскладывает на кирпичном поду прямоугольники раскатанного, простроченого, словно на швейной машинке, теста. Затем он закрывает печную дверцу и радушно кивает маме и мне:

— *А гит йонтеф!*

— *А гит йонтеф!* — отвечает мама, сразу повеселев. — *А гит йонтеф!* — повторяет она и дёргает рукав моей курточки, чтобы я не был невежей, ответил на приветствие.

Всё, что вслед затем происходит, внешне ничем не примечательно. Но я не раз буду мысленно возвращаться к этой минуте годы, даже десятилетия спустя. Сверкнув живыми глазами, пекарь подхватывает из ящика плитку ещё тёплой мацы, протягивает мне со словами:

— *А гит йонтеф!*

Сначала меня немного пугает та особенная, семейственная близость, с которой обратился ко мне незнакомый человек. Пекарь легко — быть может, по собственной памяти — прочитал, что происходило в моей душе. Понял моё упрямое нежелание принять то, что неизбежно, да и не зависит от моей воли — мою принадлежность к еврейству. Я был слишком мал, чтобы понять, что выбора у меня нет... Протягивая мацу, пекарь как бы говорил этим простым жестом: ты и я — евреи, близкие родственники, мы — одна семья.

Всё ещё насупившись, я нехотя беру мацу из его рук.

— *А гит йонтеф!* — повторяет он.

Я не знаю, как быть. Не взять мацу я не могу: в конце концов, я за ней приехал. Но взять её и ничего не ответить — действительно невежливо. Но на каком языке ответить? На идише — значит, признать, что я тоже еврей — факт, которому я так долго внутренне сопротивлялся. Пекарь ко мне обратился по-свойски, по-домашнему, как к близкому человеку, хотя мы видим друг друга в первый раз в жизни. Как мог я сказать ему: «Вас тоже с праздником» по-русски? Я чувствую нелепость такого ответа. Приветствие евреев, а ответ на языке насмешек и издевательств над ними? Я чувствую, что, отвечая на русском, я тем самым отказываюсь от предложенной теплоты и близости. Оттолкну человека, проявившего ко мне дружелюбие. Это всё равно, что — нет, хуже! — чем в ответ на протянутую для рукопожатия руку убрать свою руку за спину...

Я беру мацу из рук пекаря. Мои пальцы напряжены, и она слегка подламывается в них. (Мне ещё предстоит узнать, что так же хрупки многие человеческие ценности: свобода, доверие, дружба, любовь, сама жизнь. Одного неловкого движения порой достаточно, чтобы их погубить).

— ...*гит йонтеф*... — наконец, превозмогая себя, бормочу я.

С наволочкой, туго набитой ещё тёплой, похрустывающей под руками, мацой, мы с мамой выходим из пекарни. Идём к трамвайной остановке. Всё, что я пережил в краткие мгновения в пекарне, вскоре остаётся позади. Я опять прижимаю голову к стеклу вагона, задрёмывая, думаю об увиденном. Поездка ни свет ни заря за город... Тёмное, без окон, помещение пекарни... Ни вывески, ни кассы, как в обычном магазине: деньги мама скрутила в трубочку, сунула в накладной карман пекарского халата. Я догадываюсь, что пекарня тайная. И слова «*а гит йонтеф*» звучат как пароль: я — свой, мне можно доверять. В моей голове мелькает: наверно, в таких же тайных местах печатали листовки с призывами к борьбе с самодержавием подпольщики-большевики.

Пройдёт много лет прежде, чем, мысленно возвращаясь к этому эпизоду, я пойму то, что был не в состоянии понять тогда, в моём отрочестве. Я ещё узнаю, что дать пасхальный обет есть мацу, отказаться, хотя бы на время, от пышного, взошедшего на квасцах хлеба, означает смирить свою гордыню, осудить самомнение, грех которого, несмотря на немногим более чем дюжину прожитых лет, уже тогда был на мне: я считал себя передовым, просвещённым, не в пример моим родителям, всё ещё следовавшим, как мне казалось, обветшалым традициям...

Я ещё пойму всю значительность простого жеста — прикосновения к маце, вручённой другим евреем. Пойму, что, хоть и неверующий, я связан со своим народом судьбой. Тогда, далёкой весной

50-го года, я ещё не знал, что слеп. Опалённые огнём бугорки мацы под моими пальцами выступали азбукой Брайля. В моей руке была Библия для непосвящённых, спрессованная история страданий моего народа. За железной дверцей печи, на кирпичном её поду лежали разверстыми страницы её книги. Полыхание языков огня у дальней стенки было огнём истории, в котором мой народ не раз горел — но остался жив.

С перспективы четверти века блужданий в чужих мирах и странах я вижу теперь, что, принимая мацу из рук другого еврея, я тем самым принимал свою судьбу. Сделал, сам того не подозревая, первый шаг своего частного Пейсаха, собственного исхода, бегства на свободу. Исход этот будет длиться те же провидческие сорок лет, нужные для того, чтобы выветрились из души постыдные привычки рабства...

Случайно найденная записка

Похоже, уже стало традицией на Фейсбуке вспоминать ушедших из жизни родителей под девизом «В этот день ему (ей) было бы...». Моё желание последовать этой традиции возникло неожиданно. Недавно, роясь в ящике со старыми фотографиями, я наткнулся на небольшой листок бумаги, не больше восьмушки стандартной страницы. На ней — маминым размашистым почерком было начертано:

«Миличка! Здесь холестерина нету. Целую крепко, Мама»

Признаться, сначала я растерялся от неожиданности, но уже в следующую минуту, вспомнив всё, что стояло за этой запиской, почувствовал комок в горле.

То, что она сохранилась, само по себе удивительно. Со времени её написания прошло больше полувека. Записка — одна из тех, которые мама вкладывала всякий раз в посылку, которую отправляла из Одессы в Москву, где в последние перед эмиграцией годы я жил со своей семьёй.

Накануне намеченного посылочного дня она вставала раньше обычного, будила не без труда младшего сына, моего брата Володю, в то время тинэйджера, и, наскоро накормив завтраком, полусонного, вела с собой на базар. Нужна была его помощь запастись нужной провизией. Лишних денег в доме не было. Надо было поспеть к открытию рынка, когда продавцы давали скидку первым своим покупателям — «на почин».

Хотя сравнительно недалеко от нашего дома на Ланжероновской располагался «Новый базар», до которого можно было добраться пешком, она с моим братцем втискивалась в битком набитый рабочими утренней смены вагон трамвая, идущего на огромный одесский рынок под названием «Привоз». Предполагалось, что продукты здесь свежайшие — прямо с ветки, прямо с грядки...

Мама была уверена, что в столице, хотя, быть может, и достаточно колбасы, за которой съезжаются по выходным дням со всех окрестных городов и весей, но таких вкуснейших, ароматных, всё ещё пахнущих чернозёмом, знаменитых «фонтанских», отливающих синевой помидоров, какие поспевают в Одессе, в Москве не сыскать. Особенно если учесть, что у сына и его жены — обычные зарплаты советских служащих. А уж если сезон черешен или абрикосов, то не послать внучке и внуку пакетик того и другого — означало для неё взять на душу тяжкий грех...

Потом она возвращалась с полными кошёлками домой. Но времени на роздых у неё не было. Она тут же начинала чудодействовать на кухне нашей квартиры, которая была по тем временам ценна только тем, что не была коммунальной. Это был закуток бывшей домовой прачечной. Окна в нём не было. Для отдушины в стене был проделан небольшой, размером с оконную форточку, проём, выходящий в проход к соседнему флигелю. Жара в этой импровизированной кухне вскоре наступала такая, что мама не выдерживала и, закрыв дверь в гостиную-спальню, сбрасывала с себя блузку. Лицо распалялось от жарки и варки, и она вносила на кухню настольный вентилятор с поворотным устройством, прозванный в Одессе «подхалимчиком».

Сначала она пекла. В этом деле, как, впрочем, и в другой кулинарии, она была признанной всеми родственниками мастерицей. Медовый торт, слоёные пирожки, коржики... И, конечно, королём — штрудель с изюмом, яблоками и орехами.

Тем временем в духовке прел добротный кусок буженины (в те годы трудно было придерживаться кошерной пищи), который она нашпиговывала зубчиками чеснока и ломтиками лаврового листа.

Когда всё было, наконец, готово, она отправляла брата Володю на Дерибасовскую с заданием — добыть на задворках магазинов картонную коробку, способную не только вместить готовые к посылке продукты и выпечку, но и выдержать путешествие в тысячу километров.

Мама тщательно оборачивала всё добро несколькими слоями пергаментной бумаги, упаковывала в добытую коробку. Помня просьбу моей жены уберечь от лишних калорий, от вредоносного холестерина, вкладывала упомянутую записку.

Конечно, у мамы и в мыслях не было довериться советской почте. Знала: пока посылка дойдёт, если её не разворуют, очаровавшись кулинарными запахами, то помидоры и абрикосы уж точно превратятся в фруктовую кашицу. Потому пользовалась пресловутой «еврейской почтой».

Работала эта почта так: приготовив посылку, мама отправляла брата на вокзал с наказом вручить её, вместе с пятирублёвой ассигнацией, проводнику (или проводнице) поезда Одесса-Москва. Проводник (–ца) задвигал(а) посылку под нижнюю полку своего купе. При этом мама строго наказывала брату не лениться, помещать посылку не в последнем вагоне поезда, рядом с выходом в город, а в одном из вагонов в голове поезда. Ты, мол, беззаботный школяр, свободного времени у тебя хоть отбавляй, а у твоего старшего брата в Москве — работа и семья...

Когда брат возвращался с номером вагона и именем проводника (цы), мама отправлялась на почту на углу Ланжероновской и Екатерининской, чтобы послать в Москву телеграмму:

ВСТРЕЧАЙ КОЛЮ (ВАЛЮ) ЗАВТРА СКОРЫМ ВАГОН №1

В результате все были довольны: мама — что посылка придёт быстро, а не будет тащиться по стране Бог знает сколько времени, я и моя семья — что к нашему скудному столу прибавилась мамина шпигованная буженина, штрудель и одесские свежайшие помидоры, и проводник — неожиданной пятёркой за простую услугу.

Конечно, эти посылки были малой толикой того, что она делала не только для меня и моей семьи, но и для всех близких. Это был рядовой акт её любви. Вслух выражать свои чувства не было принято в семье, в той среде, в которой она выросла. Слова сами по себе немногого стоят. Для неё само собой разумелось то, что в Америке выражают максимой «Love is what love does». Но чудом сохранившаяся записка полувековой давности напомнила о том, как много значила она в моей жизни.

И вот сейчас, полвека спустя, увидев записку, я снова пережил огромную утрату. Вспомнил её простую мудрость: «Кто ещё в этом мире будет любить тебя просто так, за самый факт твоего существования!»

Конечно, она была не одна такая мама в стране, в которой я родился и вырос. Но она была *моей* мамой. Сегодня ей было бы сто десять лет...

Впрочем, почему «был бы»?! Где-то я недавно прочитал такую мысль: человек умирает три раза. Первый раз — когда останавливается сердце. Второй — когда перестаёт работать мозг. А в третий и последний раз — когда имя этого человека произносят на земле в последний раз.

Значит, мама по-прежнему жива.

ЧТО ЕСТЬ ЕВРЕЙ?

(История одной несостоявшейся публикации)

С ранних школьных лет я долго пытался понять, что такое еврей. Началось это с первого школьного дня, когда ни с того, ни с сего, услышав мою фамилию, одноклассники впервые атаковали меня, обзывая «жидом».

Я долго недоумевал по этому поводу. Что во мне еврейского? Достаточно ли для этого характерного для евреев имени и фамилии? Если это так, то это не более чем бирка. Должно же быть что-то более основательное! Да, в нашей семье отец, мать и бабушка иногда обменивались фразами на идише. Да, несколько раз в году в нашей семье отмечались не обычные советские праздники (впрочем, чисто советские, кроме Нового года, дома не отмечались), а необычные — еврейские. Еврейский Новый год — не как у всех людей, первого января, а в сентябре, к тому же не всегда в один и тот же день. Был детский праздник с непривычным для русского языка сочетанием букв — «Ханука». Мне и детям моих ближайших родственников доставались подарки — конфеты, орехи и деньги в небольшом, но у нас, детей, сбивающим дыхание, количестве. В один из весенних дней мама вдруг начинала выпекать треугольные печеньица с начинкой из варенья. Объясняла, что праздник называется Пурим, и было видно, что печёт она эти печеньица не только потому, что так полагается в этот еврейский праздник, а с непонятной мне радостью. «Как же иначе?» — отвечало на мой немой вопрос её раскрасневшееся от печного жара лицо. «Ведь Пурим!».

Была еврейская пасха, когда полагалось есть некоторое количество пресного и маловкусного мучного изделия под странным, несколько простецким по звучанию на русском именем — «маца». Был, наконец, и День поминовения, когда взрослые ничего не ели целый день, а потом возмещали это за столом, уставленным самыми вкусными яствами. Но во всём остальном, казалось, мы жили, как все остальные люди, не лучше, не хуже, чем наши русские соседи. Неужели только то, что отмечаешь еврейские праздники, делает тебя евреем?

Синагога в то время (в конце сороковых — начале пятидесятых) в Одессе располагалась далеко за пределами города. Родители туда ездили редко, разве что на Йом-Кипур. Брали меня туда, как я теперь понимаю, чтоб не запятнать мою пионерскую репутацию, кажется, только дважды, по случаю смерти бабушки и ещё одного родственника.

Иврита я не знал вовсе, а идиш — в пределах слышанных дома отдельных фраз и выражений. Иудаизм как религия был мне неведом, равно как и еврейская история, за исключением бегства из Египта в далёкие времена, о котором мама упомянула, объяснив, почему надо на Пейсах есть ту самую маловкусную «мацу». Из еврейских писателей я знал только опубликованного на русском Шолом-Алейхема. (Однажды в разговоре отец упомянул ещё и Менделе Мойхер-Сфорима.)

Вот, пожалуй, и всё. Я видел, что отец переживает, что я расту, обстоятельствами времени вынужденный быть отчуждённым от того, что было так важно для него. Вздыхал по этому поводу, но сделать ничего не мог. Я рос в послевоенные годы, во времена сталинских антисемитских кампаний, которые накатывались одна за другой, словно волны цунами, грозя уничтожить всё на своём пути. Не такое было время, чтобы утверждать еврейское начало.

В то же время, несмотря на то, что русский язык был моим родным языком, и я знал лучше всякой другой историю и литературу России, вполне русским я себя никогда не считал и не ощущал. Пакости каждодневного антисемитизма не давали забывать, что для окружающего мира я — еврей. Как я от этого внутренне не отбивался, в конце концов, я свыкся с этим, как свыкаются с родимым пятном на лице. Ну, вот торчит оно поперёк него с рождения — что тут поделаешь!

Но однажды — мне уже было за тридцать — произошло нечто, что сначала повергло меня в недоумение, а потом заставило снова задуматься над вопросом, что же такое еврей в более существенном смысле, чем пресловутая пятая графа в советском паспорте.

А произошло вот что. Весной 1973-го года, ещё не думая об эмиграции, я уже с десяток лет сотрудничал в московской прессе как автор фельетонов и юморесок, в том числе и на 16-й полосе «Литературной газеты» в «Клубе двенадцати стульев». Печатался под псевдонимом, едва скрывающим моё еврейское происхождение — «Эмиль Абрамов». В тот апрельский день я зашёл в помещение журнала «Юность», в кабинет редактора сатирического отдела, называвшегося тогда «Зелёный портфель».

Заведовал отделом писатель-юморист Виктор Славкин, позже ставший известным драматургом. Я не был для него человеком с улицы. Мы не только были знакомы, но я уже был его автором. За несколько месяцев до этого визита через его отдел прошёл и был опубликован в «Юности» один из моих коротких рассказов. И вот теперь я принёс новый.

Виктор меня тепло поприветствовал и, так как мой рассказ уместился всего на двух страничках, напечатанных через два интервала, усадил в кресло у своего стола и принялся читать:

ЭТО НЕПРОСТОЕ ДЕЛО

— Что вы смотрите на меня, молодой человек? Вам удивительно, как это в воскресный день старый человек сидит на кладбище, носит старую кепку, никуда не спешит и болтает ногой туда-сюда... Да, молодой человек, это странно. Я сам удивляюсь... Вы такой грустный и так напоминаете меня самого шестьдесят лет назад. Почему я так думаю? Потому что вижу, что вы несчастны, потому что никого не любите. Ну, а это вам понятно?..

Вас познакомили с девушкой, и она вам... ну, не понравилась.

Уважение — да. Но не любите вы её так, как, знаете, хочется любить в молодости. Ну, не любите. М-да... Но как сказать? Это же непростое дело — такое сказать. Вы всё откладываете, откладываете... Ну, вот послезавтра скажу... Ну, вот в воскресенье... Ну, вот после концерта в городском саду... Одним словом, вы так долго это всё тянете, что узнаёте от родителей, что скоро у вас помолвка! Но вы честный человек, вы хотите, чтоб она знала, что вы её не любите. Вот вы решаете, что перед самой помолвкой вы не будете тряпкой и скажете ей всё... Но это же очень непростое дело — сказать человеку, что ты его не любишь.

Ладно, вы думаете, женюсь, а там неизбежно, когда любви нет, начнутся ссоры и скандалы — и вы разойдётесь. И конец этой истории!..

Но представьте себе дикую вещь: вы поженились, ждёте ссоры, а её нет! Нет и нет! Просто не к чему придраться! И вот вы, честный человек, уже открываете рот, чтоб сказать ей: «Извини меня, милая, но я тебя не люблю!» Но вы только открыли рот, а сказала она.

Она сказала: «С новым шифоньером придётся обождать. У нас будет ребёнок».

Ребёнок, новое дело!.. Попробуй скажи ей теперь, когда она уже кормит ребёнка. Ты ей такое скажешь—у неё пропадёт молоко. Ребёнок будет голодный, а он ни при чём. Разве он виноват, что вы не любите его маму...

Ну, ладно, ребёнок уже не кушает маму, он уже кушает кашу. Зато теперь у него золотуха. Надо опять молчать, пока он не выздоровеет.

А потом? Потом у вас командировка. А когда вы приезжаете из командировки, вам говорят, что скоро вы опять папа...

В общем, молодой человек, вообразите себе, что вам восемьдесят три года, у вас семеро детей, трое внуков и одна правнучка, которую зовут Маша!.. Но как можно жить с человеком и не сказать ему в конце концов правду?

Вы решаетесь, молодой человек. Наконец идёте к ней... А ей, молодой человек, плохо. Ей очень плохо. Она, молодой человек, умирает... У вас на глазах слёзы, вы целуете её старые руки, просите у неё прощения, признаетесь на её смертном одре, что...

Но она не даёт вам сказать. Она улыбается, кивает счастливо головой и шепчет: «Я всегда это знала!»

Вы не понимаете, вы пытаетесь ей объяснить, что не любили её, не... Она умирает у вас на руках и всё ещё продолжает улыбаться.

Теперь вы понимаете, молодок человек, почему каждое воскресенье старый человек сидит на кладбище в своей старой кепке, никуда не спешит и махает ногой туда-сюда?..

Странно, очень странно... Я сам удивляюсь, молодой человек.

Славкин закончил читать, посмотрел на меня с извиняющейся улыбкой и сказал тем безнадёжным тоном, который невозможно истолковать иначе, как «Приговор окончательный, обжалованию не подлежит».

— Очень сожалею, Эмиль, — сказал он, вздохнув, — но это не пойдёт. Пойми меня правильно. Рассказ хороший. Грустный и смешной в одно и то же время. Но не пойдёт.

— Могу я знать почему? — сказал я.

— Он — еврейский.

Естественно, я не сказал ему то, что сегодня в Америке сказал бы редактору журнала: «Ну и что из этого?» Я прекрасно знал, что в то время, в начале семидесятых, всё относящееся к чему-либо еврейскому старательно изымалось из печати. Быть евреем было не в моде. Сколь невинным ни был мой маленький рассказ, появись он на страницах журнала, редакцию могли обвинить в том, что она «льёт воду на мельницу сионистов, врагов советской власти и агентов империализма». Короче, с точки зрения Славкина, рассказ был политически «не кошерным».

К тому же Славкин и сам был евреем. А это означало, что его могли обвинить в том, что он протаскивает в журнал своих. Как принято было в то время говорить на языке антисемитов, «собирает вокруг себя свой еврейский кагал». Поэтому всё, что я мог спросить его, это то, что мне действительно было непонятно:

— А что в рассказе еврейского?.

Славкин пожал плечами, как бы говоря, что это настолько очевидно, что не стоит тратить время на разъяснения.

Я ушёл из редакции расстроенный. Ну и ну, пишу еврейские рассказы, сам об этом не догадываясь!

Ещё долго после этого я возвращался мысленно к тексту рассказа, задавая самому себе вопрос, что делает его еврейским. Никаких внешних признаков еврейства в нём вроде бы нет. Ни еврейского (как, впрочем, никакого другого!) имени, равно как и никаких других реалий, связанных с еврейством, в нём нет. Нет ни слова ни на идише или иврите. Тем не менее, Славкин пришёл к своему выводу сразу.

Потом я подумал о том, что, хотя внешних признаков еврейства в рассказе нет, сама манера персонажа выражать свои мысли и чувства выдаёт в нём еврея. Но это, в конце концов, не главное. Если бы дело было только в этом, рассказ можно было бы спасти, переписав речь старика по-другому. Профессионал Славкин это сразу предложил бы. Очевидно, в самом сюжете, в логике поступков персонажа было нечто куда важнее словесного оформления, нечто, чего изменить нельзя, не лишив рассказ его смысла. Но что, что именно делает рассказ бесповоротно еврейским?

Вскоре житейские заботы отвлекли меня на долгое время от литературных размышлений. Пришла пора эмигрировать.

Прошло несколько лет. Уже живя в Америке, перелистывая однажды альбом с вырезками своих публикаций, который я вывез из Союза, я обратил внимание на другой маленький рассказ, который мне удалось как-то напечатать в разделе юмора рижской газеты «Советская молодёжь». Не помню, написал ли я его, потому что нечто подобное действительно произошло со мной или лишь сделал литературную запись одного из бесчисленных еврейских анекдотов, которых я наслушался подростком, слоняясь по одесским улицам. Впрочем, это не так уж, должно быть, важно. Судите сами, вот он:

ЧАСОВЩИК

Я принёс ему часы, в которые попала морская вода. Часовщик сначала изучил моё лицо с таким пристальным вниманием, как будто ремонтировать надо было его, а вовсе не часовой механизм

— Ну, что, молодой человек? — спросил часовщик, адресуясь уже своему животу, спокойно возвышавшемуся над его рабочим столиком. Неприметным движением руки он опустил на глаз свой моноскоп. — Что с вашими часами?

— Отстают, — сказал я. — Ужасно отстают.

Часовщик вздохнул:

— А вам ужасно нужно спешить, да?

Едва шевельнув рукой, он раскрыл часы, словно ракушку, пополам. Осматривая их, он осторожно спросил:

— Вы... работаете?

— Работаю, — сказал я. — Конечно.

«Что за вопрос?» — удивился я про себя. — «Кто же у нас в Советском Союзе не работает? Особенно, если ты — молодой человек».

— А как ваше здоровье?

— Спасибо, я здоров.

— А жена как?

Я ответил, что на здоровье она пока не жалуется.

— А она работает? — продолжал он, не поднимая головы и, как мне показалось, с отвращением разглядывая часовой механизм.

— Работает.

— А дети? Ваши дети как? — выпытывал он. — Учатся хорошо, репетиторов не надо?

— Не надо.

Часовщик поднял на меня глаза. Он улыбался медленно, словно улыбка должна была, начавшись в уголках губ, непременно достичь кончиков его ушей. А когда это произошло — а было это очень долго, он защёлкнул мои часы и протянул мне:

— Тогда мой вам совет, молодой человек. Купите себе новые часы.

Перечитав рассказ, я впервые подумал о том, что в нём и в рассказе, некогда предложенном в «Юности», есть нечто общее. В обоих действия центрального персонажа продиктованы заботой об интересах других людей. Даже если это значит поступиться собственными. Старик в «Непростом деле» женится без любви исключительно потому, что не может себя заставить задеть чувства ни в чём неповинной девушки. А часовщик, вместо того, чтобы воспользоваться возможностью заработать, как только выясняет с помощью окольных вопросов, что его клиент в состоянии купить новые часы, советует ему сделать именно это, поскольку починка старых будет стоить дороже.

Прошло ещё какое-то время, и мне попалась на глаза цитата из «Талмуда», до полного текста которого, несмотря на давний интерес, к моему стыду, так и не удалось добраться всерьёз. Это было одно из предписаний того, как следует вести себя истинному еврею. Вот оно в свободном пересказе: «Не спрашивайте владельца лавки о цене приглянувшейся вам вещи всуе, если не намерены её приобрести. Прицениваясь из праздности, вы тем самым напрасно подаёте продавцу надежду, что он может свою вещь продать».

Меня, выросшего в Советском Союзе, это наставление прежде всего поразило призывом к чрезвычайной — на первый взгляд, показавшейся даже чрезмерной — деликатности по отношению к чувствам продавца. Частично это объяснялось тем, что советский продавец был, как правило, сумрачен и неприветлив, как тундра зимой. Ему чаще всего было глубоко наплевать, купите вы что-либо или нет. Зарплата его была, как правило, мизерной, от дохода магазина зависела редко. В наставлении Талмуда, записанного в древние времена, как я понимал, дело обстояло иначе. Благосостояние продавца, часто владельца лавки, и его семьи прямо зависело от того, продаст ли он что-либо или нет. В таком случае, действительно, тут не до шуток. Поэтому призыв к деликатности по отношению к чувствам продавца есть по сути призыв к уважению к праву другого человека на существование.

И тут для меня впервые высветилось, что имел по-настоящему в виду Славкин, расценив рассказ «Это непростое дело» как еврейский. Хотя среди русских людей, мной встреченных, было немало предупредительных, в культурной реалии жизни того времени в Советском Союзе чуткость по отношению к чувствам другого человека однозначно читалась как свойственная именно еврейской бытовой культуре.

Сам собой напрашивается вопрос: каким образом жизненная установка персонажа в моём рассказе была настолько естественной для меня, что, сочиняя его, я почитал душевную деликатность старика равно-присущей всему человечеству?

Постепенно до меня дошло, что произошло. Я родился и вырос в еврейской семье и, как это обычно бывает с подростками, воспринимал мир вокруг меня как общечеловеческую норму. Мой отец был маляром-обойщиком. Работал он не в советской ремконторе, в которой он, мастер высокой квалификации, получал бы гроши, а подпольно, то есть, рисковал, если нарвётся на фининспектора, не только огромным штрафом, но и годами тюрьмы. (О том, как однажды это с ним едва не произошло, я подробно описал в книге воспоминаний *Кто ты такой.*) И вот, несмотря на то, что доход нашей семьи целиком зависел от его заработка, отец тем не менее всегда соизмерял назначаемую им сумму за свою труд с возможностями клиента. Если к нему обращалась учительница, едва сводящая концы с концами, краснея от деликатности ситуации, отец говорил:

— Давайте договоримся так. Я освежу вашу квартиру. А вы заплатите мне столько, сколько сможете.

А мама, женщина сильная и неробкого десятка, когда её спрашивали, почему не рвёт с какой-нибудь нахалкой-соседкой резко, как та того заслуживает, всегда отвечала одно и тоже: «Отойти надо красиво». То есть, прекращая отношения, не следует оскорблять другого человека, даже если он того заслуживает. Нечто подобное было в характере других моих родственников, дядей и теть.

Моя догадка о том, почему рассказ «Это непростое дело» был расценён как еврейский окончательно подтвердилась для меня тогда, когда я прочитал об ответе древнего еврейского учёного и мудреца Гилеля на вопрос о том, что составляет суть иудаизма. «Что неприятно тебе, не делай и ближнему своему, — ответил Гилель, — а остальное — комментарий к этому. Теперь иди и изучай всё остальное».

Как я понимаю Гилеля, с его точки зрения, еврей, пренебрегающий этим требованием, не может считать себя по-настоящему евреем. Даже если значится таковым в документах, похож на еврея генетически, говорит на иврите или идише и ест фаршированную рыбу и мацу...

Мне могут возразить, что это этическое требование — не только еврейское, что оно равно прилагаемо ко всем цивилизованным народам. Но противоречия тут нет. То, что такое отношение к ближнему ожидается и от истинного христианина и мусульманина естественно, так как принятые в их религиях этические нормы выросли, как ветки из того же дерева, из иудаизма. Недаром, в Америке, когда хотят подчеркнуть, что имярек — человек глубоко порядочный, то заимствуют слово из культуры, в которой само понятие человека предполагает это качество — из идиша — «He's a true *mensch*» [Он настоящий человек].

Комар в янтаре

«Комар в янтаре»... Этот образ всегда приходит на память, когда вспоминаю советскую половину своей жизни...

Начало июня 1966 года. После майских холодков жара в Москве наступила внезапно. Словно танки перед решающей битвой, на уличные перекрёстки тяжело выкатывают тупорылые цистерны с хлебным квасом. Продавцы, увесистые тётки с двойными подбородками, усаживаются перед кранами и, степенно разгладив на коленях белые передники, глубоко вздыхают. Знают: в такой день напоить квасом московский нахрапистый люд, не повредив при этом психику, будет нелегко. Даже тот факт, что недавно в стране усилили ответственность за хулиганство, вряд ли поможет... Правда, на улицах появились первые автоматы с газированной водой. Но всякий знает: газировка квасу не соперник.

Выхожу из метро на площади Дзержинского и направляюсь к Китайским воротам. Где-то там, под их аркой, по моим сведениям, должен располагаться отдел кадров издательства «Недра». Я не безработный. Состою в штате подмосковной исследовательской лаборатории Газпрома. Работа в лаборатории — не бей лежачего. Чтоб как-то убить время, в обеденный перерыв устраивают шахматные турниры, которые, если нет начальства, затягиваются до конца рабочего дня. Однажды от скуки я даже придумал что-то техническое. Ездил внедрять придуманное на насосную станцию в Клину. В нём, как и в других малых российских городах, по вечерам местное население охватывала зверская, высушивающая мозг, тоска, которую оно глушило спиртным собственного изготовления.

Правда, у меня была некоторая отдушина. Уже какое-то время мои сатирические заметки и фельетоны печатали в «Крокодиле», «Труде», «Комсомольской правде»... Печатали меня там, однако, только как внештатника. Занять место в отделе фельетонов в одной из редакций не приходилось и мечтать. Когда там время от времени появлялись вакансии и я осторожно намекал редакторам, не раз меня печатавшим, что не прочь оставить постылый инженерный труд, в ответ они смеялись, полагая, что я шучу, и по-дружески хлопали по плечу, приговаривая:

— Ну, старик, ты — как неродной! Сам понимать должен...

Действительно, чего там не понимать! Тут с какой стороны не подойди — сплошной прокол. То ли «еврей да к тому же беспартийный», то ли «беспартийный, да к тому же еврей».

Однажды отец моего тогдашнего друга, Вити Войцеховского, который работал в министерстве печати, прознав про мою ситуацию, сказал, что в принципе неплохо бы мне для начала устроиться редактором в какое-нибудь техническое издательство. А там, глядишь, случится какая-нибудь оказия перейти в издательство литературное. Всё ближе к сфере, к которой стремлюсь...

До сих пор не знаю, насколько реалистичным был его совет, но я решил последовать ему. Само название издательства, которое я для себя наметил, — «Недра» — как бы обещало, что через него смогу со временем глубже «внедриться» в издательскую сферу. Я решил, что с дипломом инженера и газетными публикациями у меня есть шанс.

Я, конечно, понимал, что дело предстоит непростое. Время для устройства на работу — и не только в газету — для «лиц еврейской национальности» не самое удачное... Впрочем, после окончания войны удачным для этих «лиц» оно не было никогда. Уже давно ходили прибаутки типа «Моя фамилия Рабинович. Вам нужные специалисты с таким профилем?». А уж в органах печати к штатному месту совсем не подобраться. Слишком уж идеологически важной считалась эта сфера!...

Меня это удивляло. Всем было известно, что за советской печатью, словно за юной доньей, следит, не смыкая глаз, цензурная дуэнья, готовая любую еврейскую каверзу тотчас выдернуть с корнем, как траву полынь. А вместе с ней — и самого еврея из органа печати...

Но, как давно замечено, все мы учимся только на собственных ошибках — и то не всегда. Я и решил попытать счастья.

...И вот добираюсь до Китайских ворот, обхожу по кругу арку и обнаруживаю табличку с надписью: «Отдел кадров». Вхожу в пропахший бумажным клеем кабинет.

Заведующая, миловидная, хоть уже начинающая увядать, дама лет сорока пяти наводит марафет на своё лицо. Из-за жары ей приходится то и дело подпудривать начинающий лосниться нос.

Сначала она делает вид, что меня просто не замечает. Так, разморившись на солнце, даже самый злой пёс остаётся равнодушным, завидев пару подозрительно гнусных штанов, приближающихся к ограде дома...

Наконец, заведующая на минуту отрывается от зеркальца, чтобы взглянуть на посетителя. Не поверив своим глазам, что человек с ярко выраженной еврейской физиономией просто так, с улицы, просится на редакторское место, заглядывает в мои бумаги. По всему видно, что её раздражает неясность самого явления: с чего это вдруг человек не только с еврейской внешностью, но и фамилией имеет наглость проситься на работу в орган советской печати. Да ещё в такой жаркий день!...

Поглядывая искоса на посетителя, она, похоже, решает про себя, какой из двух возможных вариантов имеет место: у него — из-за жары — временное размягчение мозга или имеет место клинический случай?

Её саму жара донимает донельзя. Она то обмахивается отдающим сандаловым деревом индийским веером, то, когда рука устаёт, подставляет лицо настольному вентилятору.

Видя, что странный посетитель мнётся с ноги на ногу, но не избавляет её от своего присутствия, кадровичка решает отделаться от него испытанным приёмом футбольных голкиперов. В опасной ситуации не рисковать, бросаясь в ноги нападающему команды противника, а отбить мяч ногой, засылая как можно дальше от ворот, в чистое поле.

Впрочем, у бюрократов приём этот испокон веку так и назывался — «отфутболить».

Поправив причёску, посмотрев на себя в зеркальце, завкадрами снова припудривает нос и, не поднимая глаз, говорит:

— Автоматика и телемеханика, говорите? А, — пожимает она плечами. — Не туда попали. Это у нас совсем в другом помещении...

— А где? — говорю.

— А на Кировской, — машет рукой в сторону окна, — во дворе, напротив магазина «Чай-Кофе».

И вот, вместо того, чтобы понять намёк — катился б ты колбаской по Малой Спасской! — в конце концов, следовало ведь ожидать, что дадут от ворот поворот! — выволакиваюсь из-под Китайских ворот и направляюсь к этой самой улице Кирова. Благо, это не так уж далеко, несколько кварталов вверх в сторону Никитских ворот.

Дохожу до магазина «Чай-Кофе», пересекаю улицу и внедряюсь в обширный двор. Обхожу его по кругу. Двор оказывается сквозным, выходит в Кривоколенный переулок. Прочитав табличку с его названием, усмехаюсь про себя: «Ну, дали тебе кривым коленом под зад, чего тебе ещё нужно?»

И тут неожиданно взгляд мой утыкается в вывеску перед входом в одну из дворовых парадных: «Издательство Недра. Редакция литературы по автоматике и телемеханике».

Я даже удивился. Надо же! Всё-таки послали не на деревню дедушке...

Поднимаюсь на второй этаж. На тёмной лестнице с мраморными ступеньками, как во многих советских домах того времени, несёт сыростью и кошачьей мочой. Вхожу в тёмный коридор обычной коммуналки, в которой редакцию расположили за неимением лучшего помещения. Заглянув в одну дверь, другую, нахожу, наконец, заведующую редакцией. Людмила Васильевна Быкова. Молодая энергичная женщина... Одета со вкусом, в элегантном деловом костюме. Лет не больше сорока.

Представляюсь ей и без особого энтузиазма сообщаю, что меня к ней послали из отдела кадров. Говорю «послали» просто так, не вдумываясь в то, как можно истолковать мои слова.

— Кто, говорите, послал? — переспрашивает заведующая, вглядываясь в моё лицо, пытаясь понять, что за птица неожиданно, словно летучая мышь на огонёк, залетела в её кабинет.

— Отдел кадров, — говорю.

На некоторое время мускулы её лица застывают в неопределённой маске. Заведующая пытается сообразить, с какой такой стати к ней направили искателя на место книжного редактора с такой фамилией. Хоть святых выноси!

Женщина она была, несомненно, умная. А беда умных людей заключается в том, что они слишком верят в логику. В то, что мир устроен исключительно по причинно-следственному принципу. Не допускают, что в жизни сплошь и рядом происходит столкновение случайных обстоятельств. И потому заведующая допускает роковую ошибку. Интерпретирует мои слова в том смысле, что отдел кадров не просто, как говорится, послал меня куда подальше, а рекомендовал в работники. Квалификация у меня, действительно, подходящая. Инженер-электрик, да и публикации, какие ни есть, но в центральной прессе...

Заведующая тратит ещё несколько минут на то, чтобы сообразить, почему отдел кадров повёл себя так странно. И тут, вместе с верой в причинно-следственную природу жизни, её подводит излишняя осведомлённость. Роковым оказывается то, что она вдруг вспоминает небольшой факт из личной жизни своего руководства. Как-то во время вечеринки в узком кругу (приглашены были только заведующие отделами), желая позабавить подчинённых, директор издательства, высокий лысый мужчина крепкого сложения с небольшим нервным тиком, дающем о себе знать, однако, лишь в критические минуты, рассказал о недавнем смешном эпизоде, происшедшем в его жизни.

Его, крупного специалиста-химика, направили в командировку в Египет. Помочь в строительстве нефтеперегонного завода... Как водится, подал документы на оформление визы, своей и жены. И тут вышла небольшая заминка. По настоянию органов, жене сделали новый паспорт. Специально для этой поездки. Кое-что в старом нужно было подправить. С фамилией жены (по мужу) проблем не было. С именем тоже всё было более и менее в порядке. Ирина себе и Ирина... Мало ли какие Ирины бывают на свете! Но отчество никуда не годилось — «Исааковна»!.. Не говоря уже о графе «национальность»...

Дело в том, что ещё сравнительно недавно, года за два до этого, желая выразить любовь советского народа к арабским союзникам, Хрущев присвоил президенту Египта Гамалю Абдуле Насеру звание Героя Советского Союза. С вручением ордена Ленина и Золотой Звезды. Вроде бы высший знак любви и уважения. А тут, понимаешь, совсем не считаясь с чувствами египетского вождя, направляют к нему в страну в паре с советским инженером его жену-еврейку. Насер спит, понимаешь, и видит, как бы расправиться с еврейским государством у себя под боком, а тут, на тебе! Такая бестактность! ...

Пришлось в новом паспорте заменить «Исааковну» на «Исмаиловну» и привести в соответствие графу «национальность». Дескать, азербайджанка она, а никакая не еврейка. ...

Как только Быкова вспомнила об этом эпизоде, в голове у неё вспыхнула лампочка. Сработал стереотип еврейской семейственности. У них-де круговая порука. Тащат повсюду своих. (Стереотип этот был самым нелепым в то время. Из-за этой предвзятости евреи в должностях, дающих право нанимать на работу, больше всего боялись нанимать именно евреев.)

Не знаю, что руководило мной, когда я направлялся в отдел кадров «Недр» — наивность, глупость или отчаяние. Возможно, некая их смесь. Но у заведующей, человека, повторяю, умного, не укладывалось в голове, что еврей может просто так, с улицы, прийти и предложить свои услуги издательству. И потому, в конечном итоге, она пала жертвой собственной предвзятости. Пораскинув мозгами, решила, что отдел кадров послал меня к ней, потому что состою в родственных отношениях с женой директора издательства.

Чтоб проверить свою догадку, заведующая подняла телефонную трубку и позвонила в отдел кадров. Поглядывая на меня, сказала:

— Тут у меня Самуил Абрамович Дрейцер. Пришёл, говорит, по вашей рекомендации.

Замечу, что слова «рекомендация» я не употреблял... Она же произнесла мои имя, отчество и фамилию, естественно, не из сплошного уважения к незнакомцу, как это принято, а чтобы напомнить кадрам, что проситель места — сплошной еврей. Таковой, с какой стороны не подберись... Дескать, в своём ли уме кадры, рекомендуя его на работу? Или тут что-то ещё пока невыясненное? Она давала понять, что ждёт указаний, как поступить. То есть, если что, то за все последствия отвечать придётся не ей, а отделу кадров.

Последовала мхатовской длины пауза. Взопревшая от жары кадровичка, в свою очередь, пыталась понять, что означает звонок заведующей. Отчего такой странный вопрос? Как это, принять в штат еврея, находясь в здравом уме и крепкой памяти?

Так как пауза затянулась, Быкова на всякий случай добавила:

— Вообще-то нам нужен редактор. Он инженер и печатается...

Вводное слово «вообще-то» вставлено было неслучайно. Оно оставляло возможность добавить — «но, потому-то и потому-то, к сожалению...».

То ли кадровичка тоже вспомнила про Исааковну-Исмаиловну и побоялась ненароком испортить отношению с директором, то ли ещё почему, но меня взяли в редакцию.

Спустя два года, когда, на советском клише, я уже «влился в коллектив», во время редакционной вечеринки по случаю Международного Женского дня Людмила Борисовна спросила, чокаясь:

— Как там Ирина Исааковна поживает?

Увидев моё недоумение, заведующая переменилась в лице и поспешно сказала:

— Ну, Ирина Исмаиловна?

Когда и после этого на моём лице оставался большой вопросительный знак, до неё дошло, что никакого отношения к Исааковне-Исмаиловне я не имею.

Быкова посмотрела на меня с минутной враждебностью, как будто я её каким-то образом провёл.

Но потом смягчилась. Всё равно уже ничего со с мной нельзя было поделать. Уже год, как прошла Шестидневная война. С Израилем разорвали дипломатические отношения. В стране началось движение за свободу эмиграции. Как поступать с евреями, на рабочих местах ещё не знали. Вопрос этот перебрасывали из одной правительственной руки в другую, словно горячую, только что из углей в костре, картофелину, в надежде, что вот-вот остынет.

Но, в отличие от подгоревшей картофелины, ни еврейский вопрос, ни сами евреи не собирались остывать. Чтобы не попасть впросак, по отношению к еврейским служащим выработалась формула трёх «не»: не принимать, не продвигать, не увольнять…

Как раз в это время в стране стал необыкновенно популярным янтарь. Все начали его собирать, а модницы делать из него украшения. Особенно ценился янтарь с застывшими внутри насекомыми — мухами или комарами. К тому моменту, когда заведующая обнаружила, что попала впросак, я уже подпал под формулу «трёх не».

То есть, превратился в пресловутого «комара в янтаре»…

ПЕРЕД ПРЫЖКОМ В ПРОПАСТЬ

Сейчас, когда, пытаясь объяснить моим американским друзьям и коллегам, что означало для меня в мою бытность, осенью 1974-го года эмигрировать из Советского Союза, для иллюстрации своего внутреннего состояния я всегда рассказываю популярный анекдот советской половины моей жизни:

Рабиновича призвали в армию, стали готовить на десантника. Инструктор объясняет:

— Значит, так, товарищи солдаты. Сейчас вас отвезут на аэродром. Сядете в самолёт. Вас поднимут на высоту две тысячи метров. По команде прыгаете. Дёргаете за кольцо основного парашюта. Если он почему-либо не сработает, дёргаете за кольцо запасного. Плавно приземляетесь. На земле вас будет ждать пикап, на котором всей группой вернётесь на базу.

Самолёт набирает высоту. Подходит очередь Рабиновича. Он прыгает. Дёргает за кольцо основного парашюта. Тот не раскрывается. Дёргает кольцо запасного. Тот тоже не срабатывает. Рабинович летит головой вниз и думает:

— Это будет ещё тот сюрприз, если пикап тоже не окажется на месте.

Именно этот анекдот каждый раз приходит на память, когда я вспоминаю последнюю ночь перед отъездом из Советского Союза, то есть ночь с седьмого на восьмое октября 1974 года. Жестокий смех, запрессованный в анекдоте о человеке, падающем с огромной высоты с нераскрывшимся парашютом, точно отражает то состояние смятения, отречения, тревоги и безнадёжности, клубящиеся в моей душе накануне, быть может, самого ответственного шага в моей жизни. Шаг этот был настолько сложный, что к нему я вернусь ещё не раз в дальнейшем ходе повествования.

В ту ночь я изо всех сил стараюсь уснуть. Наутро заказано такси, которое должно отвезти нас — меня, жену, и годовалого сына в Шереметьево, в аэропорт.

Но сон никак не идёт. В висках настойчиво, словно участковый милиционер кулаком, в котором зажата повестка в суд, стучит молоточек. Сердце бьётся учащённо. Мне кажется, что, как в том анекдоте, я тоже лечу головой вниз с огромной высоты, не зная, что меня ждёт на земле — спасительный ли стог сена, способный амортизировать удар, или булыжник мостовой, который тотчас раскроит, что переспелый арбуз, мой череп. Мне тридцать шесть. Я ещё довольно молод. Но, кажется, что это конец.

Я лежу в темноте нашей квартиры на Чертановской, обхватив подушку. Теперь, когда агония принятия решения, которую я пережил три месяца назад, решения уехать из страны, в которой родился и вырос, уже далеко позади, я уже научился не загадывать слишком далеко наперёд о том, что предстоит в неопределённом будущем. Но что ждёт меня, жену и нашего годовалого сына там, по другую сторону «священной» советской границы, в самое ближайшее время? Нам разрешено обменять наши рубли из расчёта 120 долларов на человека. Триста шестьдесят долларов на двух взрослых людей и малыша, который только недавно научился ходить. Как и на что мы будем жить? Доходили всякого рода разговоры и слухи, но ничего толком мы не знали.

Мне предстоит самый тяжёлый день в моей жизни. Надо как следует выспаться. К тому же я лёг поздно. Мы с женой долго убирали квартиру после ухода последнего их множества гостей, которые пришли с нами проститься. Проводы походили на поминки. То есть никто, конечно, не пил за упокой нашей души, были и смех, и шутки. Но то, что нам предстояло, было затянуто такой пеленой неизвестности, которая по своей непроницаемости могла сравниться разве что с той, какой покрыта загробная жизнь даже для тех, кто в неё верит.

После трёх месяцев ожидания, мы получили разрешение на выезд, и в предписанные тридцать дней надо было успеть провернуть множество дел: купить билеты на самолёт Москва-Вена, отправить малой скоростью багаж, распорядиться книгами, куда-то девать мебель, которую некому отдать. В крохотных московских квартирках для лишней мебели ни у кого нет места...

Уже после того, как поздно вечером ушли те, кто пришёл к нам на проводы, надо было попрощаться, хотя бы по телефону, с теми, кто не смог прийти. Не смог или не мог... Одним из таких людей был Витя Войцеховский, мой хороший друг, с которым несколько лет назад я ездил на его «Жигулях» сначала в Карпаты, потом в Ригу и Таллинн. Витя поднял трубку. Узнав меня по голосу, ответил на мои прощальные слова сдержанно. Не сухо, нет, если бы он и хотел, у него, мягкого и добросердечного человека, это бы и не получилось. Он говорил так, будто сам держал себя за горло. Пожелал удачи. Я его понимал и не осуждал. Он хотел оставаться человеком и сказать тёплые слова прощания, но прийти на проводы не мог. Это означало бы подставить под удар карьеру отца, чей довольно высокий пост в одном из министерств был бы под угрозой: сын якшается с «отщепенцами».

Мы уезжаем не просто так, а освистанные и оплёванные страной, в которой родились и жили. Освистывают нас и оплёвывают не только для того, чтобы нас унизить, оскорбить даже то крохотное чувство собственного достоинства, которое каждый человек старается сохранить при любых обстоятельствах, ту крупицу самоуважения, без которой и нет человека. Оскорбляют и освистывают с профилактической целью — чтобы запугать и остановить других, чтобы не следовали нашему примеру. Чтоб было неповадно...

«Отщепенцы»... Именно так, на гнусном языке советских газет, называют всех нас, отъезжающих, подавших документы на эмиграцию. От самого слова мороз подирает по коже. Ведь ясно, откуда словцо. Ещё до войны, в ответ на вопрос, отчего замордовал так много невинных людей, батька Сталин усмехнулся в свои усища: «Лес рубят, щепки летят». Вот нам и напоминают, чтоб не заблуждались на счёт советской власти. Она батьки своего заветы не забывает. К душегубству может в любой момент прибегнуть ничуть его не хуже. На этот счёт чтоб не было никаких иллюзий. Газеты намекают этим словцом: те, кто дерзают уезжать из «самой лучшей страны в мире» — даже не щепки, а так, не имеющий никакой ценности сор, труха. Проку от такого материала никакого. Так, разве что огонь разжечь...

Если сказать, что я лежал в ту ночь и передо мной со скоростью магнитофонной плёнки, перематываемой на максимальной скорости, проносилась моя прошлая жизнь, — значит, впасть в литературщину. К этому моменту я уже перестал перебирать в уме причины, которые вытолкали меня из страны, где я родился и вырос. Кончились мои душевные силы. Все последние дни я двигался, как сомнамбула, стараясь ни о чём другом не думать, кроме того, что нужно сделать в этот час, в эту минуту. Мне уже было все равно. Я полагаю, такое равнодушие охватывает каждого, кто решился покончить со своей жизнью.

Так, если вдуматься, сделал и я. Решил распроститься с той единственной жизнью, которую знал от рождения. О другой жизни, которая ждёт меня по другую сторону границы, я мало что ведал. Ни разу до того не побывав за рубежом, я и полагал, что она, какая-то другая жизнь — такая же химера, как и та, которая, как уповают верующие, ждёт их после смерти.

Решение уехать из страны, в которой родился и вырос, было самым трудным из всех решений, которые мне когда-либо приходилось принимать. Решением агонизирующим. Относящийся к смерти термин приходит в мою голову сейчас, когда об этом думаю, неслучайно. Подающий заявление на выезд играл в то время в «русскую», в данном случае, в буквальном смысле слова, «рулетку». Нажимал на метафорический курок судьбы.

Однако, в отличие от игры в ту самую «рулетку», страшно было не только, если курок ударит по капсулю патрона, то есть, вам откажут. Подать заявление о выезде на «постоянное местожительство в капстрану» означало то, что на приблатненном языке того времени выражалось глаголом «засветиться». В своей образности этот глагол точно схватывал суть дела. Как в фотографии, засветить плёнку означает навсегда её испортить, так и в брежневское время подать документы на эмиграцию означало раз и навсегда не только подорвать какие-либо надежды на будущее в стране, из которой тебя не выпускают (в конце концов, именно отсутствие таковых и было одним из доводов в пользу эмиграции), но навсегда разрушить добытое немалой кровью настоящее. Не Бог весть какое, но минимальное, нужное для выживания...

Не менее страшно было, если символический револьвер щёлкнет впустую, и разрешение дадут. У страха глаза велики, говорит русская пословица. Древние греки представляли страх перед неизвестностью, древнейший человеческий страх, как блуждание в лабиринте, в котором за каждым поворотом можно наткнуться на мифическое существо — получеловека-полубыка Минотавра, готового растерзать любого, кто вторгся в его владения.

Советская власть делала всё возможное, чтобы подпитывать страх перед перспективой оказаться за бортом у тех, кто вздумает эмигрировать. За несколько лет до этого, самого крутого в моей жизни, поворота судьбы, в 1970-м году, вышел фильм «Бег», сделанный по мотивам произведений Михаила Булгакова. Дело происходит в конце гражданской войны, в 1920-м году. Покинувшие Россию, бегущие от советской власти герои фильма, оказавшись за рубежом, опускаются на самое дно. Не найдя никаких способов к существованию, играют в «тараканьи бега». Те, кто отказываются вернуться в лоно матери-родины, остаются в одних подштанниках в буквальном смысле слова.

Вооружившись именем талантливого писателя, чей, успевший стать культовым, роман «Мастер и Маргарита» вознёс запрещённого автора на вершины литературной славы, уже ходила в самиздате, фильм как бы говорил тем, кто подумывал об эмиграции: хорошо, вы не верите советским газетам, но вот ваш антисоветчик, и тот подтверждает. Вот что ждёт каждого, кто дерзнёт покинуть нашу советскую Родину...

Но, как известно, надеждой жив человек. Всё-таки, говорил я себе, со времени событий, изображённых в фильме «Бег», прошло больше полувека. Может быть, ситуация переменилась? Может быть, выжить за рубежом для того, кто вырос в России, всё-таки можно? Может быть, есть какой-то шанс?

Я попытался обратиться с этим вопросом к одному международнику, с которым меня как-то познакомили в Доме журналистов, что на Суворовском бульваре в Москве, куда я часто наведывался. Но меня остановил другой журналист-приятель, хорошо того знавший:

— Старик, оставь его в покое. Не занимай разговорами. Он только что приехал из Парижа. Обычно ему нужно недели две, чтобы прийти в себя. Снова пообвыкнуть к нашей жизни. Ты же знаешь, возвращаясь из космоса, спутник должен опуститься на землю как можно плавней. А то сгорит в плотных слоях атмосферы к чёртовой бабушке...

И действительно, я взглянул на «парижанина», на его остекленевший, словно застывший в воспоминаниях об Елисейских полях, взгляд и решил его не тревожить. Ясно было, что расспрашивать его о поездке за рубеж даже после того, как он снова войдет в орбиту советской жизни, может нанести непоправимый вред его психическому здоровью

В другой раз я всё-таки не удержался и спросил другого международника (он часто пил кофе в Домжуре за соседним столиком), что его больше всего впечатлило во время поездки в Канаду. Тот допил кофе, набил табаком и раскурил длинную трубку и, попыхивая ей, подняв брови, надолго задумался. Видно было по напряжённому выражению его лица, что он, словно вилами огромный стог сена, пытается переворошить в уме ворох канадских впечатлений. Наконец, очевидно, поняв тщетность своих усилий, он зажмурил глаза, пытаясь восстановить хотя бы одну пришедшую в голову картину:

— Знаешь, старик, — сказал он, вздохнув, — у них двери перед входом в супермаркет сами собой открываются и закрываются.

И, зажав в одной руке трубку, а в другой чашку из-под кофе, показал, как медленно они, те двери, сходятся и расходятся...

После ещё одной попытки расспросить другого международника у меня сложилось впечатление, что, словно в фантастическом романе Станислава Лема «Солярис» после посещения планеты, те немногие советские люди, которым удалось побывать за рубежом, тоже лишаются на какое-то время рассудка. При любой попытке вернуться мысленно в страну, которую недавно посетили, у них начисто блокируется язык.

Моя собственная единственная попытка совершить такую поездку состоялась лет за пятнадцать до этого, когда молодым специалистом в Киеве на доске объявлений в управлении, в котором я работал, я прочитал объявление о круизе по Дунаю с заходом в порты стран, лежащих по его берегам. Не только соц — (Болгарии, Румынии, Чехословакии и Венгрии), но и капстран — Австрии и Германии. Я подумал: «Чем чёрт не шутит!», подал заявление и вскоре узнал, что *этим* чёрт не шутит. Мне быстро отказали. Причину указали, на первый взгляд, странную — «нет достаточного стажа работы в коллективе». Но сама странность мотивировки и была настоящим ответом: «Какая разница, почему отказываем. Сам понимать должен... Нельзя, и всё!»

Таким образом, как и подавляющее большинство бегущих из СССР в моё время — то есть, в начале семидесятых — я знал о реальной жизни по ту сторону барьера крупицы, да и те были факты, выуженные путём дедукций и допущений. Так как у меня не было возможности заглянуть лично по другую сторону границы, мне ничего не оставалось делать, как просеивать в своём мозгу горы образов, слухов и додумок в надежде соткать сколько-нибудь реальную картину потусторонней жизни.

Да, по Москве циркулировал в небольшом количестве глянцевый журнал «Америка». Но до него мало кто дорывался, а дорвавшись — им зачитывался. Всем было понятно, что журнал этот — не более чем рекламный туристский проспект. Что реальная американская жизнь имеет такое же отношение к содержанию этого журнала, как наша советская жизнь к произведениям соцреализма, в которых, как известно, жизнь показывается не такой, какая она есть на самом деле, а какой ей надлежит быть по последним постановлениям партии и правительства.

С туристами-иностранцами я сталкивался ещё в ранней юности на центральной улице Одессы Дерибасовской, в самом центре которой, в доме номер 18, я жил с мамой, папой и младшим братом. В нашем порту круглый год ошвартовывались испанские, итальянские, греческие и французские круизные пароходы. Иностранцы появлялись в центре Одессы, спрыгивая с подножек спецавтобуса. Их было невозможно спутать с моими согражданами. Одежда интуристов была хоть и неброской, но свободного, не сковывавшего движений, покроя. Плащи на интуристах были, как правило, светлых тонов — от цвета моли или кофе с молоком (когда молока больше) до бледно-голубых, цвета одесского летнего неба. Мы, все как один, носили китайские — темно-синие с клетчатой прорезиненной подкладкой, отдающей терпким запахом только что отпечатанных автомобильных шин.

У интуристов были ухоженные лица, в любое время года покрытые ровным загаром. Волосы аккуратно уложены как у женщин, так и у мужчин. На лицах женщин — тщательно подобранная, не бросающаяся в глаза, косметика. (Из-за того, что одесситки вынуждены были пользоваться отечественными средствами подчёркивания женской красоты, у заморских гостей возникало ложное представление о наших нравах. Они часто перешёптывались, пожимая в недоумении плечами. Они, конечно, знали, что в портовых городах любой страны мира с приходом нового судна на улицах появляются профессиональные охотницы по истосковавшимся по женской ласке матросским сердцам. Но нигде их не бывает так много, что они запруживают улицу...)

Как правило, интуристы были немолодые люди, как я понимаю теперь, пенсионеры, наконец, выкроившие время, чтобы поездить по миру, посмотреть, что находится за пределами их страны. Поверить в то, что они были не богачи, которые владели яхтами или даже пароходами, а люди обычных профессий, от бухгалтеров до сталеваров, были невозможно. Нам они казались сказочно богатыми. Чем ещё объяснить то, что они даже пахли по-особому? (Теперь-то, задним числом, я догадываюсь, что всему виной были дезодоранты). У всех женщин был маникюр. Даже зимой, как бы холодно ни было, мужчины появлялись на наших улицах без шапок. Волосы у интуристов обоих полов были аккуратно причёсаны, а у мужчин ещё и скреплены бриолином.

Но куда больше ухоженности поражали их походка и выражение лиц. Несмотря на то, что они были на территории незнакомой страны, они вели себя так, как будто уже сто лет, как хаживали по одесским тротуарам и видели уродливые и скудные витрины наших магазинов. Голова не валилась на сторону от удивления, не втягивалась в плечи, как это машинально происходило с каждым из нас в незнакомой ситуации. Они были спокойны, полны скромного достоинства, и это больше всего донимало моё юное сознание. Как же так? Приехали из страны всеобщей и жесточайшей эксплуатации человека человеком, а ведут себя не как рабы под плетью хозяина, а как спокойные, уверенные в себе, люди. А уж от постоянного выражения приветливости и доброжелательности все мы просто шалели.

Эти непонятные существа появлялись из того мира, который я знал лишь по кадрам иностранной хроники. В ней, кроме забастовок и демонстраций протеста, были ещё самумы, ураганы и землетрясения. Все они обрушивались почему-то именно на землю капстран, будто у планеты флюс был именно с одной, западной, стороны. (Оберегая наш покой, об ураганах и землетрясениях на территории СССР ни наши газеты, ни наше радио нас не оповещали)

Ещё были трофейные фильмы, захваченные советскими войсками в книгохранилищах побеждённой Германии. В течение нескольких лет после войны их показывали в одесских кинотеатрах. Как я узнал много лет спустя, трофейными в полном смысле слова были только немецкие фильмы. Их было мало. В основном крутили голливудские фильмы, то есть, фильмы краденые. За их прокат нужно было платить, поэтому их старались пускать втихую, по клубам — портовиков, железнодорожников, Дома офицеров… Фильмы были больше всего приключенческие — «Тарзан», «Остров сокровищ», «Путешествие будет опасным» («Дилижанс»), «Сети шпионажа» — или музыкальные ковбойские с Жанеттой Макдональд и Эдди Фишером, о которых мы, подростки, напевали наскоро сочинённые нами самими пародийные песенки:

О Розмари, о Мэри,
Открой пошире двери.
Твои глаза — как небо голубое,
В них затаилось счастие ковбоя.

Но были и фильмы из американской жизни, по которым можно было попытаться представить кое-какие детали. Больше всего поражало внутренне устройство американских домов. Мало того, что простор первого этажа был такой, что можно было в футбол играть, внутри была ещё и лестница, ведущая на второй этаж, где размещались спальни. Если в каких-то наших квартирах и была лестница, в лучшем случае она вела на антресоль, где зимой хранили картошку в мешке или дожидались редких поездок пустые чемоданы.

Особенно запомнились фильмы с участием певицы и актрисы Дины Дурбин. Как известно, детские впечатления наиболее сильно врезаются в психику, поселяются в ней надолго, порой остаются там даже в зрелые годы. В фильмах с Диной Дурбин время от времени по экрану фланировали американские миллионеры. Внешне они удивительно напоминали тех, каких изображали на советских плакатах: то есть, они были толстыми, словно накаченные до предела дирижабли, с сигарами в зубах. Однако в американских фильмах, вместо свирепых и кровожадных харь, у них были по-детски невинные физиономии добродушных толстяков, единственной заботой которых было, как помочь бедным, но талантливым молодым людям — певице или джазовому композитору (на худой случай, пианисту). Этих киношных миллионеров было легко облапошить молодой красавице, подарив невинный поцелуй в щёчку. От такого поцелуя у них расцветали лица — и они были готовы тут же раскошелиться...

Среди моих коллег-аспирантов на кафедре русской литературы в Калифорнийском университете, где я проучился несколько первых лет в Америке, была одна моя бывшая соотечественница, которая стала жертвой тех далёких детских представлений об американских богачах, почерпнутых из уже упомянутых фильмов. В Союзе эта бывшая соотечественница (назовём её Любой) была журналистской. Выехала на Запад она одна, так как хоть лет ей было под тридцать, была не замужем. Ехала она в расчёте на одну и ту же, втемяшившуюся в её голову идею — найти в Америке миллионера и выйти за него замуж. Была она вполне миловидной, и в Союзе у неё время от времени появлялись любовники, всё больше среди знакомой журналистской братии. Но стоило ей завести речь о браке, как все они, как один, вдруг начинали хлопать себя по карманам в поисках пачки сигарет. Не найдя таковой, просили подождать с ответом, пока они сбегают на улицу, в табачный киоск на углу.

Видимо, за ночь киоск этот переносился на Чукотку, куда и отправлялся жаждущий немедленно затянуться сигаретным дымом любовник. Во всяком случае, больше она ни его самого, ни даже дыма его сигареты не видела.

Приехав в Америку, Люба пустила в ход всю свою приобретённую за годы журналистской работы сноровку и отыскала-таки то, за чем отправилась за тридевять земель. Как ожидалось, миллионер не был красавцем, но, хоть и был не первой молодости, был не пузат, а очень даже подтянут. Сигару хоть и курил, но в редкое, свободное от забот, время. Машину, конечно, имел, но, увы, водил её сам, без шофёра в униформе и фуражке с кокардой, как в фильмах Дины Дурбин. Это было жаль. В своих мечтах Люба часто видела себя в разгар роскошного светского приёма на балконе особняка губернатора, куда она выходила глотнуть свежего воздуха и позвонить по телефону своему шофёру: «Джорджик, голубчик, подъезжайте к одиннадцати за нами. Я уже чертовски устала».

Но главное оставалось — облюбованный ей американец не только был миллионером (владел небольшой фабричкой электронных калькуляторов), но был в очередной раз холост и не имел детей.

Люба не была наивной женщиной. В детские впечатления об американских миллионерах, почерпнутых из фильмов с Диной Дурбин, внесла реалистическую поправку. Понимала: одним невинным поцелуем в миллионерскую щёчку своего не добьёшься. Всё, что осталось от небольшого пособия, выдаваемого на первое время вновь прибывшим иммигрантам (где смогла, взяла в долг ещё), Люба вложила в массированную подготовку к операции «Даёшь миллионера!». С тщательностью туземца, наносящего, прежде чем ступить на тропу войны, на своё тело боевую раскраску, Люба принялась за лицевые маски, маникюр и педикюр. Вспушила волосы. Загнула ресницы. Пустила в ход помаду в спектре последней моды — цвета запечённой крови.

Миллионер оказал не слишком большое сопротивление. Журналистка была из страны, которая в бытность пугала так, что его, школьника, заставляли при звуках учебной тревоги нырять под парту. Может ли быть более сильное любовное зелье, чем любопытство, замешанное на подсознательном страхе, окончательно преодолеть который можно только, заключив в объятия вражеского перебежчика!

Короче, очень скоро всё пошло у Любы по стратегическому плану, разработанному давным-давно, в ночных, терзающих душу, мечтах, когда в коммунальной квартире в Кривоколенном переулке хотелось колотить по стенке кулаком, чтобы соседский ребёнок за стеной перестал, наконец, барабанить ложкой по дну пустой кастрюли. Люба сначала забеременела, а потом, уже на сносях отгуляв свадьбу, родила миллионеру мальчика-наследника.

Миллионер не мог им наглядеться. Не столько по тому, что он была таким уж ненаглядным — хотя, как известно, таким почему-то оказывается именно твой ребёнок. Был он обыкновенным новорождённым, смахивающим, как большинство мальчиков, у которых на голове не успели до появления на свет вырасти волосы, одновременно на Хрущева и Эйзенхауэра.

Миллионер не мог наглядеться сыном в буквально смысле слова. Не хватало времени. В отличие от фильмов с Диной Дурбин, на его лице во всякое время дня не сияла добродушная улыбка, а прочно осело выражение непрекращающейся заботы о своей фабрике. Он пропадал на ней с утра до вечера. То конвейер встанет от того, что вышел из строя сверхточный сверлильный аппарат. То у менеджера разболелись зубы, и надо было его сменить на несколько часов, пока он ездил к дантисту. То вовремя не оплатили заказы. То ещё что-нибудь... Люба видела мужа редко, разве что поздно вечером, уставшего так, будто он разгружал пароходы в порту, а не был тем, кем ему полагалось быть в её представлениях — богачом, все заботы которого сводились к тому, чтобы найти, кого бы ещё облагодетельствовать в этом мире...

Для ухода за ребёнком наняли няню. Сама Люба вела себя так, как, по её представлениям, подобало вести себя жене миллионера. С утра до вечера слонялась по дому, кутаясь в домашний халат и почитывая в одном углу последний номер журнала *Vogue*, в другом — *Cosmopolitan*.

Через несколько месяцев, одним, едва ли прекрасным, утром, перед тем, как по обыкновению кинуться, едва позавтракав, в свой «мустанг» и помчаться на работу, муж-миллионер остановился в дверях, поглядел на Любу изумлённым взглядом, как будто увидел её впервые, и спросил:

— Ты чего это?

— Чего, что?

— Чего ходишь по дому, как неприкаянная?.

Пока она соображала, в чем причина неудовольствия супруга, прежде чем выбежать из дома, тот сказал:

— Значит так, дорогая. Одно из двух. Либо мы уволим няню, и ты занимайся ребёнком, либо найди себе какое-нибудь дело. Терпеть не могу бездельников...

И кинулся к своему «мустангу».

Люба была поражена. Этого она никак не ожидала. Продумав весь день, когда поздно вечером вернулся её американец, на всякий случай, хотя и чувствовала, что это вряд ли поможет, ударилась в слёзы. Слёзы, действительно, не помогли. Оказалось, не только Москва слезам не верит. Не верят им и по другую сторону океана. На тебе — приехали! Работать! Что она лошадь, чтобы работать!...

В ответ на её доводы, что никакой другой профессии, кроме журналистики, у неё нет, а с её английским карьера в этой области ей всё равно не светит, муж сказал:

— Тогда пойди и выучись чему-нибудь.

Вот она и пошла на русское отделение университета. И хотя перспектива трудоустройства после окончания была ненадёжна и туманна, проблема была решена хотя бы временно. Люба перестала своим бездельем мозолить глаза своему миллионеру...

У меня такой мечты, как у Любы, естественно, не было и быть не могло. Добродушных, разбрасывающих доллары вокруг себя, миллионерш в американских фильмах моего детства не было. Кроме того, я был уже женат, и у меня был годовалый ребёнок. Как я прокормлю семью!

Как и другие «отъезжанты» (и такое слово родил в то время великий и могучий русский язык), я чувствовал себя зажатым между Сциллой моей советской жизни и Харибдой неизвестной американской. Естественно, я прекрасно знал — до боли чувствовал каждой клеткой своего тела — Сциллу, но о Харибде имел самое расплывчатое представление. Что ждёт меня на ней? Как и другие, я жил даже не за пресловутым железным занавесом, а за железобетонной стеной, и потому понятия не имел, какое найду себе применение в самой развитой стране капитализма, как это признавали, скрепя зубами, даже советские газетные пропагандисты.

Правда, к моменту моего отъезда уже были первые эмигранты, осевшие в Америке. Их письма к родственникам в Союзе порой доходили до адресатов. За письмами охотились. По популярности они превосходили — по крайней временно — подписки на Толстого и Достоевского вместе взятых. Для таких, как я, сидевших на чемоданах — иногда буквально, распродав мебель — эти письма стали литературой высшего порядка. Сами собой образовывались очереди среди тех, кто жаждал почитать письма «оттуда». Что там, по другую сторону мира? Как наш советский человек выживает в условиях жесточайшей эксплуатации человека человеком, которой только и объясняют советские газеты тот факт, что Америка, хотя и временно, всё ещё впереди прогресса в науке и технике.

Я читал все письма, что удавалось найти. Но, как ни примерял себя к американской жизни, ничего толком не выходило. Из-за океана писали люди разные — шофёра, инженеры, завскладами. У каждого из них была либо сноровка в руках, либо нужная — то есть деловая — голова на плечах.

Помню письмо шофёра из Кливленда, который довольно быстро стал работать таксистом. Вздохнув, я отложил это письмо в сторону. К тому моменту, опять-таки по совету авторов писем из Америки, я взял десяток уроков вождения и получил водительские права, которые, как объясняли эти письма, признаются в Америке и сдать на которые там гораздо трудней. Но работать таксистом в стране, на дорогах которой по статистике, с удовольствием перепечатываемой в советских газетах, каждый год разбиваются тысячи автомобилей — совсем другое дело.

Попалось также письмо от скрипачки, закончившей ленинградскую консерваторию, которую по конкурсу приняли в симфонический оркестр Лос-Анджелеса.

Знакомого моего знакомого, шахматного гроссмейстера имя рек, сразу же включили в международный турнир, где он выступил уже под флагом новой страны своего проживания. О звёздах советского балета, бежавших во время гастролей на Запад и немедленно принятых в труппы американских театров, сквозь жужжание глушилок я слышал по «Голосу Америки».

Но что было делать мне! Я не был ни балетной звездой, ни знаменитым скрипачом, ни выдающимся шахматистом. Танцевал только на семейных торжествах. На скрипке, равно как и на других музыкальных инструментах, не играл. А в шахматах дотянул разве что до силы первого разряда и на большее никогда не замахивался.

Правда, у меня был диплом инженера-электрика, но к моменту отъезда он был не более чем листком бумаги с водяными знаками, вклеенный в темно-синюю, тиснённую золотом, обложку. После окончания одесского политеха, едва ли не полтора десятка лет назад, сначала мастером на стройке, потом инженером в лаборатории я проработал всего несколько лет, а потом совсем отошёл от своей профессии, занимаясь редактированием технической литературы в одном московском издательстве. О том, чтобы заниматься чем-либо подобным в Америке и речи быть не могло. Мой английский был плохонький, в пределах программы средней школы, без каких-либо навыков устной речи. И у меня не было никакой другой сноровки, которая бы нашла применение в Америке.

Когда моё отчаяние уже достигло самой высокой ноты, в моих руках оказалось письмо из Питтсбурга. Когда я прочитал его, во мне вспыхнула искра надежды. В письме сообщалось о том, что молодого москвича, поражённого от рождения синдромом Дауна, когда он приехал в Америку с молодой женой, по звонку дальнего американского родственника устроили работать на конвейере, на котором собирали газовые счётчики. Молодого человека довольно быстро обучили наворачивать гайки в нужных местах, и теперь у молодой четы нет забот о хлебе насущном. Живут в своём Питтсбурге припеваючи.

Я воспрянул духом. Прекрасно! Хотя с технической сноровкой у меня не блестяще — разве что гвоздь в стенку могу забить более или менее успешно — не беда. Соображу что к чему. Если даже слабоумный обучился какому-то процессу на конвейере, даст Бог, справлюсь и я. Смущало, правда, то обстоятельство, что родственника, который мог бы порекомендовать на эту работу, у меня не имелось. Но я вспомнил, что, когда-то, проходя с опытными техниками-монтажниками летнюю практику в институте, научился читать монтажные схемы. Зная, что в Америке несметное множество автоматов по продаже напитков, я и решил, что при случае устроюсь техником по их ремонту. Как-нибудь с Божьей помощью разберусь в схемах. Научусь где и как заменить предохранитель или заново подсоединить оторвавшийся от клеммы провод. Так как американских автоматов по продаже напитков я в глаза не видал, я и решил, что они похожи на те автоматы по продаже газированной воды, которые стояли в моё время на московских улицах. Стеклянный стакан ставили на плашку. Нажимали кнопку — стакан со всех сторон опрыскивался струйками воды, и его пускали в ход, наполняя газированной водой, простой или с сиропом...

То, что такой автомат приводил в ужас американцев, приезжавших в Москву (в Америке стаканчики были бумажными, одноразовыми), я узнал, уже ступив на американскую землю...

Что вышло из моих страхов о трудоустройстве в Америке — об этом позже. В то время как я терзался мыслью о том, как я прокормлю семью в Америке, за тысячу километров к югу, в Одессе, не меньше терзаний — и совсем по другому поводу — пришлось на долю моего отца. В преддверии эмиграции тайком от семьи, каждый вечер он ступал на базальтовые плиты одесских тротуаров, на которых за последние тридцать лет истёр не одну пару туфель. Как и его отец и дед, он был маляром-обойщиком, и едва ли не на каждой одесской улице была квартира, которую он выхаживал и украшал, как невесту к свадьбе. К моменту отъезда он уже чувствовал себя частью Одессы, и она стала частью его самого.

Уезжать он не хотел. Делал он это под напором жены, моей мамы, которая не мыслила свою жизнь вдали от детей и годовалого внука, моего сына Максима. Отец знал, что её никто и ничто не удержит. Уедет чего бы того не стоило. Так как выбора у неё в этом вопросе не было, о своём будущем в новой стране она и не задумывалась. Но отца жизнь в далёкой Америке страшила. Ему уже стукнуло шестьдесят шесть. Минимальная, пусть и нищенская, пенсия в Союзе была ему обеспечена. На что он будет жить в Америке! Быть на иждивении сыновей (кроме меня, у него был сын Володя, моложе мня на десять лет) было не в его характере. Работая с двенадцати лет (сначала помогал отцу, моему деду Урию, по малярному делу, а потом, уехав в Москву, к знакомому минчанину в малярной лавке), он всю жизнь привык надеяться только на себя. Трудился круглый год, часто летом, в сезон, без выходных. Поэтому сама мысль стать на старости лет нахлебником, пусть даже у собственных детей, была для него невыносима. Хотя из писем, дошедших из Америки в Одессу, он узнал, что ему по возрасту дадут средства на проживание из фондов общественного вспомоществования, этого он никак не мог взять в толк. Как такое может быть! (Уже потом, живя в Лос-Анджелесе, получая Эс-Эс-Ай, он до конца своих дней был благодарен щедрой Америке. Всё повторял: «А! Надо же! Я же в этой стране ни одного дня не проработал.»)

Но куда больше его страшила та сторона американской жизни, сведения о которой он почерпнул летом накануне отъезда, посмотрев спектакль «Дальше — тишина». Быть может, эффект спектакля — переделки пьесы американского драматурга Виньи Дельмар «Уступи место завтрашнему дню» (Make Way for Tomorrow) был усилен тем фактом, что в московском театре, гастролировавшем в то время в Одессе, её поставил один из лучших театральных режиссёров страны Анатолий эфрос, а главные роли исполняли знаменитые, исключительно талантливые, актёры Фаина Раневская и Ростислав Плятт

Действие пьесы происходит в Америке, в семье Куперов. Престарелой супружеской паре из-за неуплаты по закладной банку грозит быть выселенными из своего дома, но их жестокосердые дети помочь родителям не торопятся. После длинных препираний между собой они решают, в конце концов, что отца, так и быть, возьмёт к себе в дом дочь, живущая в Калифорнии, а мать отправят в дом для престарелых. Как старушка-мать ни плачет, как ни просит дочь не разлучать её с мужем, с которым прожила полвека, как ни умоляет найти для неё местечко («Пусть под лестницей, пусть в чулане»), ничего не помогает. Накануне отъезда всё, что тревожит мать — это то, чтобы её муж не узнал о том, что их разлучают навсегда, иначе, она знает, он ни за что не согласится расстаться с ней. Больше того, если узнает позже, непременно сбежит от дочери, кинется к своей жене, где бы она ни была. Она берёт с сына обещание не рассказывать отцу, где будет находиться: «Это будет первая в моей жизни тайна от твоего отца». В конце пьесы супруги прощаются на вокзале перед отходом поезда в Калифорнию. И голос за сценой произносит фразу, давшую название пьесы на советской сцене, фразу, от которой мороз по коже — «А дальше — тишина…»

На отца пьеса произвела ошеломляющее впечатление. Он не спал всю ночь. С ужасом думал о том, что нечто подобное может произойти в далёкой Америке и с ним.

Эмигрантский «Декамерон»

Пребывание в римской гостинице «Мирамар» приближалось к концу. Вместе с другими эмигрантами, Борису надо было находить частное пристанище на то время, пока оформятся въездные визы в те страны, где принимали беженцев из СССР. Можно было снять квартиру в Риме, но это было дорого. Эмигранты селились в дачном посёлке на берегу Тирренского моря, от города полчаса на электричке — Лидо ди Остии, или, как его уже успели прозвать совэмигранты, «Остии-Лидочке».

Уже несколько лет там жила, постоянно обновляясь, большая русскоязычная колония. Первым делом Бориса научили тонкому искусству, как снимать жилую площадь у итальянцев. Дело это было непростое. Поначалу хозяева квартир безалаберно предоставляли русским свои летние резиденции и радовались внезапно открывшейся эмиграции из России не менее самих эмигрантов. Но вскоре пришлось насторожиться. У новых квартиросъёмщиков оказались самые дикие представления о том, сколько человек может спать в одной комнате и пользоваться одним туалетом. При сдаче приходилось быть бдительным.

— Итак, — инструктировали Бориса в коридорах «Джойнта» опытные, уже пожившие в Остии, попутчики, — если у вас есть маленькие дети, лучше о них помалкивать. Говорите, что поселяются двое, когда на самом деле трое, и говорите «трое», когда вас пятеро. По возможности избегайте «депозито», то есть, денежного залога на случай поломки квартирного имущества. Опыт показал, что оно имеет тенденцию ломаться, а то и вовсе исчезать. Но главное — ни за что не признаваться, что из Одессы…

Нередко, когда российский эмигрант стучался в дверь остинской квартиры, чтобы спросить хозяина, сдаётся ли квартира, в ответ раздавалось: «Одесса но». Хотя, как выяснилось впоследствии, имело место чисто лингвистическое недоразумение — по-итальянски «адессо но» означает «сейчас нет», — отказ сдавать квартиры одесситам мало кого из эмигрантов удивлял. Выходцы из славного черноморского города быстро заработали репутацию людей, на которых нельзя положиться. Эмигрантский фольклор был полон историй о том, как вскрывали замочки на дисках хозяйских телефонов и в упоении, не глядя на часы, беседовали со всем миром — с Нью-Йорком, Торонто, Махачкалой, Гуляй-Полем, Каменец-Подольском и, конечно же, с Одессой, Одессой, Одессой...

Это звонки ещё можно было понять. Слишком уж велико было искушение сообщить дяде Осе и тёте Неле, как добрались до страны, о которой раньше знали только по учебникам истории. И как не ответить на самые жгучие вопросы: почём в Риме яйца и молоко? тёплое ли Тирренское море — теплее ли Чёрного и можно ли в нём купаться? Так ли уж хороши собой и горячи итальянки, как в фильмах Де Сики и Росселлини? Куда надумали ехать дальше, и прорвался ли у племянника Семочки ячмень на глазу?

Но зачем было звонить туда, где родственников не было, нет и быть не могло? В Аддис-Абебу, например. В Кейптаун, на мыс Доброй Надежды. В Рио-де-Жанейро — понятное дело. Слишком уж экзотично название города. Интересно, как там говорят? Наверно, щебечут, как райские птицы?.. Но зачем было беспокоить канцелярию премьер-министра республики Цейлон госпожи Бандаранаике? Просить политического убежища? Но у неё же на острове, кроме чайной заварки, ничего нет!..

Всё это были, однако, не более чем детские проказы. Бывали вещи и посерьёзней. Возможно, в отместку местным уличным грабителям, которые, пролетая на мотоциклетках, крючками выхватывали из рук эмигранток сумочки, выходцы из весёлого черноморского города давали понять, что впредь лучше их дам не обижать. За день до отлёта за океан нанимали грузовики и из снятых квартир вывозили на огромный римский блошиный рынок «Американа» тяжёлые, старинной работы, сундуки, шифоньеры, мраморные бюсты и даже подержанное хозяйское постельное бельё. Приехав на следующий день проведать свою квартиру, итальянец поначалу лишался рассудка. Ещё утром он полагал, что находится в полном здравии, но, очевидно, каким-то образом (в электричке, что ли, по дороге в Остию?) терял память и попадал в чужие апартаменты. Открыв дверь ключом (открылась ведь?), он в отупении осматривал всё, что осталось от уютного прежде жилища. Такого разорения его имущества он не терпел даже в дни последней войны, когда в его остинской квартире стояли постоем солдаты вермахта.

Он по привычке торопился закрыть за собой дверь, чтобы сквозняком не вытянуло в окно шёлковые кремовые занавески. Но его опасения были напрасны. Занавесок не было. В трехкомнатной квартире было неуютно и сыро, как ранним утром в пустыне Гоби. На полу, в том месте, где прежде стояли диваны и сундуки, дымились от ворвавшейся струи воздуха лысоватые лужайки пыли. Да ещё валялись по углам картонные коробки из-под итальянских макарон и вдоль стен, словно заложники перед расстрелом, тянулись вереницы пустых бутылок с надписью «Stolichnaya» (что поделаешь, заграница — не принимают родную тару!..).

Чтоб окончательно принять решение, где поселиться, Борис отправился в Остию на разведку. Тем более что там, на местной почте, его должно было ждать письмо от Ильи, который предполагал, что, как большинство совэмигрантов, приехав в Рим, Борис поселится именно там. Заодно Борис собирался, как обещал перед отъездом, написать и отправить весточку отцу и матери в Одессу.

Почта в Остии была для эмигрантов всем: квартирной биржей, пунктом по обмену ценной информацией и просто местом встречи людей, связанных общей судьбой. Почта, словно древнегреческий хор, комментировала ход мировых событий вообще и эмиграции в частности. Здесь обменивались слухами. Здесь они часто и зарождались, крепли, становились на ножки, обретали репутацию достоверных сведений из разряда «Сам видел, с места не сойти!», «Чтоб я так был здоров!» и совсем новенького, вроде — «Чтоб я так доехал до Нью-Йорка!»

Уже издали, завидев скопление людей на небольшом пятачке перед флигелем со стеклянным фасадом, Борис сразу узнал соотечественников. Итальянцы не только прямой статью и аккуратностью причёсок резко отличались от россиян. У последних начищенная обувь встречалась разве что у болезненно сосредоточенных на собственной персоне холостяков. Свалявшиеся волосы, мятая одежда, пыльные туфли — и можно не смотреть на лица, на которых тоже, как правило, крепкий российский отпечаток — сложная смесь настороженности, подозрительности и желания выглядеть как можно значительней, этот суррогат естественного достоинства.

Не успел Борис приблизиться к зданию почты, как тотчас был замечен. От толпы у входа лениво отвалился человек лет тридцати с потрёпанным портфелем и мягкими манерами трамвайного вора-карманника. Сделав шаг в сторону Бориса, он внимательно ощупал его взглядом. Когда Борис поравнялся с ним, молодой человек спросил «Нужна квартира»? с характерным для южан произношением, в котором вопросительная интонация настолько возрастает к последнему слогу, что производит впечатление скорее иронического восклицания, нежели вопроса.

Неожиданно родилась профессия в пути — маклеры по съёму квартир. Как найти, да ещё без языка, пристанище в чужой стране? И вот естественным образом материализовались молодые люди с профессорскими портфелями. За услуги они назначали, по крайней мере, поначалу весьма скромную сумму. Не обошлось и без таких эмигрантов, которые, так сказать, бросали тень на нужную профессию. Известен был один молодой человек... Для вас, будущие эмигранты, примета: ресницы и половина брови на одном глазу седые, так что кажется, не человек на вас смотрит, а летучая мышь. Так вот, эта мышь приводила клиента за клиентом в одну и ту же квартиру и, расхвалив апартаменты, брала с каждого посульные, то есть, часть денег в счёт гонорара, чтоб этим актом закрепить жилплощадь за счастливчиком. Затем мышь куда-то улетала на несколько дней, предоставив закону естественного отбора решить, кто будет владеть обещанным жилищем. Выписавшись из римской гостиницы и навалив на эмигрантский миниавтобус чемоданы и авоськи со сковородками (перевозка поклажи — ещё одна новоприобретённая профессия), будущий поселенец, подъехав к снятой квартире, заставал у дверей потасовку. Обманутые квартиросъёмщики молча сопели перед запертой дверью, отталкивая друг друга плечом на манер хоккеистов у ворот противника...

Борис продолжал двигаться к почте. Молодой человек семенил рядом и на ходу объяснял сложность квартирной ситуации. Детериорация жилого фонда в связи с социальными волнениями в стране... Падение курса мили по сравнению с долларом... Необычный наплыв эмиграции из СССР из-за общего пессимизма в связи с явными признаками, что объявленный курс на ослабление напряжённости между СССР и Америкой, так называемый «детант», протянет недолго. А с ним, конечно, и его внебрачное дитя — исход евреев из лона матушки-России...

— Дешевле всего квартиры в коммунистическом районе, — объяснял маклер на ходу, нервно прижимая под мышкой хлипкий портфельчик, хотя никаких ценностей, кроме двух листов мятой бумаги и огрызка карандаша «Конструктор №2», там не было. Держалось это на случай слишком осторожного клиента, который потребует расписку за полученные маклерские, ожидаемые немедленно по завершению сделки, так сказать, не отходя от кассы. То, что он свой задаток ни при каком развороте событий больше не увидит, клиент обычно не ведает.

Сначала Борис подумал, что ослышался. Коммунистический район? Что за чепуха? Он вспомнил, что по дороге с вокзала приметил на столбах там и здесь изображение серпа и молота. Да и портрет Ильича мелькал кое-где. «Стоило ли с таким трудом вырываться из одной коммунистической зоны, чтобы попасть немедленно в другую?» — мелькнул привычный страх.

— В коммунистическом районе квартиры дешевле, но хуже, — сказал маклер, невольно впадая в преподавательский тон: трудно этого избежать, когда вводишь неофитов в курс этой новой и странной, западной, жизни. — И не совсем безопасны. В фашистском районе спокойней. Квартиры больше и чище, но зато дороже...

Борис прошёл почтовый вестибюль и направился было к окошку «до востребования». Но к нему было не пробиться. Эмигранты толпились на всех подступах к окошку. Тут же наспех вскрывали конверты и прочитывали письма от родных из Союза и тех немногих счастливчиков, что уже успели осесть на другой земле — в Израиле, Штатах, Канаде, Австралии. Новости тут же вслух комментировались. Здесь спорили, судачили, вздыхали об оставленных родных и друзьях. Здесь часто говорили, не беспокоясь, есть ли слушатели. Всем почему-то хотелось объяснить незнакомым людям (а заодно напомнить себе), как это случилось, почему оставили родные места и поднялись в воздух без чёткого представления, куда, как и когда приземлятся. В самом деле, почему они здесь — ни в аду, ни в раю, а в непонятном итальянском чистилище? Скажите на милость, Сеньор Данте, в каком круге мы находимся? И, если можно, заодно сообщите, что ожидает нас в круге следующем? И сколько их ещё впереди, этих кругов?

На почте могли заговорить без всякого повода. «Декамерон» новейшего времени не соблюдал английского церемониала. Здесь обращались к близстоящим с той непревзойдённой другими народами непосредственностью, на которую способен только бывший советский, тёртый по очередям, люд.

— Ах, как мы были прекрасно устроены! — вздохнула высокая дама в оранжевом платье, сцепив на бедре руки. Говорила с грустью и удивлением, что почему-то сидит не в своём кабинете, в кресле за полированным тёмного дерева столом, а стоит, опершись локтями на узкую стойку, заляпанную бумажным клеем, среди оравы самых разных людей. Что у неё общего с ними? Ни общего вроде бы знаменателя, ни числителя. Разве что неизвестные... Сплошные иксы, игреки и зеты. Она несколько томилась неожиданно обнаруженным в себе демократизмом. Не случись эмиграции, на привычных маршрутах своей прошлой жизни — институт, симпозиум, научный совет, пансионат научных работников, закрытые вечера в доме учёных с полузапрещенными бардами — она вряд ли когда-либо столкнулась бы с большинством из стоящих вокруг неё людей. Но, что делать! К жизни приходится подходить диалектически.

— Боже мой! Как мы были устроены! — качала она головой в изумлении перед прошлым своим счастьем. — Я — кандидат наук. Муж — завкафедрой. Кооперативная квартира. Почёт. Уважение. У нас не было никаких проблем... Кроме одной — сын! Восемнадцать лет. Спортсмен. Культурист. Помешался! Мускулы не давали ему покоя. Входил в трамвай, в автобус, в метро и прислушивался. Как только услышит какое-нибудь антисемитское замечание — тут же кидается на говорившего и, ни слова ни говоря, начинает молотить кулаками по лицу. За последние полгода — семь случаев. Сколько с ним ни говорили и я, и муж — ни в какую! «Может, тебе показалось, Гарик? Ну, будь выше этого. Не обращай внимания». Только шипит в нашу сторону: «У вас атрофировалось элементарное чувство собственного достоинства!» Тронулся, чего говорить. Это большое несчастье, когда болен единственный ребёнок. Мы с мужем поняли: ещё немного, и его посадят... Что было делать? Не отдавать же на растерзание своё дитя! Пришлось уехать ради сына.

И снова вздохнула.

— Я никогда не хотел жить в России, — сказал высокий худощавый мужчина в элегантном двубортном костюме, куря сигарету за сигаретой. — Это вообще прямо-таки дикая идея — жить в России. Жить можно в Англии. Во Франции. В Финляндии, на худой конец. В России жить нельзя. В ней можно по несчастью родиться. Но жить?..

— Нет, вы только послушайте, — сказала молодая женщина в сером дорожном костюме, держа вскрытый конверт в руках. — Подруга пишет из Сан-Бернардино в южной Калифорнии. На днях сидела на террасе своего дома, пила чай. И в волосы — они у неё длинные, до пояса — залетели две птички колибри. И это просто так, между делом, пока чай пила. Надо же, всего год, как из другого мира, а пишет о колибри, как о пчёлах или мухах...

— Почему я уехал? — пожал плечами плотный мужчина в кожаной куртке, жуя пустой мундштук. — А чёрт его знает! Я никогда и не задумывался над этим вопросом. Мой начальник, Аркадий Абрамович, уехал. Вот и я вслед за ним подал документы. Вы не смейтесь, — сказал он, хотя никто и не думал улыбаться. — Я с ним двадцать лет проработал. Мне даже жутко стало, что назначат другого. Так привык, к жене так не привыкаешь...

— А вы спросите меня, — сказал рядом широколицый мужчина с небольшим брюшком, что выдавало в нём любителя плотно пообедать, — почему уехал, я вам скажу, что я и не уезжал. Меня жена вывезла. Как предмет мебели... Она меня ни о чём не спрашивала. Сама повсюду бегала и всё устраивала. Когда уже надо было ехать на вокзал, сказала: «Надень плащ, пальто я уже сложила в чемодан». Я и надел плащ... Я и не еврей вовсе.

— Как же, не еврей! — нараспев, удивлённо округлив глаза, сказала его энергичного вида жена. — Это у меня папаша — русский. А ты ещё какой еврей! Мама у тебя еврейка, и папа тоже.

— Ну, и что с того? А я не еврей. Я русский телом и душой. Люблю Россию я, но странною любовью...

— Баб ты русских любишь, а не Россию, вот что я тебе скажу. Теперь всё, конец. Перестанешь шастать по ночам чёрт знает где...

— Да у меня в буфете Пединститута, в Уфе никто и не знал, что я еврейка, — проговорила молодая крепко сбитая женщина с копной чёрных волос. — Это уж когда подала на выезд, страшно удивились. Отдел кадров, конечно, знал, но никакой дискриминации я никогда не чувствовала. В буфете-то? Ха! Двадцать раз наплевать, кто ты такая по паспорту. Лишь бы план давай. А как его давай в институте, где у студентов, понятное дело, ни копейки за душой. Синие ходят, как недокормленные цыплята. Ну, как тут быть? Привозят мне, скажем, сметану в бидоне с базы. А на крышке записка приклеена от Марии Сергеевны, заведующей: «Маня, воду в сметану не доливай. Я уже доливала». Что это значит, спрашивается в задаче? А очень просто. Это значит, часть выручки за сметану ей, хошь не хошь, а отдай. Иначе не удержишься на рабочем месте. Если хочешь жить честно, будешь нищей. Не будешь делиться — заставят. Будешь упираться — уволят. Ну, просто сил никаких не было... Постоянное напряжение. А вдруг торговый инспектор нагрянет, кому вовремя на базе конверт не дали?.. Хватит!

Буфет я и в Америке какой-нибудь себе найду. Люди везде кушать хотят...

— Я уехал потому, что мне стало страшно, — сказал чей-то грустный голос. — Я родился и жил в комнате коммунальной квартиры на Мясоедовской, 18, в Одессе. В комнате, в которой родился, жил и умер мой отец. Он жил и умер в той же комнате, где жил и умер мой дед. И я понял, что мой сын тоже будет жить в ней же всю свою жизнь, пока не умрёт. И то же будет с моими внуками, правнуками и праправнуками до самого последнего колена... Я однажды понял, что такое жить в гробу...

Небольшого росточка, рыжеватый, с удивлёнными глазами, похожий на молодого петушка, эмигрант в поисках подходящих слушателей подобрался к Борису. Заговорил, не дожидаясь, пока тот взглянет на него. Не терпелось. Слишком силён был напор чувств. Видно было, что его мозг и сердце жгла какая-то неразгаданная в его жизни тайна.

— Почему?! — воскликнул он, не представившись. — Ну, почему, я вас спрашиваю?

Борис удивлённо взглянул на него.

— Ну, почему, — в глазах вопрошавшего полыхало пламя, — почему наши автоматические инкубаторы не работают, как американские! Убейте меня, режьте на кусочки — не пойму... Меня назначили приказом по министерству начальником проекта по автоматическим куриным инкубаторам-бройлерам. Создал комиссию по обмену опытом. Съездили в Штаты, в ихнюю Айову, три раза. Члены комиссии всё, что могли, выведали об американских автоматах. А что не выведали, то просто украли. Чертежи, спецификации, всё. Привезли в Загорск, на экспериментальную базу министерства. Я бросил в дело лучших в стране специалистов. Сделали инкубаторчик тютелька в тютельку, как американский. И что же вы думаете? Ровно в четыре раза вышло меньше цыплят, чем у них! В правительстве — переполох. Ухлопано столько валюты, а результат — извините за каламбур, курам на смех. Меня — на ковёр. «В чём дело, Залманович»? Что я мог сказать?

Он приподнял плечи так, что они сравнялись с ушами.

— Кинулся снова со своей командой в Загорск. Разобрали инкубатор, дьявол его подери, на части. Каждую шпильку проверили по американской спецификации. Снова собрали. Та же история! Яичко несётся, но в таком количестве, что оно не простое, а золотое. Хоть плачь! Ну, почему же, почему?

— Вас что, из-за цыплят уволили? — сказал Борис осторожно, чтобы не повредить ненароком нежную скорлупу творческого самолюбия у неудавшегося крестного отца советско-американских цыплят.

— О чём вы говорите! — сказал мужчина, оскорбившись. Поднял гордо подбородок. — Мне дали премию по министерству за внедрение новой техники. Но вот производительность!.. Я уехал по совсем другой причине. По личной. С инкубаторами ничего не имеет общего... Но вот, скажите на милость, в чём загадка! Ведь не на цыпленка-другого разница. В четыре раза меньше! Вот клянусь вам: не будь я Залмановичем, как только доберусь до Штатов, чего бы то ни стоило, поеду в чёртову Айову, найду, где собака зарыта!

По его отсутствующему взгляду было ясно, что он ещё раз мысленно разбирает горе-инкубатор, шестерёнку за шестерёнкой, шурупчик за шурупчиком, чтоб докопаться до мучающей его тайны.

Супружеская пара, оба зубные техники из Москвы, крепко сбитые и по-бобриному мордатые, говорили, возбуждённо перебивая друг друга, как Бобчинский и Добчинский из гоголевского «Ревизора»:

— Я вам скажу, у нас было всё, — сказал она.

— Ну, просто всё! — повторил он.

— Скажите, что для вас было мечтой всей вашей жизни, — продолжала она, — у нас это было в двух экземплярах. И золотые часы, и бриллиантовые браслетики, и гарнитур финской мебели «птичий глаз» — ну, просто всё!.. Но мы тряслись! Мы боялись день и ночь!

Втянув голову в плечи и комически озираясь по сторонам, они изображали, как именно они тряслись, мелко подрагивая бобриными щёчками.

Разглядывая толпу, Борис заметил знакомое лицо. Это была толстуха с милым интеллигентным лицом. Он вспомнил, что видел её в Москве, в ОВИРе, когда приходил узнать, нет ли уже решения по его документам. Тогда она громко сказала: «Как я рада, что, наконец, уезжаю из этой ужасной страны!», и он вздрогнул оттого, что слышит такие смелые речи. Он понял тогда, что его жизнь резко переменилась. Надо же, в центре столицы хоть бы что режет правду-матку. Он даже оглянулся, не слышали ли эти слова другие.

— Боже, как я рада! — повторила толстуха. — Ужасная страна, — сказала она таким тоном, что могло создаться впечатление, что она живала во многих других, вполне приличных, странах, но вот эта, в которой находится теперь, ей как-то не пришлась по душе. Позже, разговорившись с ней, Борис, однако, понял, что ошибся. Из страны выезжала она только раз — на две недели в Варну, на курорт «Золотые пески». — Ну, ничего, ничего, мне бы только выбраться отсюда. Уж там-то...

Тогда она больше ничего не сказала, только кивала головой в удовлетворении от перспективы, наконец, уехать куда глаза глядят. Было ясно, что ей видится большая и светлая жизнь там, по другую сторону советской границы...

Как бы в продолжении той, овировской, речи, теперь, на остинской почте, она заговорила радостно:

— О, я еду только с одной миссией на Запад — рассказать всю правду о советской власти. — Она похлопала по обложке книги, которую прижимала под мышкой. — Спасибо старому подпольщику, научил. Книжка — «Как закалялась сталь». А в ней иголкой по букве наколота моя документальная повесть. Просто не могу дождаться, когда доберусь до Штатов и спечатаю шифровку. Мир содрогнётся, когда прочитает!..

И она блистала глазами в торжестве над советскими таможенными дураками.

В стороне от толпы, в углу стоял, облокотившись на стойку, бледный мужчина лет тридцати пяти в чёрном потёртом костюме, в несвежей белой рубахе, выглядывавшей из-под широкой окладистой бороды. Он смотрел на толпу, казалось, без всякого интереса. Только время от времени глаза его сами собой прикрывались. Небрежность одежды мужчины не вязалась с видом принаряженных, чтобы показаться в Европе в лучшем виде, россиян. Мужчина бормотал что-то себе в бороду. Когда гудение в зале на короткое время стихло, до Бориса донеслось:

— Меня зовут Моше Иегуда Файбельзон... Я стар... Я устал... Мне сто восемьдесят лет... Я — сын раввина, который прожил всю жизнь у нас, в Белой Кринице... Мой дед, прадед и прапрадед тоже были раввинами... И сказал Всевышний: «Только свободным людям место в Земле Обетованной. Доля же рождённых в неволе бродить сорок лет по пустыне, пока не выветрятся постыдные навыки рабства»...

Но его слова снова потонули в возбуждённых голосах эмигрантов. Молодая энергичная женщина, как оказалось, киевлянка, сжав в кулак только что перечитанные листки, говорила с жаром подруге:

— У меня единственный брат. Кандидат наук. Светлая вроде бы голова. Но малохольный! *Цидрейте коп!* Ни за что не хочет уезжать. Говорит, всё правильно. Он, видите ли, понимает их логику. «Вот представь себе, — говорит, — я хозяин дома, и ко мне приезжает погостить родич. Он и умнее меня, и лицом приятней, и моя жена на него заглядывается. Не захочу ли я под любым предлогом избавиться от него? В конце концов, это мой дом, и я в нём хозяин». Ну, что я ему на это могла сказать, кроме того, что как женщина могу его заверить, что если этот его «хозяин дома» рассчитывает таким образом сохранить семейный мир, то он напрасно тешит себя надеждами. Свято место пусто не бывает...

— Между прочим, вчера были на экскурсии по Риму и проезжали Колизей, — раздался женский голос. — Я чуть его не пропустила. Почему нигде не написано, что это Колизей? Между прочим, при социализме лучше смотрят за историческими памятниками. Что они, не могли оштукатурить его за столько лет?.. И вообще, чего он у них такой разрушенный?

— Это у него от Везувия, — сказал кто-то.

— Когда же, наконец, интервью у консула? — вздохнула девушка в спортивном костюме рядом с Борисом — Просто сил нет ждать!

— А почему консул не может к нам приехать? — обратилась к ней пожилая женщина, видимо, мать говорившей. — Что такое? Совсем зазнался?

Наконец, дошла и до Бориса очередь к окошку «До востребования».

ДАР МАТЕРИ

Устроившись в Остии, я отправился на электричке в Рим. Моросил дождь, и небо было до краёв затянуто серым войлоком облаков. Но я помнил совет Ильи, моего двоюродного брата, уже перебравшегося в Штаты: смотреть как можно больше чудес Италии, пока я здесь. Кто знает, как сложится моя американская жизнь, скоро ли смогу снова насладиться красотами Рима?

На соседней скамейке в электричке сидел, чуть сгорбившись, зажав колено обеими руками в раздумье, сухощавый мускулистый мужчина лет сорока с небольшим. Когда он на мгновение сменил колено, на запястье мелькнула наколка в виде якоря. Сомнений не было — это был эмигрант, которого я встречал раньше в коридорах «Джойнта», американской благотворительной организации, помогавшей нам, советским эмигрантам-евреям.

Звали мужчину Григорием, но фамилия у него была странная — Аус. На еврейскую совсем непохожая. В отличие от большинства эмигрантов, с трудом обвыкающих в незнакомом месте и чужом быте, Аус ориентировался в итальянской жизни на удивление легко. Да и запас итальянских слов был у него куда больше обычного джентльменского набора в словаре наших эмигрантов, сконцентрированного вокруг необходимости спросить, сколько стоит — *Quanta costa?* — да как пройти — *Come andare?*

Вскоре выяснилось, что Аус — тоже одессит, в прошлом судовой механик, долгие годы ходивший в загранку. Бывал он, конечно, и в Италии, как и во многих других странах. Это было крайне удивительно для советского человека, для которого даже поездка в социалистическую Болгарию была редкой роскошью. А тут, надо же! Существо редкой породы — выездной еврей. Под всякими предлогами на него многие хотели посмотреть. Реальный ли он человек или просто задавака, который придумал себе такое романтичное прошлое?

В ответ на расспросы Аус только пожимал плечами и говорил, что ничего в его биографии нет особенного. И вообще, не видать бы ему загранки, если бы русские люди не были так охочи до зелёного змия. Установить связь между потреблением алкоголя неизвестными русскими людьми и возможностью советскому еврею в доэмиграционное время пересекать множество раз государственные границы мне никак не удавалась.

Сейчас, увидев этого человека, я пересел к нему на скамейку — благо, из-за плохой погоды вагон был полупустым, — представился и признался, что меня гложет любопытство. Если, конечно, он, Аус, не возражает, очень хотелось бы понять, какое отношение алкоголь имеет к его карьере загранщика.

Аус глянул на дождь за окном вагона, вздохнул и кивнул головой, что готов удовлетворить пытливость бывшего московского журналиста. Сказал, что это длинная история, но если мне так уж не терпится узнать... Говорил он без особого энтузиазма. Видно было, что рассказывает свою историю далеко не в первый раз.

— Вас, должно быть, удивляет моя редкая даже для Одессы фамилия, — начал он. — Всё просто: моя мать была эстонкой. Фамилия моя — от неё. И вы знаете, я верю, что фамилия — вещь неслучайная. Часто это прозвище, обозначающее черту характера. Во всяком случае, несомненно так обстоит дело с моей фамилией. Знаете, что значит по-эстонски «Аус»?.. Честный. Конечно, в наше советское время это ещё означает «не в своём уме» или, как говорят у нас в Одессе, «малахольный», у которого «шарики за ролики заехали», «сдвинутый по фазе»... В самом деле, кто же говорит правду советской власти?

— Но сейчас, слава Богу, за окошком только дождик, а не советская власть, — хохотнул он. — Вот я вам, как на духу, всё и расскажу... Начну с того, что у меня не было отца. То есть, конечно, он был. Как вы догадываетесь, я — не Иисус Христос и мама моя — не Дева Мария, чтоб от непорочного зачатия...В общем, — сказал он, оглядевшись вокруг и, не найдя пепельницы, стряхнул пепел сигареты в собственную ладонь, — я был внебрачным ребёнком. В моей метрике там, где должно быть имя отца, стоял прочерк. Маму я не помню. Мне было немногим больше года, когда ночью пришли энкавэдисты и увезли её и бабушку с дедом. Их сослали в Сибирь.

— Надеюсь, Вы не спросите, за что, чтоб я не заподозрил, что имею дело с иностранным шпионом. Известно, что делали большевики, войдя в Эстонию в сороковом после того, как подписали акт Молотова с Риббентропом.

— Как и нацисты, при захвате новых территорий Советы преследовали эстонскую интеллигенцию, каким бы скромным ни было их положение в стране. Насколько мне известно, и мама, и бабушка были школьными учителями. Для оккупантов это был практический вопрос. Любое возможное несогласие усложняет их правление. Как только вы удаляете мозг нации, становится намного легче справиться с остальным населением...

Им влепили пресловутую 58-ю статью УК СССР — «антисоветская пропаганда и агитация». Меня хотели отдать в сиротский приют, но тётя, сестра моей мамы, как-то меня отвоевала. Так она меня вырастила. Позже она вышла замуж за другого эстонца, который жил в Одессе, и переехала туда.

— Ну, вот. Ни мама, ни бабушка, ни дед из Сибири не вернулись. Там и погибли... Потом, когда началась хрущевская кампания по реабилитации, я добился, чтобы с них сняли обвинения. Получил справку, что посмертно...«за отсутствием состава преступления»... ну, и так далее... Хорошо. Потом, когда начал рыться в маминых бумагах, которые она успела перед арестом передать тёте, то обнаружил письма, которые она берегла. Из них стало ясно, что мой отец был еврей. Григорий Зальцман... Похоже, мама любила его. Она дала мне его имя...

— Так я настоял, чтобы в моей метрике внесли изменение. Ну, знаете, тогда мне, юноше, куда приятнее было в паспорте, в графе «Отец» иметь хоть кого-нибудь. Пусть даже еврея, только не постыдный прочерк...

Он невесело улыбнулся.

— Когда стал получать паспорт, в милиции сказали, что могу выбрать, какую национальность вписать — эстонца или еврея. Сами понимаете, что, имея такой выбор, нужно быть умственно неполноценным, чтобы выбрать себе национальность «еврей» в паспорте. Всё равно что подвесить самого себя за причиндалы...

— «Конечно», говорю паспортистке, «какие тут разговоры!. Запишите эстонцем». И отчество — «Григорьевич». Так я и значился всю свою жизнь, и в армии, и после неё — эстонцем... После армии закончил одесский институт инженеров морского флота. Хотел устроиться на судно, которое ходит в загранку. Прихожу с этой просьбой к брату тётиного мужа, моего приёмного отца, который был большой шишкой в то время — заведовал отделом в черноморском пароходстве. Прихожу и прошу похлопотать. А он мне говорит: «Только через мой труп». Хотя мою мать официально реабилитировали, как я сказал, у меня была справка, он мне говорит: «Ты ничего в жизни не понимаешь. Мало что реабилитировали!» Видимо, боялся, что начнут копаться в его документах и докопаются, что у него среди родственников даже не муж, а любовник золовки был еврей…

— Вот он и сказал мне: «Не видать тебе загранки… Только через мой труп!».

Сказал, сам не зная, что предрёк свою судьбу. Так оно и было. Метафорически, конечно…

Аус покачал головой и снова взглянул за окно. Дождь продолжал моросить.

— Ну, вот… В загранке он мне отказал… Я стал работать инженером-механиком в проектной конторе при пароходстве. Ишачил за кульманом несколько лет подряд на мизерной зарплате молодого специалиста — 120 рэ в зубы, хоть пляши.

— Потом случилась большая авария. Неприятность, о которой, конечно, в советских газетах не было ни слова. Наш большой сухогруз потерпел крушение при попытке причалить в сиднейском порту. Капитан забыл убрать стабилизатор возле киля, который не даёт судну перевернуться при большой волне.

Аус показал, скрестив пальцы, как маленькие судовые крылья под водой распрямляются.

— Стабилизатор ударился о причальную сваю и врезался в трюмную обшивку. Вода хлынула в машинное отделение, и вскоре всё судно затонуло… Скандал был большой. Капитана отдали под суд. Вместе с его помощником и боцманом… Потом судно подняли со дна и поставил на ремонт там же, в Сиднее.

Аус вздохнул и без особого энтузиазма продолжал.

— Ну, вот. семь месяцев спустя, когда сухогруз подняли со дна и отремонтировали, дядя полетел в Австралию на приёмку судна… Приёмка прошла с большой помпой. Вся судовая команда участвовала в торжестве. Дядя улетел на следующий день после приёмки в Москву с докладом министру морского флота…

— Чего дядя не знал, это то, что после того, как он отбыл в Москву, команда продолжала праздновать трудовую победу. Когда кончилась валюта, на которую покупали спиртное, перешли на тормозную жидкость, которую добыли в местных автомастерских…

Когда дядя отрапортовал министру о славной трудовой победе коллектива, восстановившего один из лучших советских сухогрузов, министр ему и говорит:

«Так, вы всё это так чудесно рассказываете. Я и не знал, что в нашем пароходстве есть домашний Цицерон. Вас прямо заслушаешься. В то время, как в действительности до чудес далеко. Почему вы утаили от меня вот это?»

И положил телеграмму на стол. А в телеграмме сообщалось, что, напившись под завязку тормозной жидкости, три члена команды отдали концы прямо на месте, двое были близки к тому, чтобы присоединиться к коллегам, а трое других ослепли. Их отвезли в больницу.

— Дядя прочитал телеграмму. Вернулся в свою гостиницу. У него начался сердечный приступ. Через несколько дней он скончался.

Аус помолчал и продолжал мрачно:

— Дядю похоронили. Со временем всё улеглось, и я снова начал хлопотать, чтобы разрешили пойти в загранку. Поговорил с дядиной секретаршей, у которой теперь был новый босс. Она через знакомую сумела дозвониться первому секретарю нашего одесского обкома и объяснила всё. Что у меня чистая анкета, поскольку моя мать, дед и бабушка официально реабилитированы. И так далее... Сказала мне: «Теперь ждите».

— Я ждал девять долгих месяцев. Им понадобилась девять чёртовых месяцев, чтобы решить моё дело... У меня был приятель, который тогда работал в КГБ. Мы знали друг друга пацанами... Он мне сообщал о том, как идёт дело.

— Наконец, мне дали допуск. И я начал плавать механиком сначала на сухогрузе. Когда я первый раз прошёл Босфор, я заплакал. Мне понадобилось так много лет, чтобы это в конце концов произошло. Сначала меня стали пускать на короткие линии — от двух то четырёх недель. В Средиземное море. В Грецию, Италию, Египет... Позже перешёл на один из советских круизных пароходов...

— Ну, и как Египет? — спросил я. — Пирамиду Хеопса видели?

— Пирамиду? — у Ауса сделались круглые глаза, как будто ему задали на редкость глупый вопрос. — О чём вы говорите! Побойтесь Бога! Какие к чертям пирамиды? Нам выдавали двадцать обменных рублей. Я только и успевал смотаться в местные лавки в Александрии и накупить тишоток, складных зонтиков, неделек. Ну, знаете, комплект женских трусиков. Я зарабатывал 120 рублей. Но сейчас я привозил шмутки с рейса и продавал.

— Да, да, — спохватился я, вспомнив одесские комиссионки, всегда набитые заграничными вещами...

— Да, через комиссионки, — продолжал Аус без энтузиазма. — И на барахолке... Везде, где мог... Выстаивал часами со своими шмутками на барахолке. Кутался, отворачивал голову, когда видел в толпе соседей... Не хотел, чтоб узнавали... А что было делать! Как ещё я мог заработать на жизнь? Через какие унижение я должен был пройти, чтобы жить по-человечески...Из года в год — та же история. До тошноты... Я стал подумывать о том, не сбежать ли во время предстоящей поездки в Стамбул. Даже научился произносить «Я хочу остаться здесь» по-турецки»: *Burada kolmak istiyorum...* Слава Богу, вскоре открылась возможность уехать легально...

— Гм, но вы же эстонец по паспорту? — сказал я. — Насколько я знаю, эмигрировать из Союза, если ты не еврей, сейчас непросто.

— Вы правы, — ответил Аус. — Я не еврей по Галахе, по еврейскому закону. По материнской линии не считаюсь евреем. Но по советским законам я мог. Как только я стал думать об эмиграции, я начал переделывать мои документы. Начал себя, так сказать, «евреезировать». Паспорт, как вы понимаете, потерял, а при восстановлении в графе «национальность» появилось «еврей»... В метрике-то моим отцом значился Григорий Зальцман...

И впервые улыбка осветила лицо Ауса.

— Похоже, что, в конце концов, — сказал он, — перешагнув предрассудки, следуя своему сердцу, моя эстонская мама сделала мне самый лучший подарок — пропуск на свободу...

— *Stanzione Termini,* — раздался мужской голос по интеркому поезда, — *Tutti escono.*

Дворкин

Дворкин сидел в хлипком креслице первого ряда, бледный от волнения, то и дело поправляя стальную оправу очков. Дужка нет-нет да и впивалась в переносицу. Он сидел, торжественно выпрямившись, в новом тёмно-сером костюме, в белой рубахе, которую жена купила накануне в городском универмаге, отстояв чуть ли не полдня в очереди. Рубаха, импортная, английская, была немного велика ему — сидела неудобно, этаким корытом. Распаковывая её, Полина вытащила с дюжину булавок, коими она была приткнута к картонке, и Дворкину казалось, что одну из них она не досмотрела: шею царапало при каждом повороте головы.

Дворкин думал, что этот день никогда не наступит, — а вот нет же, неумолимо, как паровой каток, надвинулся. Он сидел не шелохнувшись, слабо дышал, иногда судорожно сглатывал, продирая вежливым кашлем пересохшее горло. Видно было, как из-под громоздкого галстучного узла то и дело выскакивал и нырял обратно кадык.

Событие было хоть и торжественное, но, в сущности, ужасное, и внутри Дворкина стоял ночной холод и немой отчаянный крик. То ли было это памятью о его беспризорной юности, то ли ещё почему-то, но его жизнь неизменно представлялась ему длинным товарным составом, тянущимся куда-то вдаль, за горизонт. Горизонт вдруг отказался отодвигаться дальше, и состав, невыносимо скрежеща тормозами, внезапно замедлил ход.

Железная судорога прогромыхала вдоль эшелона — жик-звяк, жик-звяк, жик-звяк — лязгали, сталкиваясь один за другим, буфера, пока не ударили что было сил по задку маленького потного, с огромной трубой паровоза, из будки которого в белейшей, изделия королевского государства Великобритании, рубахе, накренив в напряжении голову, выглядывал он сам, машинист этого поезда. Дворкин щурился и протирал большими пальцами стёкла очков, чтобы сквозь медленно отлепляющиеся от локомотива клубы пара, лучше разглядеть лицо начальника, сидящего во главе накрытого красным сукном стола, услышать, что он скажет.

Хотя Дворкину было хорошо известно, что говорится в подобных сегодняшнему случаях, всё-таки он ждал. Не столько особенных слов Михаила Александровича, сколько чуда, которое отменит этот день, отодвинет его куда-нибудь в будущее, чтобы не наступить никогда, разве что вместе со смертью...

— Сегодня, — заговорил наконец Михаил Александрович тихим голосом, и все замолчали. Он говорил и улыбался загадочной своей улыбочкой.

Всегда было неясно, говорит он серьёзно или насмехается: таков уж был его характер... — Сегодня мы провожаем на заслуженный отдых, — сказал он со значением и на этот раз с полагающейся серьёзностью в голосе, — всеми уважаемого кассира нашего управления товарища Дворкина Абрама Яковлевича.

Он говорил и дальше всё, что приличествует случаю, говорил плавно, без запинки, останавливаясь только для того, чтобы улыбнуться-усмехнуться-кивнуть в сторону Дворкина.

Все захлопали, и кассир почувствовал, что нужно поклониться. Сделал он это неловко, едва привстав; из-за его малого роста в задних рядах его не увидели и продолжали хлопать...

Отхлопав сколько требует приличие, сослуживцы загромыхали стульями, направляясь к выходу. Дворкин остался в зале, окончательно осознав, что как страстно он тому ни противился, с поезда его всё-таки ссадили. Он стоит на неведомом полустанке, поезд двинулся мимо, теперь уж без него. Медленно поплыл под ногами дощатый перрончик, и вот сейчас, когда втянется в берёзовый лесок последний вагон, всё будет другим. Будет степь, пропечённая солнцем, с дрожащими струйками прогретого воздуха, стелящегося над низкой сухой травой. На вытоптанном вблизи полустанка пятачке блеснёт осколок пивной бутылки, пахнет разогретым мазутом шпал, и как только отстучат вдалеке колёса, выждав паузу, в траве один за другим застрекочут кузнечики. Дальше — тишина...

Что верно, то верно. Всю жизнь Дворкин проработал кассиром. Он приехал в Москву в двадцать втором. Долго не мог найти места. Продавал на вынос бублики для одной лавчонки. Потом устроился в бухгалтерию, пригодилась папашина выучка.

— Будешь быстро считать — не пропадёшь, — говорил папаша, сам неизвестно чем всю жизнь промышлявший; приносил в дом кучу всякого хлама — поношенные пиджаки, детские рейтузы, дамские корсеты — и каким-то образом сбывал это барахло тем, кто был ещё беднее, чем он.

Зарабатывал копейки — семья всегда была в нужде.

Совет отца был непонятный, но после нескольких тычков в шею Дворкин-младший быстро выучил, сдерживая слёзы, не только простую таблицу умножения, но и такие премудрости, как двенадцать помножить на семнадцать или, скажем, шестьсот двадцать пять делённое на пять. Эта способность оказалась решающей, когда в конторе понадобился кассир.

Его руки перещупали великое множество банкнот и казначейских билетов. Но к рукам ничего не пристало. Дело было не только в его врождённой честности, но и в том, что он необыкновенно дорожил своим местом. Больше всего в жизни боялся его потерять. В выплатные дни он чувствовал особый душевный подъём. И хотя не он решал, кому и сколько выдавать — это было дело начальства, — тем не менее замечал адресованные ему уважительные, а порой и заискивающие взгляды. В эти дни он казался себе выше и сильнее своего щупленького, остроносенького, вечно суетящегося, похожего на молодого петушка папаши, сгинувшего где-то в суматохе гражданской войны...

Хотя было сто раз объявлено и плакат повешен над окошком, что выдача будет после обеда (и тому ни разу не было исключений), но уже с утра у кассы то и дело останавливались рабочие подсобных мастерских, монтажники, под каким-нибудь предлогом уехавшие с трассы (дескать, есть вопросы к начальству), и даже инженеры производственного отдела. Народ, казалось бы, сознательный и образованный, должны понимать, что никакой выдачи быть не может, если кассир ещё не был в банке, их управление обслуживают в одиннадцать. А ведь надо ещё от банка доехать до конторы, поместить наличность в сейф, ещё раз проверить выплатные списки, а уж потом...

Но уже поутру слухи начинали бродить, каждый раз одни и те же, самые вздорные: что из трестовской кассы кое-кому выдать могут или ещё какая-нибудь распространялась чепуха. Народ начинал образовывать очередь, то и дело стуча в окошко, чтобы задать какой-нибудь глупый вопрос, а на самом деле — Дворкин это понимал — просто потому, что было невтерпёж. Вполне понятно, если учесть, что большей частью ранние эти просители — алкоголики, для которых каждый час, отделяющий их от стакана, — сама смерть...Кассир злился на них, то и дело выходил из конторки в коридор и очередь просил разойтись, но спустя минут двадцать люди опять, к тайному его, однако, удовольствию, понемногу собирались.

Потом наступал час выдачи. С каждой распечатанной пачкой возбуждение Дворкина росло, и если бы его спросили, что такое счастье, он непременно подумал бы о хрусте новеньких купюр, остром, ни с чем не сравнимом запахе типографской краски и руках, протянутых в его окошко. За многие годы, не видя лиц, он по ним одним безошибочно угадывал работников. Порезы и ссадины — значит, Поликарпов Иван, жестянщик из мастерских. Тёмно-коричневые, пропечённые ладони — Валунов Илья, кузнец. Чернильные пятна на указательном и среднем пальцах — младшая бухгалтерша Потапенко Нина Васильевна. Дворкин давно заметил — руки удивительно напоминают самих людей. Узловатые пальцы скопидомов, рыхлые ладони лентяев, трясущиеся кисти алкоголиков... Глаза — зеркало души? Дворкин был уверен — руки.

Постепенно приподнятое настроение, охватывавшее его во время выдачи, шло на убыль. В перерыве между выплатными днями он скучал, не находил себе места, был пасмурен. По сути вот эти два дня каждого месяца — День Аванса и День Получки — составляли смысл и оправдание его жизни. Карьеры он не сделал. Посылали его на курсы бухгалтеров — отказался. Ни о какой другой профессии и слышать не хотел. Выдавать деньги прямо в руки тех, кто ждёт их с жутчайшим нетерпением, — слаже этого не было на свете дела.

* * *

Михаил Александрович был довольно молод — лет сорока, не больше.

Резкий, вспыльчивый, с мгновенно меняющимся выражением лица, от гневного до иронического, он посматривал на собеседника, выставив локоть на стол, подперев щеку рукой, в накрахмаленной, идеальной белизны рубашке с золотыми запонками в видеромбиков с желто-оранжевым, полыхавшем на свету, топазом. Курил он не отечественные сигареты, а американский «Кент» (кому ещё, как не ему, одобрял Дворкин, дать доступ в трестовский спецраспределитель), курил не спеша, — не курил, а п о к у р и в а л; в кабинете всегда пахло хорошим табаком. Бывая у начальника, кассир с удовольствием втягивал в ноздри сладковатый душистый воздух. Он знал — так пахнуть могло только вблизи большого и могущественного человека...

Когда Дворкин осторожно заглядывал в кабинет, махая, как парламентёрским флагом, ведомостью на зарплату или каким-нибудь срочным банковским документом, Михаил Алексaндрович редко поднимал голову. Чтобы привлечь внимание, кассиру приходилось покашлять.

Начальник подписывал документы медленно. Внимательно прочитывав бумагу, доставал из футлярчика нежно-бордовую перламутровую автоматическую ручку фирмы «Паркер» и не подписывал, а медленно в ы р и с о в ы в а л свою фамилию на документе. Это была чудная подпись. Не какая-нибудь простонародная закорючка, а торжественная, приличествующая положению, исполненная внутреннего достоинства подпись, с вензелями начальных букв его имени и фамилии. В этот момент Дворкин особенно боготворил Михаила Александровича, всем существом чувствовал огромность его власти, выше которой ни у кого не было, разве что у какого-нибудь члена Политбюро, который не в счёт, поскольку так высоко, что на его, Дворкина, жизнь практически не влияет...

Как и полагается Богу, начальник был красив, и его красоту усиливала некая чертинка во взгляде, которая вызывала у Дворкина ещё больший трепет и обожание. Михаил Александрович был наделён быстрым язвительным умом, всё замечал, судьбы монтажных своих людей решал круто. Тёмная сила начальника особенно проявлялась в тот момент, когда он вызывал «на ковёр» какого-нибудь провинившегося прораба. Михаил Александрович, справедливости ради, сначала давал ему возможность оправдаться. Но Дворкин, раз присутствовавший при такой беседе, видел, что Михаил Александрович едва ли слушал, что бормотал прорабишко.

Пока тот говорил, видно было как постепенно мрачнеет лицо начальника, морщится широкий лоб, наливаются синью грозовой, низко осевшей над землёй, тучи его огромные глаза, зрачки растут до величины омута, и, кажется, начинают втягивать бедного прораба в свою головокружительную тьму. Ползёт вверх остроконечная, выгнутая дугой, как у какой-нибудь сельской красотки, бровь. Губы растягиваются в улыбке, которая никого не может обмануть — слишком очевидно, что не к беспечной шутке дело идёт, а к грому и пороху. В тот момент в кабинете, казалось, начинало пахнуть серой и чудился жуткий запах подпалённого человеческого мяса. И когда Бог, не дождавшись конца оправдательной речи, наконец, обрушивался на провинившегося, то в раскатах его грозной грассирующей речи Дворкин явственно слышал клёкот ворон и сталкивание грозовых шаров...

* * *

Восхищаясь Михаилом Александровичем, Дворкин прощал ему всё, к чему обычно был непримирим. В управлении у начальника была любовница, об этой связи знали все, слишком она была на виду. Его пассией была заведующая отделом кадров, украинка с огромными серыми глазами, Ольга Ивановна. Строгий в вопросах морали, Дворкин прощал и ей, хотя она была замужем. Понимал — слишком уж притягателен для женщины холёный, всегда с иголочки одетый начальник. Его щегольство тем более поражало, что управление было монтажное, вдоль газопроводов по степи рыли землю, клали кабель, ставили столбы, тянули электрические и телефонные провода. В конторе то и дело появлялись вымазанные глиной монтажники и, потопав для проформы у входа, вваливались в бухгалтерию с каким-нибудь вопросом или претензией, а то и просто потому, что оказались без дела по нерасторопности прорабов. Хотелось поточить лясы с конторскими или встретить старых знакомцев с других участков — управление вело работы по всей Украине, от Киева до Карпат. Михаил Александрович появлялся в коридоре в дорогом шевиотовом костюме, ладно и даже как бы любовно охватывавшем его небольшое, но ловкое тело, в чёрных, девственно поблёскивающих лаком итальянских мокасинах, в модном галстуке, снежно-белой рубахе, пахнущий крепкими мужскими духами.

Громкие разговоры и гогот работяг притихали; всем становилось неловко своей чумазости и взъерошенности. Работники расступались и вежливо, понизив голоса, здоровались с начальством. Если кто-нибудь, увлёкшись разговором, двигался по коридору, не замечая его, Михаил Александрович шутливо поднимал кверху руки, прижимался к стенке, уступая дорогу и притворно-испуганно улыбаясь...

Заходя в отдел кадров, он громко говорил:

— Давайте посовещаемся, Ольга Ивановна. У меня есть несколько конфиденциальных вопросов.

Закрывая за собой дверь на ключ, он продолжал говорить строго, серьёзно, хотя и не совсем уверенно, так что его строгость никого не обманывала — всем было ясно, какая конфиденциальность у него на уме...

Увидев однажды жену Михаила Александровича, Дворкин даже проникся сочувствием к начальнику. От такой бой-бабы загуляешь — крутобедрая, решительная, толстая, так что грудь подкатывалась к подбородку. Во рту было полно золотых коронок (сладкоежка, подумал Дворкин), она казалась старше его кумира. Дворкин не понимал, как божественный Михаил Александрович мог выбрать такую жену. Впрочем, ходили слухи, что она была дочерью управляющего крупного союзного треста. Это многое объясняло, но почему-то не умалило начальника в глазах Дворкина, который браков по расчёту не понимал. Женщина, считал он, существо трудное (вон сколько мучений с его упрямицей-женой), и если уж ты решил связать с ней свою жизнь, она должна, по крайней мере, тебе нравиться — иначе уж совсем невыносимо.

* * *

Выйдя на пенсию, Дворкин долго не мог приспособиться к новой жизни. Первое время он привычно одевался по утрам, как на работу, завтракал плотно, с рвением чистил на парадном пиджак мокрой щёткой.

Выйдя на улицу, привычно направлялся к остановке трамвая, который вот уже столько тысяч дней увозил его в управление. Теперь же, потоптавшись на остановке с минуту, он, вздохнув, шёл дальше. Он бродил по улицам и невидящим взглядом утыкался в витрины магазинов, то и дело ловя себя на том, что думает об одном и том же. Что была его жизнь? Что промелькнуло, как сквозь штакетник вдоль тротуара неподалёку от дома? Солнце находилось по другую сторону штакетника, и Дворкин на ходу прикрывал глаза. Короткая вспышка света, темнота, опять вспышка. Одно мелькание в глазах — день-ночь-день-ночь-день-ночь — вот и всё, что было его жизнью.

Он вдруг стал подозревать свою Полину в неверности. Губы у него при этом делались жёсткими, в углах рта появлялась пена. И только когда он перед сном снимал очки, было видно, что глаза у него усталые и растерянные.

— Совсем сдурел на старости лет, — говорила Полина Михайловна плача и грозилась, что съедет к дочке.

* * *

Накатилась эмиграция. Дворкин сразу и безоговорочно её осудил. Запретил даже упоминать о ней, считая, что едут только шкурники, морально нечистоплотные люди, у которых ничего нет святого, или же наоборот, религиозные фанатики, которым мало синагоги, нужно что-нибудь покрепче, как например, небезызвестная Стена Плача...

Жена однако преисполнилась решимости и сказала, что если он будет и дальше упорствовать, то разведётся с ним и поедет с дочерью одна, так как без внучки дня прожить не может. У дочки с Америкой были связаны мечты как-то наладить поломанную личную жизнь, пока ещё не совсем стара, ещё нет-нет и кинет на неё глазом мужик...

Дворкин долго раздумывал, как поступить.

— Что я там буду делать? — недоуменно спрашивал он жену.

— А что ты делаешь здесь, скажи на милость! — говорила она.

Был год большой эмигрантской волны. Ехали, казалось, все. Были среди них и потянувшиеся за детьми знакомые пенсионеры.

— А как же моя пенсия? — допытывался Дворкин. — Не будут её туда пересылать, уверен...

Ему объяснили те, кто досконально знал о порядках по ту сторону границы, что платить ему будут из фондов общественного вспомоществования.

— Я же там ни одного дня не работал! — недоумевал Дворкин. — За что мне будут платить?!

* * *

Чтоб прийти к Михаилу Александровичу за характеристикой, чего требовал неуёмный ОВИР, Дворкин набирался духу две недели, пока не истекли все сроки и уже не было сил избавиться от напора жены. Он чувствовал себя виноватым оттого, что подводит начальника, которому теперь, из-за намерения кассира уехать в капиталистическую страну, как пить дать, в райкоме присобачат недостаток воспитательной работы в коллективе.

— Ты уже два года на пенсии! — недоумевала жена. — В райкоме должны понять, что твой бывший начальник не может отвечать за твою политическую сознательность. Ты уже давно отрезанный ломоть.

Дворкина неприятно кольнула эта фраза. Он ведь и впрямь чувствовал себя ломтём залежалого хлеба — засохшим, запылённым, с лёгким привкусом плесени...

Недаром Дворкин так боялся этого визита! Войдя в кабинет начальника, он испытал такой страх, что попытался тут же схватить со стола своё заявление и убежать куда глаза глядят.

Но момент был упущен. Михаил Александрович, всё такой же элегантный, только показавшийся Дворкину чуть бледнее обычного, уже читал бумагу. Бывший кассир увидел, как кровь прилила к его лицу, глаза сузились, губы подобрались, как обычно перед разносом подчинённого, когда он готовился сказать что-нибудь язвительное. Дворкин поглаживал в волнении коленные чашечки, несколько раз порывался встать, но понимал, что этого делать не следует. Этим жестом он будет как бы торопить начальника — а это нехорошо… Он в который раз перебирал в уме ответы на возможные вопросы начальника и решил, что даст один — простой и искренний, всё объясняющий и извиняющий, — «ехать не хочу, но вынуждает семья»…

К удивлению Дворкина, Михаил Александрович ничего не спросил, а прочитав, тут же подписал заявление («В кадры, — покатились из-под золотого пера изящные колечки, — выдать характеристику»). Только быстро взглянул на Дворкина исподлобья…

Тот с минуту потоптался в неясной надежде попрощаться. Ему показалось, что лицо Михаила Александровича приняло какое-то новое, до сих пор невиданное выражение. Такое странное, что Дворкин не только запомнил его надолго, но сколько ни силился, не мог понять, что оно означает. Это не было ни удивлением, ни гневом, ни презрением, ни даже сочувствием — тем набором чувств, которые можно было бы ожидать в такой ситуации. Вот, пожалуй, растерянность, самое несвойственное его начальнику выражение, вот только оно и подходило. Какая-то особенная растерянность… Дворкин даже застыл от удивления, но Михаил Александрович двумя резкими движениями одёрнул манжеты рубахи. Полыхнули на мгновение тускловатым жёлтым светом ромбики топазовых запонок — он снова погрузился в бумаги.

* * *

Потом был многомесячный путь. Была Вена. Был Рим. Возили в Помпеи и Венецию на громадных мастодонтах-автобусах, где были даже туалеты, чтоб не терять времени на остановки. Дворкин озирался вокруг в огромном изумлении. Он никогда и не мечтал попасть за границу. Она мелькала позади киногероев западных боевиков, коротко полыхала в кадрах иностранной хроники. Увиденное на экране он всегда относил к разряду фикции, существующей исключительно для развлечения. Теперь же, попав за границу, трогая в рассеянности выщербленные стенки римских домов, глядя в зеленовато-мутную воду венецианских каналов, втягивая в ноздри её слегка отдающий гнильцой запах, он всем своим существом чувствовал необычность происходившего с ним. «Ну вот, — бродя по площади святого Марка, подумал он с улыбкой и даже с некоторым облегчением, — похоже как я умер, нахожусь по ту сторону моей жизни»...

Он так и не успел до конца понять и ощутить себя в Европе, как надо было двигаться дальше, в Америку. Промелькнули лица, конторы, аэропорты, и Дворкин очутился в Нью-Йорке, на дальней окраине Бронкса в огромном, как венский собор, доме, где, кроме эмигрантов из России, жили очень шумливые, со множеством детей, пуэрториканцы, о существовании которых в Америке он даже не подозревал. По трофейным фильмам, шедшим после войны на советских экранах, он знал о неграх. Вблизи, однако, они оказались вовсе не такими, какими он их помнил по кинокартинам с Диной Дурбин. Те негры были всегда улыбающиеся, с глазами навыкате — джазовые барабанщики, слуги в шикарных отелях или вечно пританцовывающие чистильщики обуви. В Бронксе негры были другие — либо наполненные какой-то серьёзной угрюмостью, либо на вид беззаботные, по-птичьи суетливые, пересекающие улицу в самых неожиданных местах, без всякого, казалось, повода...

В газетном киоске у станции сабвея он, немало поразившись, обнаружил русскую газету. На родине, отправляясь на работу, он всегда, из год в год, покупал газету «Труд» и внимательно, от корки до корки её прочитывал. Вот и эмигрантскую газету он читал так же внимательно, читал всё, включая хронику эмигрантской жизни, хотя она-то и была наименее понятной. Что за «сбор на красное яичко»? Откуда взялся казачий атаман в штате Нью-Джерси и разве есть ещё такие? Кто такие «пенсильванские донские институтки», о чьём ежегодном собрании оповещает газета? Кое-что удалось разъяснить, когда однажды он набрёл на маленькую библиотеку, где оказалась полка с русскими книгами. Хотя политикой Дворкин никогда не интересовался, читал он, однако, с удовольствием, удивляясь, как мало знал он про страну, где была прожита практически вся его жизнь. Среди авторов особенно восхищал его Авторханов, которого он считал большим экспертом и недоумевал, почему его до сих пор не назначили государственным секретарём или, по крайней мере, заместителем президента по советским делам. Вон немца Киссинджера и поляка Бжезинского привлекали к руководству, а ведь он, Авторханов, пожалуй что обоих деятелей за пояс заткнёт. Погуще мужик, с настоящим пониманием российских дел. Вместе с соседом, одиноким стариком, заходившим по русской привычке на огонёк к нему и Полине, они соглашались, что свобода — это хорошо, но когда её слишком много, то уже не очень. Вот ввели бы смертную казнь, тогда в стране быстро установился бы порядок, и преступность бы исчезла. А так, в магазин вечером сходить — страху не оберёшься...

Книги и разговоры занимали его ненадолго. Он чувствовал себя вынутым из привычной жизни. Дважды вынутым — сначала уходом на пенсию, потом эмиграцией. В дни, когда он больнее всего ощущал своё одиночество и растерянность, Дворкин в тоске кружил по улицам, стараясь, однако, чтобы не заблудиться, не очень удаляться от дома.

* * *

В одну из таких прогулок к нему подошли двое бородатых мужчин и, улыбаясь, заговорили на идиш, объясняя, что для поминальной молитвы, кадиша, нужен «миньон», то есть десять евреев. Девять в наличии, не хватает десятого. Не согласится ли он пойти с ними?.. «Кадиш»... Слово показалось ему знакомым, но вот что оно означает, Дворкин никак не мог вспомнить. Никаких особых дел у него не было, он согласился. Просят вежливо, почему не уважить?.. Его привели в небольшую комнату без окон, с подмостками, на которых стояла кафедра. Дворкин не успел оглядеться, как из задней двери вышел тихий серебристоголовый человек и начал читать молитву. Дворкину дали книгу, которую он раскрыл наугад, — иврита он не знал, параллельного перевода на английский прочитать тоже не мог — так, два-три слова показались знакомыми, но общий смысл не связывался. Он прислушался к бормотанию стариков и стал издавать звуки той же тональности и модуляции, стараясь не выдать своего невежества.

— ...*Борух ато адойной элойхэйну мэлэх хаойлом ашэр кидшону бмицвойсов...* — забормотал сосед слева, и Дворкин мгновенно вспомнил, что мальчишкой хаживал с отцом в синагогу. Даже хедер посещал, почти два месяца. Присмотревшись к тексту, он стал различать отдельные буквы — вот «шин», похожий на русское «ша», вот «цади», вот «хей», вот «бет»...

Узнал он тогда мало. Отца арестовали не то за какую-то мелкую кражу, не то за мошенничество, и на том его, Дворкина-младшего, учение кончилось.

Сейчас, поглядывая краем глаза на молящихся, в тёмные углы комнаты, он понял, что те немногие дни в хедере никогда не исчезали из памяти, а просто отодвинулись в глубину как ненасущные. Глядя в молитвенник, он вдруг почувствовал, что страстно хочет проникнуть в глубь этих непонятных знаков, больше похожих на ноты из внучкиного учебника сольфеджио, чем на обозначение человеческой речи.

Дворкин стал бывать в синагоге часто, почти каждый день, а в праздники — по два раза, а то и по три. Он выучил на слух многие молитвы и проговаривал их не хуже других, а иногда, когда ведущий на миг запинался, вступал первым. Ребе Сойфер заметил серьёзного русского еврея в негустой компании прихожан. Однажды после окончания службы ребе Сойфер попросил не расходиться и, ласково улыбаясь, кивком головы, заговорщицки прищуренным глазом поманил к себе Дворкина. Протянул руку, пригласил подняться на подмостки, стать рядом. Дворкин повиновался.

— Вот... — сказал ребе, указывая на него, — вам бы всем в прилежании и тяге к молитве следовать этому человеку...

Вечером за чаем Дворкин сказал жене как бы между прочим:

— А меня ребе Сойфер на сцену вызывал...

— Какой такой ребе? — сказала Полина.

Она знала, что муж стал пропадать из дому, но не очень этим фактом заинтересовалась. Даже была рада, что не ходит из угла в угол по квартире, только раздражая своим видом.

— Ребе Сойфер. Из синагоги. Откуда ещё может взяться ребе? — сказал Дворкин.

— Что-то ты на старости лет больно религиозным заделался, — сказала Полина, фыркнув, и включила телевизор. Начиналась её любимая передача, эстрадный концерт по заявкам пенсионеров, во время которого пели мелодичные песни её молодости. А не этот ужасный рок с полубезумными гитаристами... Она набросила на плечи шерстяную вязаную кофту, вывезенную из России, села против телевизора и начала, как всегда, шевелить губами вслед за ведущим. «Лучший способ освоить язык», сказали ей в вечерней школе, куда она отправлялась дважды в неделю, свято, как солдат на пост, хотя не столько осваивала язык, сколько общалась с товарками, узнавала последние эмигрантские новости.

— Пойдёмте, — сказал однажды ребе, протянув руку, когда молитва кончилась и никого, кроме Дворкина, в синагоге не осталось. Глаза Сойфера смотрели ласково, а бледная рука, согнутая в суставах, ладонью кверху, была холодна и нежна. Тотчас убогая комнатёнка погрузилась во тьму. Дворкин в недоумении увидел, что не только погасла лампочка под потолком, но и свет в открытой настежь двери тоже померк.

— Пойдёмте, — повторил ребе из темноты, как будто ничего не произошло, и легко потянул Дворкина за собой. Тот ощупью нашёл подмостки, взобрался на них, вслед за ребе сделал несколько шажков вперёд и остановился. Дальше здесь должна была быть стена. Ребе Сойфер тем не менее продолжал двигаться вперёд, не отпуская руки Дворкина и шаркая ногами. Мгла поглотила их. Так, гуськом, они шли довольно долго. Дворкин готов был поклясться, что прошёл не меньше километра в кромешной тьме, шаг за шагом, так что вокруг глаз плавали светящиеся шары, пульсировавшие в такт ударам сердца. Потом он остановился, почувствовав, что они куда-то пришли: рука ребе Сойфера растаяла в ладони, словно сосулька.

Он постоял в нерешительности. Было очень тихо, только слышен был шум крови в ушных перепонках. Он сделал неуверенный шаг, ещё один — и вынужден был присесть. Откуда-то сбоку, низко над полом, который незаметно стал каменистой террасой, стремительно пронеслось какое-то существо. Запахло ночной стылой пылью. По лицу Дворкина прошла упругая волна воздуха. Он понял, что это была какая-то большая птица. Она села где-то неподалёку, в темноте: Дворкин услышал лёгкое клацанье когтей о камень — птица, видимо, устраивалась поудобней. Понемногу тьма начала редеть, но расступилась, однако, совсем немного, от лунного, казалось, света, хотя в комнате не было окон — это Дворкин, часто помогавший прибирать синагогу, знал точно. Он увидел то, чего он никогда прежде не видел. Слабо мерцала тёмная, как крышка внучкиного пианино, гладь какого-то озера…Запахло прибрежной тиной, послышались нежные шлёпки небольших волн. Озеро тяжело, как ртуть, переваливалось из одного края в другой и было пустынно. Он узнавал это озеро и в то же время был готов поклясться, что никогда его не видел. Никогда ничего похожего…

Дворкин ощутил на губах порыв сухого, обжигающего губы воздуха, что было странно ночью на берегу озера. Он понимал, что находится в какой-то пустыне. Осознавал, что один и в тоже время не ощущал одиночества. Исчезло вдруг чувство растерянности, которое не покидало его уже много лет. Он принадлежал этой неведомой ночной пустыне…

Ничего больше после этого не было. Постепенно озеро и пустыня вокруг него пропали, и Дворкин очутился на улице, возле синагоги, жмурясь от дневного солнца.

С тех пор он существовал в двух мирах. Дома с утра до вечера шевелила губами, глядя на телевизионный экран, жена Полина. Дворкин часто прикладывался на софу, следил за женой из-под налитых усталостью век, ухмылялся про себя:

— Молится своему электронному Богу!

Он лежал и думал о том, как утром войдет в синагогу и, как только старики заведут молитву, его тело снова станет невесомым, перестанет ныть плечо, ожидая, когда ребе Сойфер кончит службу и протянет руку, приглашая взойти на подмостки... Он услышит шуршание крыльев огромной птицы, садящейся на скалу. Ощутит на щеках посвистывающий ветер пустыни, увидит мерцание глади неведомого озера. «Борух ато адойной элойхэйну мэлэх...»

— Меня ребе Сойфер на сцену вызывал, — говорил он жене невпопад за чаем и больше ничего не говорил. Что она поймёт!..

Опять наступила кромешная тьма в глубине молельни. Дворкин почувствовал, что на этот раз он не один в ночной пустыне. Послышались чьи-то размеренные шаги — поскрипывал песок под ногами, кто-то ходил медленно, взад и вперёд, и тоже молился. Этот голос был едва слышен из-за бормотания стариков, которых в синагоге, однако, уже не должно было быть. Тот, кто ходил в темноте, слабо и неуверенно повторял молитву, отставая от стариков и пытаясь слить свой голос с их голосами... Дворкин не мог заставить себя сдвинуться с места, не то что окликнуть или даже попытаться нащупать в темноте неведомого человека, потянуть за край одежды.

Так повторялось долго, в течение почти всей зимы. В тот день, когда было уже по-весеннему тепло, молитва во тьме вдруг оборвалась, и Дворкин почувствовал, что кто-то тронул его руку — осторожно, неуверенно, и даже с какой-то робостью, так что Дворкин не испугался, поднял глаза. Темнота вокруг фигуры того, кого он силился разглядеть в течение всей зимы, едва заметно ослабла. Он напряг, как мог, своё зрение, но всё, что он увидел, было краем рукава белой рубахи и виском. И ещё ему показалось, что мелькнула на мгновение золотая запонка в виде ромба с жёлтым топазом, а рядом с виском — остро вскинутая бровь... Когда глаза чуть больше привыкли к темноте, уже не удивлявшийся происходящему, Дворкин тем не менее вздрогнул, когда понял, КТО перед ним. ОН смотрел Дворкину прямо в глаза, смотрел просто и ясно, как на равного. Была даже какая-то мольба в его взгляде. Приглядевшись ещё больше, Дворкин с изумлением и страхом обнаружил на лице ночного странника то особое выражение, какое бывает на лицах безнадёжно больных — выражение бессильного отчаяния. Это выражение совершенно искажало черты его лица, так что его трудно было узнать. Дворкин заметил, что ОН не только значительно похудел, но и стал, кажется, несколько ниже ростом; щеки впали, глаза потускнели, и виски были совсем седыми и усохшими. Было видно, как слабо пульсировала жилка на одном из них. Постарели и усохли даже красивые, холёные некогда, руки.

— Михаил Александрович, — прошептал Дворкин, — это вы?

И хотя ответа не последовало, Дворкина охватила паника. Он точно знал, что его Бог находится в Киеве, на Красноармейской улице, в просторном кабинете, за массивным орехового дерева рабочим столом. Быть ему здесь, в бедной синагоге на окраине Нью-Йорка, совершенно незачем, что он тут же ему и высказал.

Ему ответили резко, как в былое время, Дворкин даже вздрогнул по памяти:

— Кто ты такой, чтоб знать, кому где быть!..

Впрочем, голос тут же смягчился, и Дворкин услышал слова, которые никогда и не представлял, что могут выйти из уст бывшего божества:

— Извини, — сказал тот неуверенно, и Дворкин заметил, что голос начальника стал глуше, исчезла мальчишеская задорная нота. — Извини, — повторил он.

Дворкин даже засомневался, тот ли это человек, за которого он его принимает. И вдруг, сам того от себя не ожидая, совсем забыв о своих сомнениях, движимый глухой тоской, схватившей за горло, Дворкин смело шагнул в темноту и спросил мгновенно пересохшим горлом:

— Почему?.. Что это было? Мне семьдесят три года — пора бы узнать! — сказал он настойчиво. — Что была моя жизнь? Что она означала? Помогите, Михаил Александрович, я забыл, чего хотел, для чего жил... Скажите, умоляю вас. Вы же образованный человек... Я всю жизнь считал людские деньги. Кто это для меня придумал?.. Что со мной было, расскажите, пожалуйста. Я родился, я считал не мне принадлежавшие деньги, много денег — и всё! Больше со мной ничего не произошло. Целая ведь жизнь прошла! Семьдесят с лишним лет! И что же, что? Зачем всё это было? Я ничего не понимаю. Умоляю, объясните мне. Вы начальник, вы должны знать.

Ночной гость слабо и виновато улыбнулся и отвёл глаза.

— Не знаю... — наконец проговорил он. — Я ничего не знаю. Я даже не знаю, что я сам делал.

— Как же! — воскликнул Дворкин запальчиво. — Вы должны знать! Вы руководили!

— Руководил? — спросил он с лёгкой картавостью, которая в бытность, там, на родине, казалась Дворкину весёлым распахом гармоники в музыке его речи. — А что это значит? Как мог я руководить? Кто я такой, чтобы руководить?

Он закашлялся, отвернув от Дворкина лицо, так что оно совсем исчезло, грохотала только темнота.

— Кто же тогда знает, если не вы? — страстно сказал Дворкин. — Вы обязаны, вы должны знать...

— Ничего... ничего я не знаю, — глухо донеслось из темноты.

На следующее утро Дворкин почувствовал, что не может подняться.

У него был жар. Ночью он бредил и кого-то звал, кого так жена и не поняла.

Спустя неделю опустошённый, полый телом, лёгкий, как соломинка, он снова поплёлся в синагогу.

Он ходил туда ещё много дней, еле волоча ноги, медленно угасая. Только в глазах светилась неуёмная жажда и пытка.

Нью-Йорк, 1990

Свадьба в Маленькой Одессе

На Брайтоне играют свадьбы, да такие, будто каждая из них — последняя. Всякий раз кажется, что силы земли вконец истощены. Возможно ли празднество пышней только что отгремевшего!.. Впрочем, зачем вообще жить на белом свете, господа — бывшие товарищи, если не для того, чтобы справлять свадьбы детям и внукам! Вот отгуляем у Неллички и Фимочки — можно и на покой. Кончена последняя земная забота... Свадьба — она и зарубка на память. Даёшь такую, чтобы потом вздыхали и качали головами, вспоминая Зускинда. Какой был человек! Какую свадьбу внучке закатил! И такие люди должны умирать!..

Впрочем, пока что никто умирать не собирается. Устроитель смирно посещает чужие веселья исключительно для того, чтобы лишний раз убедиться в том, что ему и так известно: никто свадьбу его внучки не превзошёл, не превзойдёт и превзойти не может. Это именно о ней шумит и складывает легенды Брайтон Бич.

Я был на такой свадьбе. Могу засвидетельствовать...

1

Говорят, Америку ничем не удивишь. Но Брайтон — исключение. Городок этот, окрещённый американцами «Маленькой Одессой», — результат беспрецедентного трансконтинентального переселения, совершенного прямо на наших с вами глазах. Сюда, не растеряв ни квантика своего духа, перенёсся по воздуху легендарный город. Город — чудо. Город — сказка. Всё так же, словно парижские стареющие женщины, чаруют своей блекнущей красотой фасады домов на Дерибасовской, Пале-Рояли и Ришельевской. Всё так же вдоль Пушкинской осенний ветер теребит тронутые охрой и киноварью ковровые дорожки из каштановых и платановых листьев. И морские волны вдоль нежнейших пляжей всё так же подбираются к вашим ступням, пытаясь поиграть ими, как щенки домашними тапочками.

Но самого города уже нет. Он снялся. Взобрался на борта туполевских самолётов. На полки плацкартных вагонов, мчащих через станцию с коротким, как выкрик от удара под ложечку, именем — Чоп. Таща по чистеньким венским улочкам и Тирренским курортным городишкам кожимитовые чемоданы и громоздкие узлы со сковородками, кастрюльками и пакетами манки (в дороге всё может случиться, в том числе и незапланированные дети), этот город постепенно, крупица за крупицей, осел на самом южном мыске Бруклина. Тоже у огромной водной туши. Но не моря, а, бери рангом выше — océана...

2

Свадьбы на Брайтоне справляют в ресторанах. Разумеется, в самых больших и фешенебельных. Среди них королём — «Националь», в честь московского, некогда непревзойдённого, звучащего в силу традиции не как-нибудь, а с французским прононсом. (Есть тут, конечно, ресторанчики и поменьше — мест на сто, скажем, или сто пятьдесят, но для брайтонцев справлять свадьбу в таких забегаловках и в голову не приходит...).

Долги тяжкие на Брайтоне. Все всем — родственники. Дальние, близкие — не имеет значения. Дальние, но живут рядом — значит, близкие. Тем более, когда речь идёт о свадьбе. Гулять порой приходится на неделе дважды. Приглашающего спрашивают: «Народу будет много?» Полагается скромничать: «Ах, что ты!.. Кто у меня тут есть! Эмиграция! Соберутся только свои. Узкий круг». Значит — будет человек триста.

Прежних эсэсэровских подарков — соковыжималок, кофеварок, кухонных комбайнов — новобрачным, как правило, не несут. Другие времена — другие нравы. Одной рукой жмут руку жениху, другой, стараясь сделать этот как можно грациозней, проталкивают в карман, словно в почтовую щель, конверты с чеками. Всем известно, сколько берут с банкетной персоны в русских ресторанах, и потому никто не в накладе. Отсюда и размах: чем больше приглашённых, тем веселей.

Заглянув в зал ресторана, вы поначалу не видите ничего, кроме цветов. Застывшие взрывными столбами букеты повисают в воздухе, грозят опрокинуться на головы гостей. Благоухают удивительно напоминающие черноморских женщин — пышностью, пряностью, броской красотой — любимые одесситами пионы. Сквозь их груди робко пробиваются кверху стебельки беловато-розовых гладиолусов. Так трепетно тянутся к плечам юношей для первого поцелуя руки девушек-подростков уже нового, американского разлива...

Вы мнётесь некоторое время в фойе. Здороваетесь с тем, кто вас пригласил, — с дальним дядей со стороны невесты, который только два дня, как приехал из Душанбе, несколько невменяем и как выглядит брачующаяся сам толком не знает. Видел её в последний раз лет двадцать назад, на руках внучатой племянницы во время короткого визита в Одессу.

Затем бочком, всем своим видом показывая, что угощенья вас интересуют постольку-поскольку, а ваше прямое назначение на земле — переполняться счастьем, что родственница выходит замуж, подбираетесь к столу.

Одного взгляда на него достаточно, чтобы убедиться: вы на брайтонской свадьбе — не на американской... Если ваш босс-янки приглашает на бракосочетание сына и отказаться, не подставив под угрозу вашу карьеру, невозможно — так и быть, идите. Но если за день до события вы поскользнётесь и растянете лодыжку или дикарём, вдувающим молотый перец в ваши ноздри, на вас навалится грипп — можете себя от души поздравить. Физические страдания нанесут куда меньше вреда вашему мироощущению, чем утрата веры в человечество, которая поджидает вас на свадьбе американской. Пусть вас не обманывают солидный вид приглашения: оттиснутые золотом шикарные вензеля, дымчатые, как фата невесты, прокладки, высокопарные фразочки типа «имеем честь», «будем восхищены» и тому подобная дребедень. Бумага в этой стране стоит дёшево и, как известно, терпит всё. Потому не принимайте, Бога ради, близко к сердцу приписку в конце приглашения: «После церемонии бракосочетания последует приём». Тут имеет место чисто лингвистическое недоразумение. То, что у американцев именуется «приёмом», для нас, выходцев из России, означает ничто иное, как «от ворот поворот»...

Как иначе расценивать то, что гостей даже за стол не сажают! Подают в стояка стаканчики с пуншем, который сплошное надувательство: жажды не утоляет, а крепости меньше, чем в хлебном квасе. В качестве еды гостям могут поднести, без стыда в едином глазу, бутербродик величиной с почтовую марку или зажаренные в томатном соусе цыплячьи крылья. Хочешь — ешь сам, хочешь — заверни домой для собачки... А уж если в приглашении значится —

«Открытый бар», бегите с так называемой «свадьбы» куда глаза глядят. «Открытый бар» отнюдь не означает, как можно было бы предположить, «пей, сколько влезет». Наоборот — вам же ещё придётся за выпивку платить. Вздумай кто-либо из брайтонцев подражать американцам, долго ему здесь не прожить. Съедет, не выдержав всеобщего презрения...

На брайтонской свадьбе, слава Богу, не «следуют на приём», а ГУЛЯЮТ. Здесь это слово ещё не потеряло свой первородный смысл. Свадьба есть свадьба. На ней ПОЛАГАЕТСЯ есть, ОБЯЗАТЕЛЬНО пить и ВМЕНЯЕТСЯ В ОБЯЗАННОСТЬ плясать... Обратите внимание — «есть», а не обедать, поскольку время вечернее. Или, что совсем уж нехорошо, — ужинать, что в былые времена означало умять перед сном порцию-другую блинчиков со сметаной или бутерброд со шпигованной ветчиной и стаканом сладкого чая... Подобные аскетические глупости свадьбе противопоказаны. Здесь не место «замаривать червячка», «перекусывать» или, не приведи Господь, «перехватывать на ходу»...

Окинув взглядом брайтонский свадебный стол, понимаешь: сесть за него легко, вставать будет сложней. Прощай, диета! До следующего нескорого, если живёте на Брайтоне, свидания! Попробуйте отыскать в здешних магазинчиках обезжиренное молоко или кур, с которых за какую-то жуткую провинность спустили шкуру. Отменное занятие для тех, кто ищет повода для дальних — очень дальних — прогулок. Такого безобразия здесь не держат. Здесь уважают земное человеческое удовольствие. Здесь, если скажете, что «сидите на диете», собеседник остановит на вас соболезнующий взгляд. Дело ясное — жить вам осталось недолго...

3

Итак, вы — за столом. Обозревая его, осознаете: жизнь ещё далеко не закончена. Осталась лучшая её часть. В предвкушении новой вехи в вашей судьбе незаметно расстёгиваете пуговку на груди: должно же куда-то деваться сердце, которому в эту минуту хочется всего на свете, кроме покоя.

В обычных американских ресторанах блюда примитивно располагают в горизонтальном порядке. То ли дело в ресторанах брайтонских! Из-за неимоверного числа яств, тарелки громоздятся в многоэтажных пирамидах, словно автомобили в муниципальных гаражах Манхеттена.

219

Верхний ярус составляют кушанья, с каких полагается начать. Ни для чего другого, как для взбадривания общего интереса к жизни, на вас глядят закусочные пирожки — небольшие, слоённые, украшенные красной и чёрной икрой. Предполагается, что, покончив с двумя-тремя экземплярчиками обоих родов, после приличествующей паузы вы перейдёте к обычному брайтонскому пирожку — лоснящемуся маслом, величиной с ладонь одесского грузчика. С соседней плошки на вас, поблёскивая томной влагой, поглядывают ломтики копчёной сёмги и кеты, как бы говоря: «Мы здесь, дорогой бывший соотечественник, не делайте глупости — не проходите мимо!»

В порядке представительства от огородных грядок — пупырчатые изумрудные огурцы, рассечённые пополам единым взмахом ножа. Сквозь полупрозрачную плоть мерцают белесые, словно корешки зубов в дёснах младенца, зёрна. Рядом, надув пунцовые щёки, призывно смотрят на вас единственным прищуренным глазом нью-джерсийские помидоры. Несмотря на отменные вкусовые качества, они, увы, лишь слабое подобие тех, к которым привыкли с детства выходцы черноморского славного города — помидоров фонтанских, запаху и вкусу которых (и это знает каждый брайтонец!) нет равных на этом свете и, есть подозрение, на лучшей половине света другого...

Хоть свежие овощи — не диковинка в любое время года на новой земле, по старой российской привычке представлен и солено-квашеный ряд — стыдливо-розовые с тонкой кожицей, готовые брызнуть соком, помидоры, капуста белая и капуста красная, малосольные, домашние выделки, огурцы вперемежку с ломтиками солёного арбуза. А уж если вам ничего не надо, кроме маринада, то — милости просим, приложитесь к шампиньончикам.

Неподалёку, распространяя аромат кинзы и хмели-сунели, напоминает о себе любимое блюдо дружественного грузинского народа — сациви, сложный конгломерат куриных частей в мудрёном соусе. Для любителей особо острых ощущений — сырковая масса в ажурных розетках. Масса — не простая, а основательно приправленная чесноком, украшенная ананасовыми ломтиками...

Из лишённых особой фантазии блюд верхнего яруса для тех, кто считает сыр аристократическим кушаньем, наличествует обыкновенный голландский. Для эстетов, которым не еду подавай, а кружева, чтоб не есть, а разместить на них вереницу слонов из собственной кости — сыр швейцарский.

Ни для чего другого, как для полноты палитры, благоухает рядом греческий сыр «фета» — не более чем честная попытка сымитировать болгарскую брынзу Привоза, знаменитого одесского рынка...

Но всё это ещё даже не закуска, а так — затравка, присыпка пороха на полке старинной аркебузы, каковой организму подаётся сигнал о приближении настоящей еды. Это рулада на пионерском горне — «Вставай, вставай, штанишки надевай!», назначение которой — разбудить ваше тело для настоящего дела. Чтоб поняло намёк, проэкстраполировало, пустило в ход воображение, приготовилось к яствам куда более существенным и даже грандиозным.

4

Запахи закусочных блюд, свиваясь в затейливые венки, начинают щекотать ноздри приглашённых. Пытка становится невыносимой. А между тем свадьба ещё даже не началась. Некому соединить брачующихся: ещё не приехал ребе. Уже жена круглоглазого, с печальным лицом, соседа по столу громко, чтобы слышали сидящие рядом, увещевает: «Сема, почему ты не ешь! У тебя же язва! Тебе нельзя долго воздерживаться от еды!» Она покрывает толстым слоем масла кусок ситного хлеба, раскатывает по нему на манер китайских шашек кетовые икринки и глубоко вздыхает. Как редко понимание людей! Как легко в больном человеке заподозрить обыкновенного обжору!..

Но ребе всё нет и нет. Наконец, выясняется, что он не на Гавайях, не на Вирджинских островах, не в районе Персидского залива — не такой он дурак! Он здесь, на Брайтон Бич. На другой российской свадьбе. Он уже скрепил брачующихся молодецким вскриком «Мазл Тов!», уже выпил бокал-другой за их непрекращающееся здоровье и счастье, уже вырвался из объятий многочисленной родни на свежий воздух — и это его доконало. Подъехав к другому ресторану он кружит на своей голубой «Тойоте» вокруг квартала, где его дожидаются гости численностью в три пехотных полка, ищет, никак не может найти место для парковки.

Наконец кто-то из свиты невесты догадывается лечь на капот машины священнослужителя, махая руками и ногами. Дескать, ребе может не беспокоиться и оставить руль. Автомобиль запаркуют. Найдут для него местечко, даже если придётся передвинуть овощной киоск на углу. Гости вконец истомились. Невеста взошла, как на дрожжах. У молоденького жениха с первым пушком на подбородке — дрожь в коленках от наступающего испытания его мужественности. За дело, ребе, не время тянуть резину!

5

Пока ловили и приводили в чувство ребе, гости, в конце концов, не вынесли искушения. Стесняясь, не глядя друг на друга, легко и просто расправились с верхним ярусом блюд, то есть — затравкой, под которой обнаружился другой ярус — собственно закуска. Её назначение — окончательно открыть телесные шлюзы, чтоб провести по ним с гулом, музыкой и аплодисментами океанский лайнер, заполненный основной едой, отменной по качеству и непревзойдённой по количеству.

Сначала предстоит закуска холодная, куда входит российский салат «оливье», салат из свежих огурцов и помидоров с цыганскими серьгами лука, приправленный пахучим, как украинский чернозём, подсолнечным маслом, и селёдка с рассечённым брюхом и глазами, вытаращенными в запоздалом изумлении: такого поворота в своей судьбе она явно не ожидала. (Впрочем, утешением ей должна служить неубывающая с годами брайтонская любовь к ней. Здесь её зовут ласково и трепетно — «селе-е-е-дочка!»).

Присутствует в качестве почётного гостя и местный найдёныш, пришедшийся к брайтонскому столу — сеньор авокадо. И, разумеется, маринованный перец. И перец фаршированный. И, конечно, заправленная чесноком и тёртыми помидорами икра из баклажанов, известных всему российскому съестному миру под своим одесским именем — «синенькие». Тут же в дальновидной мудрости — чернослив с ловко упрятанными в него мозговыми полушариями грецкого ореха.

Теперь, когда гость уже несколько размягчился, наступает черёд закусок горячих: молодой, плавающей в лужицах благоухающего альпийскими лугами вологодского масла, картошки с чесночком и свежим укропом (о ней на Брайтоне тоже говорят нежно и сладострастно — «карто-о-о-шечка!»), утки, запечённой в яблоках, жареного в кусках карпа, запеканки с мясом и грибами...

Водка на Брайтоне подаётся только шведская с непререкаемым названием саморекламы — «Абсолют» (всё, дескать, дальше искать нечего). Коньяк, конечно, «Хеннесси» — иначе просто перед людьми неудобно. Не подавать же какой-то «Наполеон»!.. Для запивки — настой из кислой вишни и красного виноградного сока.

6

Так как до основных яств дело ещё не дошло, после первоначального прикладывания к пище полагается выйти на танцевальный круг и как следует размяться, а уж потом, сделав вид, что ничего ещё по сути не едено, возвратиться к столу.

Сначала танцует молодёжь. Потом — сороковики и пятидесятники. А при первых аккордах «Фрейлехса» и «Хавы Нагилы» со стульев вспрыгивают даже старики из тех, кто обычно не передвигается без помощи родственников.

Для роздыха публики оркестр время от времени милостиво переходит на что-нибудь размеренное, на шлягер, завезённый с родины:

> На пароходе музыка играет,
> А я стою одна на берегу,
> Под звуки песни сердце замирает,
> Я ничего поделать не могу.

Зал слушает с особым вниманием. Знакомая ситуация. Правда, никакой музыки, помнится, не было. Если не считать бодрячка из вокзального репродуктора с песенкой космонавтов: «До старта осталось четырнадцать минут». А казалось — до финиша. Впереди тоже было неведомое, безвоздушное пространство, в котором предстояло выжить. После сумятицы последних бессонных ночей, забот, как упрятать от вороватых таможенников бабушкины серебряные ложки, бессвязных прощаний сродными и друзьями, с живыми — как с мёртвыми: увидимся ли ещё? — в сердце не было ничего, кроме страха и глухой тоски...

> На пароходе музыка играет...

Какой там пароход! А дырявый ботик не хотите? Вскипал мелкой зыбью парус, скрипела, то и дело грозясь отвалиться, мачта, ветер забирался за воротник, и то и дело пропадала куда-то Фирочкина коляска для куклы. А может быть, наоборот — коляска была, а кукла куда-то исчезала...

> ...А я стою одна на берегу...

Вокруг столов посиживает солидная публика. Мерцают матовым блеском лучшие итальянские кожи, немилостиво обтягивающие внушительные формы женщин. Средиземноморские по природе лица гостей удивительно напоминают маски театра «Кабуки». В торжественности момента мускулы густо напудренных щёк неподвижны, сощурены в щёлки глаза, чопорно подобраны поданные в модных карминных тонах губы.

Набирая силу, бурливым потоком закипают застольные разговоры — между людьми, как правило, малознакомыми: то близкий друг тёти со стороны жениха, кто бывший сослуживец двоюродной сестры со стороны невесты. Обычные эмигрантские разговоры: давно ли здесь, хорошо ли устроились, как с английским, нужен ли по работе. Те, кто завёл бизнес, говорят о нём скромно, немного вздыхая. Дескать, что было делать? Профессия в прошлом — товаровед, без языка в Америке неприменимая...

За столом есть и те, кто ехал сюда от отчаяния: с маленьким ребёнком, без мужа, без языка, без какой-либо нужной человечеству сноровки. А тут нежданно-негаданно после коротких уроков, как накладывать на физиономии богатых туземок питательные маски, всё понемногу стало возможным. Даже поездка на бывшую родину — повидать нерешительных родственников и дорогих подруг. Повествуя простую свою историю, рассказчица с изумлением и нежностью осматривает собственные руки. Они, оказывается, такие умненькие, а притворялись, что ничего не умеют, кроме как писать репортажи о торжественном открытии столовой самообслуживания или общественной прачечной: «Радостный сюрприз ждёт работающих матерей Приморского района...»

И в приливе благодарности, что её пальчики так хорошо зарабатывают, целует их...

Каждый считает своим долгом уверить соседа по столу, что вообще-то с эмигрантами в ресторанах встречается редко, разве что на семейных торжествах. А так — всё больше с американцами. Вообще, встречи с американцами, американские друзья — предмет гордости. Намерение вызвать зависть несомненно.

— Извините, тороплюсь, — поднимаясь из-за стола, говорит со сдержанным достоинством дама в розовом платье с золотыми эполетами на плечах. — *Сорри.* Совсем не прийти было неудобно. За мной должен заехать лимузин из Манхеттена. Хилари надо на приём. Послала за мной телохранителя.

— Хилари? — спрашивает кто-то бестактно. — Какая Хилари?

— Какая, какая! — покидающая свадьбу закатывает глаза. — Как ещё может быть Хилари? Клинтонша, конечно. Не хочу, говорит, никого другого, кроме русской маникюрши Розы.

Маникюрша — в Америке понятие, оказывается, устарелое. На деловой карточке Розы — «Художник по ногтям». Быть может, Сальвадору Дали на таком небольшом полотне не развернуть своей фантазии, а русская Роза — ничего, справляется.

Впрочем, разговоры вокруг стола только называются разговорами. Не в пример американским ресторанам, где говорят вполголоса и тишина, как в приёмном покое сельской больницы, в русских приходится кричать друг другу на ухо. Оркестр гремит так, что кажется — трубы, тромбоны и саксофоны вот-вот развалятся от перегрева.

— Вы здесь первый раз? — заорал мне на ухо сосед.

— Первый! — гаркнул я в ответ.

— Нервы? — крикнул он.

— Они тоже! — заверещал я.

7

То ли торжественность момента к тому призывает, то ли он охрип на предыдущей свадьбе, но, ведя церемонию, голос ребе спускается в самую нижнюю октаву. Звучит не к месту трагически. Он вызывает одного за другим всю вереницу родственников. Отца и мать брачующихся. Сестёр и братьев. Сначала родных. Потом — двоюродных и троюродных. Затем переходит на дядей и тётей. Племянников и племянниц. Друзей по работе. Соседей по квартире здешней и той, что осталась там, за океаном.

— А бабушку и дедушку забыли! — ропщут вокруг столов.

В суматохе и жаре ребе действительно сбился с курса.

— Грэндмазер Луууууба и грэндфазер Рууууува! — басит он.

Его никто не слышит. Свадьба уже грохочет почище поездов метро, здесь, на Брайтоне, вымахивающих наружу, несущихся между небом и землёй.

— Пыжалыста тыха! — тщетно взывает американский ребе, исчерпывая запас русских слов, освоенных специально для брайтонских свадеб.

На гулянье всегда присутствует представитель-другой коренных жителей — сослуживцев родителей брачующихся. Так как представления этих гостей о россиянах почерпнуты из теле-репортажных клипов, взирая на брайтонское веселье, они шалеют. Телевизионные русские сумрачны, глядят в репортёрские камеры исподлобья. А тут — не свадьба недавних беженцев, а феерия подстать открытию олимпийских игр...

Тем временем официанты из российских туристов-невозвращенцев, у которых от необходимости улыбаться с непривычки сводит скулы, убирают посуду, чтобы дать место для основных яств: жаркого из курицы с гречневой кашей, бараньего бока, кур по-киевски, шашлыков по-карски, цыплят-табака — распяты, распластаны, как монахи перед алтарём.

— Вилочку, вашу вилочку! — умоляюще выкрикивает круглоглазый сосед Сема, тот самый, у которого язва.

Обращается он к американцу, единственному за нашим столом. Будучи впервые на брайтонской свадьбе, тот улыбается той самой улыбкой, единственное назначение которой — скрыть совершенное обалдение. От первоначальной печали круглоглазого давно не осталось и следа. Он весел и уверенно смотрит в будущее. Он убеждён, что туземцы хоть и спроворили каким-то образом отгрохать неплохую страну, но жить на белом свете не умеют. И это наш, российских бывших граждан, долг этому их научить. Судя по тому, как разворачиваются события на столе, жизнь несомненно удалась. Круглоглазый с почтением принимает из рук американца вилку, с чувством протыкает чудом уцелевший, исходящий маслом, пирожок и, восхищённо глядя на него, словно влюблённый на ромашку, подносит с лёгким поклоном американцу.

Тот изо всех сил пытается взять справиться с выражением ужаса на собственном лице. Он уже мысленно подсчитал число потреблённых за этот вечер калорий, давно превысившее полугодовую норму, и мучается вопросом, как избежать дальнейшего чревоугодия, не обидев хозяев. На физиономии же круглоглазого — гордость землепашца: сам зерно вырастил, сам обмолотил, сам же пирожок и испёк. Знай наших, американашка!

Туземец был мечта молодых американок: выше шести футов росту, с привлекательным лицом, украшенным усиками а-ля Кларк Гейбл. Модный костюм. Два элегантных перстня: один серебряный — памятный, вузовский, другой золотой — старинный, доставшийся, видимо, по наследству. Узнав, что он инженер, специалист по металлическим стрессам, круглоглазый объявил, что в Америке надо быть либо адвокатом, либо врачом. А ещё лучше — бизнесменом. Все остальное — детские игры. Инженер-шминженер... Но, ничего, местный товарищ ещё молод — на вид не больше тридцати пяти. Есть ещё время одуматься и податься в школу для адвокатов. Круглоглазый мучается, что не хватает слов дать американцу добрый совет.

— Эх, — вздыхает он, — мне бы его годы, да здоровье, да язык!.. Ого-го!

Он мотает головой не в силах описать, какие у него тогда открылись бы в этой стране перспективы. Уставившись в пустое блюдо из-под шашлыков, он бормочет немного, собирая в голове первую фразу по-английски и, ободрённый удачей, оборачивается к американцу, видимо, решив, что лиха беда начало. Главное, сказать первую фразу. А там, глядишь, под горку и понесёт. Но тут в очередной раз грянул оркестр, и снова вспыхнули танцы.

Тем временем вдоль стен зала вытянулись десертные столы. На них, расставив в изумлении руки, появились огромные куклы в кринолинах, сработанных из белого, розового, и светло-зеленого зефира. Чуть выше вознеслись многоэтажные буддийские пагоды тортов. Среди горы конфет преимущественно бывше-отечественной выделки и ностальгического ассортимента — «Мишка на севере», «Белые ночи», «Северная Пальмира» — красуется пирамида штруделя с пятью разными начинками, обложенная параллелепипедами пастилы.

Гвоздём десертного репертуара, однако, оказался шоколад неожиданных форм и размеров, к тому же трёх цветовых разновидностей. Белый — в виде лебедя в натуральную величину, русалки с обнажённой грудью, зайца (в три натуральных величины) и большой конфетной коробки, внутри которой покоился шоколад чёрный. Всего неожиданнее был воплощён шоколад розовый. Он предстал в форме довольно изящной, насколько позволял материал, женской ножки в натуральную величину. Дробя крепким зубом доставшуюся ему дамскую лодыжку, круглоглазый вернулся к столу и, сияя потным лицом, прокаркал мне на ухо, что ожидается ещё главный свадебный торт — с фонтаном из шампанского.

8

Сам собой напрашивается вопрос: каким чудом, загрузившись под завязку неимоверным количеством снеди, брайтонцам удаётся танцевать?

Объяснения нет. Есть факт — ещё как удаётся!

Ах, как танцуют на Брайтоне! Танцуют так, что ясно — здесь любят это дело и никогда не забудут. Ещё по дороге, в Риме, где пришлось, дожидаясь американской визы, коротать время, где считалипересчитывали итальянские немногие лиры, выданные на пропитание, — и там не могли будущие брайтонцы отказать себе в земном удовольствии. Они нет-нет да и наезжали на Круглый рынок у вокзала Термини, накупали кур без грудинки, так что мясо оставалось только на птичьих бёдрах и крылышках. (Из-за дешевизны этот продукт стал популярным у российских эмигрантов и немедленно был прозван «Крылья Советов».) Хозяйские тазы, в которых приезжие мамаши по старой южной привычке грели на солнце воду и купали ребятишек, наполняли мелкой рыбёшкой с того же Круглого рынка, мастерски засаливали её так, что выходила отменная закусочная килька. Вино в Италии было дешёвое. Доставали из чемоданов «Столичную», которую практически каждый вывозил для продажи в Европе. В битком набитых комнатёнках, снятых у доверчивых итальянцев, которым и в голову не приходило, что беженцы способны на карнавальное веселье, зачиналась такая гульба, что местные жители только диву давались: «Как в такой холодной стране, как Россия, могли оказаться такие человеческие кипятильники, которые переедят, перекричат и перепляшут любого сицилианца!»...

«Ах, Одесса, — неслось на римские улицы, — жемчужина у моря! Ах, Одесса, ты знала много горя. Ах, Одесса, мой любимый край! Цвети, Одесса, цвети и расцветай!»

Ну, скажите, кто ещё может так гулять, как одесситы! Мы весёлые и толстые, как наши дети. Живот не мешает, зад на пятки ещё не наступает, пляшет Одесса, пляшет и распевает. «Ты знала много горя!» Хватит, нагоревались. Мы любим петь и смеяться, как дети — это про нас сказано. Ах, Одесса! Ну, скажите, какому ещё городу вы приставите этот временный паралич дыхания, этот взрыв восторга! Ах, Одесса! Мы её, мамочку, никогда не забудем. Куда б ни приехали, привезём с собой. Нам только тёплого моря кусочек и солнца хотя бы столько, чтоб было от чего зажмуриться — и мы опять заживём, заиграем, затанцуем, закружим, закричим нашими крепкими глотками, заполоним округу нашими шуточками. У нас всяких талантов — пруд пруди. Одалживаем направо и налево. Тебе, Москва, так и быть, нате наших Утесова и Жванецкого. У нас таких в каждом дворе по пять штук, и никто из этого не делает большого ажиотажа. В Нью-Йорке не хватает скрипачей мирового класса? Нате вам Яшеньку Хейфеца: что же теперь, пропадать Нью-Йорку? Нам не жалко, нам профессор Столярский другого сделает. Вам поэтов надо? Или писателей? Не стесняйтесь, у нас их куры не клюют. Сделайте милость — одолжим.

«Ах, Одесса, жемчужина у моря!»...

Это для вас, тугоухмыльные ленинградцы, Америка — страна совсем чужая. У нас в Одессе она была уже давно. Мы жевали душистую резинку, когда вы там, на севере, занюхивали сивушную водку солёненьким обшлагом старого пальто. У нас толчок зовётся — Американка. Там давно уже можно купить всё, что «мейдено в Ю-ЭС-ЭЙ».

Вы были у нас в Одессе на свадьбах? Тогда вам уже не страшно было войти в нью-йоркский супермаркет. Не шлёпнулись в обморок от изобилия: вы его уже увидели.

Да, мы толстые и весёлые дети, в тесных штанишках и платьях, которые жмут в проймах, сколько их не раздаём. Мы любим всё, что есть лучшего в этой жизни — наши пахнущие полынью и степным солнцем фиолетовые помидоры, груши дюшес, весёлую молодую рыбу глось, плоскую, как блинчик, отплясывающую на наших сковородках босанову и ча-ча-ча...

Поскребите любого одессита — у него обязательно или дядя в Америке или тётя в Канаде. Мы и сами американцы. В конце концов, кто им построил цивилизацию в Нью-Йорке? Одесситы. Из тех, кто сел в головной вагон. Мы, слава Богу, успели вскочить в последний. Ту-ту, «Одесса-мама, Лос-Анжелос объединились в один колхоз»... Ах, Одесса, мы всегда плясали! Ах, Одесса, мы не унывали! Ах, Одесса, мой родимый край! Цвети, Одесса, цвети и расцветай!..

Да, мы любим родственников и друзей. Это у вас, господа американцы, одиночество — национальная проблема. Нам скучать некогда. Наши телефоны раскаляются за день, как ваши пулемёты во время высадки в Нормандии. Мы гостей не в гостиницы помещаем, как у вас заведено, а в собственные спальни. Сами с радостью устраиваемся на полу гостиной. У нас пропасть не может даже малахольный, как бы ему этого не хотелось. У вас — каждый за себя. У нас — все за одного...

Громыхают поезда над Брайтоном. Грохочет свадьба, оглушая округу гимном жизни. Гремит ритуальный пир человеческого клана, который не под силу никому истребить.

«Ах, Одесса, жемчужина у моря!..»

Правильно, у моря. Только теперь бери классом выше — у океана.

Нью-Йорк, 1995

ПРОРОК

— Я знала, что ты одержимый, когда за тебя выходила, но всё-таки всему есть предел, — говорила Светлана Аркадьевна, вся подобравшись.

Они шли по «бродвоку», деревянному настилу вдоль берега моря; она отворачивалась время от времени от порывов ветра, и потому её слова звучали резче, чем ей того хотелось. Полноватая блондинка с миловидным лицом и светло-голубыми, как в юности, не поддавшимися времени, глазами.

— Ты думаешь, что собираешься сделать? Ну, куда тебя несёт в твои годы? Вот-вот семьдесят стукнет. Одышка… Под ложечкой колет чуть ли не каждые три часа. Ан нет, гляньте на него — в скалолазы записался!

— Другого выхода нет, — с решимостью отвечал Илья Натанович. — Как ты не понимаешь? Я не могу это так оставить. Я должен туда отправиться. Очень даже возможно… Мистика не мистика, а в истории литературы ещё не такое бывало…

Они долго спорили, пока совершали свой ежедневный моцион. Неподалёку, на увеселительном аттракционе соседнего Кони-Айленда, в вечернем небе кружили огоньки огромного колеса.

Время от времени Илья Натанович останавливался и вращал правой рукой в воздухе, левой массируя плечо. Непонятно было, мучил ли его артрит или он разгонял кровь по телу, готовясь к бою. Когда-то, в ранней молодости, он увлекался боксом и даже был некоторое время чемпионом Украины среди юношей в весе пера.

Дул приятный береговой ветер. Илья Натанович подставлял ему лицо, ещё раз перебирая в уме все доводы. Как ни крути, выходило — ехать надо! Это его единственный оставшийся шанс.

Желание, даже необходимость отправиться из Бруклина через половину земного шара на Кавказ возникло не сразу, а в результате цепи странных событий. Всё началось несколько месяцев назад. Отправляясь на свою обычную вечернюю прогулку, переминаясь с ноги на ногу в подъезде своего дома на Первой Брайтонской улице, дожидаясь, пока Светлана закончит наводить свой марафет и, наконец, спустится вниз, Илья Натанович столкнулся с соседом по дому и его женой. Оба были культурными людьми: в одесскую свою бытность Моисей Аронович на телевидении ставил фильмы-концерты, а Лика Борисовна была диктором местного радио.

— На концерт? — радушно спросил Илья Натанович. И тут же добавил, просто так, в шутку. — Или на столоверчение?

По смущённому покашливанию Моисея Ароновича и по тому, как быстро отвела взгляд его жена, понял, что случайно попал в точку.

Илья Натанович и сам смутился. Он хорошо относился к своим соседям, и ему было неловко, что он поставил их в неловкое положение. В конце концов, верить или не верить в спиритизм — частное дело каждого. Смеяться над этим не надлежит. Когда какое-то время назад по Брайтону впервые стали ходить слухи о том, что в некоторых домах собираются для сеансов спиритизма, Илья Натанович только недоверчиво крутил головой. Надо же! Похоже, что расставшись навсегда с диалектическим материализмом, которым в СССР насильно питали всех, словно кашицей магнезии перед рентгеном желудка, на Брайтоне все ужасно заинтересовались оккультизмом. Многим, видимо, было любопытно узнать, отчего же их так тщательно и рьяно оберегали.

В конце восьмидесятых, во времена перестройки, из бывшего отечества в Брайтон Бич понаехали — посыпались, как из дырявого мешка — всякого рода знахари, ворожилки, астрологи, рыцари чёрной и белой магии, народные исцелители с наложением рук и без оного. Из метрополии доходили вести о некоем Кашпировском, феномене, который притягивал к телевизионному экрану население огромной страны обещанием немедленно освободить от всяких недугов, равно как и мгновенно превратить кефир обратно в молоко.

Илья Натанович только диву давался. Светлана Аркадьевна разделяла его скепсис. Вот и сейчас, когда он рассказал жене о встрече в подъезде, она пожала плечами. Дурью маются!

Недели через две, когда Илья Натанович уже и думать забыл об этой встрече, выбирая абрикосы поспелей с лотка овощной лавки, что на углу Третьей Брайтонской улицы и Брайтон-Бич бульвара, он услышал, как рядом с ним две молодые девицы, набивавшие полиэтиленовые пакеты кукурузными початками, громко болтали, не смущаясь окружающих. Одна из них, высокая и худая, с грустным лицом, говорила своей вертлявой и смешливой подруге:

— Знаешь, Нинка, такое паршивое настроение было под Новый год. И Машка... Ну, ты её знаешь, в офисе со мной работает, у доктора Гольдмана. В общем, Машка уговорила меня попробовать вызвать на сеанс моего усопшего папашу... Ну, вот сели мы, значит, где-то в первом часу ночи, Машка форточку открыла, как полагается. Начертили круг на листе бумаги, расписали по нему алфавит, подвесили к люстре иголку на нитке... Я дальше понятия не имею чего и как, а Машка как заговорит таким, знаешь, загробным голосом: «Игорь Евсеевич, придите, ваша дочь вас ждёт. Поговорить хочет». Раз пять повторила, и — ничего. Я уже было хотела встать из-за стола, ну, знаешь, приспичило пописать, как вдруг иголка возьми и дёрнись.

— Да ну! — сказала подруга. — И кто же её, бедную, дёрнул?

— Да никто, говорю тебе... Иголка влево подалась, вправо. А потом, как бешеная, завертелась по кругу. Но не просто, а запрыгала от одной буквы к другой. Стали складывать в уме, получилось: «Я пришёл». Я с перепугу выскочила из-за стола и разрыдалась. А Машка говорит: «Ты что! Нельзя так прерывать. Тебе же потом хуже будет» ...

— Я набралась духу, снова села за стол. Стала задавать вопросы, но не про будущее, а про папашино прошлое и про что знает про меня сейчас. И, представь, он всё, всё подтвердил. Говорил очень много и так быстро, что мы не успевали читать. Попросили в некоторых случаях не давать пояснений, а просто отвечать «да» или «нет». Всё было с юмором с его стороны, как и при жизни. Когда мы с ним попрощались, было уже четыре часа ночи. То, что мы обе были в шоке, не то слово. Больше вызывать не хочу, слишком тяжело это даётся.

Илья Натанович покрутил головой, отмечая, однако, про себя, что девушка говорила всерьёз и всё ещё была напугана. Вспомнил Толстого, «Плоды просвещения», пьесу про помещиц, увлекавшихся спиритизмом, и подивился живучести суеверий. Даже ирония великого писателя никак на популярности спиритизма не сказалась. Известно, что духов продолжали вызывать не только в высшем обществе, но и в армейских кругах, среди офицеров. Вон и Виктор Гюго и даже Конан Дойл, врач по профессии, верили в спиритизм. Надо же!

Месяц спустя по Брайтону прошёл слух, что объявился необычный ясновидец. Занимался он не бытовыми просьбами, как-то: поговорить с покойником, близким клиенту, чтобы добиться прощения за обиду, нанесённую при жизни, спросить у того совета, или другими услугами такого рода. Ясновидец специализировался исключительно на высоких материях: по указанию клиента, устанавливал связь с душами почивших в бозе великих писателей. В качестве рекомендации показывал письмо двух студенток МГУ. Дескать, по их просьбе, для курсовой работы по «Отцам и детям» предъявитель сего вызвал дух автора романа, и тот два часа отвечал на вопросы об авторском замысле, а заодно дал дельные советы, касающиеся любовной жизни.

— Надо же! — изумлялся Илья Натанович. — Ну, допустим, этот ясновидец действительно убедил девиц, что вызвал дух Тургенева. Но, даже если учесть, что у покойников не слишком напряжённое расписание, как поверить, что Иван Сергеевич взял да и потратил два часа на разговор с двумя дурёхами?

Прошло ещё недели три, и однажды к вечеру, когда Илья Натанович собрался уже было на очередную прогулку по «бродвоку», в дверь постучали. За порогом стоял сосед Моисей Аронович. Откашлявшись, сказал осторожно:

— Тут такая ситуация, Илья Натанович. Несколько наших знакомых... Конечно, исключительно любопытства ради... Никто всерьёз не воспринимает... Но, знаете ли, всё-таки порой удивительные бывают совпадения... Так вот, ясновидящий этот делает визиты на дом. Одна проблема: нужно, чтоб было не меньше десяти клиентов за вечер. Не согласитесь ли? Берёт не так уж дорого — десять долларов с человека. На Бродвее на какую-нибудь скучищу на эти деньги даже полбилета не купишь.

Илья Натанович замялся. Хотел тут же отказать, но нашёл это слишком резким, неуважительным по отношению к соседу. Решил потянуть время. Сказал, что подумает, и ступил за порог.

В вечернем Брайтоне закипала жизнь. То и дело звонил дверной колокольчик магазина деликатесов. Наполнялись рестораны и кафе. К соседнему паркингу подъезжали один за другим лимузины, из которых выходили мужчины в смокингах с щекастыми, как у хомяков, лицами и разодетые в пух и прах длинноногие манекенщицы с впалыми щеками. Направляясь к входу в ресторан, пошатываясь на огромных каблуках, женщины ступали с грацией аиста, при каждом шаге высоко поднимая ноги над землёй.

Илья Натанович протиснулся сквозь толпу на тротуаре и переулками приблизился к океану. Он шёл по дощатому «бродвоку» и, поглядывая в сторону мерно шумящих в сгущающейся темноте волн, подумал о предложении Моисея Ароновича. В самом деле, отчего не попробовать? Ну, хотя бы любопытства ради...

Обычно он ходил на прогулку с женой Светланой. Но её уже три дня не было дома: повезла очередную группу русскоговорящих туристов к Ниагарскому водопаду. Такая у неё была работа. Без жены Илье Натановичу всегда было скучновато. И сейчас мысли поневоле вернулись к предложению посетить сеанс. В самом деле, почему бы самому не посмотреть, отчего вокруг этой глупости так много разговоров.

Особенно его задела специализация ясновидца. Дело было в том, что с русской литературой у Ильи Натановича была давняя тайная и горькая связь. Было в его жизни время, когда он страстно мечтал стать литературоведом-текстологом.

Произошло это, как часто бывает в юности, в результате столкновения с человеком, который заразил его своей страстью. Илья Натанович с детства читал много и жадно, всё подряд, всё больше входя во вкус удивительного занятия, когда вроде бы ничего с тобой не происходит, сидишь себе с книгой в руке, а перед твоими глазами скачет чья-то далёкая и удивительная жизнь, прожить которую рвётся юное сердце. Однажды — Илья в ту пору был ещё школьником — в его родной город, в Одессу, приехал с устными рассказами знаменитый литературовед Ираклий Андроников. Хотя все билеты на его выступления были мгновенно распроданы, Илья уговорил билетёршу в Городском саду, где проходил концерт, разрешить ему постоять тихо, где-нибудь в углу.

Он и простоял, боясь шелохнуться, чтобы не скрипнул ненароком под ногами песок дорожки вдоль забора, на которой он стоял. Он был не в силах оторвать глаз от сцены, по которой возбуждённо ходил взад и вперёд невысокий полноватый мужчина с энергичным лицом. Обливаясь потом: был душный летний вечер, жуя в волнении носовой платок, порой забывая взглянуть в сторону затаивших дыхание зрителей, поджимая в ключевые моменты губы, мужчина рассказывал о том, как, роясь в старинных архивах, сличал без конца разные списки стихотворений Лермонтова. В конце концов, ему повезло. После многих сбоев удалось установить адресат одного из самых пронзительных стихотворений в русской любовной лирике. Разрешить загадку трёх букв — инициалов имени, отчества и фамилии юной светской дамы, в которую Михаил Юрьевич был безнадёжно влюблён.

Андроников говорил с жаром и страстью, которые глубоко впечатлили юного Илью. История о том, как лермонтовед мчался из Москвы в Ленинград и обратно, рыскал по обоим городам в поисках уцелевших родственников дворянских семей, возможно, причастных к интересующей его загадке, захватывала больше всякого детектива. Андроников говорил с такой горячностью о поэте, умершем больше ста лет назад, как будто тот был его дорогой и любимый сын.

И жаждущее мечтать юное сердце Ильи заполыхало в ответ. Он был ещё тогда в девятом классе, но решил — вот оно, его будущее призвание! Он будет — как Андроников. Пропадать дни и ночи в архивах, разыскивая единственную, быть может, бумагу, ведущую к разгадке жизни поэта, писателя, драматурга. Русская литература так богата талантами — до конца жизни хватит.

Он тут же бросился читать всё, что уже было опубликовано о Лермонтове не только самим Андрониковым, но и другими — Белинским, Чернышевским, академиком Виноградовым. Одно он понял сразу и никаких иллюзий на этот счёт никогда не питал: литературовед, тем более текстолог — профессия, напрочь исключающая дилетантство. Без глубокого образования немыслимая.

Через год он заканчивал десятилетку. В то время как сверстники гадали, куда пойти учиться, у него сомнений не было. Только в университет, и только на филологический, на отделение русского языка и литературы!...

Его долго отговаривали в семье. Мол, это непрактично, всю жизнь будет прозябать учителем в школе, жить на мизерную зарплату. Советовали поступить в какой-нибудь технический вуз, выучиться на инженера, неважно какого, по крайней мере, можно будет как-то свести концы с концами, даже, быть может, сделать кое-какую карьеру. Устроиться на завод, со временем стать мастером цеха, потом начальником цеха, потом, глядишь, и главным инженером завода.

Ничего не помогало. Илья упёрся — ни в какую! Только в университет. И только на филологический!

Видя, что с упрямцем никак не совладать, мать и отец пустили в ход главный козырь, который почему-то приберегли напоследок. Сказали, чтобы он выбросил филологию из головы раз и навсегда, не тратил напрасно время по той простой причине, что еврей.

И действительно, время для еврейского юноши, возмечтавшего о гуманитарном образовании, было неподходящее. Год шёл пятьдесят четвёртый, и, хотя Сталин уже умер, время ещё долго оставалось свирепым. И в пятидесятые, да и позже в шестидесятые и семидесятые годы, на гуманитарные факультеты «лиц еврейской национальности» и близко не подпускали. Ненадёжный, мол, народ, того глядишь, какую-нибудь каверзу устроит.

Конечно, в открытую государство, считавшее себя образцом национального равноправия, этого объявить не могло. Потому на еврейских абитуриентов ставили скрытые в кустах рогатки, не менее крепкие, чем те, что ставят в лесу при охоте на вепрей.

Илья не был исключением и на такую рогатку тоже напоролся. Хотя в школе по литературе у него были сплошные пятёрки и сочинения неизменно признавались лучшими в классе, на вступительном в Одесский университет его провалили простым, но действенным приёмом... Под его без единой помарки сочинением размашисто написали — «Тема не полностью раскрыта». Иди докажи!

Как ни пытались родители и другие родственники убедить Илью, что провалили его, потому что еврей, он наотрез отказывался верить. По молодости лет он считал всякие разговоры о дискриминации предрассудками, отсталыми взглядами на мир.

Упорный, он не сдался и через год снова подал на филфак. Опять провал.

Жаловаться было некому. Ходили слухи об отчаянных родителях, которые ездили в Киев, в министерство образования, а то и в Москву добиваться справедливости. Но до этого у Ильи дело не дошло. Семья была бедная, нужда торчала изо всех углов. Было не до поездок с неизбежными затратами, немыслимыми для их скудного бюджета.

Илья тем не менее намеривался подать и в третий раз, но помешали обстоятельства. Ему уже стукнуло девятнадцать, и в случае нового провала он мог осенью загудеть в армию. Пришлось понести документы туда, куда евреев охотно принимали — в кредитно-экономический. Так сказать, назвался евреем — полезай в бухгалтеры, там тебе и место...

Была в ту юную пору его жизни и другая причина, отчего произошла перемена курса его жизни, весьма, впрочем, простительная: он влюбился в девушку. Также внезапно и головокружительно, как ещё недавно в профессию литературоведа. Встретил голубоглазую, русоволосую, с лёгкой, как весенний ветерок, походкой, Светлану. От одной её улыбки у него голова кружилась так, что он ни о чём не мог думать, пока не женился на ней. Отец и мать поначалу отнеслись к будущей невестке враждебно. Гойка, мол, представительница того мира, в котором евреев отвергают. Но Светлана, в конце концов, очаровала и их.

Семья — вскоре появилась дочь Аллочка — стала для Ильи всем на свете. Он трудился из всех сил. Так и остался бухгалтером, но всю жизнь болел литературой. Читал по-прежнему много, особенно то, что касалось текстологии. И формалистов — Эйхенбаума, Тынянова, Шкловского — и многих других. Нечего и говорить, что каждый том «Литературного наследства» прочитывал от корки и до корки. Особенно его привлекали примечания, где указывалось, какую редакцию рукописи писателя включили в том.

Иногда он собирался с духом и писал рецензии на новые книги в одесскую «Вечёрку». Печатали их там под рубрикой «Рецензии наших читателей». То есть, редакция тем самым давала понять: работа непрофессиональная, не обессудьте. Подписываться ему, как и другим авторам-евреям, приходилось псевдонимом. Это его не очень беспокоило. Что делать, такова действительность... И хотя по-прежнему самый вид какой-нибудь пожелтевшей рукописи приводил его в волнение, он раз и навсегда замкнул в себе своё юношеское желание на огромный амбарный замок. Только порой, когда читал чью-нибудь блестящую литературоведческую статью, его сердце сжималось от постыдного укола зависти, от муки утраченной юной грёзы.

Те, кто обычно посещал лекции по литературе в «Обществе по распространению знаний», когда туда приезжали из столицы, давно приметили невысокого крепко сложенного мужчину, который ёрзал на стуле, дожидаясь, когда лектор умолкнет и можно будет задать вопрос. Вопрос почтительный, но в то же время обнаруживающий немалую эрудицию и даже, несмотря на высокие научные регалии гостя, готовность вступить с ним в спор.

Хотя всё в жизни Ильи Натановича вышло не так уж плохо — семья, хорошая жена — боевой конь, готовый вынести раненого с поля боя, любимая дочь, но в глубине его души, втайне от него самого, поселилась обида на судьбу, на то, что не удалось выстроить свою жизнь на желанный лад.

Как-то, прогуливаясь со Светланой по Дерибасовской, он встретил друга юности Мишку Мильштейна. В школе у того была кличка «Мишка-артист». Не столько потому, что он читал с запалом со школьной сцены стихи советских поэтов, посвящённые большим датам, сколько потому, что сочинял и ставил «капустники», в которых смешно подражал манерам учителей. Скрипел голосом точь-в-точь, как горбатый физик Фёдор Михайлович. Одёргивал то и дело лиф воображаемого платья на груди, как это проделывала Софья Дмитриевна, учительница английского.

Разговорившись, Мильштейн стал рассказывать, что, хоть и на птичьих правах, на полставки, но работает помощником режиссёра на Одесской киностудии. В его задачу в основном входит следить, чтобы не разбежалась, когда надо снимать, массовка. Но он был счастлив, когда рассказывал о своей работе, глаза его сверкали. В конце беседы он даже стал уговаривать Илью перейти к ним в студийную бухгалтерию. Там нужен был хороший специалист.

Хотя Илья Натанович был тогда хорошо устроен на своей первой работе, в бухгалтерии дрожжевой фабрики, куда он попал по распределению, любопытство взглянуть хотя бы одним глазком на другой, артистический, — мир оказалось сильным.

Он проработал на студии два года, в обеденный перерыв часто ходил на съёмочную площадку, смотрел, как делали фильм. То, что он увидел, разочаровало его. Бесконечные пересъёмки... Пот, текущий по лицам актёров, вынужденных часами печься под прожекторами и немилосердным южным солнцем... Усталые, нередко изнурённые, лица и осветителей, и помрежа, и самого режиссёра — всех, кто был вовлечён в дело...

Он стал ходить на площадку всё реже, а потом вернулся на свою дрожжевую фабрику.

Пришли семидесятые. Казалось, вся Одесса подалась в эмиграцию. Он выходил вечером пройтись по Дерибасовской, и его то и дело охватывала оторопь. Из толпы гуляющих стали исчезать лица друзей и знакомых. Мерещилось: в городе наступил мор, выбирающий своими жертвами именно их, а не прочую публику. Казалось, родная почва стала уходить из-под ног.

Наступил день, когда уехать решился и он. Инициатива, как ни странно, пришла от Светланы, русской жены. Уедем, уедем из этой ужасной страны, твердила она. Илья Натанович долго колебался. Как же так! Ведь уйдёт язык, уйдёт русская литература — всё, что держало его дух...

— Русская литература... — ворчала Светлана Аркадьевна. — А тебе, еврею, не обидны ее юдофобские выпады? Вон у Пушкина: «Ко мне постучался презренный еврей...». А развесёлый еврейский погром в «Тарасе Бульбе»?.. А Достоевский? ...

— Да, но Толстой... — отбивался Илья Натанович. — Горький... Короленко... Чехов... За Дрейфуса заступился...

Но жить в брежневском Союзе становилось всё тяжелей. Не хватало воздуха. Сама принадлежность к еврейству была поводом к недоверию властей...

Он уехал, не совсем ещё сознавая, что его ожидает. Нечего и говорить, что все наличные деньги ушли на пересылку книг, которых скопилось у него видимо-невидимо.

Началась новая жизнь в далёком Бруклине. Пересадка на новую почву прошла удачно. Освоив английский, по крайней мере, в том объёме, в какой нужен был для дела, довольно быстро нашёл место бухгалтера. Хотя он помнил ленинский лозунг «Социализм — это учёт», на его счастье, в стране капитализма учёт оказался нужным не меньше, даже больше, чем в стране социализма. Светлана устроилась экскурсоводом в туристическом бюро, обслуживающим эмигрантов из Союза. Постепенно пришёл достаток, которого ни Илья, ни его жена никогда не знали в их прежней жизни. Обзавелись кругом друзей — не большим, но надёжным.

И всё-таки чего-то недоставало. Чего именно, он и сам не мог сказать. Он с удивлением обнаружил, что тревожило, казалось бы, именно то, что больше всего ценится в жизни — её стабильность, предсказуемость каждого дня. Как он ни пытался внушить самому себе, что у него есть всё, чтоб быть счастливым, временами на него находила вялость. И тогда им задним числом одолевали сомнения. Может, стоило всё-таки подать на филфак ещё раз? Может быть, как-нибудь да повезло? В конце концов, советская бюрократическая машина — не швейцарские часы. Иногда давала сбои...

«А может, я терзаюсь понапрасну? — думалось в другой раз. — Может, у меня, кроме желания стать текстоведом, ничего другого и не было? Не было самого главного — таланта исследователя? Может, и был какой-то, но недостаточный? Как в той библейской притче. Один зарыл данный ему талант в землю, другой его разменял, а третий приумножил. Что сделал бы с талантом я, если бы он, в конце концов, обнаружился?

Но этого для себя ему так и не удалось выяснить.

Стараясь справиться с упадком духа, Илья Натанович стал выписывать из Союза «Литературку» и журнал «Вопросы литературы», к которым пристрастился с молодости. Толстые литературные журналы читал из тех, что попадали в бруклинские библиотеки. Благо, учитывая читательский состав, там их выписывали.

И всё-таки он никак не мог побороть в себе, вычеркнуть из памяти горечь поражения, стыд проигранного боя, который он испытал в своей юности. Что ни говори, а он прожил не свою жизнь, жизнь по естественным устремлениям души, а навязанную обстоятельствами, вынужденную. Иногда, внутренне посмеиваясь над самим собой, он казался самому себе маленьким маневровым паровозом — «кукушкой». Он видел такой некогда, в детстве, во время войны, когда по дороге в эвакуацию эшелон, на котором он бежал с матерью от немецких бомб, сделал короткую остановку на какой-то сортировочной станции. Маленький, но с высокой трубой, вскрикивая то и дело высоким же фальцетом, паровозик перетаскивал вагоны с одних путей на другие. Делал он своё дело быстро и споро, но за пределы станции, в далёкий путь, никогда не отправлялся...

Илья Натанович надеялся, что дочь Аллочка, когда подрастёт уже здесь, в Америке, выберет гуманитарную профессию. Но та, закончив колледж, стала «баером», закупщиком новинок одежды для сети универмагов. Ей это нравилось: работа нескучная, она в курсе последних мод, разъезжает по всей стране, встречается с интересными людьми. На доводы дочери Илья Натанович кивал головой, соглашался, искренне радовался за неё, но в душе щемила тоска, мучило разочарование, что вот даже через дочь, плоть от плоти своей, не вернуть ему теперь уж никогда своей юной мечты.

Думая обо всём этом, Илья Натанович долго ходил из одного конца длинного «бродвока» в другой, подняв воротник плаща — с моря тянуло сыростью, — прислушиваясь к мерному стуку собственных каблуков. Потом, сказав себе ещё раз: «Почему, в самом деле, не сходить на этот сеанс? Хотя бы любопытства ради. Говорят же, в жизни надо всё испытать хотя бы однажды», — он повернул к своему дому и подошёл к двери квартиры, в которой жил со своей женой пригласивший его сосед.

Сообразив, что сеанс, должно быть, уже начался, вместо того, чтобы нажать кнопку звонка, он тихо постучал в дверь.

Открыл хозяин квартиры, приложив палец к губам. Илья Натанович вошёл на цыпочках и прижался к стене. В комнате было полутемно. Около дюжины пожилых эмигрантов — многих из них Илья Натанович видел впервые, — обступили стол, на котором горела небольшая, давно оплывшая свеча. Отблеск её пламени вспыхивал тихим светом то там, то здесь на очках гостей.

Во главе стола расположился сам ясновидец. Это был хоть и седой, но всё ещё полный энергии мужчина. Говорил тихо, но внятно. Услышав, как Илья Натанович шёпотом спросил хозяина квартиры, что пытается увидеть ясновидец, он нахмурил брови и сказал твёрдо, так что услышали все:

— Вздор! Никакой я не ясновидец.

И добавил почти грубо:

— Я только медиум. Я понятия не имею, как и почему. Говорю только о том, что чувствую.

При этом его лицо приобрело выражение, показавшееся Илье Натановичу удивительно знакомым. Поджатые губы... Желваки на щеках перекатываются, прежде чем скажет что-то решительное...

Все слушали, стараясь заглянуть через плечо ясновидца; чтобы получше рассмотреть небольшой портрет в деревянной рамке, который тот держал на вытянутых руках впереди себя. Заглянул и Илья Натанович и сразу узнал портрет Лермонтова работы Петра Заболоцкого. Поэт на нём изображён в форме офицера гусарского полка, но его лицо на портрете — отнюдь не бравого гуляки и дамского угодника. Высокий чистый лоб... Едва пробивающиеся усики... Ранимые, отведённые в сторону от прямого взгляда, глаза... Утончённое душевным страданием лицо поэта.

Между тем, тонкие губы ясновидца стали подёргиваться. Всматриваясь куда-то поверх портрета, он заговорил отрывисто, едва успевая передавать то, что, видимо, мелькало перед его взором. Илья Натанович вздрогнул, когда ясновидец сказал:

— Вижу коричневый кожаный переплёт... Так, орнамент обложки расплывается... Вот снова в фокусе... Не совсем ясно... Ах, вот оно что! Записная книжка Михаила Юрьевича... Зарыта недалеко от места последней дуэли, на склоне горы Машук.

С этими словами ясновидец вытянул из пиджачного кармана сверкнувший при свечах белизной носовой платок и вытер выступившие на лбу бусинки пота.

— Не может быть! — не выдержав, воскликнул Илья Натанович. — Какая ещё записная книжка? Ту, что подарил Одоевский, нашли давным-давно...

Ясновидец не удостоил Илью Натановича взглядом. Только усмехнулся кривоватой улыбкой, в которой читалось презрение к сомневающимся, какими могут быть только люди с вульгарным, неутонченным восприятием мира. Потом, сузив глаза, повторил, как бы вынося окончательный, не подлежащий обжалованию, приговор:

— Так вот, записная книжка Лермонтова зарыта на склоне горы Машук.

Услышав твёрдую ноту в голосе ясновидца, Илья Натановичу почему-то захотел тотчас уйти. Он покинул квартиру соседа и, к своему удивлению, через несколько минут оказался не у себя дома, он жил этажом ниже, а на улице, на тротуаре, у края мостовой. Сделал ещё один шаг — и отпрянул от фар проезжавшего автомобиля. Вспышка света на мгновение ослепила. Когда глаза снова привыкли к темноте, он вдруг понял, кого напомнил ему ясновидец, а поняв, — вздрогнул. Лицо ясновидца удивительно напомнило ему лицо того человека, который сыграл в его жизни огромную роль. Как же, как же, конечно, это он, Андроников! Ираклий Луарсабович. Он, несомненно, он! Разве что изрядно поседели волосы. Понятное дело — столько лет прошло.

Илье Натановичу стало не по себе. Мысли понеслись в ту сторону, с которой связано было для него имя этого человека. Мгновенно возник перед его глазами Городской сад в Одессе, и дорожка, на которой он, школьник, стоял, затаив дыхание, боясь шевельнуться, чтобы не скрипнул песок под ногами. Его юные мечты... Лихорадочное чтение лермонтоведов... Перечитывание стихов самого поэта... Ранившие душу провалы на экзаменах...

Пытаясь успокоиться, он, как обычно, двинулся к морю, долго, стуча каблуками, ходил по «бродвоку», пока не устал. Затем отправился домой.

Дома, стараясь ни о чём не думать, улёгся в постель и мгновенно уснул. Но посреди ночи вскочил с постели и заходил по квартире. Что за чепуха, ещё одна, никому не известная записная книжка Лермонтова!...Нашёл, чем удивить публику! И, действительно ведь, нашёл. Все вокруг него уши развесили... Ну, хорошо, допустим, Лермонтов завёл ещё одну, помимо той, что была от Одоевского...

В голове сами собой возникли строки из «Пророка», автограф которого, он знал, нашли в той самой записной книжке. Ещё со школьной скамьи он заучил это стихотворение наизусть:

> С тех пор как вечный судия
> Мне дал всеведенье пророка,
> В очах людей читаю я
> Страницы злобы и порока.

Илья Натанович кинулся к книжным полкам и мгновенно разыскал вывезенный с родины лермонтовский четырехтомник Академии наук в изумрудной обложке. Последним стихотворением там значился не «Пророк», а «Нет, не тебя я так пылко люблю». Но, конечно, «Пророк» куда значительней и важней...

Провозглашать я стал любви И правды чистые ученья: В меня все ближние мои Бросали бешено каменья.

Гм, ещё одна, никому не известная, записная книжка Лермонтова... Но зачем было брать с собой, идя на дуэль? Впрочем, что же это я, ищу логики в поведении поэта. Да ещё какого поэта! Может быть. «Всё на свете может быть. А чего не может быть, не бывает», — вспомнил где-то недавно прочитанное. Если найти ту книжку, ведь это может оказаться переворотом в лермонтоведении!..

Чепуха, чепуха всё это, говорил он себе на следующий день. Но на третий день мысли приняли совсем другой оборот. Почему он такой Фома неверующий? Известно ведь, что среди великих русских писателей больше всего потерянных рукописей именно у Лермонтова. Об этом прямо говорится в одном из выпусков «Литературного наследства». Современники Михаила Юрьевича в своих воспоминаниях пишут о так никогда не найденных письмах поэта, его рисунках и картинах. Куда они запропастились, спрашивается?

Илья Натанович всегда восхищался Лермонтовым. Какой молодец! Погиб в двадцать шесть, уже успев написать «Героя нашего времени», гениальный роман. А «Выхожу один я на дорогу»?...«Сквозь туман кремнистый путь лежит. / Ночь темна. Пустыня внемлет Богу/И звезда с звездою говорит». Есть ли что-либо прекрасней этих четырёх строк в русской поэзии! А чего стоит тройной, закольцованный «Сон»?

В полдневный жар в долине Дагестана
С свинцом в груди лежал недвижим я.

Поэт видит себя, умирающего в пустыне, и в своём предсмертном сне — юную деву, которой, в свою очередь, чудится он сам — умирающий в пустыне поэт... Пушкин застрелился бы, а такой тройной сон не придумал бы. Пушкин — баловень классицизма. Всё выверял рассудком: «Я вас любил..., как дай вам Бог любимой быть другим». Какое спокойствие! А Лермонтов готов был после каждого любовного увлечения без взаимности пустить себе пулю в лоб.

А «Тамань»? «Воздух был чист и свеж, как поцелуй ребёнка». Надо же так сказать! Сумрачный русский гений. Одинокий поэт, отпрыск старинного дворянского рода. Что общего у него может быть с ним, Ильёй Натановичем, сыном одесского сапожника? Ровным счётом ничего. Как так получилось, что он так прикипел душой к культуре народа, который разве что терпел его, пока вовсе не отверг, как отвергают инородное тело фагоциты?

Но, позвольте, о какой ещё культуре могла идти речь? Не о еврейской ли? О которой он и слыхом не слыхивал, во всяком случае, после того, как узнал о выстрелах в подвалах Лубянки осенью 1952 года. Тогда лучшее, что имелось в этой культуре, цвет её литературы, расстреляли излюбленным методом чекистов — в упор, в затылок. Он вспомнил, как, несколько лет назад, поехав на свадьбу к племяннику Саше в Луисвилл, познакомился с местным председателем пушкинского общества. Сначала Илья Натанович удивился: председатель, одутловатый мужчина годков под шестьдесят, был малообразованным, говорил с грубоватым южным акцентом, в прошлом, как между делом выяснилось, заведующий овощной базой. И вдруг — Пушкина ему подавай!

Илья Натанович сначала было усмехнулся про себя, но потом понял: Пушкин — это все, что у этого человека, как, впрочем, у многих других российских эмигрантов, осталось от родины. Почти в каждом, не очень даже интеллигентном, эмигрантском доме под стеклом книжных, пусть немногих, полок — томики Пушкина, Лермонтов, Гоголя, Тургенева в темно-серых, буровато-красных, синевато-черных и других нерадостных советских расцветок обложках, которые привезли с собой, порой ни разу после в них и не заглянув. Не вывозить же было горсть русской земли — она еврею никогда своей не была, ходил по ней по чужой милости. Вот и остались только русская литература да язык. Великий и могучий, как заверяли учителя с младых ногтей...

К исходу третьего дня Илья Натанович понял, что должен сделать. Понял, что весь смысл его жизни сосредоточился сейчас на одном — найти, во что бы то ни стало найти записную книжку великого поэта. В этом и будет его, Ильи, последняя точка. Да, он прожил, в общем-то, неплохую жизнь. У него семья, друзья. На старости лет достаток, о котором он и не мечтал в молодости. Но всё-таки давняя, казалось бы, давно угасшая, вырванная из души с корнем и кровью страсть вдруг с новой силой охватила всё его существо. Теперь он твёрдо знал, где и как он вернёт своей жизни её первоначальный смысл.

С нетерпением дожидаясь, когда вернётся из поездки жена, он стал лихорадочно припоминать, как выглядит место дуэли Лермонтова в Пятигорске. Юношей он побывал там и теперь старался себе представить, где именно может быть закопана эта загадочная записная книжка великого русского поэта.

Когда Светлана Аркадьевна, уставшая от дороги, ввалилась к вечеру в квартиру, он первым делом выпалил:

— Светик, поедем со мной в Пятигорск.

— Ты с ума сошёл? Какой Пятигорск? Почему Пятигорск?

Он начал сбивчиво объяснять. Они пошли на прогулку, Светлана Аркадьевна пыталась было разубедить его, но, в конце концов, взглянув на его взволнованное лицо, поняла: надо собираться...

Стали спешно готовиться к поездке. Естественно, жена-профессионал взяла на себя заботу о дорожном устройстве. Помня, как, когда он собрался уезжать, его родина клеймила и шельмовала как предателя, отобрала гражданство, Илья Натанович опасался, что будут проблемы с визами.

Но всё обошлось. Было время горбачевской перестройки. Из «предателя Родины» он превратился в желанного гостя с американскими долларами в бумажнике. Пока оформлялись визы, в нетерпеливом ожидании Илья Натанович бегал по лавкам Брайтона в поисках сувениров, хотя неизвестно кому он намеревался их дарить: все его родственники и многие друзья уже давно уехали из России кто куда — кто в Израиль, кто в Германию, кто, так же, как и он, в Америку...

Илья Натанович как-то об этом не задумывался. Надо было чем-то занять себя, найти, чем унять дрожь нетерпения... Просил жену только об одном: никому из знакомых не говорить, куда именно и зачем они едут. Она не поняла, зачем такая секретность, но возражать не стала. Соседям и подругам сказала, что едут в Одессу, навестить родной город, город их юности и молодости...

Наконец, собрались и поехали. Лететь надо было с пересадкой в Шереметьево на рейс Москва-Минеральные Воды. Когда прибыли в Шереметьево, Илья Натанович побродил по аэропорту, подивившись тому, что забыл или не замечал раньше, в свою советскую бытность: международный аэропорт, а замызган. Такой не встретишь даже в американской провинции: полы подметены плохо, пахнет стылой пылью и какими-то старыми мокрыми тряпками. В книжном киоске, с жадностью пробежав глазами по стендам, наткнулся на новое издание «Преступления и наказания». На обложке — Раскольников с подмалеванными, словно у опереточного героя-любовника, щеками. Илья Натанович пожал в недоумении плечами. Неужели те, кому такая картинка по душе, станут читать философскую драму?

Любопытства ради купил свежий номер «Вечерней Москвы». Перелистывая газету, наткнулся на рекламу постановки мольеровского «Мещанина во дворянстве» в Малом театре. Режиссёр — Михаил Мильштейн. Неужели его школьный друг, Мишка-артист?...Надо же! Малый театр!...Мольер!...Вспомнил съёмочную площадку на одесской студии... Вспомнил, как по изнурённому жарой лицу друга тёк пот... Он долго тогда не мог понять, как Мишка мог жить на таком мизере, как его студийная зарплата...

Работая в бухгалтерии, он знал, сколько Мишка получал, хотя тот никогда не жаловался. Благо, был бы Мишка один. Но у него к тому времени уже была молодая жена Нина. И не дочь директора студии, а обыкновенная монтажница. Тоже зарплата — как кот наплакал. Илья только пожимал тогда плечами, недоумевая, как они вдвоём тянут. На что надеются?

Из Нью-Йорка летели на самолёте американской компании «Дельта», в Минводы — на аэрофлотовском. Илья Натанович удивился, что вот прошло больше полутора десятка лет с тех пор, как он летал аэрофлотовским, а в салоне так же, как и прежде, разило всё тем же жутким туалетным дезодорантом. Стюардессы, видимо, стараясь шагать в ногу с перестроечным временем, усердно работали над тем, чтобы перековать прежнюю начальницкую строгость лиц на американскую улыбку. С непривычки получалось нечто среднее — снисходительная ухмылка.

От волнения Илья Натанович никак на это не реагировал. Подлетая к Минводам, он норовил, заслонив ладонями лицо от бокового света, рассмотреть медленно плывущие под самолётом горы, вполне, конечно, понимая, что с огромной высоты не увидишь того, за чем он потащился на другую сторону мира

Как только приземлились и вышли из аэропорта, он порывался сказать таксисту, чтобы вёз прямо к горе Машук. Перед отъездом Светлана Аркадьевна дозвонилась в минводовское турбюро и узнала, что от аэропорта до Пятигорска всего двадцать шесть километров. Шестнадцать, стало быть, всего-навсего миль? На его «тойоте королле» по нормальному шоссе — пятнадцать минут!

Светлане Аркадьевне с трудом удалось уговорить его отложить поездку до утра.

— Ну, куда ты, на ночь глядя, поедешь, Илюша? — сказала. — Нельзя же так! Совсем сошёл с ума...Лето, светает рано. Позавтракаешь — и поедешь.

Он нехотя согласился. Было уже и, в самом деле, поздно, начало темнеть, но по быстрому взгляду в его сторону, Светлана Аркадьевна поняла: ни о каком завтраке и речи быть не может. Он помчится к горе Машук ни свет, ни заря...

Так оно и было. Всю ночь Илье Натановичу так и не удалось сомкнуть глаз. Он ворочался с боку на бок, пытаясь безуспешно прогнать из памяти душистое, пропахшее жасмином, одесское лето, злополучные экзамены в университет. И «тема не раскрыта», выведенное темно-лиловыми, будто кровью самого дьявола, чернилами внизу его сочинения. Он старался представить себе, как выглядит записная книжка, ради которой он приехал, и в минуты короткого забвения она возникала перед его глазами, сияя коричневой, тонкой выделки кожей переплёта, вырастала до размеров дверей...

Едва забрезжило, он тихо собрался и, чтобы не разбудить жену, выскользнул из номера.

— Подожди, Илюша, — раздался за его спиной прерывающийся, со сна, голос Светланы Аркадьевны. — Дай две минуты. Принять душ...

Они вышли из такси у подножья горы и пошли по аллее вверх, где мерцал сквозь ветви деревьев мраморный обелиск на месте дуэли с Мартыновым. По четырём углам монумента сидели, склонив в печали головы, приподняв, словно загораживаясь от нахлынувшего горя, огромные щиты своих крыльев, орлы. Илья Натанович бегло взглянул на них и сказал жене мягко:

— Света... Подожди меня здесь. Пожалуйста.

Она не стала настаивать. Поняла: ему предстоит, быть может, самое интимное для него дело в мире. Лучше одному...

Он полез в гору. Сердце учащённо билось. Вот он, час оправдания всей его жизни. Словно подхлёстывая его, на мгновение перед его взором появились и исчезли поджатые в презрительной улыбке, предназначенной тем, кто сомневался в его прорицаниях, губы ясновидца...

«Где же он мог её закопать? Должно быть, где-то здесь... где-то здесь...», — шептал себе под нос Илья Натанович. Цепляясь, чтобы удержать равновесие, за ветви низкорослых деревьев, за прутья кустарника, он упорно, шаг за шагом, шёл в гору. То и дело останавливался. Вглядывался в землю...

Внизу в розоватой дымке просыпался Пятигорск. Превозмогая одышку, Илья Натанович медленно поднимался по склону. Порывом ветра донёсся отвратительный запах жжёной резины: неподалёку располагался какой-то завод. Вверху сквозь утренний туман кое-где проглядывали стальные канаты подвесной дороги: зимой здесь катались на лыжах. На самой вершине мелькали огоньки ажурной телевизионной башни.

Это присутствие современности на минуту отрезвило Илью Натановича. Поэта Лермонтова давно нет на свете. Есть город, в который приезжают лечиться от подагры и несварения желудка. Есть минеральные воды...

Но сомнение длилось недолго. Он шёл и шёл, вглядываясь в грунт и бормоча про себя бессмертные слова: *«С тех пор, как вечный судия мне дал всеведенье пророка...».*

Он стал останавливаться чуть ли не через каждые пять шагов, чтобы справиться с одышкой... *С тех пор, как вечный судия...*

Здесь, где-то здесь, он чувствовал, должно быть, совсем рядом...

И, действительно, пройдя несколько шагов, обнаружил среди ровно растущей травы неглубокую, в пол-лопаты, свежеразрытую ямку.

Илья Натанович задрожал всем телом. Так и есть! Ясновидец не обманул. Вот оно, то заветное место! Вот где была закопана неизвестная миру записная книжка поэта. Кто-то, видимо, прознал про это место, добрался до него раньше. Опередил, быть может, всего на несколько дней... Стал лихорадочно вспоминать, кто ещё был тогда, в тот брайтонский вечер, на сеансе у ясновидца. ...

Нет, не может быть!

Он опустился на колени. Судорожно стал шарить пальцами в разрыхлённом грунте, чтоб убедиться, что зрение его не обманывает.

Ничего не найдя, он сел на траву. Не может быть!..

Долгое время он сидел, уткнувшись лицом в ладони, стараясь унять охватившие его чувства. Из тумана стало пробиваться солнце. Он снова стал оглядываться вокруг себя. На этот раз он увидел не поросший травой и кустарником склон горы, а нечто куда более значительное для него. Словно на медленно проявляющемся обрывке фотобумаги, перед ним со всей ясностью предстало то, что до сих пор лишь мелькало порой в его мозгу, мерцало на грани сознания, то, от чего он так долго и успешно отмахивался.

Сначала проблеском, а потом всё больше и больше высвечиваясь, предстало во всей ясности для него то, что, как, он теперь понял, он прятал от самого себя всю свою жизнь. Он понял, что винить в том, что его жизнь не вышла такой, какой хотелось в молодости, ему на самом деле некого, кроме самого себя. Да, в своё время не пустили в университет потому, что еврей. На поверку это было лишь удобным, но, по сути, хилым оправданием. Горькая правда состояла в том, что он не нашёл свой путь в литературу не столько потому, что ему дали от ворот поворот. (Какому еврею и в какие времена его не давали!) А потому что подсознательно выбирал в своей жизни путь наименьшего сопротивления. Причин было сколько угодно. Любовь, женитьба, семья, стабильность, покой... Выходит, для того, кто ищет лёгкого пути, сердце — плохой советчик...

Вспомнил, как сидел в тени под навесом в обеденный перерыв на съёмочной площадке киностудии. В лучах летнего одесского солнца пеклись лица актёров. Каким изнурёнными ни были и режиссёр, и его ассистент, и сами актёры, никто из них не покинул площадки даже на перекур. Надо было захватить как можно больше солнца... А что сделал он, Илья? Вернулся на свою дрожжевую фабрику, от производства которой радовалось разве что тесто для булочек... Разве об этом он с юности мечтал?.. Вот Мишка Мильштейн, вспомнил он рекламу в «Вечёрке», не сдался, хоть и перебивался, небось, с хлеба на воду все эти годы. Надо же, Мольера ставит, да и где — в Москве!...

Похоже, что он, Илья, всю жизнь и был тем самым рабом в библейской притче, который зарыл в землю свой талант и ждал, что он как-то сам собой, как огурец, вырастет...

— Илюша! — донеслось до него. — Где ты? Подай голос!

Он появился у памятника в помятом костюме, с извоженными в земле пальцами, с пятнами грязи на щеках и лбу. Светлана Аркадьевна стояла у обелиска, одной рукой придерживая норовившую сползти с головы шляпу, другой зажимая на груди накинутый на плечи плащ. Она сунула руку в карман плаща, чтобы достать платок, вытереть его лицо, но он не заметил её жеста. Всё ещё по инерции ему хотелось спросить её, говорила ли кому-нибудь о том, куда и зачем они едут. Но он не сказал ничего.

Уже садясь в такси, Илья Натанович обернулся. На миг показалось, что всё так же... не поднимая согнутых в скорби голов, все четыре сидящих по углам памятника мраморных орла снялись со своих мест и, взмахнув крыльями, зависли над обелиском.

Чехов на Брайтон Бич

Семён Михайлович очнулся оттого, что ключ загремел в замке входной двери. Вошла с улицы Фира, усталая, озябшая, с авоськой, которую оттягивала пачка пельменей.

Он сидел, откинувшись в кресле, бессмысленно смотрел на жену. Хотел было подняться, помочь снять пальто, но почувствовал, что не может пошевелиться. Сказал, что пришёл из театра, страшно устал и не заметил, как задремал.

— Знаешь что, Фирунчик, — добавил он глухим голосом, — ты, пожалуй, права. Ничего не поделаешь. К чёрту всё. Уедем.

— Ну и слава Богу, давно бы так, — сказала Фира бодро, но голос её дрогнул.

Семён смотрел на жену исподлобья, обмякший, беззащитный, не сорокапятилетний мужчина, а больной, температурящий мальчик. За окном шуршала мокрыми шинами, под потоками света, ухитрявшимися пробиться сквозь пелену облаков, поблёскивала лужами Мойка.

Разговор об отъезде они вели не впервые.

— Что я там буду делать, Фира? — вопрошал Семён на уговоры жены.

— Ты же актёр, Сема. И хороший актёр. Ведь ни одной рецензии на ваши постановки не было, где бы твою работу не отмечали.

— Ты соображаешь, что говоришь? Какое будущее может быть в Америке у актёра без знания языка?

— Найдёшь что-нибудь...

— Вот именно — что-нибудь! Я же русский актёр, понимаешь — русский!

— Ну, а здесь у тебя какое будущее? Нельзя же жить в этом болоте! Удушиться ведь можно! И потом, хоть ты и русский актёр, но еврей.

— Да какой я еврей! В синагогу не хожу. Ни языка, ни истории еврейства не знаю...

— Как будто это имеет для них значение! — говорила Фира. — Был бы ты не Шпильман, а Петров, или Петренко, на худой случай, — тогда другое дело.

Слова жены задевали за живое. Он сердился, хлопал дверью, уходил от разговора. Действительно, сколько себя помнил, он втайне стеснялся своей принадлежности к еврейству. С чувством вины перед отцом, которого он любил и уважал за простую и честную, полную труда, жизнь, представляясь новым людям, называл себя не Самуилом Моисеевичем, а Семёном Михайловичем. Это было глупо. Все в театре знали, кто он по паспорту. Но ощущения неудобства оттого, что у него, актёра русского театра, еврейское имя, перебороть так и не смог.

Решение уступить давнему настоянию жены и уехать из страны было нелёгким. Пришло в отчаянии, том самом последнем отчаянии, в котором притупляются все другие чувства и наступает безразличие к собственной судьбе. Что будет — то будет. Дело было в том, что в тот день распределяли роли в новой пьесе, и ему опять ничего не досталось. Театр был большой, престижный, режиссёр известный на всю страну, а ролей, даже маленьких, на всех не хватало. Да и как могло быть по-другому, когда в труппе больше полусотни человек! Каждый раз, когда перепадала даже маленькая роленка, был праздник.

Время без ролей он переносил тяжело. От долгого безделья терялась уверенность в себе. Казалось, и таланта никакого у него нет и никогда не было. Так, быть может, и было немного пороху в пороховнице, но разве что на один пшик. В такие дни начинало болеть в боку. Мерещилось, что и до него добралась какая-нибудь мерзкая хвороба, рак или ещё что-нибудь в том же духе.

Сам он был из Воронежа. Учился в Москве, в ГИТИСе. В театр взяли в родном городе. Театр был хороший, добротный. Как-то приехал на гастроли Ленинградский театр драмы и комедии, режиссёр увидел его в «Вишнёвом саде» в роли Фирса, старого слуги в доме Раневской, которого она, съехав, оставила в пустых комнатах. Пригласил к себе. Из всего сыгранного — а ролей за двадцать с лишним лет работы набралось немало — больше всего ему удался Фирс. Роль небольшая, дюжина фраз. А как же он наслаждался ею! Были и другие удачи, но именно по поводу этой роли знакомый журналист как-то сказал с теплотой: «Ты так его играешь, что, похоже, ты с этим Фирсом внутри и родился. „Меня забыли!" Надо же в одну фразу под занавес так много вложить!» Семён помнил, как, готовя роль, долго мучился, подыскивая правильный тон. Как сказать эти два слова, чтоб в них была вся душа Фирса, вся его жизнь? Ведь переезжая забыть можно вещь, а тут — человек. Хоть очень старый, но человек ведь — не стул, не комод...

Семён и сам не знал, почему именно эта роль ему необыкновенно удалась. Может быть, потому, что Чехова он полюбил с детства, с того самого дня, когда прочитал в первый раз «Каштанку», маленькую повесть о собаке. Она потеряла в толпе любившего подвыпить хозяина-столяра. По воле случая её подобрал цирковой дрессировщик, и она зажила интересной и сытой жизнью. Но однажды, во время очередного трюка, услышав голос хозяина с галёрки, без раздумья бросилась на зов. Книжка была «детгизовская», с картинками. Видимо, поэтому Каштанку он представил именно такой, какой она была нарисована, — рыжим ласковым весёлым псом, помесью таксы с дворняжкой, с пушистым, загнутым вопросительным знаком хвостом. Казалось, от самой книжки исходили запахи, навсегда засевшие в собачьем мозгу, — свежих стружек, лака и клея. Может быть, потому, что отец плотничал, и эти запахи были запахами и его, Семёна, детства, он прямо-таки прикипел душой к «Каштанке». Ещё в ГИТИСе, понимая, что с фамилией Шпильман далеко не пойдёт, взял себе сценическое имя — «Семён Рубанков».

Чеховым он восхищался не только как писателем. Перечитывая его биографию, всякий раз поражался, как смог сын лавочника, внук отпущенного на волю крепостного, преодолеть грубость среды, его воспитавшей. Отец колошматил его в детстве за всякую промашку, но это не помешало Антону Павловичу заботиться о нём и матери до старости. Семён так часто и много думал о Чехове, что ловил себя на том, что, появись он перед ним, не очень и удивился бы...

Своему любимцу он даже простил «Тину», рассказ с юдофобским душком. Молодая еврейка в одиночку совращает всю округу порядочных русских людей. Небось, друг-издатель Суворин, антисемит заклятый, подкузьмил. Великим людям надо прощать слабости, как прощают близким дурной запах изо рта. Тем более, что у Чехова это, скорее всего, вышло случайно. Известно, что он однажды влюбился в красавицу-еврейку, подругу сестры по высшим женским курсам, сделал предложение, а она ему отказала... Ведь написал же он потом «Скрипку Ротшильда», рассказ про русского мужика, который ни за что ни про что возненавидел бедного еврейского музыканта. И только под конец жизни понял, что бессмысленная ненависть вредила больше всего ему самому. Одно слово, Чехов!

Оттого, что решение покинуть страну, наконец, было принято, легче, однако, не стало. На душе продолжали скрести кошки.

— Ну что ты, Сема, так расстраиваешься! — бормотала Фира, двигаясь по комнате, стараясь занять себя каким-нибудь делом. Переставила у двери туфли, в которых пришла с улицы. Задёрнула поглубже занавески на окнах. Повернула к свету настольной лампы портрет покойного отца на комоде.

Семён понимал — волнуется. Ещё бы! Одно дело судачить об эмиграции с подругами за кухонным столом, а другое… Ведь навсегда! А в одну сторону, как известно, отбывают только покойники…

— Ведь всё к этому шло, и давно, — продолжала Фира. — Вот уже три года уговариваю — уедем, уедем из этой жуткой страны. Ну, разве ты не устал от такой жизни? Ведь угарного газа в воздухе больше, чем кислорода. Неужели собирался так жить до бесконечности?

Он пожал плечами. Что говорить на эту тему теперь, когда уже решено? Слушая бормотание жены, оценил её деликатность. Щадит его мужское самолюбие. Не упоминает, что, кроме нехватки кислорода, в доме постоянный недостаток денег. В самом деле, он, мужчина, не может прокормить семью на свою нищенскую актёрскую зарплату. Вдвоём с женой, учительницей литературы, как-то перебиваются. Хорошо, детей нет. На какие шиши их заводить!.. Впрочем, что теперь об этом думать! Фире за тридцать пять перевалило. Вдвоём среди других забот и не заметили, как молодость прошла.

Но что было делать, если ни к чему другому, кроме как к актёрству, Семёна никогда не тянуло. С детства, с первого школьного культпохода в Театр юного зрителя, заболел театром. И дело тут не в первой увиденной пьесе (была она идеологически нужной — «Хижина дяди Тома», о расизме в Америке). В то первое посещение его раз и навсегда заворожила магия театра, то ощущение высшего таинства, которое мгновенно охватило зал, когда погас свет, грянула музыка и пополз кверху занавес. Сердце покорилось этой магии раз и навсегда. Годами позже, уже в профессиональную актёрскую бытность, однажды на вечеринке один из театральных поклонников, психолог по профессии, как-то объяснил, что магия вообще, а театральная в частности, — явление антропологическое. Человеческий мозг, мол, часто не способен отличить иллюзию от действительности. Семён почувствовал раздражение. Зачем это понимать? Слишком много знаний мешает художнику.

Театр он любил до беспамятства. Любил в нём всё, даже запах клейстера и ссохшихся декораций, отдававших неприличным запахом потных ног. С первых же читок новой пьесы за столом, не до-жидаясь режиссёрской разводки, когда все расходились по домам, он нередко оставался в театре, кружил по сцене с текстом в руках, примериваясь, где лучше стать при той реплике, где при этой... Даже поскрипывание половиц под ним вызывало в нём сладостную дрожь. Театр! Какая замечательная придумка человечества! Что была бы его жизнь, если б не актёрство! Был у него даже тайный, смешной для него самого, страх: вдруг все узнают, что за необык-новенная радость его профессия, бросят свои скучные ремесла — бухгалтеров, шофёров, машинисток — и подадутся в актёры...

Но вот пошла эмиграция. Уезжать стали тихо, по одному. Кто в Израиль, кто в Америку, кто в Канаду, а то и вовсе Бог знает куда — в Австралию, в Новую Зеландию, в Южную Африку... Нако-нец и он доспел. Что ж, такова, значит, его планида. Будущее без театра представлялось слабо. Каким бы призрачным оно ни было здесь, дома, при переезде через границу его и вовсе отсекут. Что же, решил он с горечью, впредь так и буду представляться: «Рубан-ков Семён Михайлович. Человек без профессии».

Вызов давно лежал у жены в комоде, под стопкой постельного бе-лья. Семидесятидвухлетний Наум, дядя Фиры со стороны отца, уже несколько лет жил в Бронксе, на севере от Манхеттена. Писал, что всё хорошо и что, хотя он живёт на общественное вспомоществова-ние, на скромную жизнь хватает. Вот только близких недостаёт...

Начались сборы — долгие, болезненные. Семён тянул отъездные хлопоты. Каждое, даже малое, дело волынил. Фира не сердилась, терпела. Понимала: мучается, оттягивает неизбежное...

Вещей они нажили немного. Но книг собралось достаточно. Чита-ные-перечитанные, они давно стояли в шкафу без дела. Но оказа-лось, что стали частью существования, и отрывать их от себя не было сил... Как быть? После немалой внутренней борьбы Семён взял с со-бой только охапку книг, с которыми расстаться никак не мог. Среди них — трехтомник избранных вещей Чехова в голубой суперобложке и брошюрка той самой, детгизовской, «Каштанки»...

Потом были проводы. Вечеринка получилась шумной. Семён пригласил только двух коллег-актеров, с которыми дружил. Но к двенадцати ночи протиснуться в маленькой квартирке было невозможно. Народу, знакомого и незнакомого, набилось мно-го. Кто-то из актёрской братии бормотал Семёну на ухо, что и он подумывает об отъезде. В Нью-Йорке всё больше становится рус-скоязычных. Америка — страна личной инициативы. Что, если они с Семёном возьмут и откроют частный театр? Но в голосе говорящего энтузиазма было немного. Было ясно — говорилось так, под пьяную лавочку, для поддержания собственного духа. Никакого театра они не откроют...

Ночь перед отъездом Семён спал плохо. В промежутке между часами бдения промелькнул короткий сон, совсем вроде к делу не относящийся. Он — в родном Воронеже. Лет ему не больше двенадцати. Он трусит по кругу во время переменки в школьном дворе. Ноги сами несут, останавливаться совсем не хочется, как это бывает от избытка молодой энергии. Первый лёгкий снежок косо летит к земле, ложится на отворот курточки. Он бежит по кругу, втянув голову в плечи, вслушиваясь, чтоб не пропустить звонок из раскрытого окна. В школе всегда топили усердно, боялись простудить учеников. Звонка всё нет и нет... Время вдруг пошло лоскутами, стало расползаться под руками, как старые, отслаивающиеся от стен обои. Перед глазами, словно на запущенной для перемотки киноплёнке, промелькнула вся его жизнь. Улицы родного Воронежа. Студенческие годы в Москве, наполненные неясными, но яркими мечтами о славе... Поездки с труппой по стране... Шум аплодисментов, вздымающийся и стихающий, как огромная океанская волна...

И тут раздался звонок. Но то был не школьный звонок, не привычный мелодичный звонок на сцену, а жёсткое тарахтение будильника у самого уха. Семён вскочил. Последний звонок на родине! Пора в аэропорт...

Там уже ждали друзья. Приехал из Воронежа отец. Сколько Семён ни пытался уговорить его ехать с ними, ничего не получилось.

— Ты езжай, — сказал тот. — Это нормально для человека — искать лучшей жизни. За меня не беспокойся. Пенсия у меня военная.

Бывший фронтовик, он прошёл всю войну, от Воронежа до Будапешта. Был дважды ранен, но возвращался в свою роту. Два ордена, медаль «За боевые заслуги»...

— Я слишком много вложил в эту землю, чтоб её покидать, — добавил он. — Тут могилы моих родителей. И три литра моей крови. Моё место тут.

Со времени их последней встречи отец страшно состарился. Был совсем седой. Опирался на палку. Семён обнял отца, но сердцем никак не мог до конца принять, что видит его в последний раз. Невозможно прощаться с живыми как с мёртвыми. Пока есть жизнь, есть и надежда. Так уж человек устроен...

Поселиться решили на Брайтоне. Всё-таки поначалу среди своих легче жить. Кто советом поможет, кто из старой мебели что-то даст. Фира энергично взялась за дело. Нашла в «Новом русском слове» объявление о наборе на курсы для программистов. Проучилась несколько месяцев и, к собственному удивлению, — ведь филолог, не математик, по образованию! — закончила на отлично, одной из лучших в группе. Сравнительно быстро нашла работу. Благо, в ту пору по какой-то причине в Америке предпочитали нанимать программистов из нацменьшинств — русских, китайцев, индусов.

Семён и сам пытался освоить новую профессию, но никак не смог себя пересилить. От сухих математических строчек, от чисто мозговой, не требующей воображения, работы воротило с души. В актёрском деле всё по-другому. То мелькнёт в памяти сцена из собственной юности, то услышишь в очереди обрывок разговора, то вспомнишь читаное, казалось бы, давным-давно, но каким-то образом засевшее в памяти. Глядишь, постепенно слепливается роль.

Днём, когда сидеть дома становилось невмоготу, Семён бродил по Брайтону. Его ошеломил захолустный вид, неожиданный в стране, которая представлялась не иначе как воплощением современности. Автострады... Небоскрёбы... Полёты на Луну... И вдруг — неказистые двухэтажные домишки, как в каком-нибудь российском Ельце. Только вместо деревенской тишины — грохот: поезда сабвея несутся здесь над землёй. Прижавшиеся друг к другу тесные магазинчики, набитые продуктами и хозяйственной мелочью. На углу — газетный киоск. В нём — жалкие эмигрантские газетки. Жуткий дух культурной провинции. И лица людей — провинциальные, скучные, пребывающие, казалось, в оцепенении...

Впрочем, однажды подумал он, глаза могут обманывать. Возможно, видит он других людей такими, потому что сам задеревенел. Давно заметил: когда случалось крепко выпить, весь мир казался под хмельком. А место на самом деле вовсе, быть может, и нескучное. И народ — живой, шумный, суетящийся. Будто высыпал на улицы из рассказов Шолом-Алейхема и Бабеля. Двигаясь скорым шагом по Брайтонскому бульвару, Семён однажды увидел на металлической колонне, подпирающей сабвейные пути, листок из школьной тетради, а на нём — фломастером: «Граждане! Будьте осторожны: дантист Шапиро — разбойник!»

Впрочем, через некоторое время нашлось несколько интеллигентных людей по соседству. Художник Окуневский всё сетовал, что его картины — уголки Гурзуфа и Анапы — успеха в Америке не имеют. Реализм здесь давно вышел из моды. Его работы здесь даже не считались искусством. Хозяева галерей выставлять их отказывались.

Был ещё гроссмейстер Лев Львович. По преклонности лет сам он уже в турнирах не играл, но нашёл, благодаря своей былой славе, нескольких учеников и тем зарабатывал прибавку к своему пособию по социальному вспомоществованию. Но всё-таки ни тот, ни другой не были своими, людьми сцены, у которых, как у людей всякой творческой профессии, один, скрытый от непосвящённых, язык мгновенного взаимопонимания. Разговоры на общие темы не получались. Окуневский принялся осваивать абстрактную живопись, но Семён хоть и понимал её разумом, сердцем не воспринимал. Выдавливать из себя комплименты было невмоготу. Ну, а играть в шахматы с гроссмейстером и мысли даже не возникало. Только позориться...

Одна на Брайтоне была отрада — океан. Семён выходил на дощатый настил, идущий вдоль берега, «бордвок», бродил по нему часами, и тоску немного отпускало. Рядом с неохватной, мерно вздымающейся грудью океана всё, что тяготило душу, становилось преходящим, несущественным. Он вглядывался в водную даль, вбирал в лёгкие как можно больше свежего, бодрящего воздуха — и становилось легче.

Океан напоминал летние гастроли на юге — в Херсоне, в Одессе, в Ялте. Там можно было отогреться после долгой зимы, искупаться в тёплом море, подышать пряным воздухом юга, который казался особенно ароматным после пропитанного болотной гнилью питерского воздуха. Можно было поесть свежих помидоров, вишен и слив, к которым обычно при его с Фирой нищенских зарплатах в Ленинграде нельзя было даже подступиться. Чтоб подкормить актёров, во время гастролей сколачивали летучие бригады. Ездили по санаториям с концертами. После концерта устроители, как полагается, накрывали стол, кормили, поили, ласкали. За стол усаживали влиятельных людей из отдыхающих — отставных полковников или подпольных гешефтмахеров с толстыми жёнами, покупавшими санаторные путёвки по блату. Хотя Семён и морщился от стандартных комплиментов, но втайне признавался самому себе, что всё-таки слышать их было приятно. Что ни говори, а похвала необходима таланту, как грибам дождичек. Со временем он научился не принимать её слишком близко к сердцу. Как почувствуешь себя раз и навсегда на коне — конец искусству. Он уже принимал как должное, что, несмотря на опыт, с каждой новой ролью легче работать на сцене не становилось. «В искусстве путь всегда идёт вверх, — не раз напоминал он себе слова Ганса Христиана Андерсена, — по раскалённой лестнице, но к небу».

Вспомнил и киносъёмки. Его иногда приглашали на эпизод-другой: он был характерным актёром — о центральной роли мечтать не приходилось. Ехал он без особой охоты. Ему всегда было неуютно вне дома, без Фиры. На съёмках о быте актёров заботились, как правило, плохо. Раза два он серьёзно простуживался — воспаление лёгких. Да и сами съёмки он не любил. Творчества в них было на понюх табака, а унижения — более чем достаточно. Часто чувствовал себя не человеком, а куклой-марионеткой. То так повернись, чтоб свет падал на лицо под нужным углом, то этак. Но что было делать! Жить на что-то надо было. Денег всегда не хватало, а платили за съёмки хорошо. Всё-таки у него хоть и небольшая, но семья. Долг.

Но все эти мысли помогали сейчас, на Брайтоне, недолго. Он понимал, что издержки актёрской жизни — неизбежная часть всякого творчества. Писатель тоже перемарывает страницы, порой выбрасывает груду написанного в корзину. Искусства без жертв и в самом деле не бывает...

Где-то там, на другом конце Бруклина, за мостом был Манхэттен. Он с Фирой несколько раз отправлялся туда на сабвее. Жизнь там резко отличалась от знакомой, брайтонской. Казалось — едут туристами в чужую, англоязычную страну. Ходили в музеи — «Метрополитен», Гугенхейма, в музей современного искусства. В последнем долго приходили в себя от экспозиции, в которой кругляшки собачьего кала, выполненные в литом чугуне, выдавались за поиски нового художественного слова. Бродили по пятачку Таймс-сквер и прилегающим улицам. Разглядывали бродвейские афиши. Удивило, что в основном в почёте были мюзиклы. Не шекспировские пьесы, а оперетки, от которых в Союзе сходили с ума разве что жители весёлого города Одесса. К лицу это Нью-Йорку, столице мира?

Впрочем, нашёлся бродвейский театр, где шла пьеса Артура Миллера «Вид с моста». Захотелось посмотреть, что американский актёр сделал с ролью, которую ему, Семёну, довелось сыграть несколько лет назад у себя в театре. Недостаток языка его не смущал. Текст роли он помнил, а у хорошего актёра страдание и радость понятны без слов. Фира собралась было купить билеты на спектакль, но глянув на расценки, Семён ужаснулся: им вдвоём вечер обошёлся бы как минимум в сто долларов. Неужели в Америке театр по карману только состоятельным людям?! Фира, конечно, не откажет, но было совестно: и так живёт за счёт жены. Позор!

Он тут же принялся искать работу. Только не сидеть дома! В конце концов, он здоровый мужчина, не нахлебник. Без языка, конечно, дело непростое, но после упорных поисков он вскоре нашёл место ночного сторожа в магазине медицинского оборудования. Всё для калек — костыли, инвалидные коляски, ходунки, кислородные подушки. На дежурство уходил поздно вечером. Отсыпался утром.

Но тоска отказывалась покидать его. Она поселилась в нём прочно — похоже, навсегда. То ли из-за места работы, то ли по какой другой причине, под утро, когда приходил домой и укладывался спать, стал видеть один и тот же сон. Он в своём театре, репетирует скетч, переделку известного анекдота. Он лежит навзничь на носилках, и двое мужиков куда-то с энтузиазмом его волокут.

— Эй, — кричит он в страхе, открывая глаза. — Куда вы меня тащите, дьяволы?

— Как это, куда? — регочут те, пыхая вонючими цигарками. — Куда же ещё тебя, милого, тащить, ежели не в морг?

— В морг? — кричит он. — Вы что, спятили? В какой такой морг! Я же ещё живой!

— А мы туда ещё тоже не пришли!.

И он просыпался в холодном поту.

Сон бередил душу. Семён уходил к берегу, слонялся по «бордвоку», подняв воротник куртки, спасаясь от порывов океанского ветра. Потом возвращался домой. Дожидаясь возвращения Фиры с работы, садился за стол, курил, думал. Ну, вот я в Америке. Ну и что? Что изменилось в моей жизни? Кругом сплошная заграница. А как жить дальше — всё равно неясно...

...В тот вечер он вот так же сидел в полутьме, курил. Его стало клонить ко сну. Он положил голову на согнутый локоть, уж было задремал, борясь с собой. Фира вот-вот придёт с работы, будут обедать, а потом ему идти сторожить магазин.

Вдруг он почувствовал: кто-то рядом. Замер, прислушиваясь. Но не услышал ничего, разве что стул рядом с ним слегка скрипнул.

Ещё не поднимая глаз, ещё не видя чёрной тесёмки, свисающей с бледного сухого виска, ещё до того, как услышал характерное покашливание лёгочного больного, уже знал, кто его гость. В ту же минуту он ясно ощутил, что время — не абстрактность, а плавящаяся на глазах субстанция. Как на картинах Дали, оно обмякло, провисло, вот-вот закапает на паркетный пол их брайтонской квартиры, по старой питерской привычке натёртый до блеска.

«Этого не может быть, потому что не может быть никогда», — пронеслась в голове знаменитая фраза, сочинённая его гостем, которую он любил при случае повторять.

Он всё ещё решал, не пригрезилось ли ему это лицо в полутьме, как сидевший рядом прочистил горло лёгким деликатным кашлем и произнёс негромко, но отчётливо: «Ну, что, хозяин, чай пить будем, или ещё чего покрепче? Гостей, знаете ли, потчевать полагается».

Чёрт знает что со мной происходит, сказал себе Семён. Надо взбодриться, встряхнуться, привести себя к общему знаменателю. Он встал и, не поворачивая головы, прошёл в ванную, плеснул в лицо воды из-под крана. Вернулся в гостиную, но человек за столом и не думал исчезать. Сидел, подперев голову ладонью, и посматривал на него с добродушной улыбкой.

Уже не удивляясь, Семён прошёл на кухню и поискал в шкафчиках чашки и блюдца. Потом кинулся к холодильнику. Пиво, что ли, «Хайнекен» открыть? — мелькнуло у него. А стаканы? В механической мойке должны оставаться мытые. Где Фиру чёрт носит, ругнул он мысленно жену, хотя и знал, что это несправедливо. После работы она если и задерживается, то потому, что заходит по дороге домой в супермаркет, купить что нужно к обеду.

Мамочка родная, я, кажется, и в самом деле верю, что у меня в гостях Антон Павлович. Неужели у меня в конце концов крыша поехала? Если так, то дело плохо. «Не дай мне Бог сойти с ума!». Вот ведь чего Пушкин больше всего боялся! Не измены жены, не пули Дантеса, а потери разума. Да, уж этому не позавидуешь...

Вдруг его охватила необычайная бодрость, какая бывала на «генералке», когда знал, что роль получилась. Откуда-то во всём теле возникла энергия, какой он уже давно в себе не помнил. Он достал с полки чашки, блюдца, чайные ложечки. Пока нёс посуду к столу, почувствовал радость. Ах, значит, всё-таки я волнуюсь, каким-то другим счётом пронеслось у него в голове. За все американские мои месяцы впервые по-настоящему волнуюсь. Как это, оказывается, замечательно — волноваться, чёрт побери! Волнение — это и есть жизнь.

Щёлкнул, закипев, электрический чайник. Семён понёс его к столу, но ещё раз взглянуть гостю в лицо не решился. Только и увидел перед собой тонкие руки, выглядывавшие из обшлага тёмного старомодного покроя пиджака в серую полоску. А, была не была! Замерев сердцем, сказал, не поднимая головы:

— Здравствуйте, Антон Павлович.

И в ответ услышал: «Здравствуйте, Семён Михайлович».

От звука голоса, негромкого и приятного, Семён совсем оторопел. Стал разливать чай в чашки, как вдруг улыбнулся догадке. Как же он сразу об этом не подумал? Всё просто: его разыгрывают. Окуневский или Лев Львович — оба с чувством юмора. Решили подшутить. Уговорили какого-то эмигранта, тоже бывшего актёра, загримироваться под Чехова. А уж старинную тросточку да пенсне на тесёмке в американском антикварном магазине найти, должно быть, не так уж трудно... Краем глаза снова взглянул на гостя. Ну, просто вылитый! Если и грим, то первоклассная работа. Ладно, разберёмся, поведу себя осторожно, чтоб не доставить шутникам слишком много удовольствия.

И хотя таким образом всё объяснялось, Семёну вдруг стало душно. К чаю он ещё не прикоснулся, а его уже прошиб пот. Пол под ним стал крениться и уходить из-под ног. Семён собрал все силы, чтобы удержаться от падения. Заставил себя сесть на стул рядом с гостем и принялся пить чай, лихорадочно думая, как бы вывести хохмачей-самоучек на чистую воду. Попрошу автограф, а потом, когда Окуневский начнёт смеяться, покажу, что знал — разыгрывают. Вспомнил, что на голубой суперобложке чеховского трехтомника, который привёз с собой, — факсимиле подписи писателя. Вот по ней и сверит. Пусть тогда попробуют ответеться.

Гость как будто тут же прочитал его мысли. Потянулся к полке и без ошибки, словно знал заранее, вытянул тоненькую брошюрку «Каштанки». Хмыкнул удовлетворённо и на форзаце неизвестно откуда взявшейся шариковой ручкой начертал: «Семёну Михайловичу Рубанкову на память о встрече на Брайтоне». И расписался.

Семён сначала обрадовался, что всё само собой образовалось. Но тут же снова забеспокоился. Достаточно ли будет автографа? Окуневский скажет, что подпись подделана. Тьфу ты, неужели я и в самом деле верю в эту чепуху!

Одна была надежда — что гость возьмёт и исчезнет так же внезапно, как появился. И всё в жизни, быть может, не такой счастливой, но уже начинавшей становиться привычной, станет на место.

Но гость и не думал исчезать. Свидетель, пронеслось в голове Семёна, нужен свидетель. Надо потянуть время. Вот Фира придёт — и всё станет на свои места...

Но ждать не было никаких душевных сил. Нужно было что-то предпринять — и немедленно. Его вдруг осенило. Как же это ему сразу в голову не пришло?

— Ну что мы сидим в духоте, Антон Павлович, — сказал Семён как можно спокойней. — Пройдёмся, что ли. Покажу Брайтон...

— Обожаю прогулки, — сказал гость, ничуть не смутившись. Взял тросточку, на минуту зажмурившись, снял пенсне и, протерев фланелевой тряпочкой, сунул в карман. — Я готов.

Семён пропустил гостя к двери и двинулся за ним на дрожащих ногах.

В десяти шагах от дома встретился чёрный парнишка Чарли, грузчик в продуктовом у Бори.

— Хай, Чарли, — сказал Семён. — Знакомься. Антон Павлович Чехов.

— Хай, Тони, — сделал ручкой Чарли и ощерился в улыбке.

Да, свидетель так себе, подумал Семён, надо найти кого-нибудь из наших.

Он повёл гостя на «бордвок», который уже наполнялся прогуливающимися парами. Никто на них не обращал внимания. Семёна опять объяло беспокойство. Но негритёнок-то поздоровался с гостем!..

В ту же минуту бывший актёр заметил среди прохожих знакомую фигуру старика-поэта по прозвищу «Коршун». Прозвали его так из-за неистового, из-под мохнатых бровей, взгляда пронзающих глаз. Да и походкой — он двигался боком, слегка волоча ногу и горбясь под тяжестью тяжеленной сумки на плече, набитой томиками стихов собственного сочинения, — он напоминал раненую, не способную взлететь птицу. На родине он был членом Союза писателей, в Москве жил в большом писательском доме возле метро «Аэропорт»; его книги выходили в центральных издательствах. По прежним, советским понятиям он был богат, водил «Москвич», был несколько раз женат на молодых весёлых женщинах. Но успех, видимо, вскружил ему голову. Из фронды, желая угодить друзьям-писателям, стал писать дерзкие стишки, которые стали ходить из рук в руки, попали в самиздат. У него начались неприятности. Из Союза его исключили. Из дома выселили. А весёлые молодые женщины потеряли к нему всякий интерес. В конце концов он очутился на Брайтоне. Здесь он бродил по ресторанам, подбирался к обедающим и, не давая времени опомниться, бросал на стол изданную на собственные сбережения книжонку, провозглашая сиплым драматическим голосом: «Последний сборник! Десять лет творческой работы! Полная цена — двенадцать долларов. Год за доллар галерного писательского труда, согласитесь, это немного. Но с вас я возьму только восемь, ни цента больше».

Когда старик приблизился, Семён махнул ему. Сказал нервным голосом:

— Григорий Осипович, посмотрите, кто к нам пожаловал. Антон Павлович!

«Коршун» на минуту замер, сверля окликнувшего и его спутника своим пронзающим взглядом и шевеля мохнатыми бровями. Затем сорвал сумку с плеча, выхватил из неё тощую брошюрку и ринулся к гостю:

— Дорогой мой, окажите честь собрату по перу. Примите в дар. Вы хоть мои последние стихи прочтёте. Вы только взгляните на них, — он вскинул в широком жесте руку в сторону прохожих. — Разве их поэзия интересует! В России за мной КГБ гонялось. Читали каждую запятую. На допросы таскали. А там я был ещё подмастерьем. Здесь создал свои лучшие произведения. А им наплевать! Отказываются читать! Хотите знать, что их волнует? Я вам скажу, что! Какая капуста в гастрономе «Интернэшнл фуд» лучше — квашеная на прованском масле или маринованная с брусникой. А! Стоило из-за них терпеть гонения и страдать? Вот народец!

Семён еле отбился от него. Заслонил гостя, у которого вдруг начался приступ кашля. И тут Семён заметил, что фонари вдоль деревянного настила снялись со столбов и поплыли в вечернем воздухе. У него заломило в висках. Я иду по «бордвоку» с Чеховым. Шутка, всё это не более чем глупая шутка. Но так и должно быть. Если всё в жизни принимать всерьёз, можно и в самом деле сойти с ума.

И вдруг, без всякой видимой причины, его снова охватило чувство безмерного счастья — что движется, чувствует, живёт.

Но продолжалось это недолго. Через какое-то время радость угасла и взамен пришло чувство какой-то не вполне ясной, но непоправимой беды.

— Антон Павлович, — сказал Семён через силу ни для чего другого, как для того, чтобы подавить охватившую его тревогу. — Послушайте! Может быть, удастся пересмотреть ваш диагноз? Раз вы уже здесь, почему бы вам не сходить к доктору?

«Что я такое молочу?» — мелькнуло у него в мозгу, но он продолжал:

— Бывшее светило советской медицины. Член-корреспондент Академии наук. Без американской лицензии пропадает зря. Ваш, скажем так, недуг, — ему почему-то показалось неудобным произнести слово «туберкулёз», — теперь запросто в Америке лечится. Всё-таки без малого сто лет медицинского прогресса!

Гость мило рассмеялся:

— Спасибо за заботу, Семён Михайлович. Боюсь, несколько поздновато.

— Ничего не поздновато, — Семёна несло под гору, остановиться он уже не мог. — Я, конечно, понимаю — вы сами доктор… А не хотите ли остаться? А? Тут сейчас многие остаются. Просят политического убежища. Да что я такое говорю? Вас ведь здесь знают. Будете получать пенсию по болезни и писать… Уверен, у вас ещё остались в загашнике неоконченные пьесы для механического пианино.

«Нет, у меня положительно крыша поехала, — отчётливо сложилось в его голове. — Боже, какую пошлую чепуху я несу! Наслушался брайтонских разговоров в магазинах. Неужели актёр и в самом деле, как говорит Окуневский, лишь сосуд, способный принять любую субстанцию? Кто же я на самом деле такой? Да и есть ли на свете такой человек — Семён Рубанков! Не придумал ли я его от начала до конца?»

И впервые за свою жизнь он ощутил пронзающий стыд за свою, теперь уже бывшую, профессию.

Гость между тем рассмеялся. Даже покрутил головой от удовольствия.

— Увольте, увольте, Бог с вами. Что вы такое говорите, Семён Михайлович!

Они ещё некоторое время гуляли по Брайтону. Зашли в гастроном «Интернэшнл фуд». Гость там снова извлёк из кармана пенсне, с любопытством посмотрел на свисающие с потолка колбасы, на разносолы в бочонках, на пирамиды тортов, на круглобоких дамочек, толпившихся у прилавков с важно-сосредоточенными лицами, как будто они выбирали не еду, а отрез на бальное платье. Сказал, покрутив головой:

— Весело живёте на белом свете, господа!

Семён почувствовал усталость. В какой-то момент ему даже показалось, что он вот-вот упадёт от изнеможения.

Словно почуяв это, гость стал раскланиваться. Надо, мол, побыть одному. Как творческий человек, Семён должен его понять. Приподнял шляпу:

— Кланяйтесь от меня Вашей супруге, Семён Михайлович. Как её, простите, зовут? Фира? Эсфирь, значит. Что же, кланяйтесь от меня Вашей Эсфири.

Потом он негромко свистнул, и откуда-то из глубины магазина выскочила рыжая собака, помесь таксы с дворняжкой, с умной лисьей мордочкой, с пушистым, загнутым вопросительным знаком хвостом. Гость почесал у неё за ухом, она ещё сильней завиляла хвостом от удовольствия, и когда он повернул к океану, побежала у его ног, время от времени приподнимая голову и стараясь заглянуть ему в лицо.

Семён глубоко вздохнул. Вместо обычного брайтонского запаха — смеси солоноватого океанского воздуха и бензинного перегара — остро пахнуло древесными стружками, лаком и клеем.

Он заторопился домой. Повернулся на каблуках и, не оглядываясь, быстро зашагал по набережной. Из репродуктора на крыше кафе доносилась какая-то незатейливая песенка. Фира, наверное, уже давно дома и недоумевает, куда он запропастился. В самом деле, что он здесь делает в этот час? Почему его занесло Бог знает как далеко от дома? От Питера. От родного Воронежа... Он ощутил на разгорячённых щеках прохладу. Замелькали косо летящие к земле снежинки. Время стало слоиться, и в его лоскутах увиделся школьный двор и мальчик, бегущий по кругу в ожидании звонка, возвещающего конец переменки...

Перед тем как ускорить шаг, Семён не выдержал и оглянулся. Неподалёку на пляже, у самой воды, в неверном свете качающихся на ветру фонарей стоял высокий худощавый мужчина в пенсне, в соломенной шляпе с чёрной лентой. На нём было элегантное пальто старомодного покроя, а в руке тросточка, которой он в раздумье ворошил прибрежную гальку. Он вглядывался в густеющую мглу океана, щурился в улыбке, что-то бормотал себе под нос и немного покашливал. У его ног вертелась рыжая собака. Она то и дело поднимала лисью мордочку и внимательно смотрела на волны, будто ожидая, что из них вот-вот вынырнет нечто такое, что удивит и обрадует.

СВИСТ АБРИКОСОВОЙ КОСТОЧКИ

1

Сорок лет — возраст опасный. В этом возрасте кто не пил — начинает пить, кто женат — думает о разводе, кто никогда не покидал страны — эмигрирует. Так случилось и с Семёном. Он был художником. Серьёзно работать начал поздно, хотя примеривался к тому давно, с ранней юности...

Был конец необычно жаркого мая. Было душно, парко. Стоило пройти по улице грузовику, как в раскрытые настежь окна вплёскивался приторный запах ссыпавшихся до времени желто-белых цветов акации вперемежку с нежным духом перезревшего жасмина, высаженного под окнами старинного, грязно-серого с осыпающейся штукатуркой, не ремонтированного с довоенных времён школьного здания. Неловко, бочком, подложив под себя ногу, в сосредоточении то и дело перекатывая во рту кончиком языка комочек розовой промокашки, девятилетний Семён срисовывал кувшин, поставленный учителем на край стола.

Сам же Герасим Петрович, пожилой человек лет сорока, в роговых очках, заложив руки за спину, шумно дыша в усы, как всегда в минуты раздумья, ходил по проходу между партами. У него была рассечена верхняя губа, отчего при редкой улыбке его лицо приобретало несвойственное ему хитрое, заячье выражение. Учитель, между тем, был человеком простым и прямодушным. Шрам на губе был результатом ночной схватки, о которой ходила в коридорах школы горячечная мальчишечья молва. Однажды в окоп, на дне которого, подложив локоть под голову, спал учитель, ввалился немецкий разведчик и ударом приклада попытался оглушить его, утащить в качестве «языка». Превозмогая боль, Герасим Петрович выхватил из сапожного голенища финский нож и заколол фашиста.

Ничем иным, как бесконечным уважением учеников, не объяснялось то необыкновенное усердие, под знаком которого проходили уроки рисования.

Крышки парт были иссечены вдоль и поперёк перочинными ножами ещё до войны и теперь наскоро перекрашены смоляной краской. Она отдавала скипидаром и оставляла на быстро потеющих мальчишечьих ладонях тёмные, трудно смываемые, пятна. Учитель заглядывал поверх коротко остриженных, с чубчиками, голов, торчащих на тонких шеях из воротников серых, недавно введённых, школьных форм, и говорил:

— Старайтесь, старайтесь, мальки.

С этими словами он клал огромную свою ладонь на голову ученика. От этой неуклюжей ласки у того пробегали по спине мурашки, зажмуривались глаза. Мальчики вдыхали несравненный запах махорки — настоящего мужского курева, которым были пропитаны пальцы учителя. По фронтовой привычке он курил «козьи ножки». Аккуратно оторвав прямоугольный лоскуток газеты, прогибал его желобком между указательным и большим пальцем и насыпал махорку из небольшой торбочки со шнурком. Она напоминала мешочки с ливрами, которые держали за своими поясами мушкетёры из трофейного голливудского фильма. Расплачиваясь за услуги, они лихо подбрасывали эти мешочки, а весёлые помощники так же лихо ловили их.

Уплотнив махорку, учитель скручивал папироску и завершал процедуру проходом языка по краю газетного лоскутка. Затем он подпаливал самокрутку с помощью зажигалки, переделанной из крупнокалиберной пулемётной гильзы, и с наслаждением затягивался. Вспыхнув, ошмётки плохо измельчённого табачного листа расползались по сторонам огненными червяками. Учитель двигался дальше, от парты к парте, похлопывал ободряюще по макушке то одного, то другого ученика.

Надолго остановился только у парты Семёна. Тот едва заметил учителя — работал. Кувшин на учительском столе был с узким, расходящимся кверху горлышком, напоминавшим жабо средневекового испанского дона. Под грифелем, в лихорадке прыгающим по бумаге — то тут подтенить ручку, которой кувшин подбоченился с некоторой грацией, то там, в самом низу, прояснить лёгкую щербатинку, — кувшин, казалось, едва заметно дышал, млея от духоты. Семён видел, что колеблется луч света, тревожимый струящимся, разгорячённым южным солнцем, наполненным запахами лета, воздухом. Герасим Петрович стоял возле Семёна, вложив кулаки в карманы, попыхивая остатком самокрутки, прилепившимся в углу рта, покачиваясь на носках, отчего поскрипывали офицерские сапоги, как всегда до блеска начищенные и издававшие сильный гуталиновый дух. Он долго смотрел на работу Семёна, немного хмыкал и кряхтел, ходили желваки на его щеках, но, наконец, сказал серьёзно, как бы подчёркивая, что не желает ни польстить Семёну, ни развеселить и уж точно не желает сделать приятное:

— Знаешь, малёк... — проговорил он медленно и сделал паузу. — У тебя, кажется, есть способности.

Сказал он это тем тоном, каким врач сообщает больному малоприятный диагноз. Вот-де просмотрел тщательно рентгеновские снимки — увы и ах, рад был бы ошибиться, но найден очаг воспаления, дело серьёзное, лечение предстоит длительное, так что следует запастить терпением и не надеяться на чудеса.

— Торопишься вот иногда, — сказал он перед тем, как двинуться дальше по проходу. — Не торопись, не стоит...

2

После десятилетки Семён хотел подать документы в художественное училище. Но не хватило духу. Известное дело, конкурс в училище суровый. Не попадёшь в вуз — уволокут в армию. А там ему при хилом здоровье несдобровать. Семён столько раз слышал, как мать рассказывала знакомым и даже малознакомым людям, каким сын рос болезненным ребёнком. Рассказ она обычно начинала с заявления: «Он за войну перенёс у меня двенадцать инфекционных заболеваний». Она тут же перечисляла: дифтерит, сыпной тиф, дизентерия, дважды крупозное воспаление лёгких...

— Но это не инфекционное... — возражал Семён.

— Не имеет значение, — отвечала та, — зато не менее тяжёлое...

Говорила она о болезнях сына с гордостью — что вот, мол, несмотря на немецкие бомбы и тяготы эвакуации, вытянула его из хвороб, уберегла. Возразить ей было нечего. Действительна, вытянула. Слов нет, уберегла. В который раз, слушая мамину повесть о «двенадцати болезнях», он ёжился. Ну, болел и болел... Сколько можно об этом вспоминать!.. Но мать забывать о войне отказывалась. Она по-прежнему боялась за здоровье сына, считала его раз и навсегда подорванным и готова была защитить его от непомерных, как ей казалось, нагрузок на уроках физкультуры. Она была неумолима и бесстрашна. Не жалась в коридорах в ожидании случая переговорить с завучем, как другие родители, наведывавшиеся в школу, а шла в учительскую и твердила завучу, усатому однорукому мужчине в косоворотке, что сына надо освободить от физкультуры по болезни.

— Для его ж пользы, мамаша, — говорил завуч, дёргая усом. — Пусть подтягивается на турнике, укрепит мышцы...

Но мать была полна решимости раз и навсегда оградить сына от возможных травм.

— Вы не понимаете, Василий Иванович, двенадцать ведь инфекционных болезней!.. — говорила она, поднося к лицу завуча растопыренные пальцы обеих рук, которых не хватало, чтобы перечислить все перенесённые сыном недуги. Завуч в ответ махал единственной рукой и сдавался. Семён злился на мать, но возразить ей не мог. Знал: спорить с ней бесполезно. Он рос слабосильным, отчуждённым от сверстников тем, что не мог наравне с ними прыгать и бегать и, если надо, постоять за себя, подраться...

Поступать в художественное училище Семён так и не решился. В ответ на его робкие просьбы попробовать свои силы, подать рисунки на конкурс, мать сказала:

— Сначала получи какой-нибудь человеческий диплом. Лучше всего инженерный. Всегда будет кусок хлеба. Потом делай, что хочешь...

На помощь отца Семён и вовсе не рассчитывал. Исаак Матвеевич плотничал день-деньской, своей жены сам побаивался. Он вставал раньше всех домашних, тихо, чтоб не звякнуть посудой, подогревал на сковороде остатки вчерашнего второго, заливая их яйцом и, позавтракав, уходил на работу, возвращаясь только вечером, к ужину. За ужином молчал и, найдя какое-нибудь дело, уходил, возвращаясь только к ночи, когда уже все засыпали.

В качестве последнего аргумента Семён сказал матери:

— Герасим Петрович сказал, у меня есть способности...

— Вот именно — «способности», — незамедлительно ответила она. — Даже если бы сказал «талант», и тогда было бы непросто. Никогда не забывай: ты живёшь в антисемитской стране... Способности!.. — сказала она почти презрительно. — Так тебя с одними только способностями в училище и взяли. Пора знать: пробиться у этой власти можно только, если ты в три раза не то что просто способнее, а талантливее других.

Он утаил от матери, что учитель сказал не «есть способности», а «*кажется*, есть способности». Со словом «кажется» шансов уговорить мать и вовсе не было. Разве что самый тон, с каким говорил учитель, серьёзный и уважительный, чего-то стоил. Но поди объясни матери эту уважительность!.. Куда тут было деваться! Так было и решено: поступать ему в инженерно-экономический.

3

Пять лет в скуке и муке Семён слушал лекции по экономике. Стал сметчиком в плановом отделе монтажного управления. Между делом продолжал рисовать. Впрочем, «между делом» была служба, а рисовал он всё остальное время. В выходные дни. И в дни не выходные. Он таскал за собой повсюду свой темно-вишневый, тиснённый серебром, альбом со сменными листами и в свободную минуту набрасывал в нём всё, что ни придёт в голову. Рисунков своих по большей части никому не показывал. Будто была у него какая-то маленькая постыдная страстишка, в которой признаться постороннему неудобно. Он томился в своей конторе, составляя сметы или готовя цифровые выкладки для доклада начальника. Сидя на никому не нужных собраниях, рисовал в блокноте фигуры соседей. Он не был портретистом — рисовать с натуры мог, но блеска при этом не обнаруживал. Но художник, считал он, должен уметь всё, и потому часто, видя, что не получается, как хотелось, мучился от ощущения собственной бесталанности.

Рисунки же давались ему легко. Однажды приятель-журналист, которому Семён не без страха показал свой альбом, предложил сделать карикатуру для фельетона. Семёна напечатали. У него оказался неожиданный для него самого сатирический дар, на который в журналах оказался некоторый спрос. В его скетчах — ничего другого за неимением времени он не рисовал — была живость. Работы Семёна стали появляться время от времени даже в столичной прессе. Техника, профессионализм выработались быстро, были даже кое-какие успехи: однажды пригласили дать рисунки для городской выставки молодых.

Потом он встретил Лену. Влюбился, сразу, недолго раздумывая, женился, даже не попытавшись понять, кто она и чего от него ожидает. Миловидная темноволосая молодая женщина с серыми чуть раскосыми глазами совершенно его закружила. Очарованный её красотой и душевностью, он считал встречу с Леной незаслуженным подарком судьбы. Как это вдруг ему, такому неказистому и мало-денежному человеку (к тому же еврею!), досталась вдруг такая русская, чуть ли не кустодиевская, красавица!

Спустя короткое время он с некоторым недоумением обнаружил, что на вернисажах, где выставлялись его рисунки, жена с замиранием останавливалась перед чужими картинами, волновалась, когда Семён знакомил её при случае с каким-нибудь художником, а на его работы поглядывала снисходительно и, как правило, ничего не говоря. Только одну картинку и похвалила. Получалось — у него случайно вышло что-то путное... Впрочем, к тому времени у них появился сын Андрюша, и когда рисунки Семёна печатали в каком-нибудь журнале, Лена была довольна — всё-таки прибавка к зарплате, а жили они очень скромно. Не помогай им родители, наверно, совсем пропали бы. Как впрочем, многие их знакомые и друзья...

4

Так Семён и жил, пока не пришла пора эмиграции. Жизнь — автомобиль, прошуршит шинами подле тебя, обдав бензиновым перегаром, и, не успеешь отчихаться, укатывает за горизонт... Петляя по незнакомым дорогам, автомобиль прокатил чуть ли не полмира и остановился на берегу Тихого океана, в пригороде огромного города. Подучив язык, Семён сравнительно скоро нашёл место сметчика в строительной корпорации. Довольно быстро пришёл достаток. По перенятой у американцев традиции они с Леной купили дом в рассрочку, правда, без бассейна, как принято в Южной Калифорнии, но просторный, в три этажа, с гаражом на два автомобиля. Один — новый, другой в приличном состоянии. Машины были не предметом роскоши, как в Союзе, а необходимостью: автобусы в городе развозили, в основном, малоимущих пенсионеров и студентов.

Конечно же, он продолжал рисовать. Гостиная в их доме была большая. Светлую её часть Семён превратил в студию, работал по выходным дням долго, чем злил жену. Вон, мол, и она работает чертёжницей, а весь дом на ней, от него никакой помощи.

— Весь заклинился на себе и только, — говорила она.

Порой у Семёна случались заказы. Раз местная русская газета попросила дать рисунок для статьи о Пушкине. В другой — какому-то старику, приехавшему в Штаты в начале века, захотелось иметь карандашный портрет отца, который надо было сделать по блеклой и безнадёжной для фотографической реанимации паспортной карточке: седые брови, седая борода до груди, бледное испуганное лицо... Затем одной благотворительной конторе понадобился эскиз почётной медали для награждения наиболее щедрых меценатов.

Семён работал быстро и точно. Заработок был, правда, небольшим по сравнению с зарплатой в корпорации, но когда Семён работал на заказ, Лена относилась к его уединению серьёзно: уезжая на очередные закупочные рейды-«шопинги», забирала Андрюшу с собой, чтоб не мешал.

Но чаще всего заказов не было, и Семён мучился от вины перед семьёй. Рисует ведь ни для чего больше, как для собственного удовольствия, а это нехорошо — что-то делать только для себя, если есть семья. Он иногда уступал жене, садился с ней в машину и ехал в торговые центры-«моллы», в которых американцы проводят больше времени, чем россияне в парках культуры и отдыха. Эти гигантские универмаги раздражали его размеренным гулянием публики вдоль бесчисленных магазинов и магазинчиков, раздражали тем видимым наслаждением, с каким и Лена обозревала бесчисленную массу вещей — «от гольфиков до гульфиков», — как он про себя окрестил этот бесконечный поток вещей, упакованных в прозрачный пластик, перепоясанных подарочными лентами и цветными бантами.

Громадные залы торговых центров чем-то походили на холлы американских аэропортов. Наверно, думалось Семёну, так и замышлялось: исподволь побуждают публику двигаться вперёд и вперёд, а там, гляди, переполненный радостью приобретения, покупатель, как есть, обвешанный коробками и пакетами, преодолеет земное притяжение и, оттолкнувшись от пола, вознесётся сквозь стеклянную крышу в солнечное небо.

Лена могла часами бродить по «моллу». Она недоумевала, почему Семён не испытывает того подъёма настроения, какое возникает у неё от одного вида изобилия, от слепящего блеска витрин и чистоты красок.

— Ты же художник, — говорила она, пожимая плечами. — Просто не понимаю...

Семён же был рассеян, «не совсем здесь», чем жену непомерно раздражал.

— Лучше бы сидел дома, — приговаривала она. — Толку от тебя всё равно никакого. Весь в себе...

И действительно, тащась за женой по торговым залам, Семён продолжал размышлять над композицией рисунка, который дожидался его возвращения. Он угрюмо молчал, не отвечая на Линины упрёки. Он любил её и жизни без неё не представлял.

Он попробовал от графики и акварели, в которых достиг определённой уверенности, перейти на масло. Процесс был мучительным. Каждый раз после большой паузы приходилось заново привыкать к весу кисти, учиться забирать краску лёгким касанием. Он чувствовал себя новичком, чуть ли не любителем, впервые в жизни взявшим в руки кисть. Иногда в отчаянии говорил себе: «Надо бросить всё это. Почему я решил, что у меня есть талант? Ведь Герасим Петрович даже насчёт способностей сказал тогда — „кажется"»...

Само это слово представлялось ему рогатым жучком-короедом, с виду махоньким, но исподволь выедавшим его и без того не слишком крепкую веру в себя. Почему учитель не сказал тогда чётко и ясно — «талант»? Тогда, может, не было бы сомнений. Тогда не надо было бы гадать и решать.

5

По российской потребности в общении Семён и Лена сошлись с несколькими супружескими парами из Союза. Каждый раз, собираясь в гости, Лена приободрялась, а Семён падал духом. Никак не мог взять в толк — отчего. Знакомые были людьми образованными, даже творческими, — литераторами, ассистентами режиссёра, актёрами. Впрочем, в прошлом. Теперь они приобрели американские специальности. Один стал страховым агентом, другой — агентом по недвижимости, третий — гидом в бюро путешествий. Семён с беспокойством думал о том, что вот и он зарабатывает на жизнь делом ему чуждым. Но по-прежнему где-то в глубине его жила надежда, что не всей потеряно, что наступит время, когда он станет, наконец, больше и лучше писать. Выплеснет на полотна всё живое и радостное, что давно, сколько себя помнил, просилось наружу.

«Нет, — говорил он себе, — Я ещё живой. Я не умер. Мне всего сорок два, и только-то. Да, другие художники в моём возрасте уже заканчивали карьеру, а некоторые даже уходили в мир иной, достигнув совершенства. Но у каждого своя судьба, свой путь. Самое страшное — умереть, так ничего и не сделав. Зачем тогда всё это — сама жизнь? Родить детей, чтобы они только и жили, пока не родят своих? Неужели это всё? Я же не какая-нибудь форель, что, обдирая морду о камни, рвётся против течения на нерест и, выпустив икру, возвращается в своё озерцо пустым брюхом кверху...»

Работая над картинами от случая к случаю, когда урвёт время, он снова и снова мучился сомнениями: а есть ли у него талант? Или права жена, что уделять **ему** время имеет смысл лишь таланту большому, а если — маленький, то незачем и беспокоиться...

Как-то в их компании рассказывали, с обычным напускным цинизмом, об актрисе, которая сошлась с парикмахером киностудии, оставив своего мужа-писателя.

— Ах, — говаривала актриса в кругу друзей, — надоел мне мой писатель... Сочинял сказки для детей, читал мне, а я должна была говорить, какие они замечательные, а были они — скука смертная. Что же, всю жизнь так мучиться?

Все смеялись, а Лена серьёзно поддакивала, и от того, как то сжимались, то криво изгибались её губы, он понял: она сочувствует той актрисе, знает, каково жить с бесталанным. Стало горько, но и на тот раз горечь удалось проглотить. Он как-то *безотчётно* любил жену. Впрочем, любовь и есть *безотчётность*... Случалось, Лена говорила сыну, в его присутствии, что вот когда тот вырастет, пусть станет инженером — непременно инженером, — потому что таланта особого инженеру иметь не надо, но он всегда будет обеспечен.

Здесь, живя и работая в Америке, они перестали заботиться о хлебе насущном, как это было в Союзе, когда порой на метро едва хватало. Могли себе позволить немыслимое в прежней жизни — путешествия; пусть не кругосветные, но побывали в соседних Мексике и Канаде, в Италию и Испанию слетали в отпускное время. Какого ещё рожна им недостаёт?..

6

На третьем этаже здания строительной компании у Семёна был свой «кубик» — небольшой кабинет в центре огромного зала, среди множества таких же «кубиков», состыкованных друг с другом на манер пчелиных ячеек. Кабинетик был чистый, отделанный светлым пластиком, но вдали от окон. Вдоль стен шли офисы менеджеров — окна полагались им, каждому по одному. Семён сидел в своём «кубике» день-деньской, обложившись чертежами. Считал количество бетона, длину электрической проводки... Шуршал, как мышь, бумагами. Перегородки были из пористого пенопласта, пол внатяжку выстлан толстым серым ковром из витого синтетического волокна, — в рабочем зале весь день стояла чуть ли не храмовая тишина. Нарушалась она лишь приглушённым треньканьем телефонов за перегородками. На стол Семёна падал рассеянный холодноватый свет неоновой лампы. Кондиционированный воздух в зале не пах ничем, кроме слабых скипидарных испарений пластмассы. Иногда, шумно дыша носом, в обход своего участка между «кубиками» двигался грузный двухметровый Боб Раски, Семёнов начальник. Под тяжестью его тела потрескивал фанерный настил под ковром.

За день, проведённый внутри огромного зала без окон, похожего скорее на склад сельскохозяйственной техники, чем на контору, все чувства Семёна притуплялись. Ему казалось, что и его руки и ноги, всё его тело сделано из пластика... Часто клонило ко сну. Чтобы взбодриться, он пил чашку за чашкой дрянной американский кофе из «титана». Туда же подходили его коллеги-сметчики с неизменной улыбкой и короткими приветствиями: «How are you, pal!..»

Семён с нетерпением ждал ланча, когда можно выйти вместе с другими в асфальтовый двор корпорации и усесться на траву небольшого газона. Он не спеша ел приготовленный Леной бутерброд и жадно вдыхал влажный воздух тихоокеанского побережья, хотя никаких особых запахов этот морской воздух в себе не содержал. Только по пятницам, когда по газону проползала похожая на гипертрофированный домашний пылесос косилка, Семён с наслаждением и волнением втягивал в себя запах свежесрезанной травы. Он никогда не думал, что этот простой, в сущности, запах будет так его волновать. Не сельским всё-таки хлопцем рос, а городским мальчишкой, а поди ж ты...

Так шло время. Семён чувствовал, что из таких вот похожих друг на друга, тихих и мягких, как новорождённые щенята, дней и ночей незаметно сложатся годы. Он станет точно таким же одутловатым и лысоватым господином, как Боб Раски. В такой же подёрнутый поутру белесым маревом тёплый денёк коллеги-сметчики поведут его по традиции в соседний ресторанчик под названием «Слава Богу — пятница!» и скажут поздравительную речь, поднеся часы от начальства и купленный вскладчину альбом с видами Америки: увешанный бумажными фонарями ночной квартал сан-франциского Китай-города, сумрачного вида рыбак с двухметровым сомом на берегу зелёного острова в штате Мэн, коричнево-охровые слоистые склоны Большого Каньона, голливудский бульвар с туристками в клетчатых шортах; техасский ковбой, набрасывающий лассо на упирающегося бычка... Сотрудники распишут форзац альбома дружескими сентенциями с центральным мотивом: «Завидуем дьяволу везучему! Наслаждайся золотыми годочками пенсионного счастья!»...

7

Город, в котором они жили, был красивый, современной постройки. Но красота его казалась Семёну какой-то безличной и безразличной. Изящные, походившие на парфюмерные коробки, небоскрёбы. Одно здание напоминало флакон любимых Лениных духов «Опиум». Другое — ни дать ни взять, поставленная на попа губная помада, изящным пестиком вверх. Круглое, как пудреница, здание кинотеатра... Похоже, архитектор только и думал о том, как потрафить жене или любовнице. Восхищали «фривеи», пронизывающие город, своими остроумными развязками напоминающие узоры на крыльях бабочек... Умом Семён понимал и принимал это, сердцем — нет... Чужая красота.

Казалось бы, он должен быть благодарен Америке за свободу и благополучие. Благодарность была, но счастливым он себя, сколько ни заставлял, не мог почувствовать. Каждый день, проезжая на своём «Олдсмобиле» вдоль центральной городской магистрали, он смотрел на огромный рекламный экран на крыше здания корпорации. На нём, то и дело сменяя друг друга, суетились фигурки людей. За многие годы Семён так и не понял суть рекламы, но подумал однажды, что он, и все другие люди, здесь, в Америке, кажутся ему такими же бестеневыми бликами. Семён жил какой-то неосязаемой жизнью. Она казалась ненастоящей, как он ни отгонял от себя это чувство.

Смотря по вечерам телебоевики, он ловил себя на том, что ему стоит большого труда заставить себя расслабиться и следить за происходящим на экране. Мужчины и женщины, дети и собаки, дома и сокрушаемые в погоне за преступником автомобили упорно отказывались быть чем-либо иным, чем они по сути и были — пучком электронов, направленных на флюоресцирующий экран. Даже кровь, хлещущая из раны киногероя, казалась таким же пучком. Он отказывался верить, что и в нём, Семёне, есть что-то, помимо поглощённой им собственной тени... Когда однажды, разъезжая на велосипеде вокруг квартала и, не рассчитав поворота, он упал, то даже обрадовался, что ощутил боль...

Однажды ему приснилось: он идёт по залам огромного торгового центра, похожего на тот, в котором бывал с Леной. Мощные потоки света хлещут сквозь стеклянную крышу. Блестит и сверкает всё, что обладает способностью отражать, — стёкла витрин, хромовые панели эскалаторов, плафоны бесчисленных подсветок, никелированные лопасти модерновых дверных ручек. Свет дробится и расплёскивается по разливанному морю упакованных в целлофан вещей. Он, Семён, проходит мимо магазина мужской одежды и замечает какое-то необычное оживление. То ли идёт демонстрация осенней моды, то ли какой-то другой рекламный аттракцион... В витрине один за другим, по четыре за раз, мужчины сменяют друг друга в некоем ритуальном действе. Становятся лицом к публике, спиной к хромированным, встроенным в пол, металлическим устройствам, похожим на сопла реактивных самолётов. Осматривают себя, выпрастывают манжеты рубах так, чтобы выровнялись края, поправляют, глядясь в изнанку витринного стекла, шляпы. Слегка поддёргивают пояса, чтобы не заламывались брючные стрелки. Затем они на мгновение замирают, и по неслышной команде металлические сопла за их спинами разом выбрасывают мощные пучки синеватого пламени. В следующий же миг мужчины вспыхивают, словно лёгкая пластмассовая плёнка, и исчезают.

Всё это выглядело столь обыденно и безобидно, что Семён во сне же соображает: тут какой-то трюк. То ли оптический, то ли ещё какой. Действительно, Семён замечает, что только что сожжённые мужчины, «воскреснув», разгуливают по «моллу». По их походке видно, что аттракцион в витрине магазина одежды, хоть и развлёк их, но ненадолго. Они надеются набрести на ещё что-нибудь не менее интересное... Каким-то сторонним ходом мысли, не прерывавшим, однако, сна, Семён понимает, что происходит нечто несуразное. Но некая сила заставляет его занять очередь в тот же магазин.

Вот он уже собирается шагнуть на постамент витрины, соображая, что надо будет делать вслед за тем, как он повернётся спиной к горелке, и пламя охватит его, как вдруг до него доходит: после этого ничего не надо будет делать, поскольку делать будет НЕКОМУ! Его охватывает ужас — да такой, что стягивает кожу спины и сводит икры ног. Усилием воли он заставляет себя ступить вниз, с постамента, и выйти из магазина.

В страхе Семён вынырнул из глубины сна, почувствовал, что, слава Богу, жив. Однако он не проснулся, а оказался в другом сне, который бродил где-то рядом. В этом другом сне был не он, теперешний, взрослый мужчина, живущий в эмиграции, в чужой стране, сметчик строительной корпорации, муж и отец семейства. То был Семен-мальчик, разбуженный ночным тревожным дёрганьем эшелона дальнего следования, увозившего его в эвакуацию, подальше от бомб громыхавшей войны.

Под утро, когда глаза Семёна ещё были закрыты, но он уже знал, что не спит, он увидел в некоем междусонье, что, отодвинув угол круто накрахмаленной занавески и протерев тыльной стороной кулака запотевшее стекло, которое от его дыхания тут же снова туманилось, малыш из ночного смежного сна смотрит в слабую синеву умирающей ночи. Поезд стоит на какой-то маленькой станции. За окном слышны громкие голоса смазчиков и хруст снега под их валенками. Они идут вдоль состава и молотками на несуразно длинных рукоятках обстукивают колёсные втулки, решая, пойдёт ли дальше вагон или надо его отцеплять из-за негодности к дальней дороге. Сквозь небольшую щель вагонного окна пробивается запах свежевыпавшего снега вперемежку с запахами холодной угольной крошки, стылой сажи, навоза от крестьянских лохматых, запряжённых в телегу, лошадок у переезда.

Дожидаясь, когда поезд двинется и освободит путь, на передке телеги сидит бородатый мужик в огромном тулупе и, кашляя в кулак, курит «козью ножку». Время от времени он поворачивается к Семёну, и тогда тому кажется, что мужик подмигивает ему, и, расползаясь в улыбке, его лицо приобретает хитрое заячье выражение... Он шевелит губами, и Семён понимает, *что* он говорит, хотя слов не слышит: «У тебя, кажется, есть способности...»

— Кажется? Опять «кажется»? Сколько можно — «кажется»? — закричал уже не мальчик на полке вагона, а сам Семён.

— Бог с тобой!.. — растерянно и даже немного испуганно сказал мужик. — Откуда мне знать, как сильно у тебя болит?

8

От какого-то резкого звука Семён окончательно проснулся и открыл глаза. Ну, конечно, он в Америке. Субботнее утро. Хлопнула дверью Лена, отправляясь с сыном и с подругами-актрисами на пикник. Его даже не стали ждать. Знали — будет дома работать.

Выпив кофе, он привычно натянул новый кусок холста на подрамник, соображая, что же сегодня писать. Вспомнил предутренний сон и слова о боли. В самом деле, ведь болит. Всегда болело. Теснилось внутри него, просилось наружу, но заглушалось необходимостью заработка, семейными делами, желанием признания как художника... Вспомнились и давно ушедшие вместе с войной в прошлое ночные налёты на их город, когда небо вдруг начинало выть нестерпимо-страшным ноющим воем бомбардировщиков

278

вермахта. Бегство с матерью по железной дороге — то в пропахших навозом теплушках, то на площадках под брезентом, укрывавшим вывозимые в тыл подбитые танки, то, если уж очень повезёт, в пассажирском вагоне. Днём эшелоны прятались в лесу от бомб и пулемётов пикирующих «мессершмитов», а ночью, навёрстывая упущенное время, до изнеможения паровозных мускул, неслись на восток.

Незаметно, словно сгущаясь из воздуха, в памяти Семёна возник дощатый забор вокруг домика на окраине Самарканда, где поселили его с матерью, потеснив хозяина-узбека. Забор был серый от совместной работы дождя и солнца, просверлённый жучками, словно расстрелянный крохотными пулями. Под забором в норах жили черепахи — он увидел перед собой по-азиатски непроницаемые мордашки с желто-серыми крапинками. От небольшого курятника в глубине двора шёл острый запах компоста, стылого по утрам, разогретого на солнцепёке к вечеру. Куры были драчливые — в воздухе то и дело плыл белый, иногда тронутый слабой синькой, пух. Краснозём вокруг курятника матово блестел на солнце. Хозяин с пожухлым, словно печёное яблоко, лицом, погрузив ладонь в ведро, расплёскивал воду, чтобы глина не сохла и чтобы куры не зарывались и не вымазывались в ней.

Семён вспомнил, как щипали язык сушёные кишочки дынь, которые хозяин жевал за чаем. Заготавливая впрок, он вспарывал шершавую, будто причудливо обмотанную жёлтым шпагатом, кожуру дынного темени длинным, посверкивающим на солнце ножом, и, взобравшись по стремянке, выкладывал кишочки на скате железной крыши. К исходу пламенного среднеазиатского дня сласть была готова.

Семёна устроили тогда в детский сад, расположенный на краю огромного парка, перерытого вдоль и поперёк арыками. Они то неожиданно прыгали из-под кустов под ноги Семёна, то без видимого повода ныряли под них. Он не раз оступался и проваливался в мутную воду — иногда по колено, чаще всего по щиколотку.

Парк был повсюду, и бродя по нему, Семён вертел головой, пытаясь рассмотреть весь это навалившийся на него зелёный мир. Часто приходилось останавливаться и закрывать глаза, неспособные враз всё охватить. Кружилась голова, в воздухе плыла прекрасная музыка, в такт которой в обнимку с тополями, каштанами и акациями, нежно сплетясь ветвями, кружили вишнёвые, абрикосовые и персиковые деревья.

Вдоль заборов на солнцепёке росли огромные маки. Срывать их было бесполезно. От малейшего ветра лепестки маков опадали и через короткое время оказывались в арыках. Туда же сносило молочные лепестки вишен, отчего арыки становились стелящимися по земле гигантскими цветными гирляндами. Сквозь листву тополей нетрудно было заметить синевато-бордовые, переливающиеся на солнце спинки майских жуков. Поймать их нетрудно было даже для такого не слишком ловкого мальчишки, как Семён. Осторожно, чтобы не зацепиться за крючки и захватки, он продевал лапку жука сквозь нитяной арканчик. Чего-чего, а ниток у Семёна всегда было вдоволь. Мать работала на швейной фабрике, катушки с нитками и без них были едва ли не единственными его игрушками. В них можно было смотреть, как в подзорную трубу, ведя парусный фрегат между рифами у островов Джеймса Кука. Катушки превращались в колёса пожарной машины или грузового автомобиля.

Отмотав достаточно нитки, Семён подбрасывал жука в воздух. Если тот был не слишком заморочен во время возни с арканчиком, успевал оправиться от шока и не терял воли к жизни, то, совершив на пути вверх несколько сальто-мортале, улучив момент, оттопыривал фалды своего фрачка, выпрастывал из-под них остроугольные желудёвого цвета крыльца и нёсся куда глаза глядят. Щурясь от солнца, Семён в восторге бежал за ним, подняв катушку как можно выше над головой. Чем дальше жук летел, тем чаще билось сердце от удачи.

Цветы в саду росли не на клумбах, а где попало. Пчёлы, шмели и осы носились по саду, будто ополоумев от непомерности выбора. Выбрав цветок, пчёлы шли на посадку прямо, несколько грузновато, с некоторой, однако, осторожностью, словно бомбардировщики, не сумевшие во время рейда освободиться от своего опасного груза. Разместившись на цветочных лепестках, пчела сладострастно впивалась хоботком в тычинки. От наслаждения подрагивало её мохнатое брюшко и сводило пегие слюдяные кристаллы пчелиных крыльев. Семён держал наготове носовой платок, чтобы поймав, рассмотреть поближе лапки, на которых были длинные, наподобие средневековых секир, крючки. Пчела протыкала ими лепестки, чтобы невзначай не сдуло ветром.

Стрекозы были пугливей пчёл и даже ос. Охотясь за ними, нужно было тихо подобраться на расстояние вытянутой руки, замереть и ждать, когда возбуждённое перелётом насекомое, обхватив длинными много-суставчатыми лапками кончик прутка, успокоится, и его бдительность утратит остроту. Затем одним движением, быстро сведя большой и указательный пальцы, следовало ухватить стрекозу крепко и в то же время осторожно, чтобы не повредить хрупкие крылья, которые были, между тем, куда менее уязвимы, чем легко и фатально проминающееся под пальцами неожиданно мягкое тельце. (Семён подумал, что правило ловли стрекоз годится и для любви, и для искусства, и для многих других стоящих дел.)

Чаще других попадались «царьки» с крупными зеленовато-серыми дымчатыми головками, напоминавшими шлемы пилотов сверхдальней авиации. Из экземпляров помельче запомнились миниатюрные стрекозы. Чуть толще зингеровской швейной иглы, они любили, прежде чем сесть на прут, долго висеть в воздухе. Поймать их было практически невозможно без сачка, который по военному времени был слишком большой роскошью.

Вперемежку с простенькими, в белых одеждочках монахинь, бабочками — капустницами, налетавшими с детсадовского огорода, вокруг кустов сновали, часто и без боязни опускаясь на траву и время от времени сводя и разводя крылья, бабочки-корольки в торжественных царских пурпурных с чёрной оторочкой мантиях.

Едва уловимо пахло свежими, чуть перезрелыми, переполненными соком, абрикосами. Их было особенно много в том саду. Дотянуться до ветки он не мог, подбирал перезревшие плоды в траве, набивал ими рот, восполняя свой скудный обеденный рацион. Для Семёна и сейчас не было лучше плода! Только здесь, в Америке, абрикосы были не такими, какими он их любил с детства. Лишённые вкуса, они не пахли ничем, разве что отдавали полиэтиленовой плёнкой — единственным различимым запахом в американском супермаркете.

Тот далёкий самаркандский абрикос не кончался съеденной мякотью. Оставалась ещё пузатая косточка. Подобно другим мальчишкам, он стачивал на кирпиче её подбрюшную грань, пока не появлялось небольшое продолговатое отверстие. Раздробив концом проволоки скорлупу, он выковыривал по кусочкам полосатое ядро и, подобрав на садовой дорожке кременек покруглее, проталкивал его внутрь косточки. Теперь, зажав её краем губ, он дул в неё. Если он делал это неуверенно и слабо, косточка свистела тихо и жалобно. Когда же он отваживался дунуть что есть силы, кременек весело прыгал, и, закладывая уши, по всему саду разносились рулады чудесной трели, от которой веером разлетались невидные в траве воробьи.

Ещё можно было жевать темно-янтарную смолку, которую он сощипывал с коры вишнёвого дерева. Сама кора тоже занимала его.

У Семёна не было ножа — не давала мать, но если бы и дала, воспитатели всё равно отобрали бы. Он высматривал места на стволе, где шелушился лоскуток кожицы и, ухватившись за него, стягивал полоску за полоской. Делать это можно было бесконечно, но без всякой скуки. Сколько полосок не сщипливай со ствола, они оказывались каждый раз другого цвета и рисунка — карминные с серыми прожилками сменялись бордово-серыми с темно-каштановыми косточками.

На краю посёлка была поляна. По ней, таща по небу воздушных змеев, бегали узбекские мальчишки. Их расшитые цветными нитками «мулине» тюбетейки напоминали крышки расписных чайников в чайханах. Змеев мастерили из кусков пергаментной бумаги, для прочности обклеивая полосками расщеплённого камыша. У Семёна не было пергамента и достать его было ровным счётом негде. Приходилось делать змея из газеты. Нередко что-то, видимо, не получалось в конструкции. Едва оторвавшись от земли, змей начинал вихлять из сторону в сторону, пока не переходил в штопор и не устремлялся в землю, при ударе о которую ломался хрупкий камышовый хребеток. Не было отца, чтоб помог справиться с этой бедой. Впрочем, отцов не было ни у кого из мальчишек — была война...

9

Семён забылся у мольберта. Очнулся только тогда, когда обнаружил перед глазами нестерпимо-яркое, пульсирующее желтизной, пятно, похожее на маленькое солнце. Ему даже показалось что внутри пятна плескались, непрестанно меняя интенсивность и форму, голубые протуберанцы. Рука сама потянулась к тюбику с охрой и выдавила немного краски на палитру. Пятно тем временем заходило по полотну, то и дело останавливаясь и двигаясь дальше, как бы решая, где осесть. Семён почувствовал, что быть ему в правом углу, чуть повыше забора, которого ещё не было, но уже ясно было, где ему стоять; мелькнули перед глазами серые доски и уверенно расположились посредине полотна. Вслед за забором сама собой возникла накалённая азиатским жёстким солнцем крыша домика.

Он задумался на минуту, вспоминая цвет наружных стен, но тут же стал заполнять пропуски между крышей и землёй именно той краской, которая была — им. Он не знал, какая она, пока не положит на холст. Так, методом исключения, нашёл свои цвета: бордовый, коричневый, ультра-синий — не моё; палевый, голубой, светло-пепельный — моё. В первый раз с тех пор, как стал рисовать, он доверялся не авторитетам, не виденному у других, а только себе, своему чутью — терять было нечего.

Затем, не раздумывая, Семён разместил на полотне всё, что видел во сне: пергаментных змеев с длинными косицами, мальчишечьи тюбетейки, желтоватую пыльцу на полосатом пчелином брюшке, прыгающие в кусты, запорошённые лепестками цветов, арыки, бабочек-капустниц, раскосые и припухлые, как у японских девушек, глаза черепах, едва различимые среди пятен на их мордочках...

Оставив кисть, Семён отошёл к стене. Посмотрел на картину, обхватив себя руками. Полотно получилось странным, не похожим ни на одну из его прежних работ. Его окатила с головы до ног волна страха — сначала жаркая, потом холодная. Неужели способности совсем его оставили! Все те небольшие, как он считал, способности, взяли и разом вышли. Улетучились без следа. Ему сделалось совсем тоскливо. Он лёг на диван и попытался задремать.

Пролежав в тревоге с полчаса и не сомкнув глаз, он прошёл в кухню, плеснув в лицо воды из-под крана, снова приблизился к холсту. На холсте стоял дом, престранно раскрашенный. По полотну плыли цветовые пятна, в которых только Семён и мог угадать ситцевые строчки вишенной коры, красные бусинки в стрекозиных крыльях — ни дать ни взять предупредительные огни для низколетящих самолётов на мачтах антенны городского телевизионного центра.

На минуту ему захотелось содрать полотно с рамки и выбросить. Жаль было труда всего дня. Он отошёл от мольберта, чтобы снова взглянуть на свою работу. И тут, к своему удивлению, он явственно услышал переходящий в молодецкую трель, прерывающийся, как бы испугавшийся громкости, протяжный и тонкий свист. То свистела полая абрикосовая косточка в губах одинокого мальчика, бродившего по траве огромного сада его детства.

10

Приехала с пикника Лена с Андрюшей. Оба уставшие, но Лена в хорошем расположении духа.

— Ну, что, удалось поработать? — спросила она, непривычно заинтересованным голосом. На неё иногда находили какие-то быстро проходившие порывы доброжелательности к его работе. Впрочем, совсем скрыть равнодушия она не умела. Глянула мельком на картину, подняла в недоумении бровь, но ничего ни сказала. За годы общей жизни он научился понимать её без слов. Упрекать можно нахмурившись или, наоборот, деланно спокойно разговаривая, или сгорбившись по-особенному, так что ясно: ты виноват. Сколько раз она вздыхала, когда слышала, как «хорошо продаётся» какой-то художник. А какие люди приходят на вернисаж! Было ясно: она считает свою жизнь неудавшейся, выйдя за Семёна — за неудавшегося художника. При её внешности и душепрекрасных качествах она могла бы преуспеть, но он закружил её своей любовью, и она поддалась... И Семён понимал: она права, кругом права. Что тут поделать — одному Бог отпускает полной горшней, а другому так, зёрнышек на поклев...

Полный сомнений, он отнёс работу в знакомую галерею, где как-то купили его небольшой рисунок пером. Владелец галереи Том, высокий поджарый мужчина с аккуратно подстриженной седеющей бородкой, посмотрел на картину Семёна, хмыкнул, прокашлялся и тут же купил её, предложив восемьсот долларов и извинившись, что больше дать не в состоянии, — трудные времена.

Семён почему-то испугался этих денег и, зажав чек в руке, пустился домой. Войдя в квартиру, он за спиной Лены, говорившей на кухне по телефону с подругой, прошёл в спальню и начал ходить по комнате. Сам не понимая почему, он вдруг заплакал. Внутри него просветлело. Свет наполнил его одновременно спокойствием и нетерпением.

С того дня всё для него переменилось. Он принялся много писать. Наработанная за долгие годы рука работала быстро. Он вдруг понял, что вся его предыдущая жизнь была лишь затянувшейся прелюдией к другой, настоящей, которая только начинается. Только сейчас, когда он уже стал седеть и лысеть, он понял наконец, зачем жив.

Он писал картину за картиной. Закончив одно полотно, ставил его к лицом к стене и принимался за следующее. Он едва находил время для еды, не говоря уже о том, чтобы ходить в галереи и показывать новую работу. «Как же так? — говорил он себе. — Я никогда не верил в свой талант, ждал, что кто-то поймёт, поддержит. Почему я ждал, когда ободрят другие? Зачем было ждать?.. Если вспомнить, были ведь два, даже три известных художника, которые останавливались на вернисажах у некоторых моих работ и замолкали. Говорили даже что-то вроде „симпатично, очень мило“... Шли дальше, поглощённые своими заботами. Чего же я ждал? Что бросят свои дела и станут мной заниматься? Какая наивность!.. Не потому ли я не обратил внимания на их похвалу, что сам в себя не верил? А надо бы всё бросить, взять те работы и глядеть, глядеть, что делал, что заставило их остановиться...»

Теперь он понимал — то главное, что сейчас обрёл он, в слабых дозах было всегда в его работах, в тех ранних гуашевых этюдах, замеченных художниками. Ничто в природе сразу не прозревает. Туча наползёт над головой, навалится, как крестьянка тяжёлой грудью на пошатнувшийся плетень, заговорившись с товаркой. Всё вокруг погрузится в синеватую полутьму, заволочёт сизой дымкой. Но придёт время, и откроется: там — холм, покрытый нежной зеленью, а там — куст, как подпасок, рядом с дубом-пастухом, а вокруг, словно сбившиеся, шерсть к шерсти, ягнята, — мелкая кочковатая поросль...

Он стал чуток к тому, что в нём происходило, видел много снов и многие из них запоминал. Понимал — это и есть он сам, освобождённый от шелухи жизни. Вот снилось: он, мальчишка, сидит на корточках и роет совком ямку в песочнике, роет так усердно, что глаза заливает пот, нет времени отереть. Над ним в весеннем рыжевато-белом солнце стоит Луиза, соседская девочка, бежевое пальтецо, руки в кармашках, горло поверх поднятого ворота пальто перехвачено красным шарфом. Март, но ещё холодно, несмотря на солнце. Он роет и роет ямку, чтобы поглубже была и покруглей, роет в месте, нехорошем для игры, в месте опасном — рядом с трамвайными рельсами, на крутом повороте. Вокруг него, вокруг девочки и ямки, неумолимо катит, сотрясая мелко землю вокруг, низко-гудящее трамвайное колесо, разворачиваясь к нему сизым, словно голубиное крыло, ободом. Только вот и видно было с корточек — колея, подножка, нижняя часть трамвайного задка с чугунным оттопыренным хвостом — «колбасой», на которой любили кататься мальчишки постарше.

Он роет и роет ямку, несмотря на приближающийся, рокочущий грозно трамвай. И девочка — теперь уже не Луиза, а какая-то другая, не то на неё похожая, не то на жену — смотрит грустно и в то же время внимательно, как он работает, роет свою ямку, пыхтя, изо всех сил стараясь. Колесо катится, давя рельс, приближаясь к нему; трамвай тяжко оттрясает землю, проходит совсем рядом, чуть ли у его носа, так что слышен тяжкий вздох воздушных тормозов на повороте. Но ничего не случается, хотя несчастье могло вот-вот произойти — разве мыслимо копать рядом с трамвайными путями?

Проснувшись, Семён первым делом начал набрасывать красный трамвайный бок. Едва его обозначив, кинулся прорисовывать песочницу, заполненную до краёв сырым от недавнего дождя, похожим на разваренную гречневую кашу, песком. Плеснулась перед глазами откуда-то взявшаяся синева, попросила места на полотне: то ли глаза соседской девочки, то ли стальной отсвет трамвайных рельсов...

Семён на минуту задумался, но, очнувшись, увидел сверху себя — сидящего у самых рельсов, роющего ямку мальчика. Круглая голова в истрёпанном, темно-сером, давно не чёрном, шлеме лётчика — память отлетевшей войны. Коленки в темно-серых, выкроенных из отцовских брюк, штанцах, расставлены, прижаты к земле. Ни дать ни взять — земляная лягушка... Почему же лягушка? Ясно, что не птица. Всю жизнь он прижимался к земле, хотя всегда хотелось прыгнуть, удивить мир необычным скачком. Впрочем, иногда набравшись духу, прыгал, но летать не доводилось. Страшно было: продержится ли сколько-то в воздухе, не упадёт ли, не разобьётся ли... Так никогда летать и не научился. Только теперь понял: дальше земли всё равно не упадёшь. Нечего, нечего было бояться...

«Почему же раньше со мной этого не произошло?» — думал он, охваченный одновременно радостью, тревогой и нетерпением. Он был как никогда уверен в себе и, в то же время, очень уязвим, как будто это новое его состояние было сном, что может кончиться в любую минуту, и он проснётся в холодном поту. Поздно, всё в его жизни было поздно... Ещё есть силы — но лет уже прожито немало. Как быстро всё! Почему всё так быстро?..

Он смотрел на свои руки и думал: столько-то вёсен пройдёт — и как тому ни сопротивляйся, они начнут слабеть, а зрение сдавать... Ему делалось страшно от этого неумолимого вала времени, который ничем не остановишь, С горечью думал: все мы больны одной неизлечимой болезнью, имя которой — время.

Он понял, что впервые пишет не для славы, не для денег и не для того, чтоб впечатлить жену, заслужить её любовь, а для себя одного, чтобы понять себя, вылущить из скорлупы, которая давным-давно незаметно наросла на нём. Теперь это стало способом его жизни. Перестанешь писать — перестанешь быть.

Страх внезапной смерти толкал вперёд, открывал настоящее — и над ним надо работать, а остальное — ерунда, надо отбросить в сторону, дурная трата драгоценного времени. Но настоящего, дельного оказывалось на удивление много. Порой чувствовал — жизни не хватит всё сказать, что хотелось, всё, что задумал, — закончить... В такие минуты охватывал ужас. Казалось, останавливалось сердце.

Он уже не сидел перед мольбертом, как бывало, в поисках сюжета. Едва натягивал холст, дрожащие от нетерпения руки уже знали, какой краски возьмёт вначале и какой — следующим мазком, будто кто-то нанёс для него невидимую голубую паутинку на холст. Знай себе, следуй ей, ни о чём не думай. Всё, что пойдёт вслед за тем, будет стоящим, настоящим... Возбуждение работой переполняло его, и он желал одного — уединения. Хотелось спрятаться куда-нибудь, где он мог бы жить в мире с собой. Для этого не надо было много пространства. Вполне подошёл бы какой-нибудь ящик. Такой, где можно было бы сидеть, прижав колени к подбородку, курить и думать.

Он стал набрасывать этот ящик. Слишком длинный не подходил — напоминал гроб. Зачем же до времени?.. Квадратный тоже забраковал — от квадрата всегда несёт самодовольством. Наконец, нашёл подходящую форму ящика — как раз, чтобы можно было сидеть на корточках — и стал его набрасывать. Пока шла работа, почувствовал — нужна бы замочная скважина, можно без замка. Потребен глазок, чтобы смотреть на мир ровно в таком объёме, в котором он мог бы с ним примириться.

Картина вышла странная: ящик с пустой замочной скважиной, и больше ничего.

Ему было всё равно, поймёт ли кто-нибудь эту его картину. Уже знал: найдутся те, кто поймут.

Неотправленное письмо

Лос Анжелес, 17 мая 1979 года

Привет, Борис!

Итак, ты уже в Риме, с чем и поздравляю. Ты знаешь, я тебе почти не писал всё это время в основном потому, что не хотел повлиять на твоё решение эмигрировать. Теперь, когда ты уже по эту сторону советской границы, можно общаться с надеждой быть правильно понятым. Посылаю тебе немного денег, потому что помню, как самому хотелось, попав в Италию, везде побывать и как обескураживало, что не на что. На всю Италию, конечно, тебе не хватит, но, надеюсь, эта сумма поможет тебе — я знаю, как ты любознателен. Да и Италия, действительно, прекрасна...

У тебя сейчас, что и говорить, трудное время. Я его до сих пор помню. Сейчас вы хоть знаете из писем тысяч уже перебравшихся за океан, как принимают эмигрантов, а мы, первые, в начале семидесятых, ехали почти что в слепую, наугад, словно прыгали в яму с водой, не зная ни её глубины, ни ширины, ни температуры воды. Ехали в надежде на свои мускулы, на умение, если не плыть, то хотя бы держаться на воде.

Прежняя жизнь оборвалась и вот-вот должна была начаться новая, о которой мы имели самое общее представление, чуть более чёткое — но ненамного — чем о потустороннем мире. Другое ожидается освещение (нет тёмных углов, так как много боковой подсветки), предполагается полное отсутствие болевых ощущений и плавность, общая плавность движений...

В сумочках, боковых карманчиках, а то и просто в какой-нибудь боковой извилинке мозга мы лихорадочно, словно волшебную пилюлю, помогающую расслабиться, стискивали немногочисленные информационные биты, которые должны помочь выжить и восстановить кессоном выкаченное дыхание. Чаще всего то были телефоны немногочисленных знакомых, благополучно приземлившихся с другой стороны и размахивающих над головой платочком — дескать, здесь, жив, ничего, не страшно, прыгай — и ты выживешь.

Мы попали в Рим, как и ты, с остановкой в Вене, но добирались до неё не поездом через Чоп, а самолётом из Москвы. Когда приземлились в венском аэропорту, откуда-то появились носильщики-великаны, спокойные, в белых комбинезонах, выловили с конвейерной ленты и помогли донести чемоданы. Чистота и блеск пластикового пола в венском аэропорту после сутолоки и предотлётной неразберихи в Шереметьево — всё это, конечно, было из футуристического фильма о космической станции. Как случилось, что мы попали на съёмочную площадку, — это уже другой вопрос, на который сразу не находилось ответа.

Носильщики легко и бережно подняли наши чемоданы, и внутри у меня, признаюсь, ёкнуло от непривычности. Схватил за горло инстинкт, привычный в моей прошлой жизни вздрог, когда к твоей поклаже прикасается чужой человек. Сколько раз в кино весь зал, замирал, когда на экране герой заграничного фильма оставлял свой саквояж у чьей-то двери, чтобы спуститься, переговорить с консьержкой. «Вот сейчас сопрут», — мелькало. Но герой, наговорившись в волю, возвращался, нисколько не беспокоясь, подхватывал свой саквояж и шёл дальше по своим киношным делам. То был другой человек из другого мира — из антимира. И вот сейчас я, Илья, был в нём, в этом антимире, где никто не ставит чемодан между ступнями ног, остановившись у витрины... Ты уже в Остии, Борис, и это здорово. Я хорошо помню то время, когда нас оформляли на Америку. В нашем беге — неожиданная заминка. Время остановиться, перевести дыхание, время оглянуться назад и посмотреть вперёд, в неизвестное. Время, полное необычных забот и время относительно беззаботное. Знай себе жди, учи язык и смотри Италию. Оно и вспоминается теперь, это время, как название американского фильма с Грегори Пеком и Одри Хепбёрн — «Римские каникулы». Каникулы ещё не заработанные, а как бы выданные авансом — казалось, протянутые судьбой на пробу, на вкус, как, уверен, ты помнишь, протягивали на кончике ножа кусочки пахучего сливочного масла, завёрнутого в кукурузные листья, улыбчивые крестьянки в пёстрых головных платках на одесских наших рынках. Если такова проба, думалось, какой же неимоверно восхитительной должна быть остальное.

Возможно, эта естественная экстраполяция грядущего возникает у всякого, кто покинул свою страну в предвкушении новой жизни.

Но каникулы неизбежно кончились. Наступил первый — самый тяжёлый — этап эмиграции, к которому ты должен быть готов, хотя я понимаю, что подготовиться к этому невозможно.

Тот нож, чей холод я почувствовал у самого сердца в первую ночь на американской земле, давно забылся. Сравнительно быстро я нашёл работу в фирме по проектированию охладителей воздуха. Через какое-то время и Лина — в отделе контроля качества маленькой компании по производству электронных контакторов. Как ни удивительно, — то ли срабатывает инстинкт самосохранения, то ли ещё по какой-то причине, — но на первых порах прошлая жизнь быстро отодвигается в небытие. Остаются только сны.

Согласно одному из них, который часто повторялся в первые годы моей жизни в Америке, я — снова в Одессе. Хожу по улицам, вижусь со знакомыми, но — время уезжать. Тороплюсь к вокзалу. Вот я уже у самой перегородки, где сидит в будке таможенник. Протягиваю паспорт и вдруг замечаю: выездной визы нет. Молоденький скуластый пограничник, совсем мальчишка (таких, видимо, нанимают, поскольку подкупить трудно), смотрит на меня холодно и говорит: «Отойдите в сторонку, гражданин». Я лихорадочно роюсь в карманах, выворачиваю наизнанку, перерываю сумку. Но — нет розоватой в мелкую клетку с белой изнанкой бумажки — выездной визы, с которой я покинул страну. Что же теперь будет! Страх охватывает меня. Ситуация никак не разрешается. Пограничник, играя желваками скул, смотрит на меня подозрительно. На краю отчаяния просыпаюсь в холодном поту.

Потом я узнал, что подобный сон посещает не меня одного, а многих, покинувших Россию. И тех, кто сделал это после революции, в ходе гражданской войны, и тех, кого вывезли немцы во время войны отечественной. Что же это за сила такая у этой страны, что и манит и до смерти пугает?..

Это тем более удивительно, если учесть, что у нас не было своего Моисея. Каждый решал сам за себя. Но решение это было не таким уж трудным. Впервые за десятилетия появилась возможность выскочить из клетки, в которой тебе удосужилось явиться на этот свет. Такой возможности русские люди не могли не позавидовать. Кроме того, в отличие от них, у нас, бегущих из страны красных фараонов, не было той привязанности, которую нужно было преодолеть. Не было, поскольку с младых ногтей на каждом шагу напоминали: ты нам — неродной. И даже не двоюродный... Ты никаким боком не наш. Вот даже товарищ Сталин, хотя тоже нерусской национальности, грузин, но он — часть нашего коренного населения. У нас есть и другие нацмены — узбеки, туркмены, даже татары. Но они — наши. А ты, еврей — не наш. Поскольку не человек ты, а сорняк, перекати-поле.

Надо ли удивляться, что, покинув страну, где я родился и вырос, я обнаружил непонятное психологическое явление — неспособность произнести три слова: «Россия — моя родина». То есть, оказалось, что сам факт рождения и взросления в стране не делает её для тебя родиной. Особенно это касается русской культуры, в центре патриотической риторики которой такие выражения, как «Родина-мать», «Матушка Россия». Для нас, евреев, она была скорее «Мачехой Россией», злой мачехой из сказки о Золушке.

...Что и говорить, я рад, что уехал. У меня на этот счёт никогда не было сомнений. Ощущение, что я перенёс тяжелейшую, угрожающую жизни, операцию, стало приходить гораздо позже, когда, казалось бы, я уже целиком втянулся в новую, американскую, жизнь, перевёл дыхание на другой регистр. Только тогда я ощутил боль отторжения в полной мере. «Эмиграция — дело кровавое», — соглашается мой здешний приятель, бывший ленинградец, кандидат технических наук, человек лишённый, кажется, каких-либо сентиментальностей и прочих непродуктивных эмоций. Он не поясняет, что имеет в виду, но я понимаю. Тебя ли отрезали от страны, где ты родился и вырос, ты ли сам взмахнул в отчаяние ножом над своим грешным телом и сокрушённой безнадёжностью душой, но зашить разрез жизнь не торопится. Сначала инстинкт самосохранения работает как крепчайший наркоз. Боль не ощущаешь. Анестезия проходит медленно. Пронзает тебя потом, задним числом, когда ты уже наполовину вжился в другую страну. Заново ощущаешь первый надрез эпидермиса, разрыв скальпелем нервных клеток. Выступает сукровица. Брызжут фонтанчики капиллярной крови.

...Конечно, время, этот великий лекарь, затягивает раны. Но отсечённое не восстановить. Как спортсмен-бегун, попавший под машину, лишившийся ноги, не может до конца примириться с тем, что уже никогда не сможет услышать хруст гаревой дорожки под собой, ощущение безвозвратной потери не оставляет тебя... Те толпы людей, пробегающих через Рим с котомками и плачущими детьми, добравшись до Америки, не пропадут здесь. Подавляющее большинство хорошо устроит свою жизнь. Некоторые даже преуспеют. Я вот самый обычный инженер, никаких сверхъестественных талантов, а раз в год, в отпуск, могу себе позволить приехать в ту же Италию как турист, чтобы на этот раз спокойно, не пересчитывая монетки, ещё раз посмотреть на тамошние красоты.

Но это — уже другая жизнь. И это пишет тебе уже другой человек. Самое трудное — это то, что потеряно ощущение продолжения бытия. Жизнь обычного, не обременённого самовозложенной миссией, человека поневоле представляется сюжетом. Есть завязка детства и юности, есть точка эмоционального отсчёта. Помнишь прошлое, оттого понимаешь, что взрослеешь. Когда исчезла в тумане под крылом самолёта страна, в которой ты родился и вырос, всё дальнейшее теряет реальность осязания. Что-то должно возвращать тебя в прошлое, чтоб напомнить, что движешься во времени, что живёшь. Встреча с другом прежней поры… С девчонкой, на которую когда-то глядел издалека, а теперь, смотри как выросла, не узнаешь… Вот угол знакомого дома, совсем другого сейчас, но чем-то память оживляющий.

Я приехал прошлым летом в Балтимор, в командировку, встретился со старым одесским приятелем. Идём по какой-то тихой улочке. Аккуратные домишки с деревянным заборчиком, выкрашенным в зелёный цвет, огораживающим цветник. Калитка… Шли, говорили о новом нефтяном насосе, который мой приятель недавно изобрёл и подал на патент, и вдруг он останавливается, смотрит на калитку и говорит, понизив голос, хотя мы на улице одни:

— Смотри, ведь, по сути, одно и тоже. Калитка! Но что за разница!

И знает, что пойму, что имеет в виду. Ностальгия ничего не имеет общего с властью. Подлее советской, наверное, никогда и не было. Ностальгия ведь не по стране, а по прошедшей жизни. Верно, её теряешь навсегда, неважно, где живёшь. И дело не в том, что ты — за границей, а в том, что это — навсегда. О, это огромная разница! Если знаешь, что можешь вернуться на родину — значит, ты в отпуске или, вернее, в командировке…

Никогда не забуду лицо моей тёщи, Лининой матери, в день отъезда. Она прижимала к груди нашего Сашку, своего внука, который провёл две последние ночи наших сборов у неё дома. До смерти обожавшая его, она прикипела к внуку, через силу смогла оторвать его от своего груди, когда настало время прощаться. У неё было вытянутое в недоумении, растерянное — ничего, кроме растерянности, не выражающее — лицо. Она так и не смогла как следует попрощаться с дочерью и внуком. Я понял это уже потом, в Америке — почему. Не могла ни понять, ни принять, что это — навсегда, что видит их в последний раз. Как ни сложен и всемогущ человеческий мозг, но есть вещи, которые ему ни за что не постичь. Невозможно прощаться с живыми как с мёртвыми. Пока близкие люди живы, естественно полагать, что увидятся снова...

У нас тут недавно эмигранты, истосковавшись по родным и близким, удумали, как увидеться с ними, минуя чёртов советский кордон, путь чрез который нам всем заказан навсегда. Купили путёвки на пароход, идущий круизом вокруг Европы с заходом в средиземноморские и черноморские порты, в том числе и в Одессу.

Всё шло хорошо и в Неаполе, и на острове Санторини, и в Стамбуле. Наши эмигранты тоже сходили на берег, но осматривали местные достопримечательности отсутствующим взглядом. Ждали Одессы...

Когда пароход, наконец, вошёл в одесскую гавань, на пирсе уже собралась огромная толпа встречающих. Не только одесситов, но и съехавшихся туда ради такого случая близких и друзей из других городов, со всего Союза. Спустили трап, и тут, прежде чем открыть бортовые воротца, капитан объявил по судовому радио, что только что получил указание властей: на берег могут отправляться все, кроме тех, у кого в паспорте значится, что родились в СССР. Что тут началось! Месяцы надежд, горы подарков, на которые истрачено немало с трудом накопленных денег. А главное — вот они, стоят на берегу, ждут родные люди с белыми от волнения лицами. Всматриваются слепым взглядом в пассажиров, столпившихся на палубе в надежде распознать лица тех, по кому истосковались.

Тогда туристки из Греции, поняв, в чём дело, объявили забастовку, заявив, что в знак протеста не сойдут на берег, и сели поперёк выхода на трап. За ним последовали итальянки и американки...

Капитан и сам был взбешён. Когда к нему кинулись с гневом, сказал, что большей мерзости в жизни своей не видел, но не может гарантировать безопасность тех пассажиров, кто ослушается властей и сойдёт на берег. Что тут было делать! Разве что ещё раз проклясть страну, в которой имели несчастье родиться. Но нет худа без добра. У многих после этого эпизода ностальгию, как рукой, сняло.

Кстати, о ней... Здесь, в Америке, не среди коренных жителей — они не видят в ней ничего зазорного, иногда даже спрашивают с сочувствием, не страдаем ли от неё — а в нашей, бывше-советской, среде ностальгии принято стыдиться. Некоторое время назад я принёс стихи редакторше эмигрантской местной газеты. Она прочла и с укоризной замотала головой в короткой стрижке. Что же это вы, молодой человек, похоже, что ностальгией мучаетесь? Как будто застала меня за чем-то постыдным, вроде ручного блуда... Может, она права, и ностальгия — душевный двойник такового...

А ведь это такое естественное человеческое чувство — страшиться отторжения от прошлого. Недаром с гомеровских времён высылка из страны считалась вторым после смертной казни тяжелейшим наказанием. Я работаю, ращу сына, сплю, ем в хороших ресторанах, иногда путешествую по стране. Но порой ущипни меня, чтобы я поверил, что живу. Америка — прекрасная страна с на редкость доброжелательным и приветливым народом. И всё-таки это не моя страна. И язык не мой. И культура не моя, хотя я, как могу часто, хожу в театры и читаю в подлиннике лучшие американские романы. Это другой мир, хотя и не идеальный, но неизмеримо лучше того, где я родился и вырос. Чище, совестливее, справедливей... Но это другой мир. Не знаю, как тебя в этом убедить, это нужно самому почувствовать, но я понял, что ощущать себя по-настоящему — естественно счастливым — можно только там, где ты вырос, даже если это такая несуразная страна, как Россия, способная и на взлёт духовности самой высокой пробы, и на самую необузданную мерзость.

Иначе отчего, скажи на милость, я просыпаюсь порой по утрам сам не свой? Уже пора вставать, а тут вором, провозившимся всю ночь с дверным замком, только под утро ему поддавшимся, в отчаянии и злости на свою неумелость, вот таким неопытным воромдомушником обрушивается на меня едва брезжащий, синькой подкрашенный, зимний рассвет за окнами в лавровых узорах маршальских погон. На дворе — вечное калифорнийское лето, а тут раздаётся у самого уха хруст валенок по свежевыпавшему снегу. Тяжело дыша от быстрой ходьбы по морозу, возвращается с ночной смены мой одесский сосед-истопник в городской больнице на Маразлиевской. Я лежу и жду, когда он остановится у двери и прежде, чем войти, начнёт соскребать с валенок снег о скобку, приделанную у порога, кашлянет раз-другой и начнёт клацать ключом в скважине.

Тогда я знаю — время вставать. Я просыпаюсь, мои ноги утыкаются в синтетический ковёр, каким от стены до стены застлан пол нашей спальни, а не в остывшие за ночь клеёнчатые тапочки моей прошлой жизни. На улице — теплынь, светит солнце, я вывожу машину из гаража, а у меня отчего-то ком в горле и колотьё в груди. Нестрашно, конечно, постепенно проходит, удаётся одолеть к середине дня. Но ведь и завтра ещё одно утро. А потом ещё одно... Отчего это, скажи на милость? Разве не живу я в двести раз лучше на любой замер?

Странно, очень странно устроен человек... Ты знаешь, какое самое страшное испытание здесь для многих, хотя они в этом никогда не признаются? А вот такое: решить — что делать со своей жизнью. В Союзе не было такой проблемы. Жить, чтобы выжить, и было целью. Преодолеть всё, что ей угрожало, наполняло смыслом обычную жизнь. Забудем о практически ничтожном числе тех, у кого были амбиции. Карьера, слава и тому подобное...Простые люди об этом не думали. У меня в Нью-Йорке, на Брайтоне, живёт дальняя родственница, живёт не одна, со стариком-мужем, живёт неплохо, то есть, ни в чём не нуждается, пенсии хватает, болезни пока что не очень одолевают, хотя они-то, быть может, были бы спасением от мук другого рода... Заглянул к ней недавно во время командировки. «Как живёте, Ирина Михайловна?» — спрашиваю. «Ничего, Ильюшенька. Вот только скучно. Знаешь, так скучно! Хоть бы война где началась, что ли...». «Помилуйте, Ирина Михайловна», говорю, «в мире сейчас больше тридцати войн. По телевизору...». «Да нет, — говорит, — это где-то там, не слышно». «Хотите, чтобы здесь была?» «Нет, зачем же? Здесь не надо. Америка — хорошая страна. Но вот если бы где-нибудь недалеко...» «Зачем?». «Интересно...».

Скажешь, странная старуха. Быть может. Но так ли уж она виновата в таких странных желаниях? Здесь сто пятьдесят раз задумаешься — для чего живёшь. Те, у кого есть дети, обманывают себя весьма успешно — живём для детей. Протянуть на этом самообмане удаётся, однако, не дольше, чем американскому теперь уже детёнышу стукнет восемнадцать, и он, получив аттестат, укатит на автомобиле в колледж где-нибудь в штате Кентукки, помахав на прощание бейсбольной кепкой. В лучшем случае будет приезжать на Рождество или День благодарения, когда колледжи закрыты. И время от времени присылать телеграммы с просьбой подкинуть деньжат...

Многие понимают, что семейный литой арбуз даёт первую трещину вдоль языковой линии, что с английским пришёл к детям и другой, нероссийский способ дыхания, равно как и мышления. Мой приятель в отчаянии от того, что дочь чурается родного языка, пошёл на крайнюю меру.

— Мне это стоило крови и седых волос, — рассказывал он. — Я платил ей десять долларов в день, чтобы она переписывала «Евгения Онегина». Это моя книга. У меня был смысл. Таким образом она запомнила русский. Говорит прекрасно, но пишет ужасно. Вчера прислала из Мичигана, где учится в университете, открытку — «У миня будит эхзамин». Понимаешь — «эх! замин...»

При всём этом, друг мой, — я знаю, тебе это сейчас трудно понять, но всех вас ждёт множество потрясений — не столько внешних, сколько изнутри... Впрочем, буду говорить только о людях моего круга, эмигрантов первого, так сказать, призыва. Ведь большинство из нас были идеалистами. Вот прошли годы, и, Боже мой, как мы живём! Куда подевался наш идеализм!.. Я всякий раз спрашиваю себя — неужели мы приехали сюда только за тем, чтобы есть «наполеоны», покупать дома и иметь «фан», как можно больше «фана»? В России мы знали, как это называется — мещанство. А в Штатах... Посмотрел бы ты на лица наших здесь, в Штатах, лица интеллигентных, казалось бы, людей. Научились улыбаться у местного населения, а в глазах скука и пустота. Вот ведь оказывается настоящее испытание человеку — испытание достатком. Кто сможет его преодолеть! Уникумы, одиночки, одержимые, которых эмигранты иначе, как сумасшедшими за глаза и не называют. А ведь обидно. Есть ведь талантливые люди и люди по-другому незаурядные. Там, в России, им не давали ходу из-за еврейства, из-за беспартийности. А здесь давить некому. Камбалу, которую быстро вытягивают на поверхность, разрывает изнутри давление. Вот и плавает, брюхом кверху, огромное число камбал с мёртвым взглядом...

Уже давно, получая две обычные американские зарплаты, я и Лина забыли о прежней нужде. У нас дом, правда, без бассейна, но просторный, в два этажа. Две машины, одна новая, другая — в приличном состоянии. Мы ездим каждое лето отдыхать — то на Гавайи, то в Мексику, то в Канаду. Были и в Европе — видели Лондон, Париж, Мюнхен, Амстердам. От нищенской московской жизни не осталось и следа. Чего же ещё недостаёт? Но я с удивлением замечаю, что сожалею о том, что больше не нуждаюсь. Нечто невосполнимое было в том времени, когда мы жили при постоянной нехватке. Нужда не давала задумываться, побуждала к действию. И мы были близки друг к другу больше, нуждались друг в друге больше... Казалось бы, чего хорошего, когда считаешь каждую копейку, оставшуюся до зарплаты! Но была при том некоторая гордость за свою семью. Вот, мол, приходится туго, но ничего, выживаем. Сообща тянем...

Особенно старалась Лина. Когда оставалась неделя до зарплаты, а денег — только на метро, Лина, собрав по карманам мелочь, покупала в магазине мороженой трески, оттаивала её, укладывала на противень и, залив майонезом, запекала в духовке. Получалось вкусно и дёшево. Лина втайне находила в этих заботах удовлетворение. Ворча на бедность, всё же гордилась собой. А я — ей, её домовитостью. Здесь, в Америке, на питание за глаза хватает, и Линина домашняя смётка — ни к чему. Хотя она в этом не признается — как же так! бедность ведь заедала! из-за неё тоже уезжали, чего греха таить! — ей тоже не хватает того азарта и душевных волнений, что приносила трудная российская жизнь. Что ни говори, при необходимости найти способ выживании семья сплачивается. Каждый день наполнен смыслом. Не надо думать, как теперь, в Америке: «А чего же, собственно, я хочу от своей жизни?»

Вопрос трудный. Далеко не каждому по плечу. Неслучайно любимый рассказ Лины — «Дары волхвов» О'Генри. Помнишь? Чтобы подарить любимой девушке на Рождество набор черепаховых гребешков с блестящими камушками, о которых она давно мечтала, молодой человек продал свои карманные часы, а она, не ведая этого, подарила ему дорогую цепочку для часов, для чего состригла и продала свои роскошные волосы.

Многие из нас, выросшие в бедности, принимают стеснённую деньгами жизнь как испытание человеческих отношений. А чем их теперь испытывать? Достаток успокаивает. Убаюкивает до состояния безразличия. Когда деньги не нужны для выживания, то другой наступает перебор гармони. Возникают совсем другие звуки, слышится странная, непривычная музыка. Деньги начинают дёргать тебя, и не ты ими распоряжаешься, а они тобой...

У нас вроде бы всё в порядке по части общения. Самый приятный из знакомых — бывший кинооператор Сергей, высокий седой мужчина с грустными глазами, по-российски же любитель выпить. Когда собираемся, он без особого повода рассказывает забавные истории из своего кино-богемного прошлого. О весенних весёлых поездках из всё ещё выстуженной февральскими ветрами Москвы в Крым, для натурных съёмок, об удовольствиях казачьей вольницы киношной жизни. Рассказывая о былом, он молодеет на глазах. Выпрямляется кожа на щеках и вокруг глаз, сверкающих так, будто ещё вчера он в родной студии ставит на площадке кадр. Кричит, щурясь в объектив, осветителям, чтоб плеснули из левого «вагена» на макушку актёра больше света, а гримёрше, чтобы попудрила нос актрисе, а то блестит, как на фаянсовой кукле.

За практическим отсутствием английского Сергей даже не мечтает о том, чтобы попытаться вернуться в профессию. Чтоб прокормить семью — жену, бывшую актрису, и малолетнюю дочь — благо, сохранились рабочие навыки молодости — ремонтирует автомобили в гараже, владелец которого — эмигрант, старый друг с вгиковских ещё времён. Вместе с другими бессловесными работниками — мексиканцами, часто не умеющими читать и писать даже на своём языке — лечит автомобильные кишочки. Сергей живёт в полной отрешённости от своего прошлого, столь яркого, что надежда продлить его в настоящее, здесь, на тихом побережье Тихого океана, даже не возникает из-за абсолютной несбыточности. Каждый день, словно дрессировщик в пасть хищного зверя, погружает себя по пояс под широко разинутый автомобильный капот, подползает, ложась спиной на низкую самокатную доску, под лимузинное брюхо. На свою судьбу не жалуется. Только выпив в узкой компании, время от времени говорит, весело блистая глазами и даже с некоторой гордостью:

— Ну, что же, у меня было двадцать лет настоящей жизни. Теперь я человек с ампутированным будущим.

От этих слов я всякий раз вздрагиваю. Мне становится жаль этого красивого и доброго человека. И почему-то заодно и себя, хотя никакой такой вольной жизни в России у меня не было. Была только нужда, нелюбимая скучная работа, беготня в перерывах по городским улицам в попытке, если посчастливится, пристроить куда-нибудь свои стихи.

Есть в нашей кампании ещё одна супружеская пара. Жена одного из наших знакомцев... Актриса, неглупа, хороша собой, но много пьёт и курит сигарету за сигаретой. С её лица не сходит улыбка, от которой становится не по себе. Её голос, резкий, прокуренный, заметно дрожит, когда она говорит:

— Меня в театре иначе как «кладбищем несыгранных ролей» не называли. А я могла бы сыграть и Офелию, и мать Гамлета, а, может быть, при хорошем гриме и накладках, и Полония. Такой во мне ощущался творческий диапазон. Но вот я здесь... — говорит она, хохоча и затягиваясь сигаретой. И кашляет, кашляет...

В это время её симпатичный и всегда улыбающийся, розовощёкий, как младенец, только что вернувшийся с прогулки по морозцу, муж рассказывает о весёлой московской жизни за кулисами одного из театров, где служил завлитом. Ах, какая была разлюли-малина — эта закулисная жизнь! И деньжата всегда водились. Устроить актёрам «левый» концерт в каком-нибудь санатории, где ещё и кормили и поили по первому разряду, было не таким уж сложным делом для смышлёного, лёгкого в контактах, человека. И как легко было увести после спектакля какую-нибудь актриску за кулисы, к себе в офис, на покрытый красным дерматином диван, доставшийся ему после постановки «Принцессы Турандот». Из его рассказов выходило: такая у него была замечательная жизнь!

По стеснительности я не решаюсь задать естественный вопрос: «Если так всё было чудесно, зачем было уезжать?» Ясно ведь, что ничего такого здесь у бывшего завлита не будет. Ни актрисок, ни концертов (ни левых, ни правых), ни кабинетика за кулисами, ни даже самих кулис. Так сказать, ни принцессы, ни Турандот...

По необходимости эмигрантской жизни розовощёкий прошёл ускоренные курсы, получил лицензию, стал агентом по продаже недвижимости. Начал быстро и хорошо зарабатывать. Обзавёлся, как водится, домом с бассейном, машинами для себя и жены, компанией знакомых. Казалось бы, живи и в ус не дуй. Ан нет, как ни соберёмся, только и разговоров в прошедшем времени: «Ах, как мы прекрасно жили!». Но и сейчас не так уж плохо! К тому же ещё не всё потеряно. Да, Америка — совсем другая страна. Но страна ведь незлая, скорее добрая. Почему не жить вперёд? Зачем оглядываться назад? Зачем эти ахи да вздохи? Назад пути всё равно ведь нет!...

Иногда разговоры о прошлом подавляют меня. «Неужели всё? — тоскливо думается. — Неужели жизнь уже прожита? Жуткое дело, когда воспоминаниями начинают питаться не дряхлые старики, а ещё полные энергии люди». Я с ужасом думаю, что ещё немного, и я тоже только и буду, что оглядываться назад, как остальные в нашей небольшой компании. Что и меня оставит надежда на то, что, наконец, заживу полной, настоящей жизнью. Заживу по-новому. В конце концов, рассуждаю я про себя, я (впрочем, как и ты) из России уехал не столько из-за мерзостей тамошней жизни, которые мне как еврею доставались полною мерой, сколько из-за того, что жизнь эта стала леденяще предсказуемой вплоть до самого последнего часа. Российская жизнь нашего времени не сулила никаких шансов, не давала никакой надежды, была мёртвым, лишённым кислорода, морем, в котором уцелеть может только микроб.

Впрочем, быть может, я напрасно обо всём этом тебе пишу. Понять чужой опыт, не имея своего, невозможно. Помнится, я читал о человеке, который страдал головной болью. Когда его спросили, а что это такое, он впервые понял, что понять чужую боль можно только тогда, когда узнаешь в ней собственную...

Отчего я всё-таки пишу тебе всё это? Наверно, потому что сказать это больше некому. Помнишь древнегреческую легенду о брадобрее царя Мидаса? Под страхом смертной казни он должен был хранить тайну, что у царя — ослиные уши. Это оказалось выше его сил. Однажды он выбежал в поле, вырыл ямку и проговорил в неё мучавшую его тайну. Со временем на месте бывшей ямки выросли кусты, и, когда поднимался ветер, в шелесте листвы слышалось: «А у царя Мидаса ослиные уши».

Обнимаю, Илья

ПАССОВЕР

Слава Гольдман, шестидесятитрехлетний профессор компьютерных наук Северо-восточного Университета в Бостоне, сидел у окна в салоне «Боинга-777», смотрел на проплывавшие под фюзеляжем огромные, будто начёсанные из ваты, подсвеченные солнцем, облака.

Летел он в смешанных чувствах. Внешних поводов тому, казалось бы, не было. Через несколько часов он увидит своих родных и близких. Соберутся в доме его сестры Ирины по случаю Пассовера. Именно так, на английский манер, они теперь называют Пейсах, то есть, еврейскую Пасху. Понять это можно. Уехали из Советского ещё Союза чуть ли сорок лет назад, больше половины их жизни, и, хотя друг с другом всё ещё говорили по-русски, некоторые слова стали от неупотребления забываться.

Пассовер и другие главные еврейские праздники отмечали, хотя никто из них не был особо религиозным. Кошерную диету не соблюдали. Да и на субботние запреты разного рода внимания не обращали. В синагоге бывали редко, разве что на похоронах теперь уже ушедших в небытие членов их некогда обширной семьи. Ушли из жизни несколько лет назад отец и мать Славы, потом дядя Фима, младший брат отца. Вся их большая семья, не только их дети, но и племянники и племянницы с их семьями приходили на кладбище. На похоронную службу приглашали раввина, который читал молитву и произносил краткую речь, предварительно расспросив родственников о жизненном пути усопших.

Впрочем, винить себя в недостаточной религиозности было бы несправедливо. Все они выросли уже в советское время, неодобрительное к любой религии, тем более к еврейской. Здесь, в Америке, в память детства постились на Йом-Кипур, в Хануку дарили своим детям игрушки или сладости, на Пасху ставили на стол мацу. Вот, пожалуй, и всё. Жили, так сказать, по малому религиозному набору.

Виделись нечасто. Их когда-то, в Союзе, большую семью разбросало по всей Америке. Работа... В отличии от Союза, где по большей части жили всю жизнь там, где родились, здесь, в новой стране, приходилось переезжать туда, где открывалось рабочее место. К счастью, брат и сестра Славы жили недалёко друг от друга: она — в Пало Алто, он — в Сан-Франциско. Славе же пришлось переехать в Бостон, где открылось место профессора, специализировавшегося на сверхдальних компьютерных связях.

В этот приезд, как случалось и раньше, он приезжал в гости без жены Марины. Слава гордился ей, её замечательной карьерой в Америке. Приехав в Штаты из Союза с кандидатской по микробиологии, она сумела найти своё место в деловом мире. За годы эмиграции выросла до директора маркетинга огромной корпорации, производившей приборы для медицинских анализов.

Однако обязанности, на неё налагаемые, были связаны с разъездами, порой неотложными. Вот и на этот раз вместо того, чтобы вместе со Славой лететь в Калифорнию, чтобы отметить с семьёй Пассовер, пришлось отправиться в Остин, штат Техас, на срочное совещание. Совету корпорации нужно было срочно решить, как реорганизовать сбыт продукции...

Слава с нетерпением ждал встречи с близкими. Однако где-то в глубине его сознания было опасение того, *что* может возникнуть, если ни он, ни его родные не будут стараться обходить острые углы. В последние годы в их отношениях возникла некоторая напряжённость.

Поначалу Слава не мог вспомнить, когда и почему она возникла. Определённо в первые годы, когда надо было обустроиться в новой стране, её не было. Помогали друг другу чем могли. Радовались успехам друг друга. Делились опытом поиска работы. Советовали, как составить проклятую бумажку, резюме, на которой, американцы, казалось, зациклены. Делились крохами на ходу приобретаемой науки — как вести себя на интервью. С какой-такой стати нужно смотреть в глаза тех, кто тебя интервьюирует?!

А уж эта пресловутая американская улыбка! Поначалу она казалась натянутой, искусственной. Понадобилась немало лет, чтоб понять, что она означает то, что не могла дать жизнь в России, в которой они выросли — добродушие, априорную доброжелательность. Я в порядке, говорит американская улыбка, и ты, надеюсь, тоже. Улыбка людей, выросших в культуре, в которой кислая физиономия на публике означает жалобу на своё житье-бытье, потому постыдная в протестантской культуре, ориентированной на самодостаточность...

Аккультурация затянулась на долгое время. Шутка ли, из одной из самых неукротимых тоталитарных стран — одним махом в одну из самых свободных и демократических. Было отчего потерять равновесие… Ясно-понятно, что, приземлившись в Америке, они привезли с собой свой, впитанный с молоком матери, образ жизни, который в неизвестной обстановке был всем, на что они могли опереться.

Однажды один из американских знакомых Славы, Стив, сосед по лестничной клетке, когда они завели приятельские отношения, с улыбкой показал ему сохранившуюся в течении десятилетий памятку. В прошлом он был одним из социальных работников, имевших дело с новоприезжими из Союза. Он время от времени заглядывал в эту памятку, когда встречался с какой-нибудь странностью в поведении клиента. Слава пробежался по страницам, качая головой. Боже мой, дружище! Как же с нами всеми было тяжело!.. И подумалось: до чего терпеливый народ, американцы!..

Начнём с того, что новоприезжие из Союза хронически опаздывали на приём, будь то к социальному работнику, врачу или адвокату. Американское слово «аппойнтмент» не находило адекватного перевода на русский. Не «время приёма», а *точное* время приёма… Слово казалось странным животным, неизвестно, с чем его кушают… В советском прошлом пунктуальность считалась причудой английских аристократов… Быть может, для американцев — время=деньги. Для нас время было неосязаемой концепцией пришельцев из другого мира. Каким ещё оно могло быть для людей, привыкших стоять в очередях много часов за самым необходимым! В разные периоды советской жизни то были то целиковая гречневая крупа, то апельсины из Марокко, то подписка на Хемингуэя.

Да мало ли что ещё!…Придёшь к начальству на приём, но это не означает, что оно, советское начальство, ногти кусает, как бы вам не пришлось сидеть в приёмной слишком долго. В своём кабинете, за обитой кожей дверью, советское начальство мало печалилось о том, что тебе надо успеть забрать дочку из детсада. Как-то само собой принималось за данное, что на то он и начальник, чтоб быть выше твоих мелких бытовых забот. Женщины, впрочем, приноровились к долгим сидениям в приёмных. Среди них популярным стало вязание…

Памятка, с которой сосед ознакомил Славу, смягчала сердца американских социальных работников. Она объясняла, что в грубости и нахрапистости их бывше-советских клиентов нет личной к ним неприязни. Такое поведение — результат укоренившегося у них, подкреплённого практикой десятилетий, убеждения: власть предержащие всегда враждебны личным интересам индивидуума.

— Нужно было долгое время для нас, социальных работников, имеющих дело с советскими иммигрантами, — сказал, смущено улыбаясь, Стив, — чтобы понять, почему они зациклены на том, чтоб постоянно выискивать лазейки в американской системе помощи приезжим.

Как Славе самому со временем открылось задним числом, врать и давать взятки было единственным в советскую бытность способом добыть колбасу, билеты на концерт какой-нибудь звезды театра и кино, путёвку на юг... Непросто было отвыкнуть от убеждённости, что всё, что устроено в каждодневной жизни — дело государства, тысячерукого чудовища, от которого зависит не только будут ли завтра булки в магазине, но, казалось бы, даже рассвет и закат в положенное время.

Выдавливать из себя советское прошлое оказалось совсем непросто. Слишком уж срослось с собственным сознанием. Казалось, с тех пор много воды утекло. Все они со временем состоялись профессионально. Сестра Ирина проработала многие годы медсестрой. Её муж Матвей, опытный автослесарь, работу нашёл легко — где ещё, если не в Америке, могли оценить его рабочую смётку! Брат Семён в Союзе был инженером-строителем, но, приехав в Штаты освоил программирование. Все они сейчас живут в своих домах.

Готовясь мысленно к встрече с близкими, Слава стал вспоминать, с чего и когда началось напряжение в их отношениях. Вспомнилось появление фигур умолчания во время их телефонных разговоров. Так, во время одного из них после обычных приветствий Слава спросил брата Сему, правда ли, что Борис, его сын, ожидает ребёнка от своей подруги, с которой уже два года живёт. Как-то узнал об этом через общих знакомых... Спросил без задней мысли. Наоборот, с чувством удовлетворения. Их полку прибывает, семейство растёт, пускает корни в американскую землю...

К его удивлению, вопрос брату не понравился.

— Знать ничего не знаю! — отмахнулся тот. — Это все женские дела...

Сначала Слава подумал, что это от того, что вроде бы событие это, появление внука, намечается несколько раньше, чем того хотелось по декоруму: свадьбы ещё не было. Ну, в наши дни дело не такое уж скандальное, когда молодые люди живут вместе подолгу, прежде чем, как говорится, оформить отношения. Тогда с чего бы это?..

Оказалось, что дело тут было даже не в этом, а в том, что будущая мать была не только не русская еврейка, а пуэрториканка, хотя не стопроцентная, а наполовину: ее отец был чех по национальности. Именно пуэрториканская часть родства особенно заставляла брата мрачнеть... Чёрт знает, что ожидать от такого генофонда у внуков...

В другой раз сестра Ирина сообщила подавленным голосом, что её дочка Нелли взяла и ни с того ни с сего влюбилась в белозубого с кучерявой головой красавца-кассира, мулата из Сальвадора. Влюбилась так, что она, Ирина, боится, что свадьбы не миновать...

Сейчас это дело прошлое. Как только появились внуки, и Сева и Ирина прикипели к ним всем сердцем...

Самолёт шёл на посадку, замелькали крыши аэропортных построек. По дороге из аэропорта, не любивший появляться с пустыми руками, на прокатной своей «тойоте» Слава заехал за продуктами в знакомый по прошлым приездам персидский супермаркет. Пахнуло запахами детства и отрочества на юге, в родном Херсоне.

Он разгуливал по магазину, рассматривал дары природы и удивлялся тому, что вот такая же, оказывается, у персов-иранцев баклажанная икра, какую он помнит с детства. Мама пекла баклажаны сначала на сковородке, потом, когда появилась газовая печь, — в духовке. От этих пропечённых овощей исходил странный, на редкость неаппетитный запах горелой бумаги, и на вкус они напоминали бумагу жёваную. Но когда мама, порубив на деревянной доске секачкой, тщательно перемешивала печёную серовато-коричневую мякоть с белесыми зёрнышками, перчила, приправляла протёртыми чесноком и помидорами и ставила на стол, оторваться от этой икры не было никаких сил.

Слава не спеша прогуливался, словно в музее, между рядами, заставленными заморским товаром и думал о том, что между людьми разной национальности гораздо больше общего, чем принято думать. Попадись ему пожилой, его возраста, иранец, и он стал бы ему рассказывать о благоденствии за столом его детства, тот бы его скорее всего понял, заулыбался, признавая сходство с памятью собственного детства, трепетно хранившемся в его мозгу...

Накупив провизии, куда, кроме баклажанной икры в причудливых банках, вошли также помидоры как свежие, так и маринованные, будто налитые красной кровью, шашлыки, которые готовили тут же на заказ, а на десерт — будто перешнурованную шпагатом дыню и в вощёной бумаге — финики, он поехал к дому сестры.

Ирина открыла не сразу. Она возилась на кухне, и всё её круглое раскрасневшееся лицо было полным одновременно заботы и радости по поводу того, что вот снова собирает вокруг стола всё, что осталось от их некогда обширной семьи. Время берёт своё. Вот уже несколько лет как умерли их родители, сначала отец, потом очень скоро и мать. Как-то само собой получилось, что Ирина взяла на себя роль центра их семьи, переняв у матери не только рецепты её замечательной кулинарии, но и её щедрое гостеприимство.

Как и у матери, у Ирины был широкий круг друзей-эмигрантов.

Впустив брата, сестра заволновалась, что ещё не всё готово к праздничному столу. Вернувшись к плите, смахнув рукой прядь седеющих волос, упавшую на глаза, когда, наклоняясь к духовке, сказала:

— Слава, извини, да, мы договаривались, что будут только свои, но вот в последнюю минуту сосед…Ну, ты его знаешь!.. Помнишь, как-то заглянул к нам, когда вы с Ириной гостили. Давид с женой Леной… У них здесь, в Пало Алто, никого нет… Всё-таки праздник… Пассовер… Надеюсь, не возражаешь, что они к нам присоединятся…

— Ира, о чём ты говоришь? — сказал Слава. — Твой дом, ты хозяйка, *after all*… — добавил он по уже давно образовавшейся привычке на английском.

В гостиной на диване сидел чопорно одетый джентльмен лет пятидесяти в больших роговых очках, делающих его похожим на огромную сову. Рядом обмахивалась платочком, полная, с высокой грудью, рыжеволосая женщина, очевидно, его жена.

Слава вспомнил тот давний визит, когда он впервые увидел Ириного соседа. Тогда, помнится, Давид показался ему поразительно зацикленном на цифрах, в которых он, видимо, видел неоспоримое доказательство своего преуспеяния в жизни. На вопрос Славы, заданный просто так, для лёгкого разговора — «Ну, как вы устроились?», тот гордо ответил, подняв подбородок в знак убеждённости в том, что знает, как жить на белом свете:

— Прекрасно! Оформил себе и жене программу Эс-Эс-Ай. По психическим делам. Оформил как «депрессию из-за расставания с родиной»… Начнём получать свои чеки с первого декабря…

Слава вспомнил: Эс-Эс-Ай — государственная программа вспомоществования малоимущим инвалидам. И малоимущим старше шестидесяти пяти. К помощи этой программы их отец и мать, приехавшие в Штаты уже пожилыми, вынуждены были обратиться.

— Да, — добавил он, заметив, что Слава немного заёрзал на своём стуле. — Краду у государства.

Он сказал это таким тоном, как будто это само собой разумеется. Для чего ещё, спрашивается, государство, неважно, в какой части света оно находится, если не для того, чтобы у него воровать?

— Снимаю двухбедренную квартиру, — продолжал он, так же уверенный в том, что всё делает в жизни правильно. — Плачу за неё пятьсот тридцать девять долларов сорок два цента...

— Дальше... — продолжал он. — Как вы знаете, если ты на Эс-Эс-Ай, ты не можешь купить машину дороже, чем за четыре тысячи долларов... А я, прежде чем мы уехали из Николаева, продал дачу за одиннадцать тысяч долларов, машину, старая была, за две тысячи... Мебель-шмебель, посуда, всё такое — ещё шестьсот пятьдесят. Приехал в Штаты и имел в кармане двенадцать тысяч двести тридцать пять баксов.

— Подождите, Давид, — сказал Слава, — я не совсем понимаю... Больше ста долларов на душу по обмену при выезде из Союза на рубли не полагалось...

— Согласен, — тот опять кивнул головой и закрыл глаза в подтверждении непререкаемой правоты своих слов. — Но ведь известно, что нет таких крепостей, которые бы не брали большевики... Ха-ха, Слава, это так говорится. Я членом партии никогда не был, но крепость под названием «советская дурная таможня» всё-таки взял. Да, деньги вывозить нельзя было, но один портативный радиоприёмник «Спидола» вывозить разрешалось. А в приёмнике есть внутренняя антенна в виде катушки проволоки. Цена этой проволоки, конечно — две копейки в базарный день. Но если проволока не простая, а платиновая, то это уже состояние... На радиозаводе с приятелем договорился, и он всю мою дачу с посудой, машиной и мебелью на катушку «Спидолы» и намотал... А в Штатах первый же ювелирщик за эту платиновую проволоку ухватился...

— Вот я и купил себе «Линкольн Континентал», цвета беж, — продолжал он уверенным голосом. — В хорошем состоянии, за десять кусков... Конечно, наши эмигрантские ребята в дилерстве, где покупал, выдали мне квитанцию на три с половиной тысячи. Они знают, что делать. Они-то меня и предупредили о правилах и все организовали...

— Вот я и подрабатываю на ней. Вожу народ в аэропорт. Один из наших организовал такой бизнес. Получаю десять долларов в час у него, он имеет восемь машин. Платит мне кешью, конечно. Другим своим водителям даёт двенадцать долларов пятьдесят центов, но чеками. Так что выходит так на так. Они платят налоги, я — нет. Так что я не жалуюсь...

Давид был настолько горд своей эмигрантской смёткой, что Слава не решился умерить его пыл замечанием, что, работая за наличные, он обманывает не столько Дядю Сэма, сколько самого себя. Сам он поймёт это, когда будет поздно: когда уйдёт на пенсию и начнёт получать чек от того же Дяди Сэма...

— Мы оба с женой скоро будем получать четыреста сорок долларов пятьдесят три цента каждый. Итого выходит — восемьсот восемьдесят один доллар и шесть центов. За квартиру платим, как я уже сказал, пятьсот тридцать девять долларов и сорок два цента. Остаётся триста сорок девять шестьдесят четыре цента... У нас замечательная квартира. Светлая, сухая, окна выходят в сад. Газ, отопление, вода — всё включено. Я плачу только за электричество. И телефон... Единственная проблема в жизни — у меня проблема со спиной.

— У меня недавно тоже, от сидячей работы, — сказал Слава, чтобы как-то перебить поток цифр...

— О, у меня это с юных лет, — махнул рукой Давид. — Может быть, потому что в школе, — хохотнул он, стараясь подшутить над собой, — соскальзывал со спинки парты, чтобы не встречаться взглядом с учителем. Чтоб к доске не вызывали...

Тем временем Ирина крикнула мужу, принимавшему душ после интенсивной прогулки, чтоб помог внести Славину поклажу в комнату на втором этаже их дома. Предложила отдохнуть с дороги. Давно прошло то время, когда, по давней российской привычке, навещая родственников, ютились на диванах в гостиной, а то и на полу. Попробуй найти место в советской гостинице, в которой в первую очередь размещали участников всякого рода слётов, съездов и конференций... Когда Слава приезжал с Мариной, они снимали номер в гостинице в Пало Алто. Но когда он, случалось, приезжал один, Ирина настаивала, чтоб не брезговал, останавливался у неё. Видятся, мол, и так нечасто. Всё-таки больше контакта...

Вышел посвежевший после душа Матвей. Хотя муж сестры уже давно вышел на пенсию, он по-прежнему уделял время поддержанию физической формы. В молодости увлекался футболом, что отразилось на его, если теперь уже не совсем спортивной, но всё ещё подтянутой фигуре. Коренастый, мускулистый, широкоплечий, он помог Славе поднять чемодан в приготовленную для него комнату. Славе он нравился как человек. Вырос в рабочей еврейской семье. Если кто из соседских мальчишек осмеливался высказать антисемитское слово, он и его друзья, ни слова ни говоря, вытаскивали из своих штанцов флотские ремни с огромными бляхами и шли на обидчиков. Те во избежание беды поспешно ретировались...

Ирина вернулась к плите, стала вокруг неё хлопотать. Засуетилась вокруг праздничного стола, накрытого накрахмаленной скатертью с голубыми узорами, расставляя тарелки, большие и маленькие, бокалы для вина, стопки для водки, ножи и вилки...

Вскоре приехал на своём «мерседесе» брат Сева с женой Лилей. Привёз мастерски запечённого на дощечке лосося. Тот сверкал, как ёлочная игрушка. У брата несомненно был кулинарный талант. Обнялись, обменялись приличествующими обстоятельствам фразами.

Сева был на целое десятилетие моложе Славы, подрастал не на пайках военного времени и потому вымахал чуть ли ни на голову выше старшего брата.

— Как там твой Исаачок? — осторожно спросил Сева. Осторожно, поскольку знал, что Слава переживает тот факт, что его единственный, родившийся в Америке, сын ударился в политику. И ударился так сильно, что у Славы заломило в висках. Сын не только стал высказывать крайне левые взгляды, на которые его отец смотрел с опаской — как ещё на них может смотреть человек, который вырвался в своё время из «самой левой страны на свете», как говорится, в чём был! Начитавшись всякой литературы, сын решил бороться с гегемонией Уолл-стрита, создал вебсайт «Долой гегемонию!» и стал выступать на телевизионных каналах с позиций, которые доводили отца до бешенства. Даже Славин американский приятель левого уклона, с которым он поддерживал долголетнюю дружбу, сказал, хоть и уклончиво, но тем не менее уверенно:

— Well, your Isaac believes everything he reads...

То есть, верит любому печатному слову...

Слава знает также, почему, бросая свою фразу, брат отвёл от него взгляд. Дело в том, что все члены семьи, подобно Ирине, выключают канал Фокс Ньюс только на ночь. А канал не устаёт утверждать, что вся профессура в Америка — красная. Только и делают, что в своих колледжах и университетах промывают детям мозги. И хотя Слава преподаёт в Бостонском университете не политические науки, а программирование сверхдальних систем, он числится в семье в розовых оттенках.

Наконец, осмотрев придирчивым взглядом закуски и выпивку, которые она с Матвеем выставили, расположили по обширному кругу, Ирина пригласила всех к столу.

Слава глянул на стол. Это был вкусовой рай. Между кувшинами с яблочным и апельсиновым соками расположились тарелки с малосольной селёдкой и молодой картошкой, сваренной в мундирчиках, с протёртым чесночком, присыпанной ломтиками молодого укропа... Баклажанная икра — пусть не как в детстве, маминого производства, а из персидского магазина... В добавок к привезённым им шашлыкам в духовке томились, дожидаясь своего часа цыплята табака и котлеты по-киевски. А в центре стола уже красовался Севин запечённый лосось. А на десерт на раскладном столике неподалёку — пушечные ядра калифорнийских апельсинов и крупные, налитые соком, грозди продолговатых виноградин, известных в Союзе под названием «дамские пальчики»...

Глядя на это изобилие, Слава вспомнил, как вскоре после приезда в Америку, он и Марина, обзаведясь первым американским другом — он сражался за свободу эмиграции советских евреев, — пригласили его на обед.

У американца глаза на лоб полезли.

— Ведь тут на два обеда хватит! — сказал он, пожимая плечами.

Слава понимал: старый способ выражения любви и признательности к близким во время праздников в оставленной стране непонятен в Америке, где дефицит продуктов питания — понятие абстрактное.

Когда все расселись вокруг стола и налили себе спиртное — по российской привычке, мужчины — по стопке водки, женщины — слабенького местного вина фирмы Манушевич — Слава на правах старшего встал и произнёс:

— Что ж, я рад, что мы и на этот раз собрались. Happy Passover, дорогие!

Сева не выдержал даже такой малой формальности — напоминания о том, почему собрались. Добавил с юморком:

— А! Чего там!...Чтоб наши дети не цеплялись за трамвай!

Сработала память о советской убогой бытности, которую старались окрашивать юмором. Речь шла о подростковой забаве кататься на городском трамвае, устроившись на «колбасе», шланге воздушной магистрали пневматического тормоза. Сзади вагона свободный конец, изогнутый полукругом, был похож на кольцо колбасы.

После обеда перешли в гостиную. Уселись на обширном, покрытом прозрачным пластиком диване. Телевизор, оказывается, был давно включён, но звук был убран. Ясно было, что телевизор выключают только на ночь. На экране тройка молодых людей бойко перебрасывалась фразами. В углу — два прожектора на фоне тёмного неба, эмблема канала «Фокс Ньюс». Она напомнила Славе фильмы его детства о войне, в которых прожекторы выискивали скрывающиеся в ночном небе вражеские бомбардировщики. Неужели и здесь в Америке, которую, насколько он знает, немецкие самолёты не беспокоили, это выбрано с умыслом? Намекая на то, что ночное небо таит в себе угрозу от скрытых в тёмном небе врагов...

Впрочем, он давно знал, что вся их семья, как и многие другие эмигранты из Союза, голосует за республиканцев. В один из его приездов, когда он ночевал у Ирины, обнаружил, что она засыпает, слушая на ночь радиопередачи Раша Лимбо, известного консервативного радиокомментатора. Голосом, полным тревоги, он вещал, выдерживая долгие театральные паузы. Это придавало его словам эпическую многозначительность, давало время слушателям проникнуться до конца ужасом апокалиптического конца света, картины того, во что превратится Америка, если к власти придут демократы. Услышать, как содрогается земля... Как реки, выйдя из берегов, затопляют долины... Как рушатся, словно сделанные из песка, небоскрёбы Манхеттена...

— К черты политику! — сказал Матвей и переключил канал «Фокс Ньюс» на один из его излюбленных спортивных каналов. — Сегодня финальный матч, европейское первенство. Сборная Германии — сборная Англии!

Славу предложение Матвея обрадовало. Он всегда был заядлым футбольным болельщиком, следил за европейским чемпионатом дома, был рад, что не пропустит финальный матч. По старой советской памяти и другие гости принялись смотреть знакомое с детских лет зрелище, которое по-русски зовётся «футболом», а не «соккером», как его обозвали американцы, чтоб не путать с их зрелищным богом — американским футболом — плохо организованную, часто прерываемую, драку за обладание не круглым, как полагается, а продолговатым, похожим на туркменскую дыню, мячом.

Игра всех захватила. Быстрые прорывы по краям, неожиданные передачи в центр, обманные движения — финты, невероятные по своей изобретательности удары по воротам...

Когда матч закончился победой германской команды, гости стали обмениваться впечатлениями, не могли нахвалиться немецкими нападающими, не пропускавшими шансов пробить по британским воротам. Единственный комментарий, не одобряющий в целом великолепную германскую команду, был Матвея. Так как всем присутствующим было известно его спортивное прошлое, к его мнению прислушались.

— У немецкой команды будет в дальнейшем проблема, — сказал он веско. — Не заботятся о национальных кадрах.

— Ничего не понимаю, — сказал Слава. — Что значит «не заботятся о национальных кадрах»? О чём это ты?

— Ну, как же! — сказал Матвей. — Кто у них наиболее успешные нападающие, а?

Слава понял, что имеет в виду Матвей. Судя по цвету кожи, именам игроков, в германской команде было немало не-немцев. Темнокожие Джером Боатенг и Сами Хедира... Марио Гомес, испанец... Месут Озил, турок... Лукас Подольский и Мирослав Клозе — похоже как, поляки...

Слава к своему стыду вспомнил, что уже здесь, в Америке, когда он начал следить за европейским футболом по телевизору, в нём тоже сработал рефлекс национализма, привитый советской властью, наследницей российской империи с её великодержавным шовинизмом и ксенофобией. Как так, негр — а играет в составе европейской команды!..

Обращаясь к интернету, читая биографии игроков, он стал постепенно перестраивать свои мозги. Да, Подольский — поляк, но он потомок силезских немцев по бабушке. Отец Клозе — немец из Польши, а мать — чистая полька. На счёт Озила... Да, он по рождению турок, но оба его родители родились в семье турецких иммигрантов в Германии. Отцы Гомеса, Хедиры, Боатенга женились на этнических немках... Вне сомнения все эти игроки стали звёздами немецкого, европейского и мирового футбола благодаря тому, что воспитывались в многочисленных германских программах по развитию детского и юношеского футбола...

Сейчас Слава подумал о том, что, по логике Матвея, великая русская литература — не такая уж русская. Уже давно, больше двух столетий, как должна была начать заботиться о своих национальных кадрах. А то — сплошное безобразие!...У Гавриила Державина — татарские корни...Мать Василия Жуковского — взятая в плен турчанка... Прадедушка великого Александра Пушкина — как известно, арап Петра Великого... Михаил Лермонтов — шотландских кровей... Мама Афанасия Фета — немка...Мыкола Гоголь — вообще украинец... А уж в двадцатом столетии — сплошное нашествие инородцев: Ахматова, Мандельштам, Пастернак, Бабель, Бродский, Аксенов, Окуджава!..

...Гости стали обсуждать замечание Матвея, качали сокрушённо головами. Словно почуяв назревающую тему, помалкивающий до сего времени Иринин приглашённый сосед Давид вдруг выпалил ни с того ни с сего:

— Как вам нравится этот черножопый идиот? Надо же такое придумать! Совсем без мозгов выбрали президента!

Слава вздрогнул. С чего вдруг Давид вспомнил об Обаме? Надо же!...Откуда это? Как-то так получилось, что все они привезли с собой чуму расизма! Как будто в Америке ее не хватает... Слава далеко не все внешнеполитические ходы Обамы одобрял. Считал, что тот слишком слабо наказал Путина за наглый захват Крыма с помощью так называемых «зелёных человечков»...

Но восклицание Давида — это было уже чересчур. Обама — не только широко образован, но обладает качеством, которое он, Слава, особенно ценит в людях — чувством юмора. Его выступление на корреспондентском обеде в Белом доме, показанное по телевидению, поразило его чуть ли не профессиональным умением вызывать смех самого высокого толка. С помощью тонкого намёка на толстые обстоятельства...

Как так могло произойти с ними, евреями, кто в Союзе чувствовал на собственной коже не только враждебность власть предержащих, но и так называемый «бытовой антисемитизм». В этом термине особенно раздражало прилагательное. Словно речь идёт о чём-то привычном, само собой разумеющемся, как, например, о закрутке банок со смородиной, перемешанной с сахаром на зиму для настойки...

Слава думал и думал, откуда расизм у советских евреев, самих страдающих от него, и пришёл к выводу, что долго, из поколения в поколение сопротивляться давлению окружающей ядовитой среды дано далеко не каждому. В конце концов, устаёшь, подавляешь собственное «я», принимаешь мнение множества, тебя окружающего. Действительно, со временем ещё в Союзе за семейным столом начались разговоры, подавленные, с насупленными бровями, постепенно всё горячее и горячее, с гневом на одноплеменников, позорящих своих собратьев своим не-ангельским поведением. Вот если бы все вели себя хорошо, не крали у государства, не спекулировали, то не стали бы на всех евреев катить бочку ни за что ни про что... Гнали и, видимо, с успехом, от себя мысль, что крадут у государства все, кому не лень. «Нет, нет, — говорили между собой, — вот если бы все евреи вели себя хорошо...» Даже формулу вывели — «Есть евреи, а есть жиды»...

Это было ужасно, но, увы, этим не ограничивалось. Он всякий раз вздрагивал, когда при нём знакомые евреи повторяли презрительные клички, бытовавшие в Союзе, которыми в узком кругу отзывались походя о нерусских национальностях — «армяшки», «черножопые» (то есть, грузины), «чучмеки» — люди многих азиатских национальностей...Ужасался про себя: как они не понимают, что, повторяя эти клички, они как бы дают согласие, чтобы их за глаза звали не иначе как «жидами», «маланцами» или, в лучшем случае, «французами»...

Слава долго думал над тем, отчего это происходит и пришёл к выводу — прокушенные сердца, результат так называемого «стокгольмского синдрома». Так называют поведение заложников, когда инстинкт самосохранения диктует им помимо воли, что, если они проникнутся пониманием причины направленной на них агрессии, то, глядишь, жестокость захватчиков смягчится, дрогнет карающая рука...

Раздумывая о том, почему ему, Славе, удалось не заразиться этой чумой, он вспомнил, что ещё подростком получил урок не делить людей по национальному признаку. И не от кого-то постороннего, а от собственной матери. Он был старшим ребёнком в семье. Ни Семёна, ни Ирины ещё не было в то время, когда послевоенный антисемитизм в Союзе свирепствовал, что заставляло, конечно, же доверять только тебе подобным... Именно тогда мама сказала как-то на домашнем обеде среди родственников:

— Я Анну Васильевну, хотя она *критслихе*, [т.е., христианка], ни на одну еврейку не поменяю!

Сказала это с вызовом. Речь шла о матери одного из Славиных соучеников. Сказала, поскольку та, по мнению матери, была верхом порядочности. Она также ужасалась всякому проявлению антисемитизма среди её единоверцев.

Объяснялось это тем, как впоследствии понял Слава, что её сына Женю, как и Славу, на переменках одноклассники дразнили, обзывая «маланцами». Дело в том, что, хотя отец Жени был русским человеком, фамилия его была заведомо нерусская, что для несмышлёных мальчишек автоматически воспринималась как инородная, т.е. еврейская. Еврей — инородец.

Дело в том, что отца Жени, мальчишку-сироту, выжившего в гражданскую войну, в начале двадцатых годов усыновил швед, Густав Генрихсен, инженер, приехавший в страну помогать строить социализм.

Однако, в отличии от Славы, Женю дразнилки не раздражали. Он только пожимал плечами и бормотал едва слышно: «Вот дураки!»...

Дело клонилось к вечеру, начинало темнеть за окнами. Откланялись несколько церемонно сосед Давид и его жена. Сева и Лиля тоже заторопились домой. Обнявшись на прощание с ними, Слава почувствовал, что хочется выйти глотнуть свежего воздуха: съедено и выпито было немало.

Видя, что он собирается на прогулку, Матвей спросил, не возражает ли он, если он составит ему компанию.

Они направились по уже знакомому по прошлым приездам большому кругу — пустынным улочкам вокруг одноэтажных домиков, заросших пальмами и цветными кустарниками. Матвей не был словоохотлив, но, видя, что Слава беседы не завязывает, стал объяснять, кто в их районе живёт и что в нём замечательного. Слава заметил, что стала привычной в эмигрантской среде не столько высказывать свои суждения о разных сторонах жизни в Америке, сколько сходу выносить моральный приговор, не подлежащий не только кассации, но даже обсуждению. Без всякого видимого повода Матвей заговорил о том, что в их районе «полно всякого сброда». Местность была тихая. Откуда здесь взяться насильникам, бродягам и прочим нарушителям спокойствия?

Как понял Слава, так полагалось думать человеку, чьи убеждения питались передачами телеканала Фокс. Вспомнил эмблему с ночным небом и прожекторами. Опасность повсюду, она скрыта от глаз...

Почему не только его родственники, но многие другие советские эмигранты, неизменно голосуют за республиканцев помог прояснить случай. На одной вечеринке среди бывших соотечественников ответ на это он получил от своего же брата эмигранта, с которым там познакомился. Преподаватель русского в одном из бостонских университетов, Григорий поделился своими впечатлениями о недавней конференции славистов.

— Чему тут удивляться? — сказал он, пожимая плечами. — Сам подумай! — они со Славой быстро перешли на «ты». — Само слово «социализм» в речах некоторых демократов вызывает у наших эмигрантов неизменную реакцию. Хватит, мол, накушались социализмом! Больше не надо! ...Хотя никакого социализма, как ты хорошо знаешь, в Союзе не было. Было тоталитарное правление страной. Всем руководила группа людей, чья власть не была ограничена ни законами, ни конституцией, никакими другими институтами... Эти люди решали за всех нас, какой в данный момент быть политике, как внутренней, так и внешней. Выбирали из своей среды и сами назначали себе преемников. Всё, что было «социалистического» — это то, что промышленные предприятия перешли из рук бывших владельцев в руки этой группы. Ты помнишь, конечно, ленинский лозунг-призыв «Грабь награбленное!»... На самом деле, никакой такой демократии, не раз оповещаемой, и в помине не было...

— А в Америке пользуются этим термином — «социализм» — довольно широко. На самом деле речь идёт не более чем о роли государства в поддержании малоимущих и больных. Это в Америке практикуется в общем-то давно, со времён Франклина Делано Рузвельта. Как ты, уверен, знаешь, в результате биржевого краха в стране начался экономический спад, то, что американцы называют Великой Депрессией. То есть, ничего похожего на социализм в том виде, в котором нам его представляли в Союзе, не было и в помине... Ты, наверно, слышал жалобы наших эмигрантов. Мы-де мы платим налоги, а демократы на наши кровные кормят бездельников и наркоманов. Как правило, они имеют в виду негров...Американские налоги кормят, лечат и обеспечивают жильём больных и стариков-иммигрантов со всего мира.

Тут Слава вспомнил, что его отец каждый раз, получая по почте чек, диву давался. Повторял: «Надо же! Я не рабртал в этой стране ни одного дня!».

Григорий обратил внимание Славы на то, что не только демократы, но и республиканцы, находясь у власти, не рискуют прервать помощь тем, кто в ней нуждается. Президент-демократ Билл Клинтон был единственным на памяти, кто отважился на то, чтобы потребовать у тех, кто получает пособие, доказать, что они по крайней мере, делали попытки найти работу или пойти учиться...

Из разговора с Григорием Слава понял правду, заложенную в американской пословице «Гораздо легче вытащить деревенского парня из деревни, чем деревню из этого парня». Вспомнил знаменитую фразу Даниила Гранина, который писал в советское время, как говорилось, «на грани проходимости»: «Мы люди свободные, что нам скажут — то мы и захотим».

— Вообще-то говоря, — продолжал новый знакомый, — кроме Западной Европы и Северной Америки, либерализм, пожалуй, — исключение из правил. Консерватизм правит остальным миром, будь то Китай, Индия или Индонезия. Либерализм зародился в Западной Европе в ходе уникального исторического развития. В течении четырех-пяти столетий произошли глубокие социально-нравственные метаморфозы эпох Возрождения, Реформации и Просвещения. Родилась новая идеология либерализма. Она оформилась в знаменитом лозунге Великой французской революции — Свобода, Равенство, Братство...

— Так что привезённый нашими эмигрантами консервативный менталитет толкает их к республиканцам. Они защищают такие знакомые с детства принципы, как авторитаризм, национализм, сильная власть... Они вошли в нас помимо нашей воли, с младых ногтей...

— Я, кажется, понимаю, в чём дело, — сказал Слава. — Помнишь нашумевшую повесть Георгия Владимова «Верный Руслан»? Вышла в году 65-м, уже на последней волне оттепели, наступившей в Союзе после знаменитой речи Хруща о преступлениях Сталина против человечности... Из Гулага стали возвращаться заключённые. И вот в те же края, лет десять спустя на те же стройки, которые теперь стали называть «великими стройками коммунизма», стали прибывать «вольные».

— Но конвойная собака Руслан, которую ещё щенком научили сопровождать колонны заключённых на работы, следить, чтобы никто не пытался бежать, завидев новые колонны рабочих, принялась за былое — конвоировать их, чтоб никто из них не вздумал ступить в сторону... Похоже, у нашей эмиграции — комплекс «верного Руслана»...

— Нашим эмигрантам непонятны либеральные ценности, — кивнул Григорий. — Забота о бедных...Стремление к равноправию между людьми — мужчинами и женщинами, белыми и чёрными...

И не на словах, а на деле, с помощью установок при приёме на работу или поступлении в колледж... Я уже не говорю о гомосексуалистах... Так что, так вот, дорогой мой...

— К тому же эта гребаная политкорректность! Обрыдла всем нам ещё с советских времён хуже горькой редьки. Это требования предоставлять во что бы то ни стало равенство полов и рас. Вне зависимости от квалификации их представителей...

Вышагивая рядом с Матвеем по улочкам Пало Алто, Слава услышал, как, среди прочего свободного пересказа новостей небезызвестного американского телеканала, тот прокомментировал нашумевшее дело о сексуальном домогательстве:

— Подумаешь, за попку пощупал!.. Бабе под сорок... Должна быть рада, что всё ещё обращают внимание...

Слава вспомнил недавнее, полученное перед самой поездкой в Калифорнию электронное письмо коллеги, собрата совэмигранта, преподавателя нью-йоркского университета, который тоже улетал с женой отмечать Пассовер с родственниками.

«Вчера, — писал он, — нас вёз частный еврейский извозчик Петя из Брайтон Бича в аэропорт. Не молчун — ветеран одесского таксопарка, а потом в Америке на примерно такой же ответственной работе. Попали в пробку, и он много чего успел сказать и рассказать. В частности (цитирую почти verbatim): „Путин молодец! Сделал то, что надо было сделать с Украиной. Америка тоже бы не потерпела, если бы Мексику или Канаду напичкали оружием. И этот сопляк президент на Украине...“ ...Петя произвёл впечатление пылесоса наблюдений, а не глубокого аналитика. Так что мудрость эту он где-то засосал, кто-то её породил и запустил в оборот. Как и много других оригинальных мудростей, циркулирующих в русско-еврейском фольклоре жителей океанского побережья... Таксисты — это одна из категорий местного населения, с которой я никогда не веду споры. Пете я тоже не возражал. Зачем спорить с пылесосом?»

Похоже, что Фокс Ньюс — не самый ядовитый источник, из которого извлекают новости мира наши эмигранты, подумал Слава.

В самом по себе факте, что на Брайтон Бич, в пресловутой маленькой Одессе, с начала массового исхода из Союза стали селиться выходцы из СССР, не было ничего необычного. То, что часть бывше-советских эмигрантов, вместо того, чтобы адаптироваться в новой, неизвестной, говорящей на другом языке стране, предпочли то, к чему привыкли с детства, восстановив оставленное позади — явление само по себе вряд ли новое. В Америке есть — и даже не один! — Чайнатаун. В Лос-Анжелесе процветает Маленькое Токио. В Нью-Йорке — Маленькая Италия.

Но беда в том, что в Маленькой Одессе, доверяя только знакомому с детства языку, новости мира черпают из привычного источника — из в прошлом советского, а ныне Российской Федерации, центрального телевизионного канала.

Высказанные Петей-таксистом настроения помогли Славе задуматься о той глубокой пропасти, которая разделяет его и его близких от брайтонских эмигрантов. С началом внезапного, средь бела дня, путинского нападения на Киев, выходцы из Херсона, все члены Славиной семьи, впервые со времени исхода почувствовали то, что в Америке называют «PTSD», то есть, пост-травматическим стрессовым расстройством. Бомбардировка родного города вызвало тревогу — осознание того, что, хотя они и не очень страдали от ностальгии, на поверку выяснилось: когда бомбят знакомые с детства улицы и переулки — бомбят тебя...

Впрочем, у Славы это не было первым столкновением с поразительной привязанностью некоторых эмигрантов к оставленной стране. За несколько лет до сегодняшнего полномасштабного вторжения российских войск в Украину, Славе пришлось прервать отношения с давним, советского времени, другом-приятелем. Вышедши на пенсию уже в пост-советское время, когда Америка уже не принимала иммигрантов из Союза по той простой причине, что его уже не было, тот поселился в Германии. Испытывая вину перед евреями, которых она в своём нацистском прошлом пыталась уничтожить, Германия открыла перед ними свои границы. Всё бы ничего, но, к немалому удивлению, Славин друг-приятель стал высказываться на фейсбуке, через который они общались, в поддержку российской агрессивности по отношению к Украине. Ликовал по поводу захвата Крыма — «Крым наш!» Похоже что, в нём, как в других выросших в тоталитарной стране, заговорил, как его окрестил Слава, «комплекс обломка империи». Дескать, сам по себе — я, может быть, ничего не стою, я — мелочь, обломок. Зато я — обломок империи!...

— Наверное, на сегодня хватит? — вывел Славу из раздумья заботливый голос идущего рядом Матвея.

Они повернули назад, к Ирининому дому...

Утром, после завтрака, Слава обнялся на прощание с Ириной и Матвеем, сел в свою «тойоту» и отправился в аэропорт. Стал собирать в кулак свои мысли и чувства, перебирать в уме снова всё, что видел и слышал за время визита. Да, все они по-прежнему были и ощущали себя семьёй. Но полагали, что всё идёт прахом. Дети женятся не на себе подобных — то есть, не на детях бывших советских евреев, и даже не на детях американских евреев, а на детях пуэрториканцев, китайцев, сальвадорцев. Да и в политике все они, включая рождённых уже в Америке детей, расположились по большому спектру — от крайне правых республиканцев до крайне левых радикалов. Достаточно вспомнить собственного сына, который «левее» небезызвестного американского лингвиста и философа Ноама Чомского...

Вдруг Славу осенило. Вот оно что! Боже, как он раньше этого не понимал? Ларчик ведь просто открывался!.. Снисходительное отношение поколения их семьи к религии мешало понять, что история Великого Исхода, как она описана в Пятикнижии Моисея, — не сказка для легковерных, как её изображала советская антирелигиозная пропаганда, а результат многовекового, быть может, не одного тысячелетия, проникновения в природу человека... Прошло сорок лет их Исхода — и с их семьёй произошло то, что, в конце концов, было неизбежно, что должно было произойти... Сорок лет назад они были русскоговорящими евреями, раздавленными десятилетиями неприязни и ненависти, евреями со слабым раствором религиозности. Как то предписывала книга Исхода на своём метафорическом языке, все они, выросшие в рабстве и покинувшие его уже взрослыми людьми, не ступили, как им казалось, на землю обетованную, а провели предписанные сорок лет в библейской пустыне. То есть, дожидаясь того, чтобы их третье поколение, их внуки, выросли свободными людьми, никогда не знавшими постыдные навыки рабства.

Это третье поколение и завершило их Пассовер. Выросло людьми, для которых свобода пришла с рождением — *американцами*.

Лететь надо было пять с лишним часов, и Слава решил, что это хорошо. Впервые за всё это время внутри него отпустило. Можно будет вздремнуть в полёте и ещё раз просмотреть конспект завтрашней лекции.

Дама с собачкой: Апокриф

— Как? Как? — спрашивал он [Гуров], хватая себя за голову. — Как?
И казалось, что ещё немного — и решение будет найдено, и тогда начнётся новая, прекрасная жизнь; и обоим было ясно, что до конца ещё далеко-далеко и что самое сложное и трудное только ещё начинается.

А. П. Чехов, «Дама собачкой»

Гуров и Анна Сергеевна, в конце концов, смогли устроить свою жизнь вместе. Далось это не без больших жертв и потерь. Но их любовь была естественна, как море, у которого они встретились впервые, и они переносили все невзгоды стоически. Развод Гурова был тягостный — со сценами в духе Достоевского, с битьём недорогой посуды и с неожиданно прорезавшимся контральто у жены.

— Ди-ми-трий, — гудела она, — тебе, право, не идёт это мальчишество! Какая такая любовь! Какая такая дама с собачкой! Ты просто начитался дурных бульварных романов. У тебя просто-напросто душевный кризис, как у многих мужчин, к которым подкатывает старость. Седина в висках, а ты вешаешь себе на шею какую-то собачку... Ну, даму с собачкой... Какая разница! К тому же, какая уважающая себя дама уводит мужа от живой жены! Ты что же, не мог подождать, пока я умру. Теперь ведь недолго!..

Она поднимала к свету пузырёк с валерьяновой настойкой и вслух отсчитывала капли, иногда захлёбывая начала цифр:

— Осьм-надцать, ...надцать... двадцать!.. Ну, скажи, что она такое умеет, — на её лице возникала презрительная улыбка, — что я не в состоянии, по крайней мере, понять, осмыслить, пропустить через разум.

Гурова охватывал ужас от одной мысли, что он так долго был мужем этой бесчувственной и грубой женщины. От всех этих разговоров его по-настоящему тошнило, и он подумал о том, что, видимо, есть какая-то психосоматическая связь между человеческой речью и физиологической реакцией на неё. Ему казалось, что если он немедленно не выйдет на свежий воздух, то задохнётся в пошлой и бездарной мелодраме, которую разыгрывает жена и в которой она наделила его, не спросясь, ролью злодея.

Когда она заговаривала об А. С., ему тут же хотелось крикнуть: «Не смей говорить о ней!», но сделать этого он не мог. Тошнота и омерзение душили его. Схватив шляпу, он выскакивал из дома и, так и не надев её, несмотря на дождь и ветер, ходил по городу, разговаривая сам с собой, и прохожие принимали его либо за пьяного, либо за актёра, в возбуждении предстоящей премьерой репетирующего свой монолог на улице.

Гуров ходил по Москве и думал о том, что счастье, не пришедшее вовремя, мстит тем, что к нему, этому позднему счастью, липнет, как бумага к сырому мясу, купленному кухаркой на рынке, вся, какая только может найтись, пошлость и мелочность жизни.

Впрочем, вскоре после его ухода жена быстро оправилась от удара и вышла замуж за пышноусого владельца шорной мастерской на Неглинной по фамилии Коренной, по всему видно, никогда не державшего в руках никакой книги, кроме конторской. Она сообщала общим знакомым, отлично зная, что не преминут передать Гурову, что благодарна ему за то, что он увлёкся своей провинциальной дамочкой с какой-то псинкой. С Коренным, говорила она, прикрывая руками покрасневшее лицо, она впервые почувствовала себя настоящей женщиной.

Гуров по-прежнему любил Анну Сергеевну, но постепенно, сам того стыдясь, стал находить раздражающим то, что ему первоначально казалось таким щемяще-уязвимым и так привлекало к Анне Сергеевне: её молодость, неопытность в любви, её наивность и даже некоторая инфантильность. Он понимал, что она была почти вдвое младше его, существом ещё очень молодым, полным тех идеалов, которые были и у него, когда он только вступал во взрослую жизнь. Её нежелание принимать окружающее таким, каким оно есть, волей-неволей заставляло называть её про себя «Дон-Кихоткой».

Гурова всё больше досаждали её бесконечные жалобы на скуку жизни. «Скучно жить на этом свете, господа...» — мог сказать лишь молодой человек, познавший жизнь по её верхнему срезу, по её эпидермису... Жизнь не может быть сама по себе увлекательна. Предъявлять к ней такие требования так же неразумно, как ожидать, что какая-нибудь горная река или озеро сами по себе разольются фонтанчиками на манер тех, что брызжут в Петергофе или в Версальском саду. Чтоб не быть скучной, жизнь должна быть выстроена по законам развлекательной психологии — с интригующей завязкой, нарастанием конфликта и освобождающим очищением. (Филологическое образование в этих рассуждениях помогло Гурову. Аристотель был бы им доволен, а университетский профессор логики Чертков — просто счастлив.) Но кто, спрашивается в задаче, будет режиссер-постановщик такого увлекательного спектакля и откуда возьмётся сюжет, от которого прямо-таки нельзя оторваться?

Правда состоит в том, рассуждал Гуров, что на всех людей оригинальных сюжетов не напасёшься. А настоящая скука бывает только от безделья. Работа в банке, которую он всегда воспринимал как неизбежное зло и не видел никакого смысла в бесконечных подсчётах и заполнении бумаг красивым почерком, в последнее время стала, к его собственному удивлению, вызывать у него всё больший интерес. Сквозь грядки безликих цифр стало проникать в его сознание, что, в конце концов, финансы — это кровь страны, и оттого, насколько чётко она перекачивается, зависит здоровье родины, а стало быть, он, Гуров, делает нужное и важное дело.

Сердиться на жизнь, на её нелепость, отсутствие логики, на упорное нежелание укладываться в чьи-либо умозрительные схемы, скорее всего, глупо, как неумно сердиться на то, что вот только что в небе пылало солнце, и — вдруг поднялся ветер и хлынул ливень... Жизнь есть жизнь; она ни хорошая и ни плохая. Просто-напросто ворох кое-как прихваченных на живую нитку лоскутков событий самого разного свойства, к тому же нередко разорванных вдоль причинно-временных связей. Надо обладать безумным самомнением, чтобы ожидать от жизни, что она будет заниматься исключительно твоей персоной с задачей непременно досадить или порадовать...

Гуров испытывал также некоторую досаду от того, что его с А. С. интимные отношения со временем несколько прискучили своим однообразием. Он не утратил пылкости своего чувства, но Анна Сергеевна могла запоем читать стихи, часами слушать классическую музыку, рассуждать о возвышенном — то есть, признавала наслаждения духа, но стыдилась собственной страсти, той огромной радости, которую она приносит. К потребностям тела она относилась как к неизбежному злу, как к чему-то низменному, порождённому животной природой человека. Выходило, что, будь её воля, она бы устроила человека по-другому: много сердца, много головы и минимум тела, только в той степени, в какой оно необходимо для поддержания жизни. То, что из этого мог бы получиться в лучшем случае благородный гомункулус, её не заботило. В конце концов, эта была только мечта, а с мечтой полагается обращаться бережно, как с новорождённым котёнком...

Тем не менее, Гуров продолжал любить А. С. и жизни без неё не мыслил. Он уже видел, как год за годом будет стариться вместе с ней, и на душе у него было хоть и немного скучновато, но покойно.

По воскресеньям Гуров встречался попеременно с детьми — то с сыновьями, то с дочерью. На это уходил весь день, единственный выходной. Эти встречи изматывали его душу, выворачивали наизнанку. Дочь держалась холодно и, только иногда хмурясь, спрашивала невпопад, когда он вернётся домой. Её юное сознание никак не могло справиться с резкой переменой в обычном ходе жизни. Хотя она слыла девочкой умной и серьёзной — совсем, как мама, она, как ни старалась, не могла понять, как ещё недавно все в её жизни было просто и ясно, а вот теперь что-то, видимо, случилось с её головой, и она стала плохо понимать простые вещи. Стала даже отставать по математике, по которой у неё всегда были только пятёрки. Ещё совсем недавно всё было так, как всегда. Был папа, была мама, были общие завтраки в столовой, а вечерами — обеды с гостями. А теперь отец живёт где-то на другом краю города с чужой женщиной, чьей-то бывшей женой, хотя у него есть своя жена, а у той женщины — свой муж. У мамы в спальне почему-то ночует какой-то огромный мужчина с мужицкой бородой, от которого несёт скипидаром и грубой кожей, из которой делают конную упряжь. Такое просто не может быть навсегда!

Сыновья были уже почти взрослыми, вот-вот должны были окончить гимназию: Косте оставалось полгода, а младшему Дмитрию — полтора. Как и полагается в их возрасте, уход отца из дома они восприняли болезненно. При встречах с ним держались подчёркнуто вежливо, даже несколько надменно, позволяя себе порой язвительные реплики. Скосив глаза от злости и раздувая ноздри, Костик сказал как-то: «Кстати, как поживает шпиц?» Но видно было, что они страдают. Гуров знал, что иначе он поступить не мог, но полагал, что счастливый отец может дать гораздо больше душевных сил своим детям, чем несчастливый, каким он был, как он теперь понимал, всю свою сорокалетнюю жизнь, пока не встретил А. С. Но он осознавал, что для детей он навсегда останется отцом, который их оставил, пренебрёг их жизнью. Гуров мучился от этого, понимая, что чувство вины перед детьми — это его крест, какой нести ему до конца жизни. Дети, подумалось ему, — невинные жертвы разводов. Знал бы, что будет так тяжело — не имел бы детей…

Правда, его женили рано, его не спрашивая, и заводить ли ему детей или нет — тоже с ним не советовались. Он в первый раз подумал о том, что от него пошла новая жизнь, и он за неё навсегда в ответе. Он совершил грех — пусть не по своей воле: его женили, не спрашивая, — но грех этот, грех брака с нелюбимой женщиной, видимо, так велик, что ему всю жизнь за него не расплатиться — хоть так, хоть этак.

Между тем, возвращаясь к обеду со службы, он всё чаще стал заставать Анну Сергеевну грустной. Она нередко плакала, и на вопросы Гурова отвечала, что сама не понимает, что с ней… Однажды она сообщила, что решила съездить в С., чтобы повидаться с единственной тамошней подругой, женой действительного статского советника Незнанова, по которой очень соскучилась.

Анны Сергеевны не было дома две недели. Гуров забеспокоился и отправил письмо на адрес подруги. Вскоре пришёл конверт из С. Анна Сергеевна писала, что случайно, прогуливая перед домом подруги шпица, которого взяла с собой, встретила бывшего мужа, фон Дидерица. Он сильно сдал с того времени, как она его оставила ради Гурова, и она снова почувствовала угрызения совести от того, что разбила жизнь этому, ничем перед ней не провинившемуся, человеку. В конце концов, его раболепие, так в прошлом оскорблявшее её, было результатом безотцовщины, тяжёлого детства, которое он провёл в сиротском доме. Всё-таки надо ему отдать должное, что он не пошёл по дурной дорожке, а стал видным чиновником, и потому достоин, если не любви, то, по крайней мере, уважения.

Увидев её, Дидериц сначала побледнел, а потом, не стесняясь и не вытирая лица платком, заплакал, да так что в городе С. отсырели все, как одна, спички, и в тот вечер ни одна свеча или газовая лампа не могли быть зажжены. Так, общим затемнением, словно скорбя, город С. отметил возвращение Анны Сергеевны.

Она писала также, что вернулась к Дидерицу. Оставить всё, как есть, она не может; её совесть никогда не будет спокойна. Она знает, что он, Гуров, с его доброй душой, согласится с ней в том, что невозможно строить своё счастье на несчастье другого, ни в чём не повинного, человека. Это и несправедливо, негуманно, как ни посмотри. Писала также, что, хотя она любит только его, Гурова, не уйдёт впредь от Дидерица, пока не найдёт тех нужных добрых слов, которые утешат его, утолят его душевную муку. Больше это сделать некому. Он совсем один на белом свете: единственный брат, вместе с ним осиротевший, служит штаб-офицером на границе с Турцией...

Получив письмо Анны Сергеевны, Гуров немедленно поехал в С. и остановился в той же гостинице и в том же номере, что он снимал в прошлый приезд. На столе была та же чернильница. Но в этот раз он увидел её несколько в другом ракурсе. То, что он прежде принял за обезглавленного всадника со шляпой в руке, оказалось кентавром со вскинутой в победном жесте рукой, держащей лук, видимо, празднуя попадание в цель.

«Для бытовой вещи — вовсе недурно», — подумал Гуров. Он также подумал, что хозяин гостиницы поступил разумно, обтянув пол в номере шинельным сукном. Каблуки дамских туфель и сапог господ офицеров, которые в нём останавливались, не производили шума, и в гостинице благодаря этому было тихо. Видимо, поддерживая тишину, прислуга говорила полушёпотом, что весьма кстати там, где отдыхают люди.

Он направился к дому Дидерица, знакомому по прошлому приезду. Была осень. Пылающий кровяной желток солнца заваливался за горизонт. Серый, утыканный гвоздями забор перед окнами спальни Анны Сергеевны казался выкрашенным в цвет зрелого абрикоса. Гвозди отбрасывали остренькие тени, которые по мере захода солнца, причудливо перекрещивались, складываясь в японские иероглифы. Японского Гуров не знал, но подумал, что надпись, того гляди, — какая-нибудь снисходительно-издевательская, вроде: «Не вешай носа, Гуров!»

«М-да, из этого вышел бы отличный задник сцены для „Гейши“, что шла в прошлый раз», — подумал он.

Гуров загрустил, решив, что последняя его надежда — это увидеть Анну Сергеевну в театре на бенефисе того самого тенора, который пел в памятный вечер предыдущего приезда. А. С., увидев Гурова в театре, снова повела его по лестницам наверх. В коридоре, у входа в амфитеатр, она остановилась и сказала, сжав его руку, что понимает его чувства, но хочет заверить его, что только ощущение вины перед бывшим мужем удерживает её в С. Она просила не сердиться и понять её. Она ещё раз заверила Гурова, что непременно вернётся к нему. Когда это произойдёт, она точно не знает. Знает только, что время — как известно, великий лекарь, и с его и Божьей помощью всё, в конце концов, будет хорошо.

— Мой милый, хороший Гуров! — говорила она, прижимая к груди его руку. — Я знаю, у тебя большое, доброе сердце. Ты поймёшь, что иначе я поступить не могу.

Гуров расстался с ней, размышляя над тем, достаточных ли размеров его сердце, чтобы отдать Анну Сергеевну Дидерицу, пусть даже на время. А. С. подбирала на улице хромых кошек, воробьёв с перебитыми крыльями. Вот и мышонка Дидерица ей тоже стало жалко. В этом была вся А. С.

Гуров уехал в Москву и постарался жить так, чтобы не размышлять ни о том, что будет с ним и А. С., ни о детях, ни о своей жизни в сколь бы то ни было отдалённом будущем. А думать только о службе, о том, что предстоит сделать не более чем на день вперёд. На первых порах это помогало, но вскоре он почувствовал, что напоминает самому себе слепого, которого однажды встретил на улице и позади которого шёл некоторое время. Тот передвигался, постукивая камышовой палочкой по тротуару, направо и налево от себя, по доскам заборов, по стволам деревьев. Перед тем, как перейти улицу, долго обстукивал цоколь фонарного столба и гранитный бордюр. Гуров поймал себя на том, что и сам начал ходить, ступая с опаской.

Взяв внеочередной отпуск, Гуров поехал по привычке на юг, в Ялту, где некогда, до встречи с А. С., лечил хандру. Там он ходил в гавань, смотрел день-деньской, как разгружают океанские пароходы. Что-то было необычайно приятное, почти чувственное, в том, что перед его глазами мало-помалу высвобождалось нутро огромного лайнера. Однажды из чрева одного грузового судна под датским флагом поплыла вверх, подхваченная холстиной под живот, неуклюже растопырив ноги в воздухе, корова — темно-бордовая, но с большим розовым пятном на морде. Это пятно даже делало корову миловидной. Грузчики в порту дело своё знали, но некоторых из них из-за выпитой натощак водки от жары развезло, и груз нет-нет, да и брякался на унавоженную мазутом землю причала. Когда они стали вытягивать откуда-то из-под живота коровы канатные кишочки, она стала боязливо оглядываться по сторонам и, склонив голову, зашевелила губами.

— Ну и чего рот раскрыл, Гуров? Коровы в небе не видал, что ли? Думаешь, с тобой такого не может произойти? — услышал он.

Гуров подумал, что корова, пожалуй, права. Судьба его вот так же приподняла над землёй, а куда опустит и насколько бережно —

неизвестно Он повернулся на каблуках и зашагал прочь. Отыскал по памяти гостиницу, в номере которой когда-то встречался с А. С., и даже не удивился, увидев её в вестибюле. Они поднялись в номер. А. С. объяснила, что здоровье у неё, на нервной, видимо, почве, стало сдавать, снова открылась женская болезнь, и, по совету врачей, она поехала к морю, на грязевые ванны.

Гуров ощутил тяжесть под сердцем. Чтоб подавить нехорошее предчувствие, он подошёл к столику, на котором в ледяной крошке покоился арбуз, и стал разрезать его. А. С. стала тихо, промокая глаза платочком, плакать, говоря чуть слышно: «О, Гуров, что со всеми нами будет!»

«Пусть поплачет, а я пока посижу», — как в бытность, сказал себе Гуров и, усевшись в кресло, не спеша, ломтик за ломтиком, стал есть арбуз.

Постепенно А. С. успокоилась. Слёзы сами собой перестали литься, и глаза стали такими сухими, что пришлось накапать в них лекарства, чтобы избежать конъюнктивита.

Потом они с Гуровым занялись любовью, а покончив с этим, пошли гулять на набережную. Каждый, однако, отправился своим путём. Анна Сергеевна одна со своим шпицем, а Гуров с тросточкой, поглядывая на проходящих дам, среди которых, к его удивлению, было по-прежнему много молодых и хорошеньких. Он подумал о том, что любовь — пожалуй, довольно обременительная штука, и большую часть его прошлой жизни провидение, щадя его, успешно от неё оберегало. Встретился ему и какой-то элегантно одетый господин с тросточкой, в пенсне, с иссохшим от лёгочной болезни лицом. Гуров совершенно не знал, кто он такой, но почему-то ему захотелось потрепать его по плечу и сказать что-нибудь подбадривающее, вроде: «Ничего, ничего, брат, ещё не такое на белом свете бывает…».

Вдохнув всей грудью свежий морской воздух, Гуров почувствовал, что ему понемногу начинает снова нравиться жить, и, решив на время избегать новых связей, он, потянувшись, сказал почти громко: «Эх, ма! Всё-таки я жив-здоров, и это само по себе невероятное счастье». Ему даже захотелось подпрыгнуть от полноты чувств, но он постеснялся: на набережной было много народу. Белые, голубые, кремовые, палевые, розовые кружевные зонтики дам скрывали лица, но он знал, что ухищряться ненароком взглянуть на одно из них не стоит. Если счастье захочет выбрать его, оно само, подавая знак, приподнимет край зонтика.

Об авторе

Эмиль Дрейцер родился в Одессе в 1937 г. Окончил Одесский политехнический институт и Институт журналистского мастерства при Московском Доме журналистов. В 1964–74 гг. под псевдонимом «Эмиль Абрамов» публиковал фельетоны и юморески в «Клубе 12 стульев» «Литературной газеты», «Юности», «Крокодиле», «Известиях», а также в сатирическом киножурнале «Фитиль». В 1970 г. получил специальный приз на всесоюзном конкурсе сатирических рассказов в Одессе.

В 1971-м году за фельетон по адресу одного из советских литературных бонз подвергся атаке в центральной прессе, попав в чёрный список нежелательных авторов. В 1974 г. эмигрировал в США. В 1983 году окончил аспирантуру Калифорнийского университета в Лос-Анджелесе. С 1986 г. — профессор русской кафедры колледжа им. Хантера в Нью-Йорке.

Эмиль Дрейцер — лауреат международной литературной премии имени Марка Алданова (2023), автор семнадцати книг художественной, документальной и научной прозы на русском, английском и польском языках. Рассказы и эссе автора печатались в русскоязычных изданиях Америки и в переводе на английский — в американской, британской и канадской периодике. Несколько рассказов воспроизводились в литературных передачах всеамериканской телевизионной компании RTN (Нью-Йорк) и включены в учебники для американских колледжей.

Литературная работа Эмиля Дрейцера неоднократно отмечалась премиями Совета по делам искусств штата Нью-Джерси и грантами Городского университета Нью-Йорка.

www.ingramcontent.com/pod-product-compliance
Lightning Source LLC
Chambersburg PA
CBHW060430310726
48977CB00001B/122